KB253421

미언

강계숙 비평집

미언

펴 낸 날 2009년 5월 7일

지 은 이 강계숙

펴 낸 이 홍정선 김수영

펴 낸 곳 ㈜문학과지성사

등록번호 제10-918호(1993. 12. 16)

주   소 121-840 서울 마포구 서교동 395-2

전   화 02)338-7224

팩   스 02)323-4180(편집) 02)338-7221(영업)

전자우편 moonji@moonji.com

홈페이지 www.moonji.com

ⓒ 강계숙, 2009. Printed in Seoul, Korea

ISBN 978-89-320-1956-7

* 이 책은 2008년 한국문화예술위원회의 창작지원금을 받았습니다.

:: 강계숙 비평집

미언

문학과지성사
2009

강신직, 조순자 두 분께 이 책을 바칩니다.

비평이 '업(業)'이 된 이후 스스로에게 되묻곤 한다. '나는 왜 비평을 하는 것일까?'…… 그때마다 초등학교 담장을 따라 빼곡히 늘어선 쪽방촌과 금이 간 시멘트벽에 매여 있던 나일론 빨랫줄과 일렬종대로 널려 있던 해어진 옷가지들이 떠오른다. 그리고 어느덧 동네 계단을 등지고 차려진 친구네 살림살이를, 금방이라도 떨어질 듯 위태롭게 달린 공동 화장실 문을, 개미집처럼 이어져 처음 온 사람은 헤맬 수밖에 없던 좁은 골목들을, 나는 부지런히 따라간다. 곧이어 고약하고 매캐한 냄새가 따라붙고, 해 질 무렵 동네 어귀에서 아이들이 질러대던 고함 소리나 자전거에 쌀가마니를 올려놓고 배달을 가시던 아버지의 뒷모습과 맞닥뜨리기도 한다.

왜 이런 누추하고 빛바랜 광경들이 떠오르는 것인지 잘 모르겠다. 누구나 그렇듯 삶의 뿌리이자 자기 글의 연원으로 태어나 자란 곳을 기억하기 때문은 아닐까? 그래서 추억처럼, 기원처럼 유년의 자국이 속살을 드러낼 때는 나름대로 이유를 분석해보곤 한다. 하지만 생각의 꼬리는 언제나 하나의 장면으로 모인다. 파노라마처럼 펼쳐지던 풍경의 끝에는 책을 든 어린 내가 있다. 나는 정말, 책을 읽고 또 읽었다. 시험이 끝나면 책을 마음껏 읽을 수 있어 좋았고, 어린이날이나 생일에는 부모님이 책을 사주어서 좋았고, 쉬는 시간에는 어제 읽던 책을 마저 볼 수 있어 좋았다. 그렇게 좁은 방 한구석에 책에 빠져 있는 아이 하나가 영화 속 한 장면처럼 눈앞에 나타나면, 나는 조용히 되묻는다. 왜 그렇게 책에 넋을 잃었느냐고…… 아마도 그 속에서 삶의 어렴풋한 답을 깨우치고 있었는지 모른다. 저녁마다 문간방 아줌마와 아저씨는 왜 싸우는지, 어둑해질 무렵 치장하고 나가는 동네 언니들은 어딜 가는지, 손이 부르트도록 일해도 앞집 할머니는 왜 외상을 지고 사는지, 누구도 설명해주지 못한 내력과 사연과 곤란을 문학은 대신 답해주었기 때문일 것이다.

논리와 개념과 이론으로 해명되지 않는 것들, 정답도 규칙도 질서도 없고 분류를 거부할뿐더러 범주화도 무력하게 만드는 것들, 그래서 예측 불가능하고 늘 예상을 빗나가는 것들, 말하고 싶어도 결코 형용할 수 없는 것들, '그것'들…… 문학은 그런 것들에 대해 말하고 있었다. 아니, 그것들을 살고〔生〕 있었다. 행간의 의미를 다 파악하지 못하면서도 세상을 다시 사는 문학을 통해 어린 나는 친구와 이웃과 일가친척과 얼굴도 모르는 다른 사람들을 살았고, 이해할 수 없는 것들의 정체를 조금씩 마주쳤던 것일 게다. 그것이 희극이든 비극이든, 고통을 동반하든 쾌락을 선사하든, 절망을 남기든 희망을 예비하든, 하늘 아래 같은 사람은 없고 각자는 각자의 몫으로 다른 생을 사는 법이며 그 연유 또한 정해져 있지 않기에, 풀 수 없는 수수께끼로 다가오는 삶에 직면하여 어떻게 느끼고 깨닫고 터득하고 견디고 기다리고 받아들여야 하는지를, 그리고 종국에는 그것들을 부정하는 것이 아니라 긍정할 줄 아는 길을 앞서 밝혀주었던 것이 그 모든 작품들이었다고, 지금의 나는 생각한다. 니체의 말에 기댄다면, 문학은 원한의 감정에 사무친 노예가 아니라 '좋음'을 창안하여 스스로 누릴 줄 아는 덕의 소유자로서, 주인으로서 살 수 있게 하는 힘을 우리에게 빌려준다. '긍정의 긍정'을 행하는 주체로서 세계와 대면할 수 있는 힘을 제공하는 전력원이자 발전소. 적어도 내게 문학은 그런 것이다. 나는 여전히 문학의 그런 힘을 믿고 있고, 그 믿음에 의지하여 글을 쓴다.

　문학이 세계의 간접 체험이며 생의 교훈을 전하는 처세의 산실이라는 점이 나를 비평으로 이끈 것은 아닐 터이다. 이십대의 끝 무렵, 만일 신이 있다면 그가 인간에게 허락한 행복이란 준비해둔 고통에 비해 턱없이 모자란다는 것을 몇 번의 경험을 통해 깨치면서, 세상을 향한 적개심과 자기모멸에서 건져진 이유가 문학이라는 자양분에 힘입어 내 영혼의 혈맥이 오랫동안 단련되고 튼튼해진 덕분임을 깨닫게 되었다. 나는 문학에 그 고마움을 되돌려주고 싶었다. 비평을 택한 것은 그런 연유에서다. 비평은, 말하자면, 문학에 보답하고자 선택된 나만의 은혜 갚기였던 셈이다. 그러나 비평을 처음 시작할 무렵의 이 소박한 마음이 나르시시즘적인 자기도취에 불과함을 곧 자인하지 않을 수 없었다. 2000년대 이후 등장한 젊은 시인들의 시가 나를 얼마나 부끄럽게 했는지, 그래서 얼마나 괴로웠는지 이제 솔직히 고백하고 싶다. 그들의 언어는 나를 당황케 했고, 두렵게 만들었다. 이론과 지식에 힘입어 쌓아 올린 관습적 언어를 그들은 과감히 벗어나 있었고, 어떤 때는 흡사 미래의 어느 한 시점에서 현재를 되돌아보며 '우리를 그렇게밖에 말할 수 없었던 것이 너희 시대의 아둔함이자 한계였지'라고 비웃는 눈빛으로 다가왔다. 그들은 도저히 따라잡을 수 없는 표정이자 몸짓으로 내 앞에 존재했다. '사후에야 비로소 이해되고 평가받는 작품들이 얼마나 많은가'라는 생각이 스치면 이들의 시에 대해 논하는 내 글이 미래의 독자에게 읽히는 광경이 떠올랐고, 그때마다 얼굴이 벌게졌다. 쥐구멍에 숨고 싶은 심정을 조금이나마 덜기 위해 나는 나의 비평적 시선이 미래로부터 현재를 응시하는 것이어야 한다고 여겼고, 그렇게 만들려 애썼다. 하지만 그것은 현재의 내 안목과 직관과 통찰을 전부 걸어야 하는 도박사의 베팅에 가까웠다.

비평가가 자신을 건다는 것은 어떤 요령이나 잔꾀도 부리지 않고, 적당한 타협 또한 용인하지 않는다는 뜻일뿐더러, 고유의 미학적 관점과 입장을 견지할 수 있는 자기 확신을 필요로 한다. 더불어 그것이 자신의 시선을 미래에 두는 과정이 되기 위해서는 동시대의 '바깥'과 자기 시대의 무의식, 이념, 정신 등을 작품을 매개로 동시에 성찰할 줄 아는 자가 되어야 함을 의미한다. 내게 글쓰기는 이를 실천하는 작업으로 인식되었다. 그리고 비평가의 역할을 고민할수록 그것은 더더욱 어려운 일이었다. 그래서 글을 쓰기 전에 몸살부터 앓는 경우가 많았다. 그럼에도 비평을 그만두지 않은 까닭은 '아무 짝에 쓸모없는' 시를 쓸 수밖에 없는 젊은 시인들의 마음이 내게는 절박하고 곡진하고 뜨거운 필연적인 울음으로 다가왔고, 세속적 이해득실과 무관한 자리에서 어둡고 강팍하고 추한 세계의 울림통이 되길 마다하지 않는 그들의 기꺼움과 용기에 누군가는 감사를 표해야 한다고 생각했기 때문이다. 그리고 그것은 동시대인으로서, 같은 세대로서, 공감을 표하기에 인색하지 않은 이가 맡아야 할 몫이라 여겼다. 하지만 그들이 헤매는 만큼 그들의 말을 더듬는 나도 헤맸고, 그들이 미완 (未完)인 만큼 나의 언어도 미숙했다. 그들이 빠진 미궁에서 나 또한 어지러웠으며, 그들의 걸음이 힘찬 만큼 나의 글쓰기도 수줍지 않길 바랐다. 창피함과 두려움과 무력함을 오가면서도 긴장의 끈을 놓을 수 없는 흥미로움 속에서 나는 그들을 읽었고 궁금해했다. 비평집을 엮으며 고마워해야 할 이들이 있다면, 첫째는 지난 7년 동안 지루함을 느낄 새 없이 비평가로 살게 해준 나의 '젊은 동지'들이다. 그들이 아니었다면, 내게 '비평가'라는 직함은 전혀 어울리지 않았을 것이다.

비평집의 제목을 『미언』으로 붙인 것은 이 때문이다. 수수께끼에 가까운 말(謎言), 나를 미혹게 하고 매혹시키기도 한 말(迷言), 미래의 어느 때엔가 완성될 말(未言), 그렇기에 작고도 아름다운 말(微言/美言), 그리고 그 모든 말과 함께 숨 쉰 나의 말…… 비평의 대상이었던 텍스트와 그 텍스트로부터 길어 올린 나의 언어가 지닌 특성을 두루 통칭할 단어로 '미언'만큼 적당한 것은 없는 듯싶다. 앞으로도 비평가로서 살아간다면, '미언'이라는 기표를 채우며 사는 일이 될 것이다. 글을 묶고 보니, 여러 글에서 '윤리'라는 화두가 눈에 띈다. 글을 쓸 당시 '어떻게 살아야 하는가'라는 자문(自問)이 다시금 중요하게 대두되는 시대를 살고 있다는 (무)의식이 나에게도, 젊은 시인들에게도 깊이 침윤되어 있다고 보았고, 그것이 글 속에서 대화적으로 구성될 수 있다면 공감의 비평을 수행하는 유효한 방법이 될 수 있으리라 여겼기 때문에 자주 입론화하였다. 이러한 방식의 텍스트 읽기가 비평가의 고민이 자의적으로 투사된 형태가 아닌지 의구심을 낳을 수도 있지만, 어떤 경우에도 상투적인 반영론적 잣대를 작품에 들이대지는 않았으며 주제론적 접근보다는 새로운 윤리학의 대두가 스타일의 창출과 어떻게 내적으로 연관되는지를 밝히고자 노력했다. 한편으로 '윤리' 문제를 의식적으로 언급한 까닭은, 비평 또한 미래의 독자에게 시대의식의 한 소산으로, 유의미한 계보학적 자료로 텍스트화된다고 할 때, 새로운 시의 출현이 당대의 정신과 어떻게 상호 연동하는지를 해명하는 역사적 기록으로 내 글이 남을 수 있기를 바랐기 때문이다. 이를 위해 이론적 참조는 가급적 서술의 비약을 최소화하는 장치로 활용하였다.

제 이름이 박힌 책을 낸다는 것은 설레는 일이다. 그러나 주저하는 마음 또한 생기는 것은 어쩔 수 없다. 무엇보다 지금껏 나를 지켜봐주신 스승들께 누를 끼치는 게 아닐까 싶어 걱정스럽다. 유종호 선생님께는 비평의 기본과 근본을 배웠다. 단어 하나 허투루 쓰지 않는 엄밀한 글쓰기는 글쟁이들의 기본이며 작품의 가치를 선별하고 합당하게 평가할 줄 아는 안목은 비평가의 근본임을 가까이서 뵐 때마다 되새긴다. 정현종 선생님이 계시지 않았다면 시의 울림에 반향할 줄 아는 법을 영원히 배우지 못했을 것이다. 영혼의 훈련 없이 시를 쓰는 일도, 읽는 일도 가능하지 않음을 언제나 몸소 보여주셨다. 비평이 무엇이며 비평가란 무엇을 해야 하는지를 가장 높은 지점에서, 가장 날카롭게 가리키고 계신 정과리 선생님께는 오직 글로만 답해야 하리라. 당신은 내 모든 부끄러움의 원천이시다. 부족하고 미욱한 이를 동인의 품으로 안아주신 문지 선생님들께는 감사의 말씀을 올리기도 송구스럽다. 좋은 그릇으로 쓰일 수 있게 스스로를 갈고닦으리라는 약속을 고개 숙여 드린다. 내 이름 석 자가 인생의 유일한 낙이신 부모님은 이 책을 받으시면 끝내 눈물을 보이실 것이다. 그 눈물 없이 이 책은 나올 수 없었다. 여기에 실린 모든 글은, 그리고 앞으로 쓰일 글 또한 마땅히 모두 당신들의 것이다. 어리석은 누나의 길을 묵묵히 지켜주는 동생에게도 이 책이 작은 위로가 되었으면 좋겠다. 마지막으로, 결코 만나지 못할 미래의 독자들에게 여기 실린 글들이 조금은 덜 부끄러운 것이기를 감히 희망해본다.

2009년 5월

강계숙

차례

迷言

쿨의 시학[*]

1

얼마 전 유행한 대중가요의 한 구절은 다음과 같이 반복된다. "사는 게 모두 똑같다면 그냥 미련 없이 버리고 떠날래, 쿨하게." 목청좋은 여가수가 강조하여 되풀이하는 이 '쿨하게'는 새로운 세기를 살아가는 요즈음의 청춘들에게 최고의 미덕으로 꼽히는 삶의 자세와 태도를 지칭한다. '시원한, 차가운, 서늘한, 냉정한' 등으로 번역되는 '쿨하게'는 가사의 맥락에서 알 수 있듯 '어떠한 상황이나 감정에 얽매이지 않는' '일말의 희망이나 소망에 연연하지 않는' 등의 의미를 함축한다.

1980년대의 구호였던 '가열차게'나 세기말의 분위기를 담았던 '우울하게'가 당대의 정치적 변화로부터 파생된 정서적 수식어였다면,

---

[*] 이 글에서 시인의 이름과 제목만 언급된 시편들은 월간 『현대시』 2003년 11월호의 '금년도 등단 신인 특집'란에 실려 있다.

‘쿨하게’는 이 시대 젊은이들의 특정한 심미적 지향을 내포한 일종의 상징어다. ‘쿨하다’ ‘쿨함’ ‘쿨하게’ 등은 모두 개인이 취할 수 있다고 상상되는 이상적인 독립성의 상태를 암시한다. 그것은 사적이든 공적이든 그 어떤 변화와도 무관하게 유지되는 개별자의 초연함과 평상성의 다른 말이다. 이로부터 우리는 이 시대 젊은이들이 꿈꾸는 자유의 이미지를 유추할 수 있다. 자유는 더 이상 민주주의 체제의 숭고한 이념, 정치적 억압으로부터의 해방, 사회에서 개인이 누리는 천부 인권의 권리를 의미하지 않는다. 모든 인간적인 것들, 예컨대 인간이 형성한 관계, 인간에 의해 유발된 감정, 인간이 만든 산물과 필요하다면 과감히 단절할 수 있는 자발적 무심함과 무정함, 그를 위해 요구되는 과단성과 결단력이 ‘쿨하게’에 내재된 자유의 내용이다.

그런데 ‘쿨하게’의 이러한 내포에는 시대적 감각과 연계된 매우 내밀한 무의식이 전제되어 있다. 하나는 인간으로부터 비롯되는 것들은——좁게는 가족 관계나 연인과의 사랑, 넓게는 도처에 만연한 정치적 폭력과 경제적 불안, 기술의 위력과 환경의 파괴, 그리고 인간 소외까지——개체를 해칠 가능성을 내포하고 있기 때문에 스스로를 지키기 위해선 그것들과 언제든 결별할 수 있도록 마음의 준비를 해야 한다는 자기방어 의식이며, 다른 하나는 그러한 심리의 저변을 형성한 도저한 허무 의식, 즉 세상은 “사는 게 모두 똑같은” 곳으로 특별히 나아질 것도 더 나빠질 것도 없다는, 그래서 개개인의 삶의 변화도 기대할 수 없다는 극단적 허무감이다.

이는 근대 이후의 세계를 지탱해온 인간 존엄성에 대한 신념이 붕괴되고 있는 이즈음의 사정과 밀접한 관련이 있다. 인간은 전혀 존엄하지 않다. 존엄하다고 할 만한 일을 하고 있지 않다. 인간의, 인간에 의한, 인간을 위한 문명의 축조는 오히려 인간을 불행으로 이끈다. 그것의 결과가 이를 입증한다. 발전과 진보는 기계적 조직화를 위한 미망의 덫이었으며, 복지의 약속은 노동의 착취를 위한 위약이었고, 혼미의 도가니인 세계는 유토피아의 도래를 디스토피아의 풍광으로 대체한다. 전쟁은 끊이지 않고 테러의 위험은 늘 가까이 있다. 그러니 인간이 하는 일들을 어찌 믿을 수 있겠는가? 인간 존엄성의 파탄으로부터 비롯된 이러한 니힐nihil의 감각을 우리 시대 젊은이들은 '쿨하게'라는 수식어를 통해 자유의 수사학으로 둔갑시켜 새로운 인생관으로 내면화하고 있는 것이다.

최근 등단한 신인들의 신작 시들을 읽으며 왜 이 '쿨하게'라는 낱말이 떠오른 것일까? 아마도 1990년대 시들의 여러 특징이 쇠퇴하거나 심화되는 과정에서 발생하는 어떤 딜레마가 이들의 시에서 융기하고 있으며, 그것이 '쿨하게'라는 수식어에 반영된 사회적 세태의 의미망과 어느 정도 대응된다고 여겨졌기 때문인 듯하다. 그렇다면 그 딜레마의 정체는 무엇인가? 그것은 '쿨cool'의 수사학적 범람과 어떻게 조응하고 있는가?

2

듀나의 소설 「기생」(『태평양 횡단 특급』, 문학과지성사, 2002)은 인공 지능이 건설한 세계에서 기생하는 존재로 전락한 인간의 형상을 우리의 미래상으로 제시한다. 아름다운 기계들과 더럽고 추한 인간들. 인간 중심적 세계의 복원을 부당한 반(反)혁명으로 그린 이 소설에서 인간의 존엄성은 기계의 월등한 가치에 자리를 내준 지 오래다. 자율적 주체성은 기계의 몫일 뿐이다. 그런데 이러한 사태에 괴로워하거나 절망하는 인간은 어디에도 없다. 인간 중심의 가치 체계를 냉정하게 무너뜨리는 반인간주의와 기계 우위의 미학은 테크놀로지 시대의 도가적 무위(無爲)를 실현한다. 이는 '쿨함'의 한 절정이라 할 수 있다. 최하연의 시 「띠리리리릭」의 "생선가게 앞" 또한 인간 중심적 가치 체계의 전도를 적시(摘示)한다는 점에서 듀나의 기계 도시와 상통한다.

생선 가게 앞 횡단보도로 오세요
내려진 철문
생선의 잘린 꼬리
재생된 밤을 저장해둘게요

노란 선 두 줄 두고
불빛들 마주 보고 달리고 있어요
애네들 정면충돌로만 만날 수 있나 봐요

한 번도 건너지 못한 신호등
저쪽 네모 속의 사람이
이쪽 네모 속의 사람에게 말을 걸어요
　　내 밑 사람들은 안 보이고
　　네 밑엔 잘라놓은 꼬리만 수북이 쌓여 있네요

꼬리 파란 고기들

이제 막 지나가고 있어요

　　　잠깐만요

　　　노란 선 다듬어드릴게요

　　　신문지에 싸서 자

　　　노란 물 뚝 뚝 떨어지는 바구니 잘 들고 건너세요

　　　내일 또 오세요

　　　그러지 말고 제발

　　　노란 선 다듬어드린다니까요

남은 꼬리들

꼬리들이 꼬리 밟기를 하고 놀아요

그게 뭐든

그게 뭐 아니든

중앙선 한 토막 들고는

울고 있는 사내가 있어요

비는 오다 그치고

그치기도 전에

통증처럼 아가미가 생겨요

마침내 물고기 다 건너가고

잘린 내 다리 아이스박스 위에

버려져 있어요
　　　　　　　　　　　　　　　—최하연, 「띠리리리릭」 전문

　이 가게 앞에서는 사람도, 자동차도, 헤드라이트 불빛도, 노란 중앙선도 모두 '생선'이 된다. 뚝뚝 잘린 생선 토막들은 신문지에 둘둘 말려 어디론가 팔려간다. 남은 꼬리들은 "그게 뭐든/그게 뭐 아니든" 저들끼리 꼬리 밟기 하고 논다. 이름, 정체, 본질을 외면당한 파편들은 조각난 해체물이라는 점에서 등가 관계를 형성한다. 만물의 영장이며 모든 가치의 척도였던 인간은 이제 자취를 감춘다. 인간의 아이콘(신호등 속 '사람')이 서로에게 말을 건네는 동안 진짜 사람인 '사내'는 입과 혀를 잃고 아가미로 운다. 인간의 가치 상실을 암암리에 전제하는 세계의 '물고기'화(化)는 '내 다리'까지 "아이스박스 위에/버려"지는 것으로 마무리된다. 주목할 것은 이러한 정황을 응시하는 시적 주체의 발랄함이다. '나'의 훼손조차 걱정 않는 가볍고 경쾌한 어조는 고통, 괴로움, 슬픔을 엄숙주의의 산물로서 거부하는 듯하다. 계산된 아이러니라고 하기엔 비판보다 유희가 앞서 있다. 그렇다면 인간과 인간 아닌 것들이 토막 난 채 어울리는 이 가벼움은 어디에서 기원하는가?

　인간 존엄성의 몰락은 인간이 세운 가치 체계 전반을 불신하게 한다. 선과 악, 미와 추, 진실과 거짓 등 진리라고 믿어온 이항 체계의 해체는 탈근대의 지표로서 1990년대 이후의 시들이 온몸으로 앓고 있는 현실의 주요 국면이다. 조로, 환멸과 회한, 자폐증과 폐허 의식, 키치적 풍자, 과거 지향적 내면성, 시원과 근원에 대한 향수, 그리고 무엇보다 죽음의 가공할 만한 내습. 1990년대의 시들을 죽음과 떼어 놓고 말할 수 없다는 점은 주지의 사실이다. 1990년대 시인들은 시를 '살아 있는' 죽음의 전시장으로, 죽음을 욕망하는 무대로 삼았다. 그들에게 죽음은 마지막 남은 최선의 시적 윤리였고 알리바이였다. 다시 말해 그들은 죽음을 '꿈꿀' 수 있었으며, 죽음으로부터, 죽음에 의해 시적 영감을 제공받고 형이상학적 열망을 충족할 수 있었다.

최근 등단한 신인들의 근작 시에는 1990년대 시의 주요 특징인 자폐적 나르시시즘과 출구 없는 폐허 의식, 강렬한 타나토스가 시 전면에 나타나 있지 않다. 이는 이들이 선배 시인들의 영향에서 점차 벗어나고 있다는 반가운 징후로도 보인다. 그러나 자세히 들여다보면 죽음의 흔적이 시의 심층에 뿌리 깊게 침윤되어 있음을 알 수 있다. 이들 시의 대부분은 과거도 미래도 없는, 응고된 시간인 무(無)의 현재를 보여준다. 시의 본질적 시간이 '영원한 현재'라 할 때, 이는 과거와 미래가 현재 속에서 동시적으로 공존·통합된 상태를 가리킨다. 그러나 이들 시의 시제는 '영원한' 현재가 아니라 '고정된' 현재, 즉 과거와 미래가 부재하는, 과거로부터 흘러오지 않고 미래로 이어지지 않는 무시간이다. "한 걸음 걷고 나면 돌아서서/깨끗이 빗질"(한용국, 「출가」)되는 자취 없는 영(零)의 시간.

실제로 이들 시의 대부분에는 시간에 대한 특정한 가치 지향이 없다. 현재에 만족하기 때문일까? 아니, 오히려 그 반대다. 현재의 긍정적 가치는 탈각되었고 그것의 강한 영향력은 과거나 미래에의 상상을 봉쇄하고 있다. 따라서 이들 시의 현실 부정 의식은 특정 요소에 국한된 것이 아니라 거의 전체적이고 전면적인 것이다. 죽음은 더 이상 생체 활동의 끝이나 생의 마감을 뜻하지 않는다. 무의미한 일상의 영원한 반복, 기대와 바람의 총체적 소멸, 이것이 이들 시에 각인된 죽음의 정체이다. 죽음보다 더 어두운 무궁(無窮)의 무표정이 시의 이면을 가득 채우고 있다. 죽음이 강력한 에너지를 발산하던 1990년대 시들에 비한다면 이들의 시는 소진되어가는 그 에너지의 나머지로 쉼 없는 공회전을 거듭하며 죽음의 '죽음'을 산포한다. 그만큼 죽음은 흔해지고 평범해졌다. 공포와 전율의 죽음은 죽었고 그로 인해 충만한 삶도 죽었다.

　가령 "어디에서 왔는지/어디로 가는지도 모르게/발자국 남기지 않"는 뱀, 사라진 줄 알았더니 어느 틈엔가 다시 발밑에서 꿈틀거리는 "풀색 도는/뱀"(이경숙, 「일상」)은 자동 반복되는 일상의 이미지로 치명적 위험의 극한을 상징한다. 혹은 잘못 전달되어 클릭 한 번으로 사라지는 '이메일'(이경숙, 「잘못 온 E-mail」)은 '여기'에도 없고, '저 너머'에도 없는, '엉뚱한 곳'에서 봉인되어버린 우리 생의 또 다른 유비이다. 비명을 지르며 저만치 달아나도 뱀의 원환(圓環)에서 벗어날 수 없는 것, 수취인 불명의 편지처럼 앞날을 기약할 수 없는 것, 이는 모두 현재에서 '로그아웃' 되는 미래의 운명을 비유한다. 미래 부재의 현실은 「산란 2」(최하연)의 경우 남대천의 연어와 비의 병치를 통해 암시된다. 생명의 미래가 '알'에 담지되어 있다면, 알을 수탈당한 연어나 불임에 걸린 무정란의 비는 미래를 기원할 수 없다.

　　비가, 비가 알을 낳는다

　　전선 밑에 몽글지게 붙여놓은 알들
　　두 줄의 전선이 지나가면
　　허공의 인큐베이터는 상하층 복합구조

　　남대천의 연어는

세숫대야에 알을 낳아

낳다 실족한 비알들
처마 아래 수북하다

〔……〕

아, 며칠째 목 졸린 햇빛과
머나먼 번식여행을 떠나온 비떼들

바람의 요도를 통과해
다리 벌린 골목의 産道를 빠져나와
무정란의 빗방울들 우우   —최하연, 「산란 2」 부분

　　이러한 미래의 사라짐은 현재적 삶의 무가치성과 쌍생 관계에 놓여
있다. 밥숟가락은 정부(情夫)이고, 외로움은 생의 독이며, 사랑은 기
생충이고, 시는 독거미 기둥서방이다. '자유'는 이 "잔혹한 그림"에
"즐거운 안녕"(유영금, 「흑색 그림을 그리다」)을 고하는 과정이다. 그
것이 즐거운 행위일지 의문의 여지는 있으나 즐거울 수 있길 바라는
무의식적 쾌락 충동이 그 속에 담겨 있음은 부인할 수 없다. 따라서
'자유'는 자신의 생과 즐겁게 결별하는 무심의 정점에 존재한다. "당
신과의 약속/당신과의 미래 당신과의 하품/당신과 사용한 콘돔을"
세탁한 뒤 "삐뚤빼뚤 건조대에 널"고 바라보는 "당신의 여자"(황병승,
「입맞춤의 노래」)는 그런 점에서 최고의 자유인이다.

한편 박탈된 미래는 추억할 과거의 상실로 이어진다. "칠이 벗겨진 의자 위"에 "정지된 시간이 더께로 앉아"(안시아, 「바닷가 이발소」) 있는 바닷가의 이발소는 치정과 살인의 기억을 지우며 '그날'을 함구 한다. "삐걱거리는 문을 향해" "주워든 돌을 힘껏 팔매질하는" 아낙 의 의식은 오래전에 "덤불처럼 헝클어"졌다. 기억을 보존해야 할 자 (것)들은 과거를 지우거나 잃어버리고 있는 중이다─심지어 '어머 니'마저 "등에 수풀이 우거지"도록 "내내/면벽 중"(한용국, 「출가」)이 다. 아니면 임의로 창출한 과거를 환상 속에서 전유한다. 그러나 이 것은 필연적으로 분열증을 낳는다.

　I

　쟝 어서 오너라 쟝 창문을 열어주겠니 쟝 내게 입 맞춰주렴 쟝 널 얼 마나 기다렸는지 쟝 화분을 돌봐줄 사람은 너밖에 없단다 쟝 내 말 듣 고 있니 쟝 침대를 더럽히면 내 손에 죽을 줄 알아라 그런데 쟝 들리니 이 노랫소리 쟝 귀가 먹은 게로구나 쟝 거울 좀 그만 들여다보렴 쟝 목 소리가 제법 근사한걸 쟝 변성기라니! 오우 쥐새끼 같은 녀석, 쟝 쟝 왜 대답이 없니 쟝 이 노랫소리 말이다 쟝 오늘은 누구도 만나지 않을 테다 쟝 너는, 쟝 네가 말이다 오오 쟝…… 가엾은 쟝

　(쟝 쟝 쟝 대체 그 프랑스 놈이 당신을 어떻게 한 거죠?) 저는 쟝이 아니에요 이모 변성기는 이미 오래전에 지났는걸요

　오오 쟝 날 그만 아프게 하렴 이제 더는 용서 못한단다
　쟝 네가 어른이었을 때를 기억하니 쟝 너는 어른이었던 적이 있고

그때 넌 해바라기 씨를 얼마나 좋아했는지 생각나니 쟝 굵은 목소리로
밤마다 내게 들려주던 그 노래,

　　　십이월의 프랑스엔 붉은 비만 내린다네
　　　그대를 기다리던 흰 원피스가 붉게 물들었다고
　　　세느 강의 아홉 번째 다리 아래
　　　출렁이며 흐르는 검은 문장(文章)들이 내게 일러주었네

　　　십이월의 프랑스엔 붉은 비만 내리고
　　　먼 나라에 버려진 늙은 여자의 침실이 다 젖었다고
　　　호주머니 속의 차가운 백동전들이 말해주었네

　　　　　　　　　　　　　　　　　　—황병승, 「프랑스 이모」 부분

　'프랑스 이모'는 정체불명의 '쟝'을 연인으로 삼아 망각된 과거의
빈자리에 상상된 사건을 끼워 넣는다. 그 결과 과거와 현재는 미궁
속을 헤매고 실제와 허구의 경계는 모호해진다. 누가 '쟝'인지, 그는
정말 존재하는지, 혹 '이모'와 '내'가 동일인은 아닌지, 진실과 거짓의
판명은 애초에 불가능하다. 이는 인식의 파열이자 말의 균열로서 관
계 형성에 필요한 조건들의 최종 소실을 증거한다. 그러나 「프랑스
이모」는 극단적 경우이다. 정지된 시간의 심연 속에서 우리 시대의
'쿨한' 자유인들은 "호텔 발리를 꿈꾸"(한미숙, 「호텔, 발리」)며 과
거와 미래의 부재에 대응한다. 선이 악이고 창조가 파괴인 섬, 발리.
이쯤에서 우리는 「띠리리리릭」에서 제기되었던 질문의 답을 얻게
된다.

　이항 대립적 체계의 해체는 그것을 긍정적으로 인식하는 이들에게
만 심각한 사건일 뿐 '긍정/부정'의 이분법을 회의하기 시작한 이들
에게는 억압적 규범의 소멸을 뜻한다. 이미 형성된 가치 판단의 범주
와 사유 체계가 의식과 행위를 규제하는 윤리적 정언 명령으로 기능
함을 고려할 때, 기존의 상식과 관념이 붕괴되는 카오스의 현장은 심
리적 제약들이 해제되는 지점이다. '인간적인 것'——그것은 지금까지
진실한 것(眞), 선한 것(善), 아름다운 것(美)의 다른 표현이었다——
으로 고착된 입법이 허물어지는 바로 그 자리에서 기존의 가치를 적
극적으로 전도(顚倒)하는 '쿨한' 자유, '쿨한' 가벼움이 생겨난다. 그
러므로 「띠리리리릭」의 가벼움은 의도적으로 추구된 미학적 가벼움이
기 이전에 '인간적인 것'을 중시하는 기존 가치 체계의 해체에서 발생
한 태생적 가벼움이다. 그리고 그것의 내면화는 '섬'으로서의 발리가
아니라 '호텔'로서의 발리를 꿈꾸게 한다.

　이들에게 자연은 더 이상 관심의 초점이 아니다. 인위적 힘이 닿지
않은 원초의 야생, 문명 세계의 낭만적 대립항, 우주적 시원(始原)의
모태 등 자연이 지닌 후광은 점점 그 빛을 잃어가고 있다. 우리에겐
단지 자연 '환경'이 있을 뿐이다. 자연적인 것은 사회적인 것과 불가
분의 관계로 얽혀 있는 까닭에 고유의 순수한 자연이란 인간의 상상
속에서만 가능하다. 자연은 인간의 실제적이고 윤리적인 판단에 따라
좌우되는 행위의 영역으로 변질되었다. 자연과 인간의 동등한 공존을
추구하는 생태적 사유의 확대에도 불구하고 '환경'으로 질서화된 자
연의 규모는 인간의 조절 능력 범위를 넘어서고 있다. 이 우울한 결
론 앞에서 천연의 섬을 꿈꾸는 것은 분명 또 다른 낭만주의이다. 인공
의 낙원인 '호텔 발리'에의 꿈이 차라리 현실적인 것은 그 때문이다.

인도네시아에서 가장 아름다운 섬 발리, 거기서 나고 자란 이들은
발리힌두교를 믿는대 지구상에서 유일하게 발리인들만 신앙하는 종교
라니, 믿어지니? 그들은 선과 악은 항상 공유하며 선이 악을 평정할
수 없고 악 또한 선을 누를 수 없다 그런대 그들은 선이 악으로 악이
선으로 변화할 수 있고 영원히 선과 악은 평행을 유지하며 존재한다
존재한다 그런대 악의 신 랑다에게도 제물을 바치고 기도를 하는 발리
인들을 상상할 수 있겠니? 〔……〕

　신들의 섬, 발리

　지난밤 젖은 머리카락을 만지작거리다 잠든 호텔, 이름이 발리였던
가? 젖은 입술에선 발리힌두교의 냄새가 난 듯도 해 난 창조의 신이면
서 모호의 신이면서 파괴의 신이면서 널 애무하다 끝내는 질척거리는
구멍으로 빠졌던 기억, 생생하구나

　인도네시아 공화국에선 누구나 하나씩의 지분을 손에 쥐어야 하지
적도에서 남쪽으로 약간 기울어진 섬, 난 호텔 발리를 꿈꾸네

—한미숙, 「호텔, 발리」 부분

"호텔 발리"는 문명화된 현실의 실제성으로부터 교배된 꿈이다. 그
곳에서 '나'는 "창조의 신이면서 모호의 신이면서 파괴의 신이면서 널
애무하다 끝내는 질척거리는 구멍으로" 빠져든다. 선과 악, 긍정과
부정이 가뭇없이 용해된 "호텔 발리"는 신, 역사, 민족, 자연, 문화

등 그 모든 인간적인 것이 부정되는 무극의 허무 시대에 기술주의와 건설 제일주의에 힘입어 꿀 수 있는 마지막 '해피엔딩'(한미숙, 「어쩌면 해피엔딩」)의 꿈인 셈이다. 그러나 이 '해피엔딩'은 '어쩌면'이라는, 실현 확률이 지극히 낮은 우연성에 매여 있다. 발생 가능성이 제로에 가까운 '어쩌면'에 기대어 우리는 "지금 생각하고 고민하고 스스로를 학대하고 지치고 수십 번씩 자신을 위로하며 삶을 견디고 있는지"(한미숙, 「어쩌면 해피엔딩」) 모른다. 사실 이렇게 견딘다는 것은 "얼마나 끔찍한 일인가"(한용국, 「耐性」). 또한 "한밤의 편의점"만이 "어둠이 되기 위해"(조동범, 「편의점·4」) 타오르는 도시의 한 모서리에서 "내가 보기에 너는 잘 살고 있어/따위의 위안은 얼마나 헛된가"(「耐性」). 죽어버린 삶으로부터, 그래서 죽어버린 죽음으로부터, 세계의 팽배한 무관심으로부터, 존엄을 상실한 인간으로부터, 그리고 인간을 향해 열리지 않는 과거와 미래로부터 시인들은 '저 너머'를 꿈꾸는 것조차 거세당하고 있다. 여기서 우리는 '쿨'의 시학이 맞닥뜨린 딜레마를 목도하게 된다.

세계가 관계들의 역학에 의해 구성되는 중층망임을 상기할 때, 제반 관계와 그것의 가치에 대한 총체적 부정은 심대한 세계 부정이자 세계의 무화(無化)를 뜻한다. 적어도 새로운 가치 체계를 마련하여 지금과 다른 관계망을 구축하지 않는 한은 그렇다. 새로운 관계의 모색 없이 현실 세계의 가치를 전면적으로 부정하는 가운데 그로부터 독립된 자율적 주체를 희망하는 '쿨'의 지향은 따라서 세계와의 관계를 지우는 과정에 다름 아니다. 이는 곧 세계의 부재에 상응한다. 그렇다면 관계가 삭제된 곳에서의 자율과 독립은 무엇으로부터의 자율과 독립인가라는 문제가 생긴다. 그 '무엇'이 없다면 '쿨함'이 욕망하는 주체의 자율성과 독립성은 토대 없는 주춧돌이나 기둥처럼 성립 불가능한 환상에 속한다. 그것은 허방의 환상이다. 관계 없이는 주체도, 주체의 자율성도 없다. 세계를 끝없는 부재의 태허(太虛) 속으로 함몰시키는 '쿨'의 시학이 생을 위무할 지표를 찾지 못하고 현실을 극복할 의지를 키우지 못하는 것은 '관계 없음'을 무위(無爲)의 자유로 오인한 채 세계를 소외함으로써 자신마저 소내(疎內)하고 마는 자족의 환상 속을 배회하고 있기 때문이다.

이때 환상의 형식은 시간에 대한 가치 판단을 중지한 결과 과거―현재―미래의 분절을 통합할 계기를 상실한 채 현재의 순간성에 종속되어버린 영원히 '닫힌' 시간의 형식이다. 이는 현재에도 체험되는 과거의 '기억'과 현재를 먼 훗날의 시점에서 조망하는 미래의 '시선'이 결여된 상태이다. '충만한 현재'로서의 서정성은 찾아보기 힘들다. "오늘의 저녁은 그렇다"(「입맞춤의 노래」)의 '그렇다'로 지칭된 몰개성적인 한때만이 무한 반복·회귀되어 '팽이'(「입맞춤의 노래」)처럼 맴을 도는 폐쇄적 원환의 형상. 이러한 형식의 시 쓰기는 외부로 개방되지 못하는 까닭에 나르시시즘적인 자기 노출에 머물고 말 혐의가 짙다. 바깥을 향해, 타자를 향해 적극 개진된 시편들이 적은 것은 '쿨함'에 내재된 이러한 내적 형식 때문일 것이다.

자발적 무심은 무심하고 싶은 대상 및 그것과의 관계가 전제되고 난 뒤에 오는 의식이다. 세계와의 절연을 목적으로 한 이 같은 '마음 없음'은 그 자체로 세계의 부정성과 추문을 자기 반영한다. 하지만 대상에 대한 면밀한 천착은 방법적 무심을 위해서도 반드시 필요한 선결 작업이다. 환상의 형식으로 실재의 논리를 형상화하기 위해서 '쿨'의 시학은 관계의 대상에, 대상과의 관계에 새로이 집중해야 한다. 이것이 기존의 가치 체계를 문제삼고 그것을 부인한 이들이 추구해야 할 새로운 윤리이다. 그렇지 않다면 "문을 잠그는 순간" 열리고 "문을 연 순간 잠기"(안시아, 「白夜」)는 자기모순에 매혹되어 그 '문'에서 한 발짝도 벗어나지 못하는 '당신'과 '우리'의 딜레마는 결코 해소되지 않을 것이다. 언제까지 만날 수 없는 '당신'을 쫓아 "소멸하기 좋은" "소용돌이의 이름"(「白夜」)을 지으며 젊음을 보낼 수는 없지 않은가?

3

그런 점에서 외부 대상에 대한 섬세한 포착과 자기반성적 태도를 지향한 시편들——「슬하(膝下)라는 말」「A단조」(이상 차주일), 「단풍길」(이현승), 「클렌징」(최조영) 등——은 지금까지 살펴본 시편들과 구분된다. 다만 '쿨'의 수사학이 강한 설득력을 얻고 있는 허무의 시대를 돌파하기 위해선 현실에 보다 능동적으로 대응하려는 자기 고양의 의지가 필요할 듯싶다. 특히 인식의 독창성과 개성적 상상력은 죽음의 난무가 한바탕 휩쓸고 간 자리에서 우리 시를 새롭게 갱신해야 할 모든 신인들에게 요구되는 몫이다. 그만큼 새로 등단하는 이들에게 거는 기대는 자못 각별하다.

'인간적인 것'을 잃어가는 사회와 그에 대해 반성하지 않는 개인과 그 모든 것에 무관심한 세계에서 우리가 희망하는 것은 무엇인가? 아니 희망해야 할 것은 무엇인가? 이에 대해 「주름의 왕」은 다음과 같이 답한다. 일상의 한복판으로 우선 돌아가야 한다고. 그곳에서 사람들의 노동과 노동의 하루를 다시금 주시해야 한다고.

　　태양세탁소는 자정이 되어서야 불이 꺼진다.
　　태양세탁소는 옷들이 천장이지. 언젠가
　　저 가게의 주인은 난쟁이일 거라 생각하기도 했네.
　　그러다 보았지. 오토바이를 탄 반(牛)대머리의 사내가
　　세탁물들을 한쪽 어깨에 걸친 채
　　날렵하게 한 손 운전으로 나드는 것을.
　　개선장군처럼 사내가 지날 때마다
　　골목에 늘어선 능소화도 주름치마처럼 나부꼈네.
　　태양세탁소의 그 환한 백열전구 아래서
　　사내는 런닝셔츠 차림으로 다림질을 하지.
　　다림질판 위로 매달린 알전구는 매우 밝아서
　　사내의 반대머리에서 촘촘하게 돋아나는 땀들 반짝거리지.
　　이마에 주름이 살짝 앉기 시작하는 사내는
　　그냥 볼품없고 왜소한 체격의 몽골리언인데
　　제법 두툼하니 살집 좋은 사내의 아내는 철딱서니 모양
　　오줌 누듯 쪼그리고 앉아 사내의 뒤통수를 바라보고
　　그러면 가오리처럼 납작한 사내의 다리미는
　　뜨거운 김을 뿜어올리며 신이 나 더욱 분주하네.
　　사내의 손에서 주름은 날을 세우기도 하고 잠자기도 하지.
　　어느 모로 보나 사내는 주름의 왕이라 할 수 있네.
　　적어도 이 골목에서는 어떤 주름도 사내를 당할 수 없지.
　　구김살 없는 옷들이 이력처럼 내걸린 세탁소의

태양 또는 주름의 왕.

— 이현승, 「주름의 왕」 전문

생활의 현장으로 생기 있게 복귀하는 이 시는 시적 대상과 거리를 유지하면서도 신선한 유머로써 그것을 "볼품없고 왜소한" 삶으로부터 가볍게 건져 올린다. 사심 없는 소박함과 명징한 관찰은 이 시를 경쾌한 젊음이 발산되는 장으로 만든다. 지적 통찰의 부족을 문제삼지는 말자. 우리에게는 지금의 현실을 위로할 긍정의 승화, 긍정의 긍정이 한편으로 필요하다. 시 쓰기의 최고의 에로티시즘은 대상과 거리를 유지하면서도 그 대상을 사랑할 때 도달된다는 점을 잊어서는 안 된다.

삶의 구체성을 향해 '온몸으로 동시에 온몸을 밀고 나가는' 전략적인 젊음의 시학에 너무 오랫동안 목말라 있었다. 이 갈증을 해소해줄 '신인(新人/新認)'의 출현은 그래서 더욱 절실하다. 앞으로 이들에게서 해갈의 징조를 느끼고 싶은 바람이다.

서정의 변신
―최근 시의 내면 풍경*

1. "그래도 진정 노래는 있겠습니까"

"아우슈비츠 이후에도 서정시는 쓰일 수 있는가"라는 아도르노의 말에는 우리 시대의 시인들이 감당하고 있는 이중의 고통이 간명하게 함축되어 있다. '아우슈비츠'가 20세기를 특징짓는 세계 대전의 상징이라는 점 외에 도구적 이성의 가공할 테러, 통제 불능의 지점에서 작동되는 집단의 조직적 자율성 모두를 통칭한다는 점을 떠올린다면, 시인들은 자신의 순수성을 입증하기 위해서라도 세계를 비난하고 탄핵하고 성토하는 한편, 서정시의 아날로지적 비전이 공허한 환상이나 헛된 미망이 아니라는 점을, 또한 자기기만적인 세계 긍정으로의 함

---

* 이 글은 월간 『현대시』에 2004년 7~8월 발표했던 글을 수정·보완한 것이다. 2006년 전후로 촉발된 미래파 논쟁이 있기 전, 잡지를 통해 자신들의 작품을 선보이기 시작했던 젊은 시인들의 시적 경향을 눈여겨볼 필요가 있다는 생각에 한 편의 글로 완성할 구상을 갖고 월평으로 연재했던 것을 이번 기회에 하나로 묶었다.

몰이 아니라는 점을 스스로에게 입증해야 하는 두 가지 책무를 동시에 떠맡고 있다. 세계의 부정이 시 쓰기의 현대적 알리바이라면 그것의 최종 목적과 결과가 무엇인지를 묻는 윤리적 질문에 대해 '그럼에도 여전히~'나 '그렇지만 아직은~' 등의 인본주의적 휴머니즘에 근거한 낙관적 전망을 그 답으로 제시할 수 없는 상황에 직면하고 있는 것이다. 그 같은 답은 심지어 시적 진정성의 부재나 대결 의식의 부족으로까지 여겨지는데, 세계 부정 의식은 그만큼 자동화된 의식으로 정형화되어 우리 내면에 깊숙이 자리하고 있다.

　서정시의 위의(威儀)에 대한 이 같은 질문은 시의 장르적 특성과 관련된 전통적 전제가 새로운 회의(懷疑)의 대상이 되고 있음을 추측게 한다. 그것은 합리적 자기 결정 능력을 바탕으로 한 자율적이고 주체적인 개별자, 즉 '개인'의 죽음과 밀접히 연관되어 있다. "힘찬 감정의 저절로 넘쳐흐름"이라는 워즈워스의 근대 시에 대한 유명한 정의는 자신의 주관적 내면을 발견하고 고유의 감각을 통해 그것의 함의를 자발적 감정의 유출로 형식화할 수 있는 자기 충족적인 개별자를 전제로 한다. 바흐친이 서정시를 본질적으로 단성적(單聲的)인 장르라 규정한 것도 시 쓰기의 근본이 우선적으로 개별자의 자족적 단일성을 기반으로 한 데서 착안한 것이다. 문제는 이처럼 유일자로서의 자명성을 믿고 그것을 행동의 준거 틀로 삼아온 개인성의 붕괴가 부인할 수 없는 사실로 현실화되고 있다는 점이다— '아우슈비츠'는 이러한 상황을 충격적으로 실증한 역사적 실례에 해당한다. 이로 인해 서정시의 전통적 중심축이 근저에서부터 흔들리고 있다는 점은 능히 짐작할 수 있다. 개인의 죽음을 목격하고 경험하면서도 자신만의 개성을 발굴하여 특유의 상상력으로 전화(轉化)해야 하는 양립하기 힘든 이중의 몫을 오늘날의 시인들은 짊어지고 있는 셈이다.

　아마도 시 쓰기의 이러한 어려움을 가장 첨예하게, 고통스럽게 실감하는 이들은 최근의 젊은 시인들인 듯하다. 세계의 부정이 미학적 새로움을 담보하지 못하는 기성의 것이 되고, 개인의 주관적 감정 표현이 상투적 형상화로 여겨지는 상황에서 시의 의의를 다시금 묻는, "그래도 진정 노래는 있겠습니까"라는 장이지의 뼈아픈 물음은 시인으로서의 존재 근거를 그 근본에서부터 의문시하는 것과 다를 바 없다.

　두보씨, 감기는 좀 어떠십니까
　'國破山河在 城春草木深'이라 적은
　엽서 잘 받았습니다.
　풀빛 짙어가고 나무는 그 뿌리가 더욱 깊어지는 봄이로군요.
　헌데 봄이 오지 않는다면 어쩌겠습니까.
　나라는 깨어지고 산하마저 눈보라 속에 파묻혀 있다면?
　깊어가는 봄이 없다면 노래가 있겠습니까.
　노래라도 진정 있겠습니까.
　〔……〕
　서울은 이제 짐 자무시 영화 제목처럼
　천국보다 낯선 곳이 되었습니다.
　서리화로 선 가로수에는
　죽은 사람들의 넋이 후줄근히 걸리기도 하지요.
　얼어 죽은 노숙자, 자살한 사업가, 신용불량자들, 불타 죽은 사람,
　물에 빠져 죽은 사람, 떨어져 죽은 사람, 굶어 죽은 사람, 지하철 안의
　비명…… 살해된 자살자들은 몸에서 썩은 냄새가 난다고 웁니다. 눈

보라는 잽싸게 울음을 먹고 자장가도 없는 잠을 쏟아냈습니다.

〔……〕

어제는 三岳神이 나와 춤을 추었고

한강에는 백발삼천장 노파의 환영이

한동안 나타났다가는 사라졌습니다.

나라가 깨지려려나보다고, 무슨 우화처럼

개구리 군이 와서 걱정을 하고 가더이다.

아래턱을 달달 떨면서

더욱 혹독한 천국이 내려오리라고

그래도 진정 노래는 있겠습니까.

— 장이지, 「천국보다 낯선—杜甫氏에게」(『창작과비평』 2004년 여름호) 부분

두보의 「춘망(春望)」은 깊어가는 봄의 정취에도 불구하고 나라의 패망으로 인해 속절없이 눈물만 흘리는 망향자의 설움과 슬픔을 표현한 작품이다. 그런데 전란으로 인한 이러한 괴로움의 토로 이면에는 그러한 소회를 노래로 승화하고자 하는 욕망과 의지가 숨어 있다. 두보에게 노래는 자기 구원을 가능케 하는 영혼의 의지처이자 세계를 위무하는 주술이었던 것이다. 더구나 그는 엄격한 스타일리스트이기도 했다. "시어가 사람을 놀라게 하지 않으면 죽어서도 그만두지 않겠다(語不驚人, 雖死不休)"는 두보의 선언은 그가 노래의 완성을 위해 형식의 탁마(琢磨)에 얼마만 한 공을 들였는지 짐작게 한다. 그만큼 삶 이전에도, 죽음 이후에도 노래는 세계와 현존을 관통하며 영원으로 날아가는 절대적 힘이자 아름다움이었다. 그래서 그것은 진리이기도 했다. 적어도 장이지가 보기에는 그렇다.

　그가 이 위대한 시인에게 정색하며 시비 거는 이유는 수많은 살인과 타살이 죽음의 가치를 농락하고 타락시키는 '천국보다 낯선' 이 세계에서 노래의 존재 이유를, 그것의 존재 가능성을 반문함으로써 노래의 탈주술화, 탈마법화를 시인으로서 어떻게 감당하고 대응할 것인가를 자문하고자 했기 때문이다. 그리고 이러한 문제 제기 속에는 '두보'로 상징되는 낭만주의적 전통을 강하게 의식하면서도 그것을 정면에서 부정하고 전복하려는 욕망이 내재되어 있다. '힘찬 감정의 넘쳐흐름'을 시의 당연한 기본으로 전제할 수 있었던 때는 그래도 행복한 시절이었다는 것, 이제는 웬만한 자극에도 미동 않는 둔감성이 인간다움의 표식으로 역전되고 있다는 것, 그로 인해 인지적 충격은 예외적이고 희소한 사건으로 경험된다는 것, 무엇보다 투명한 자기 동일성에의 확신이 더 이상 가능하지 않다는 것 등의 심각한 진단이 '우리에게 노래의 욕망과 의지가 있을 수 있는가'라는 무언의 항의 속에 포함되어 있다.

　그렇다면 시와 노래를 동일시해온 전통적 관점은 이제 폐기되어야 할지 모른다. 노래의 무기력이 시의 무능으로 등식화되는 것을 시인들은 온몸으로 막아야 하기 때문이다. "그래도 진정 노래는 있겠습니까"라는 물음이 시가 아닌 노래의 존재 여부에 초점이 맞추어져 있다는 사실은 그런 점에서 시에서 노래를 걷어내고자 하는 궁극적 의도를 감추고 있는 듯 보인다. 시가 살기 위해 노래를 삭제하는 것, 혹은 시의 가능성을 넓히기 위해 노래를 거부하는 것. 노래 없는/아닌 시가 존재할 수 있는지, 노래를 생략한 시의 형상과 형태는 어떠할 것인지 여러 의문이 생기지만, 위험하고 도발적인 어떤 변화가 지금 우리 시 내부에서 벌어지고 있다는 인상만큼은 지울 수가 없다. 젊은 시인들의 시에서 느껴지는 생경함과 낯섦의 원인으로 추정해봄직한 가정이다. 그런 점에서 이승원의 시들은 특유의 하드보일드hard-boiled한 문체가 노래의 자리를 솜씨 있게 대체한 예로 보인다.

아편 유도체인 모르핀은 1805년 헤로인은 1889년에 합성되었다
흰 새는 밤을 향하고 검은 새는 낮을 쫓는다
제임스 랜싱은 웨스턴 일렉트릭사에 입사했다가
1937년 분리 독립한 알텍으로 적을 옮긴다
1946년 JBL을 설립하고 자살한다
좋은 시인은 죽은 시인이다
보스 901 스피커는 1968년에 발명되었다
너는 자신이 누구라고 생각하는가
1970년 4월 8일 와우아파트가 붕괴되어 서른세 명이 사망했다
나는 언제 죽는가 최후는 편안할 것인가
콜트사와 면허 계약을 맺은 국방부는 1972년 M16 소총 공장을 세웠다
마귀들이 너의 도시를 버렸으니 공포와 경악과 조소가
빌리 그레이엄 목사는 1973년 내한하여 5월 30일부터 6월 3일까지
전도대회를 열었다 소똥을 잘라라는 웃기지 마로 의역된다
　　　　　　　　　　—이승원, 「모노폴리」(『파라21』 2004년 여름호) 부분

당신은 시에라리온과 라이베리아가
르완다와 부룬디가 잠비아와 짐바브웨가
어떻게 다른지 모릅니다
엘살바도르와 니카라과 과테말라가

그러나 당신은
중국인이나 일본인으로 오인되는 것이 싫습니다

난이도는 낮추지 못합니다
어복쟁반과 고소한 육전이
갈지 않은 통미꾸라지 추탕과 재첩국이
당신의 소울 푸드입니다
그래서 일주일간의 외유에서도
음식으로 고생합니다

간단히 얘기하지 않겠습니다
당신은 오늘도 전동차를 탑니다
당신의 부모는 당신의 생식기
당신의 지폐 당신의 후손이
타인의 기타와 시보다 소중합니다
때문에 하차할 승객을 가로막고 진입합니다
당신은 평등한 처우보다 특별 대우를 사랑합니다
며느리는 봄볕에 딸은 가을볕에

—이승원, 「감성적 독재」(『파라21』 2004년 여름호) 부분

세계에 대한 부정 의식은 한 시인의 고유한 미적 특징이 될 수 없을 만큼 일반화된 의식이다. 그러므로 이 익숙한 공통 감각을 어떻게 새로운 스타일로 표현할 것인가는 젊은 시인들이 직면한 중요한 시적 과제라 할 수 있다. 이승원의 시들이 눈길을 끄는 이유는 자신만

의 스타일을 창출하려는 시인의 의욕이 그에 값하는 형상을 얻고 있기 때문이다. 인용한 시들은 사실의 기술을 중시하는 신문 기사의 건조체를 연상시킨다. 「모노폴리」가 특히 그러한데, 언제 무엇이 일어났다(어떻게 되었다)는 육하원칙의 문장 구조가 시 전체에 걸쳐 반복된다. 대개 반복은 리듬을 형성하기 마련인데, 이때 리듬은 의미를 강화함으로써 문장 간의 유기적 연관성을 부각하는 효과를 낳는다. 그런데 이 시는 동일한 형태가 되풀이되는데도 각각의 진술은 파편적이고 단편적인 상태로 남아 있다. 일관된 리듬에의 기대는 그로 인해 깨어지고 부서진다. 이는 지시 내용 간의 인과적 필연성이 결여된 데서 비롯한다. 이러한 반복은 의미 연관성을 강화하지 않고 오히려 약화하는데, 각 문장의 명료한 지시성에도 불구하고 뒷 문장은 앞 문장을 가리고 지운다. 따라서 전체와 부분 간의 불일치, 표면과 이면의 불협화가 시를 장악하게 된다. 언어 기호의 지시성과 촉지성(觸知性) 사이, 그 알 수 없는 중간 지대에서 이승원의 시는 솟아난다. 노래가 아닌 수수께끼로서의 시. 「모노폴리」의 매력은 바로 여기에 있다.

우리는 이 모호한 언어 조합 속에서 역사의 어두운 진리를 감지하게 된다. 즉 역사를 구성하는 주체는 인간이 아니라 개별 사건들이며 그것의 연속과 축적이 세계를 형성하고 구성한다는 사실, 그리고 인간은 그러한 사건들의 상호 작용 속에서 역사로부터 소외되고 배제된 '나머지'로서 존재할 뿐이라는 사실을 깨닫게 된다. 그런데도 '당신'은 지나친 자기애에 빠져 있다. 자부심과 자긍심을 지키기 위해서라면 자기 본위의 행동을 불사하고, 집착과 아집의 결과를 두려워하지 않는다. 「감성적 독재」는 이성과 논리와 이념의 폭력성보다 더 무서운 감성과 감각과 습관의 견고성, 불가역성을 말하고 있다. 인간이 역사의 잉여로서 존재하게 된 까닭도 이러한 감성의 독재를 당연시한 때문은 아닐까 반문한다. 이준규의 시는 이러한 우리의 현 상태를 매우 유니크한 자기반성을 통해 비판한다는 점에서 주목에 값한다.

    그것은 매우 철저한 조제남조이다 그것은 온 사방으로 물결치는 과장의 숨은 빛이다 그것은 술을 좋아하고 소화하지 못하고 참을성이 부족하고 무모하며 우연을 좋아한다 그것은 딴짓거리를 좋아하고 눈 가리고 아웅 하기를 좋아한다 그것은 혀를 쑥 내민 속수무책의 바보인데 산을 좋아하지만 산에 가지는 않는다 그것은 횡설수설하는 가재와 칡이며 그것은 칡범이고 땅꾼의 후예이다 그것은 아차산에 가득한 진달래의 찬란이고 그것은 유행의 새로운 경향을 소개하는 시대를 잃은 잡지이다 그것은 택시 기사와 싸우는 전사이고 헌책방에서 담배 생각하여 식은땀 흘리는 소심한 어정뱅이이며 그것은 로트레아몽을 좋아하고 한국 록의 미래를 낙관한다 〔……〕 그것은 자연을 매우 부러워하며 인위적인 조작의 지나친 나열과 축적을 사랑하고 그것도 자연의 일부라고 시인한다 그런 와중에도 품위를 따지고 그러니까 어쩔 수 없는 허무의 수렁이다 그것은 낡고 상투적인 비유의 이상한 배치를 좋아하며 자주 놀라고 무시하는 것들이 많다 사람을 싫어하고 외로움을 견디지 못한다 그것이 자주 하는 말은 딱 한 잔만 더 하자이다
— 이준규, 「딱 한잔」(『문학과사회』 2004년 여름호) 부분

    이 시의 묘미는 '그것'의 양가적 함의가 시의 내포를 확장한다는 데 있다. '그것'은 대개 사물을 지칭하는 대명사이다. 그런데 '그것'에 잇

닿은 다양한 술어는 '그것'을 살아 움직이는 개별자로, 실재하는 구체적 양태로 부각한다. 하지만 '그것'은 인간도 사물도 아닌 '그것,' 정체를 단언할 수 없는 불투명한 익명체이다. 한편 단수명사인 '그것'은 중첩되는 은유적 정의(定義)로 인해 복수의 존재로 둔갑하기도 한다. '그것'이 보편자의 이름으로 인식되는 것은 이 때문이다. 결국 이 시의 '그것'은 보편과 개별, 단수와 복수, 인간과 사물 중 어디에도 속하지 않는 이상한 중간자이다. 그런데 자신의 술어를 집어삼키는 기표('그것')의 힘으로 인해 이 해괴한 중성은 비유어들의 구체성에도 불구하고 전체적으로 무화(無化)된다. 그래서 '그것'은 '나'이기도 하고, '너'이기도 하며, '우리' 모두이기도 하고, 아무것도 아니기도 하다. '그것'은 지리멸렬하고 무의미하다. 이 시는 기표의 의미 파생을 통해 허무와 체념과 유희가 뒤섞인 우리의 누추한 초상을 드러내면서 가볍고도 진지한 자기반성을 향해 수렴된다. 누구든, 무엇이든, 상실과 결핍의 기호인 '그것'으로 살아간다. 지고(至高)의 보편도 없고, 순수한 개별도 없으며, 존엄한 개인도, 숭고한 집단도 없다. 단지 무차별적이며 몰개성적인 무(無)만이 '그것'의 이름으로 움직이며 현존한다. 이것이 「딱 한 잔」의 젊은 시인이 그린 이 시대의 자화상이다.

하지만 '그것' 중에도 비상의 희망을 품고 있는 존재들은 있다. 무의미를 뚫고 의미의 영역으로 부상하려는, 은폐된 대지에서 힘차게 자기를 개진하려는 존재들. 신영배의 '그녀'는 '그것'으로부터 벗어나고자 애쓰는 한 전형이다. 그러나 '그녀'의 탈출 욕망은 죽음의 형식으로 표출된다는 점에서 참혹하다.

사무실 창문은 너무 높아
책상을 끌고 그 위에
의자를 올려놓고 올라서야 해

A4 용지 두 장만 한 창문
밖에는 안테나가 보이고
더 높은 빌딩의 창들이 빼곡하고
굵은 전선이 하나 걸쳐 있어

짧은 치마를 입은 그녀가
책상 위로 올라가 의자 위로 올라가
힐 위에 기우뚱하게 서 있어
창문에 매달려 있어

더 높은 빌딩의 썬팅된 창들이
그녀가 매달린 창문을 집어삼키고 있어
굵은 전선이 그녀의 가슴을 동여매고
안테나가 그녀의 치마를 찢고 있어
하늘은 보이지 않고 오후 두 시

힐 아래 여자들이 힐 위의 그녀를
끌어내리고 있어 안간힘으로 창에 매달리는 그녀
몸이 발개지고 식은땀이 나는 그녀는
여자들이 발밑에 지르는 불을 상상하며

뜨거운 오후 두 시
여자들에게 당할 윤간을 상상하며
초조한 오후 두 시
여자들과 살이 닿은 방식을 모색하며
사무실 공중에 붕 떠 있는 그녀
　　　　　　　　—신영배, 「오후 두 시」(『창작과비평』 2004년 여름호) 전문

오후 두 시, 뜨거운 한낮, 사무실 창문에 목을 매고 자살한 그녀. 그녀의 발밑에서 아우성치는 여자들. 도심 한복판, 어느 사무실의 살풍경한 광경이다. 침착하고 미세한 관찰자의 시선은 놓치기 쉬운 세부를 천천히 클로즈업close-up하는 카메라 렌즈로 기능한다. 관찰자의 눈에 포착된 그녀는 단지 하늘을 보려 했을 뿐인데 그러한 작은 소망도 이루지 못하고 자신의 죽음으로 실패의 값을 치른 유폐된 수형자의 형상이다. 더 나아가 그녀는 마녀 사냥의 희생자로 초점화된다. 자살의 실제 이유가 무엇이든 이 시의 그녀는 굵은 전선이 가슴을 동여매고 안테나가 치마를 잡아 찢는데도 불구하고 지상으로부터 탈출을 시도했다는 이유로 화형에 처해진 억울한 마녀이다. 발밑의 여자들은 그녀를 구하려는 조력자로 보이지만 그녀를 다시금 죽이는 진짜 마녀들인 셈이다. 하늘로의 비상을 불을 놓아 방해함으로써 그녀를 영원히 지상에 복속시키려 하기 때문이다. 시인은 그녀의 자살을 이렇듯 집단에 의한 타살로 상상한다.

한편 이 마녀들이 우리 안의 사회적 무의식을 표상한다는 점은 주의를 요하는 대목이다. 즉 내가 비상할 수 없다면 어느 누구도 비상해서는 안 된다는 도저한 이기심의 횡행. 이는 모든 존재를 평균화

혹은 평준화해야만 저 자신의 평화와 안정이 유지된다고 믿는 타락한 평등 의식이다. 현존의 상승 욕구를—하늘을 본다는 것은 비상 욕망의 육체적 현시에 해당한다—채 1미터도 안 되는 높이에서 좌절시키는 것은 유한자로서의 태생적 한계가 아니라 나의 불능을 너의 불능으로 만들어야 안심하는 왜곡된 보편 의지인지 모른다. 이처럼 이 시의 묘미는 하나의 에피소드가 다의적 상징성을 띠면서 여러 겹의 이미지로 중층화되는 데 있다. 그러한 풍부한 함의가 수사의 활용이 최대한 생략된 묘사만으로 이루어진다는 것도 특징적이다. 무엇보다 사소한 바람을 위해서도 자기희생이 요구되는 상황을 예시함으로써 다른 생을 향한 바람이 얼마나 철저히 봉쇄되어 있는가를 날카롭게 보여준다.

노래에 대한 기대 상실, 역사의 잉여로서의 자기 인식, 총체적으로 봉쇄된 다른 생에의 회구, 반성의 무효성에 대한 자기 희화 등으로 집약되는 젊은 시인들의 이러한 내면 풍경은 탈근대적 현상의 경험과 그에 따른 지적 패러다임의 변화와 무관하지 않을 것이다. 요컨대 자율적 주체를 우선 전제하는 동일성의 시학과 그에 기반한 서정성의 추구는 주체의 해체나 개인의 죽음이 하나의 자명한 진리가 되어가는 상황에서 현실에 대한 문학적 대응을 고려할 때 그 가치와 유효성을 의심받고 있다. 또한 자기반성이 스스로의 무화나 희화화로 귀착되고 마는 것은 합리적 존재로서의 존엄성이 그 근저에서부터 부인되기 때문이다. 탈근대를 경험하는 개별자는 비판의 기력을 제공받기보다 기괴한 사물로, 낯선 타자로 남겨질 뿐이다. 그리고 인간이 역사를 이끌어가는 영웅적 주인공이 아니라는 점은 알튀세와 푸코의 작업을 떠올리지 않더라도 도처에서 경험되는 사실이다. 시스템의 자율성이 개인의 자율성을 넘어서고 있음을 과연 누가 부정할 수 있을까? 하지만 이들의 시에서 발견되는 가장 두드러지는 특징은 '생은 다른 곳에'를 말하던 낭만주의의 후예들을 더 이상 찾아볼 수 없다는 점이다. 이들에겐 어떠한 가상의 탈출구도 남아 있지 않다. 그렇다면 이제 어찌할 것인가?

2. '너'라는 윤리

'다른 곳'은 대개 공간적 메타포이지만, 낭만주의 이래로 시인들에게 그것은 시간의 새로운 발견과 재전유를 통해 선취되는 초월의 계기이자 목적이고 지향이었다. 과거─현재─미래로 흘러가는 선적 흐름은 시간을 불가역적인 것으로 의식한 결과였으며, 진정한 생은 이러한 직선적 시간관에 힘입어 '지금 여기'가 아닌 이상화된 과거나 혹은 아직 오지 않은 미래의 몫으로 남겨졌다. 혹은 상실된 과거가 미래에 투사됨으로써 그 실현이 기대되었다. 그러나 결코 볼 수 없는 미래의 얼굴을 쫓은 결과가 현재의 자본주의 문명이며 문명의 발전은 이제 최첨단의 상태에 다다랐다는 의식의 팽배와 함께, 자본주의의 끝보다 세계의 끝을 상상하는 것이 더 쉬워졌다는 프레드릭 제임슨의 지적처럼 자본주의 너머를 가늠하는 것이 점점 불가능해지는 상황은 이 세계를 강하게 부정하면 할수록 미래의 얼굴을 보아야 할 필요성도, 그에 대한 바람도 역으로 그만큼 강하게 거세하고 있다.

최근 젊은 시인들에게서 유토피아적 상상력의 어떠한 흔적도 발견할 수 없는 것은 현존의 조건인 근대적 시간이 미래라는 이름을 내세

위 벗어날 수 없는 시간의 감옥을 유지해왔고, 그러한 감옥의 실체를
현재에서 가리고 지우는 과정이 미래의 사적 전유라는 형식이었으며,
부정적으로든 긍정적으로든 미래를 상상하는 것은 근대적 시간의 미
망에서 벗어나지 못하는 것임을 무의식적으로 감지하고 거부하기 때
문이다. 제자리를 맴도는 허무의 난무(亂舞)가 이들의 시를 감싸고
있는 것도 자신들의 기대나 희망을 그 어디에도, 무엇에도 섣불리 걸
수 없는 데서 근본적으로 기인한다. 그렇다면 이러한 딜레마를 극복
할 수 있는 가능성은 전무한 것일까? 이들은 자신들이 직면한 문제를
풀려는 어떠한 노력도 없이 끝없는 허무 속에 머물려는 것일까?

　이장욱과 하재연의 최근작은 그런 점에서 몇 가지 중요점을 시사한
다. 이들의 관심은 어떻게 세계와 '다르게' 관계 맺을 수 있는가에 모
아져 있는 듯하다. 그리고 그것은 '너'(혹은 '당신')를 기존의 방식과
는 '다르게' 보려는 데서 출발한다.

　　우리는 완고하게 연결돼 있다
　　우리는 서로 通한다

　　전봇대 꼭대기에 올라가 있는 배선공이
　　어디론가 신호를 보낸다

　　고도 팔천 미터의 기류에 매인 구름처럼
　　우리는 멍하니
　　上空을 치어다본다

너와 단절되고 싶어
네가 그리워

텃새 한 마리가 電線 위에 앉아
무언가 결정적으로 제 몸의 내부를 통과할 때까지
관망하고 있다　　　—이장욱, 「電線들」(『현대시』 2003년 7월호) 전문

　이 시의 핵심 전언은 1연과 4연에 집중되어 있다. 이 둘을 연결하면 '우리는 완고하게 연결돼 있다—너와 단절되고 싶다'가 된다. 이것은 상식 밖의 내용으로 타인과의 연계를 소망하는 우리의 기존 관념을 배반한다. 대개는 '우리는 단절되어 있다—너와 연결되고 싶다'가 논리적·윤리적 참[眞]으로 여겨진다. 그런데 시인은 이를 거꾸로 뒤집는다. 왜 그런가? '너'에 대한 그리움이 계속되기 때문이다. 그렇다면 더욱 이상한 노릇이다. 네가 그리워서 단절되고 싶다는 것은 일종의 모순 형용에 해당한다. 시의 패러독스를 이해하려면 문장 이면에 숨겨진 속뜻을 복합적으로 고려해야 하는데, 분명한 것은 '완고한 연결'에 심각한 결여가 내포되어 있다는 점이다. 따라서 다음의 도식을 생각해볼 수 있다.

　a. 우리는 서로 통할 만큼 연결돼 있다
　b. 그러나 우리의 연결은 거짓이거나 허구이다.
　c. 왜냐하면 너에 대한 그리움이 계속되기 때문이다.

　그렇다면 '너와 단절되고 싶다'는 어느 위치에 놓이는가?

　　d. 따라서 우리의 연결은 의미를 상실한다.

　　e. 우리의 연결이 허구라는 것은 연결이 끊어질 때 비로소 드러난다.

　　f. 단절은 그리움의 해소를 위해서도 필요하다.

　　g. 나는 너와 단절되고 싶다.

위의 연결 고리 중 가장 중요한 부분은 e와 f이다. e와 f에 따르면 단절은 이중의 가치를 지닌다. 그것은 '통(通)'의 불충분성을 가시화하는 계기로 작용하며, 동시에 그리움의 충족을 위해 필요한 선행 조건으로 기능한다. 이러한 단절의 역할은 '우리'라는 명칭이 공허한 이름에 불과함을, '우리'의 이름으로는 '너'라는 결핍이 채워지지 않음을 보여준다. 유사성에 근거하든, 차이성을 수용하든, 상호성을 전제한 '우리'는 나—너의 관계relationship가 근원적으로 불가능함을 은폐하는 이론적 허구의 이름이다. 상호 관계는 주체와 타자의 자기 동일성을 전제하지만, 이 자기 동일성은 상징적 질서에 의해 구성된 허구적 구조물일 뿐이다. 주체란 애초부터 분열되어 있으므로 주체의 대립항인 타자도 동일성을 보장받을 수 없다. 따라서 나—너의 상호성은 관계 형성의 불가능을 감추면서 그것을 상호 결합의 필요성을 강조하는 원인으로 사후적으로 역전(逆轉)한다. '우리는 만난다' '우리는 연결된다'는 그래서 '우리는 만나야 한다' '우리는 연결되어야 한다'는 당위적 믿음이나 윤리적 입법이 감추어진 교묘한 환원으로, 그러한 입법을 객관적 실재나 사실의 영역으로 치환하는 자기 최면적인 대체로 이해된다.

　타자와의 합일을 너무 쉽게 말해서는 안 되는 것은 이러한 사정 때문이다. '나' 아닌 존재의 인식이나 발견이 곧바로 소통이나 연대로 이어지는 것은 아니며, '우리'의 상호 작용은 타자의 타자성을 감추고 자신 속에 내재되어 있는 타자를 희생하고 배제해 자기 동일적인 원칙 속으로 환원하는 과정이기 쉽다. 그런데도 우리는 얼마나 '우리'가 되기를 원하는가? '너'와 하나 되기는 그것의 목적이나 의도가 무엇이건, 선과 악 또는 참과 거짓이 상징적 가치 체계의 자의성과 임의성에서 벗어날 수 없는 한 폭력을 내재하기 마련이다. '우리'를 말하는 순간 폭력은 상존하기 시작한다. 그런 점에서 단절은 결코 부정의 범주에 속하지 않는다. '너'에 대한 그리움은 '너'와 단절될 때 해결된다. 단절은 '우리' 속의 비어 있는 틈을 정직하게 인정하는 방식이며, 니체가 말한 바 "멀리 있는 것에 대한 사랑"을 실현하는 첫출발이다. 멀리 있을 때 비로소 그리움은 결핍에 대한 감정적 반응을 넘어 '너'를 '너'로서 존재케 하는 최선의 선택과 의지가 된다.

「전선(電線)들」은 '우리'의 이름을 탈마법화하면서 '너'를 대하는 새로운 자세와 태도를 예시한다. '텃새'는 그러한 태도를 함축적으로 보여준다. 멍하니 "상공(上空)을 치어다"보는 '우리'와 달리 '텃새'는 "제 몸의 내부를 통과"하는 "무언가"를 관망한다. 관망은 멀리 두고 바라보는 행위로서 단절의 구체적인 실천이라 할 수 있다. 타자를 인식하거나 이해하려 하지 않고, 타자가 되려고도 하지 않으면서 그저 '무언가'가 '내부를 통과할 때까지' 자신을 정지시키고 기다리는 것. 이것이 '텃새'의 관망이 지닌 궁극적 의미이다. 이때 '무언가'란 정체 불명의 것, 미지의 것이다. 그것은 측정 불가능하다. 우리에게 정말 필요한 것은 '텃새'처럼 알 수 없는 '무언가'가 비록 낯설고 생소하다 해도 우리의 내부를 거침없이 지나가도록 하는 것일지 모른다. 그래서 그것은 결정적인 '무엇'이기도 하다. '무언가' 결정적인 것이 되는 순간 '텃새'는 하늘로 날아오를 것이다. 시간의 충분한 유예 속에 감행되는 도약으로서의 단절. 그러나 원인과 결과를 묻지도, 예측하지도 않는 침묵 속에서의 이행. 이것이 이 시에 숨겨진 마지막 장면일지 모른다. 이장욱은 이 '무언가'의 현현과 응시를 「물질들」에서 다음과 같이 변주한다.

　　　돌들과 당신이 무관하다
　　　간판이 당신과 무관하다
　　　당신은 미묘한 침묵에 빠진다

　　　내가 하나의 물질로서 당신의 눈앞에 피어난다면
　　　당신은 기도하듯
　　　나를 물끄러미 바라볼 것이다

　　　우리들 사이에 오랫동안
　　　젖은 사람들이 피고 질 때에
　　　당신은 돌을 쓰다듬듯이
　　　당신은 간판을 바라보듯이

　　　의아한 표정의 내게
　　　물끄러미
　　　스며들 것이다

〔……〕

멍하니 앉아 있던 당신은
죽은 친구의 전화번호를 찾아
수화기를 든다　　　——이장욱, 「물질들」(『현대시』 2003년 7월호) 부분

　이 시에서 침묵은 응시의 예비 단계이다. 그것은 대상과의 무관함에서 초래된다. 즉 단절이 침묵을 낳고 응시를 준비한다. 이러한 사정은 상호 연관이 대상을 바라보게 하지 않고 침묵하게 하지 않는다는 유추를 가능케 한다. 즉 관계있음이 역으로 대상을 보고, 알고, 이해하는 것을 방해한다. 유관(有關)이 대상을 죽이는 셈이다. 따라서 타자의 자아화 혹은 자아의 타자화 같은 기존의 관계 방식은 근본에서부터 불신된다. 무관(無關) 혹은 단절이 타자에 대한 윤리로 요청되는 것은 이 때문이다. 그런데 이쯤에서 하나의 의문이 제기된다. 우리는 이 무관한 타자를 어떻게 바라봐야 하는가? 이장욱은 이에 대해 의미심장한 답을 제시한다.

　'당신'이 "기도하듯/나를 물끄러미 바라볼" 때는 "내가 하나의 물질로서 당신의 눈앞에 피어"날 때이다. '당신'의 침묵과 관망은 '내'가 '물질'로서 나타나는 순간 시작된다. 그리고 이 물질은 결코 사물과 동의어가 아니다. 사물은 의식의 대립항으로서 무심한 타성, 완고한 지속성, 견고한 비삼투성을 존재 방식으로 삼는다. 그것은 즉자의 상태로, 그 자체로 고정될 뿐이다. 반면에 물질은 시공간에 따라 생성·변화되고, 물체와 에너지의 범주를 넘나들며, 예측 불가능한 '무언가'로 운동한다. 그것의 경계는 분명치 않고, 따라서 척도화를 거부

한다. 분명히 존재하지만 알거나 이해한다고 말할 수 없는 것, 그래서 이름 붙일 수 없는 것, 그것이 바로 물질이다. 우리는 물질이 '눈앞에 피어날 때' 그저 "물끄러미 바라볼" 수 있을 뿐이다. 물질을 안다고 말할 수 있는 자는 적어도 이 지상엔 없다. 그러니 물질로서의 '피어남'은 지금까지 경험해본 적 없는, 상상해본 적 없는, 전혀 '다른' 사건에 해당한다. 물질의 현현(顯現)은 응시하는 주체나 응시되는 대상 모두에게 이질적이고 낯선 사건인 것이다. '당신'의 침묵이 미묘한 것도, '나'의 표정이 의아한 것도, 현존이 물질로 등장하는 사태가 양자 모두에게 어리둥절한 일이기 때문이다.

이러한 물질로서의 출현은 '당신'에게 두 가지 변화를 불러온다. 첫째 '당신'은 내게 스며든다. 이때 스밈은 동화(同化)나 결합이 아니라 「전선들」에서 밝힌바 통과나 관통으로 이해된다. '나'라는 물질이 '당신'이라는 '텃새' 속으로 흘러가는 셈이다. 둘째 '당신'은 죽은 친구에게 전화를 건다. 이것은 일종의 착란 증세이다. 삶과 죽음의 경계가 모호해지고 과거와 현재가 뒤섞이면서 현실이 상실된다. 타자의 이상한 현현과 그로 인한 침묵의 관망이 서늘할 정도로 불가해한 행위를 유도한다. 여기에는 형용하기 힘든 야릇한 공포가 드리워져 있다. 이렇듯 정체를 알 수 없는 물질은 치명적 위험으로 다가온다. 이러한 위험과 공포로부터 벗어나기 위해 타자를 '나'의 동일성 내로 포섭하거나 '나'를 타자로 환원하는 방식이, 즉 정복 아니면 회귀가 세계와 연관되는 방식으로 선택되어온 것인지 모른다.

'너'는 미지의 물자체이다. 이장욱의 시들은 타자를 인식하고 규정하고 분류하려 애쓰지 말고 모르는 채 바라보며 '쓰다듬는' 존재로 남겨두기를, 비록 그로 인해 공포와 두려움과 위협감을 느낄지라도 그것을 '나'의 몫으로 인정하고 수용하도록 권고하는 듯하다. 만약 그렇다면 이는 탈근대 시대를 향해 제시된 새로운 윤리학——아직 그 목적과 방향이 설정되어 있지 않지만 출발점의 윤곽은 그려지고 있는——일 수 있다. 하재연의 「의자」는 그런 점에서 '너'를 향한 '나'의 적극적이고 의식적인 지향이 비교적 두드러지는 작품이다.

나는 네게서 뭐든 찾아낸다
네가 아, 하고 입을 벌리면
나는 길들이 가득한 정원으로 들어선다
공룡 모양의 관목도
무덤덤한 활엽의 이파리들도
훈훈하고 새침한 꽃가시도
그건 비밀이 아니고
나는 거기서 고아가 아니다

나는 거기서 고아가 아니다
우리는 한 개의 의자와
또 한 개의 의자에 마주 앉았고
너는 아, 하고 입을 열었고
나는 네게서 뭐든 찾아낸다
너는 어제, 오늘
막이 오른다

〔……〕

네가 아, 하고 입을 벌리고

나는 온 힘을 기울여

너의 입과 너의 정원과 너의 도시와

너의 산책을 마중한다

나는 온 힘을 기울여

너와 의자에 마주 앉는다

── 하재연, 「의자」(『문학·판』 2004년 여름호) 부분

이 시의 '너'는 무궁한 변신의 존재다. 찾아내려 애쓰면 "뭐든 찾아"낼 수 있는 자유자재한 무형(無形)의 창고이다. 밑이 없는 마술사의 모자처럼 '너'의 입에서는 고가도로의 불빛부터 공룡 모양의 관목까지 튀어나와 한바탕 극적인 막을 연다. 그것은 실제와 환상의 경계가 무화되고 그것들 상호 간의 조우가 실현되는 카오스의 장(場)이다. 따라서 '너'의 입법은 불규칙과 비규범이고, '너'의 에너지는 진흙의 에너지이다. 그리고 그 형상은 서로 간의 흔적이 내포된 환상과 실제의 혼융이다. 그 결과 '너'는 인식론적 명명을 거부하며 앎의 영역 바깥에 놓인다. 이는 '너'라는 존재가 앎의 표현 수단이자 전달 매체인 언어의 외연적 논리로부터 벗어나 있음을 뜻한다. 네가 말을 하지 않고 "아, 하고 입을 벌리"는 까닭은 기존의 관습적 재현 방식으로는 '너'를 보여줄 수 없기 때문이다. 상징체계보다 동물적 발성이 반복적으로 강조되는 것은 이와 관련이 깊다. 그런 점에서 '아'는 기호의 의미 체계를 따르지 않는다. 그것은 하나의 소리이지만 음성 혹은 말씀(로고스)의 가치를 무시한다. '아'와 함께 '뭐든' 떠오르는 것

은 그것이 사유의 법칙을 침해하고 논리적 모순을 감행하면서 '이것이면서 저것'인 것들을 출몰시키기 때문이다.

그런데 '네'게서 뭐든 찾아낼 수 있다는 것은 동시에 '네'가 아무것도 아니라는 뜻이기도 하다. '네'가 어떤 것이라면 결코 '뭐든'이 될 수 없다. 즉 어떤 것이 아니므로 어떤 것이든 될 수 있다. 결국 '너'는 전부이면서 무이다. 결여이면서 과잉인 것. 너무 있거나 너무 없는 것. '너'의 '아'에서 꽉 찬 충만보다 동요와 불안을 느끼게 되는 것은 과–부족(過不足)으로 인해 발생하는 내적 균열 때문이다. 따라서 조화와 통일, 균등과 맞춤을 '너'에게 기대하는 것은 미망(迷妄)에 불과하다. 그런 점에서 '네 입 속'으로 '내'가 적극 삼투되지 않는 까닭을 쉽게 이해할 수 있다. 누구에게나 자기 동일성의 유지가 우선하기 때문이다. 대신 '나'는 '너'와 '함께with'하는 길을 택한다. "나는 〔……〕 고아가 아니다"라는 말은 '나는 너와 함께한다'라는 의미로 해석된다. "온 힘을 기울여/너의 입과 너의 정원과 너의 도시와/너의 산책을 마중"하는 것, "온 힘을 기울여/너와 의자에 마주 앉는" 것, 이것이 바로 '함께'의 실천 방식이다.

이 시의 마지막 연이 주목되는 이유는 앎의 바깥에 있는 '너,' 그래서 규정할 수 없고 확신할 수 없는 '너'에 대해 '내'가 어떤 태도를 취해야 할지가 구체적으로 제시되기 때문이다. 요컨대 "온 힘을 기울여" '너'를 마중하고 '네' 앞에 앉는 의지, 멀리서—가까이로 마주하는 의지가 필요하다. 그것은 '나'의 감각과 의식과 육체 전부를 의지로 만드는 의지이다. 그러한 의지에의 의지 없이 '온 힘을 기울이기'란 불가능하지 않겠는가? 이는 앎에의 의지나 지배에의 의지, 혹은 동화나 복종에의 의지와는 엄연히 다르다. 따라서 이 시의 '의자'는

‘나’의 의지가 발휘되고 수행되는 공간으로서, 윤리적 정언 명령과 그 실천의 최전선을 이룬다. 그렇다면 그러한 의지는 무엇에서 추동되는가? 무엇이 그러한 의지를 작동시키는가? 우리는 이러한 질문의 답을 이 시에서 찾을 수는 없다. 다만 ‘네’가 곧 ‘나’의 윤리라는 것, 타자가 그 자체로 주체의 윤리라는 점만을 시사 받을 수 있을 뿐이다. 아마도 행위의 원인이나 기원을 따지는 것이 ‘너’의 정체를 탐색하는 것과 다르지 않기 때문에 ‘너’를 인식의 대상으로 삼지 않는 한 주체의 의지가 무엇에 근거하는가를 묻는 것은 애초부터 성립될 수 없다.

해체의 끝이 타자와의 연대나 화해가 아니라 모두의 타자 되기other-becoming, 타자 만들기other-making는 아닌지, 그리하여 모두가 자신의 내적 명령을 자연법으로 내세우며 지상 명령의 주관자로 스스로를 주장하는 것은 아닌지 심각히 고민해야 할 지점에 이른 이때에 ‘너’의 존재가 ‘나’의 윤리라는 발상은 시대적으로 유의미한 대안일 수 있다. ‘너’라는 윤리가 ‘나’의 입법인 한, 비록 사랑은 힘들지만 폭력을 상쇄할 가능성은 커지기 때문이다. 어쩌면 그것은 안토니오 네그리Antonio Negri의 표현을 빌리자면 ‘공통된 이름common name’을 짓는 데 유용한 또 다른 길이 될 수도 있다. 그만큼 우리는 삶의 지표를 새롭게 세우는 ‘다른’ 윤리학을 절실히 요구하고 있다. 하지만 여전히 풀리지 않는 궁금증은 남는다. ‘너’라는 윤리도 주체의 자발성으로부터 출발하지 않는가? 그렇다면 우리는 현재 우리의 자율성을 신뢰하고 긍정할 수 있는 형편인가? 오히려 주체의 주체성이 가장 심각하게 의심되고 부정되는 시대를 살고 있지 않은가?

질문을 던져놓고 보니 자꾸만 입안이 씁쓸해진다. 그러나 시는 그 시대의 가장 예민한 문화적 촉수이자 성감대라 하였다. 이 씁쓸함 또한 젊은 시인들의 시 앞에서 온몸이 들쑤셔지는 참담함이 불러일으킨 신체적 반응일 것이다. 그러니 우리 시대의 병을 통째로 앓고 있는 이들의 시가 더욱더 아프기를 바라는 것은 잔인한 비평적 바람일지라도, 그것이 "온 힘을 기울여" 함께하는 고통일 수 있다면 그에 기꺼이 동참하는 것 또한 비평의 윤리일 터이다. 최근 도드라지는 젊은 시인들의 어두운 내면 풍경에서 새로운 윤리학적 전회가 감지된다고 한다면 지나친 과장일까?…… 우리 시대의, 우리 문학의 중요한 화두로 계속 지켜볼 일이다.

‘다른 생을 윤리하는’ 시와 시인들[*]

1

숭고는, 주지하다시피, 재현의 한계를 벗어난 ‘절대적으로 큰 것’
이다. 그것은 조화·합목적성·취미 등 미(美)를 판정하는 일련의 기
준들을 근본적으로 부정하며, 불쾌한 감정, 기묘한 낯섦, 혼란과 무
질서, 공포와 두려움을 유발하면서 우리를 불가해한 모순으로, 형용
불가능한 심연으로 이끈다. 그리고 판단 가능한 형식을 갖지 않는다
는 점에서 때로는 성스러움으로, 때로는 이해할 수 없는 기괴함으로
체험된다. 그래서 숭고는 모더니즘이 견지해온 재현 가능성을 거부하
고 충격과 전율을 목적으로 하는 탈자연화의 방향으로, 통합의 상상
력이 붕괴되는 지점으로 주체를 이끄는 포스트모던 미학의 핵심으로

---

[*] 이 글의 제목은 김경주의 시 「먼 생」의 한 구절에서 빌려온 것이다. 이 글에서 인용한 시
들은 다음 시집들에 실려 있다. 신영배, 『기억이동장치』(열림원, 2006); 김경주, 『나는
이 세상에 없는 계절이다』(랜덤하우스중앙, 2006); 이준규, 『흑백』(문학과지성사, 2006).

언급된다. 숭고를 추(醜)의 미학으로 정식화하여 포스트모더니즘의 미학적 중추로 승인한 리오타르도, 혐오스러운 비(非)-대상이자 괴기스러운 한계 체험인 애브젝션abjection으로 근접시킨 크리스테바도, 주체의 상징적 위치를 붕괴시키는, 선악이 구분되지 않는 공포와의 마주침으로 설명한 지젝도, 모두 언표할 수 없는 것이 존재한다는 사실의 표식으로 숭고를 이해하고 그것의 현대적 체험을 주체가 겪는 위험한 사건, 즉 불분명한 정체성과의 노골적인 마주침으로 규정한 점만큼은 공통된다.

무엇보다 숭고는, 라캉의 용어를 빌리자면, 언어적 상징화의 차원을 벗어난 '실재le réel'의 현전을 의미한다. '실재'가 '형용할 수 없는 것' '불가능한 것' '기표의 그물망 너머에 있는 것'의 지위를 점하고 있다는 점에서 이러한 등치가 성립하는데, '실재'가 주체로 침입해올 때, 그것이 주체에게 환상적인 것(재현 불가능하고 이해할 수 없다는 점에서), 우연한 것(예상하고 예방할 수 없다는 점에서), 천하고 혐오스러운 것(기존의 상징체계를 비틀거나 불안정하게 만든다는 점에서)으로 받아들여진다는 점은 '숭고＝실재의 현전'이라는 등식을 더욱 설득력 있게 만든다. 주목할 것은 '숭고＝실재의 현전'으로부터 파생되는 또 다른 미학적 연결 고리로서의 '환상'이다. 주체에게 '실재'의 침입이 환상의 형태로 현전한다면, 우리는 앞의 등식으로부터 '숭고로서의 환상'이라는 미적 범주를 생각해볼 수 있다. 이것은 단순한 헛것·환영·공상, 현실이 아닌 것을 현실처럼 상상하는 것과 달리, 숭고로서의 체험, 요컨대 두려움과 매혹, 반감과 황홀, 추함의 불길한 부정성, 금기의 실행, 내부로부터의 주체의 자기 상실, 그로 인한 혼돈을 본질로 한 '상징(재현) 너머'의 갑작스러운 돌출 혹은 순간적인 현현(顯現)을 뜻한다.

'숭고—실재의 현전—환상' 간의 이러한 상관성은 우리 시의 최근 경향을 새로운 차원에서 검토하고 이해하는 데 도움을 준다. 2000년 대 등장한 젊은 시인들의 시 세계를 조망하며 '폭증'했던 일련의 비평들은 대부분 이들의 시가 서정시로부터의 전면적인 이탈이며 주체의 분열과 해체가 그 요인이고 환상은 이를 형상화하는 미학적 전략임을, 그리고 이들의 공통된 문화적 기반은 대중(하위)문화의 총체적 영향임을 지적하였다. 이에 대한 평가는 논자의 입장에 따라 다르지만, '시란 무엇인가'라는 질문이 한국 시 전체를 향해 근본적으로 제기되고 있다는 것, 그래서 이들의 시 세계가, 긍정적이든 부정적이든, 새로운 '전위(前衛)'의 자리를 점하고 있다는 것만큼은 대체로 인정한다. 그런데 주체의 분열—서정시의 부정—환상—대중(하위)문화의 영향이라는 순차적 연결은 현상의 표면만을 아우르는 단순 도식이라는 인상을 준다. 여기에는 '이해할 수 없는 것들'의 출몰을 '이해 가능한' 영역 내에서 간종이려는 비평가 당자의 욕망이 우선한 것은 아닌가라는 혐의도 겹쳐져 있다. 무엇보다 이러한 도식의 문제점은 이들 젊은 시인들이 동시대인으로서 느끼고 감지하고 인식하는 고통이 무엇인가를 살펴보는 것은 정작 소홀히 한다는 점이다. 어느 시대든 시는 고통으로부터 출발한다. 시는 그 발생에서부터 '언어를 넘어서는 언어의 추구'라는 불가능과 역설을 생래적인 고통으로 품고 있다. 더구나 세계와의 근본적 불화가 불변의 기질과 성격으로 내면화된 현대 시인이 고통 없이 시를 쓴다는 것은 가능하지 않다. 혹, 우리는 시의 이러한 기저(基底)를 잊고 있는 것은 아닌가? 그렇다면 이들의 시에 대한 질문은 복잡하고 섬세하게 바뀌어야 하며, 그 답도

중층적으로 해명되어야 한다. 고통으로부터 축조되는 언어의 층위는 결코 단순하지 않기 때문이다. '숭고—실재의 현전—환상'의 미학적 체계화가 의미심장하게 고려된 까닭은 이러한 문제의식과 무관하지 않다.

2

　이미 많은 논자들이 지적하였듯, 환상은 최근 시의 주된 미적 특질로서 점차 양식화되는 추세에 있다. 황병승·김민정·이민하·진수미·유형진·김근·박상수·이영주·신해욱·이승원·김언 등 근래 첫 시집을 낸 신진들 중 환상을 자신의 시적 스타일로 취하지 않은 경우는 거의 없다고 해도 과언이 아니다. 가히, 환상의 범람이라 할 만하다. 물론 각자의 개성에 따라 다르게 축조되긴 하지만, 이들의 환상이 숭고의 시적 변주라는 점만큼은 동일하다. 대표적 예로 절단된 신체 이미지들, 피살 혹은 살해 형식을 띤 죽음, 유령(헛것)의 배회, 불분명하고 흐릿하고 경계 없는 존재들, 근친상간의 관계, 금기 수행, 피학적—가학적 행위, 자동인형이나 사이보그 부품의 장기(臟器)화 등은 애브젝션의 극한에 해당한다. 이는 숭고로서의 환상에 다름 아니다. 이러한 숭고 체험의 시화(詩化)가 우리 시의 전통에 비추어 볼 때 전무하다는 사실은 이 같은 시적 돌연변이들의 출현이 근대적 주체의 분열과 해체라는 인식론적 전회로부터 비롯되었으리라는 추측을 가능케 한다.

　그런데 근대적 주체에 대한 인식론상의 변화가 시적 주체의 변화로 곧바로, 아무 굴곡 없이 이입되지는 않는다. 그 과정에는 모종의 굴절이 동반된다. 젊은 시인들은 바로 이 굴절을 관념의 변개(變改)가 아닌 육체의 질환으로 앓고 있으며, 그것을 의미화가 불가능한 '실재'로서 자신의 무의식 속에 각인하고 있다. 이들의 고통은 여기에서 비롯한다. 그리고 고통의 정확한 출처를, 위치를, 그리고 예방책과 치료법을 알지 못하는 까닭에 고통의 강도는 더욱 배가된다. 증상 symptôme은 해석을 기다리니 고통 받는 쪽에서는 어떻게든 상징화를 시도하지만, 징후sinthome는 언어 너머에서 아무것도 말하지 않고 계속해서 삶을 살도록 요구한다. 결국 '말할 수 없는 것le reél'의 언어화를 위해서는 재현의 형식을 벗어난 형태화, 즉 환상이 유효한 방식으로 채택된다. 최근 시에 두드러지는 환상의 편재(偏在/遍在)는 동시대인으로서 이들 젊은 시인들이 겪고 있는 내적 고통의 본능적이고 직관적인 외면화이다. 이러한 외면화는 자신의 환부를 객관화하려는 노력의 일부이다. 다만 그것이 이해 가능한 재현 범위 내에서 가두리 지워지지 않을 뿐이다. 그러니 숭고로서의 환상은 서정적 자아의 탈중심화를 위한 의식화된 미학적 전략이기 이전에, 주체의 해체라는 탈근대적 현상을 '기획'이나 '의도'의 차원이 아닌 '사실'과 '사건'의 차원으로, 이해할 수 없으나 여전히 살아야 하는 '생(生)'으로 느끼고 체험하고 앓는 자의 무의식적인 비명인 셈이다. 그렇다면 우리는 주체의 인식론적 해체가 시적 주체의 육체적·내면적 삶으로 굴절되고 있다는 것을 어디에서, 어떻게 확인할 수 있는가? 그것은 이들의 시에서 어떻게 구체화되고 있는가?

답을 위해서는 잠시 에둘러 갈 필요가 있다. 우선 '환상－숭고'에 대한 이야기를 조금 더 진척시켜보자. 앞서 숭고로서의 환상이 이들의 시에 편재(偏在/遍在)한다고 말했는데, 그만큼 숭고의 미학은 새로운 문학적 세대군(群)을 형성할 만큼 집단적 특징으로 개진되고 있다. 이것이 의미하는 바는 무엇일까? 혹 이것은 시 자체가, 문학 자체가 숭고가 되고 있는 형국은 아닌가? 다시 말해 시(문학)의 정체성이 상징과 실재의 경계에서 정체 모르게, 아슬아슬하고 흐릿하게, 기묘하고 낯선 형태로 나타나고 있는 것은 아닌가? 이는 시(문학)가 그 자체로 우리의 정신을 깊은 혼돈 속으로 이끌면서 어떤 동일화 과정도 용납지 않고 우리를 향해 '너희는 돌이킬 수 없이 분열되어 있다'고 고지(告知)하면서 '절대적인 큰 것'으로 자신을 현현시켜 우리의 상상력을 압도하고 있는 것은 아닌가? 만일 그렇다면, 시(문학)는 숭고로서, 지금, 폭발 중이다! 왜 이런 일이 벌어지는 것일까? 시인을 가리켜 시를 '사는〔生〕' 존재라고 칭한 바슐라르의 말을 떠올린다면, 고통의 '표현할 수 없음'이 역으로 고통에 대한 발화 욕망을 고조시켜 시를 가늠할 수 없이 '절대적으로 큰' 환부로 육체화하기 때문인지 모른다. 또는 이러한 형이상학적 욕망과 달리, 이들의 문화적 기반인 대중(하위)문화 내에 이미 숭고가 과잉 상태로 만연한 까닭에 그로부터 직간접적인 영향을 받기 때문인지도 모른다. 우리로서는 아직 그 이유를 정확히 알 수 없다. 다만 이러한 문학적 사건이 낳는 효과에 대해서는 말할 수 있다.

그중 하나는 시(문학)가 숭고가 된다면, 그리고 숭고가 언어화될 수 없는 것이라면, 그래서 알 수 없는 무언가의 존재를 단지 암시하기만 한다면, 시(문학)는 역사적 사실들의 윤리적 요구 앞에서 무력해질 수도 있다는 점이다. 말할 수 없는 '충격'이나 상징화를 넘어선 '어떤 것'의 하나가 역사적 사실이 될 수도 있기 때문이다. 그렇게 되면 그에 대해서는 조금만 말하거나 비치거나, 아니면 침묵하게 될지도 모른다. 젊은 시인들의 시에 가해지는 비판의 주된 내용은 이러한 윤리적 약점에 모여 있다. 이들의 시를 비판하는 평자들은 이들이 현실을 말하지 않는다고, 그래서 이들의 시에 현실이 부재한다고 따진다. 분명, 현실을 앞에 둔 채 침묵에 빠진다는 것은 위험하다. 그러나 역사적 사실을 말하는 것이 곧 윤리적인 것은 아니다. 사실을 말한다는 것이 곧바로 진실을 말하는 것은 아니기 때문이다. 더구나 사실을 말하려 할 때, 우리는 서사적 허구화를 피할 수 없다. 사실이란 무엇인가? 사실은 유일한 '하나one'가 아니다. 사실의 진실성은 그 얼굴이 여럿이다. 그것은 미래에, 거듭, 새롭게 발견되고 수정된다. 사실을 진실로 판명하는 것은 미래의 몫이다. 하지만 이것이 사실이 없다는 뜻은 아니다. 사실을 '사실'로서 확증하는 것이 그것의 진상(眞相)을 드러내는 길은 아니라는 뜻이다. 시는 사실을 '전달하지' 않는다. 시는 사실을 직관하고 통째로 체험하고 그것에 반향한다. 이를 통해 사실의 이면과 다면을 통찰한다. 젊은 시인들의 '환상-숭고-시'는 표현할 수 없는 대상으로서의 역사적 사실을 놓여날 수 없는 징후sinthome로 내면화하여 자신의 몫으로 향유jouissance한 결과물이다. 그들은 이를 자신의 사건으로 수락한다. 이는 확실히, 쾌락 원칙을 넘어선 '고통스러운 쾌락'이다. 그러니 여기에는 모종의 윤리적 결단이 숨어 있다.

이제 앞의 질문으로 돌아가자. 주체의 인식론적 해체가 시적 주체의 삶으로 굴절되고 있음을 어떻게 알 수 있는지 물었는데, 그것은 주체의 분열과 해체라는 당대의 역사적 사건(사실)을 향유하는 과정에서 우리가 미처 알아채지 못한 윤리적 결단이 내포되어 있다는 점에서 확인할 수 있다. 그것은 한편으로 시라는 장르를, 문학이라는 전통적 영역을 변전(變轉)시키려는, 혹은 변전시킬 수밖에 없는 형태로 가시화하거나——자기 이해의 새로운 모델을 가진 미적 주체가 등장할 때에는 필연적으로 장르·양식·수사학의 변화가 수반된다. 그것은 모든 예술사가 말해주는 진리이다——, 다른 한편으로 그 변전 과정과 맞물려 수행되는 윤리적 결행의 내용이 작품 내적으로 구체화되는 형태로 나타난다. 그러니 질문은 다음과 같이 수정되어야 한다. 근대적 주체의 해체라는 역사적 사건을 향유하는 과정에서 어떤 윤리적 결단이 수행된 것인가? 그것의 내용은 무엇인가? 답은 이렇다. 주체의 해체는 타자의 정체를 되묻게 만든다. 그래서 '누가 타자인가'라는 물음이 중요하다. 데카르트적 주체의 현상학 내에서 자아의 의식적 지평으로 환원되었던 타자가 더 이상 나에게 포섭되는 그런 존재가 아님을 깨닫게 되는 순간, '타자는 과연 누구인가' '그것의 얼굴은 어떠한가'라는 물음이 제기될 수밖에 없다. 문제는 타자를 내 안의 이방인이라거나 나와 또 다른 '자아'라고 설명하거나 답하는 것으로 이 물음이 제기된 사정과 곤란이 해소되지는 않는다는 점이다. 우리는 너무 쉽게 내 안의 '타자성'을, 환대받아야 할 '다른 자아'로서의 타자를 말한다. 그러나 그것은 담론 내에서의 지식이거나 도덕규범으로 요청된 당위에 그친다. 과연 우리의 현실 세계가 이 문제를 그렇게 쉽게 수긍하며 포용하고 있는가? 관념의 영역이 아니라, 육체와 심리의 영역에서 이를 문제시하여 자신의 사건으로 체험한다는 것은 윤리적 결단 없이는 가능하지 않다. 그렇다면 누가 아파하는가? 바로 우리의 젊은 시인들이다. 이들은 타자에게 자신을 개방하는 차원을 넘어 타자를 자신의 정신적·육체적 질환으로 앓고 있다. 이들에게 타자는 몸 안의, 영혼 속의 징후이다. 그러니 이제 이들을 가리켜 참으로 '윤리적'이라고 말해도 좋다.

3

　최근 첫 시집을 상재한 신영배·김경주·이준규도 동세대 시인들의 이러한 특징을 공유한다. 특히 '누가 타자인가'라는 물음에 매우 예민하게 반응하고 있는 대표적 신예들이기도 하다. 그중 신영배는 타자를 몸의 증세로 앓는 시인이다. 그의 시에서 타자는 우연한 순간에 정체불명의 형상으로 출몰한다. 그래서 그의 시는 명징한 의식의 판정을 거부하는, 분별지(分別智) 바깥에 놓인 환상 체험의 기록이다. 가령, 유리창의 흐릿한 지문에 손을 대는 찰나 불현듯 나타난 손 하나가 시인을 어두운 강가로 이끌어 물결 속에 누운 사람들을 보여주는가 하면(「기억이동장치 1」), 죽은 조기가 놓인 길가에 한 여자가 등장하자 길은 돌연 푸른 물살로 변해 물고기를 무릎까지 튕겨 올리며 "촬촬"(「길 한 토막」) 흐른다. 지하도를 걷다 보면 "검은 뒤통수 몇몇이 바닥에/떨어져 구"(「지하도」)르기도 하고, 욕실에 떨어진 콘택트렌즈를 떼어내자 집 한 채와 네모난 방, 검은 뒤통수, 차가운 주검, 여자와 아이들이 딸려 나오기도 한다(「블루, 당신이라는 시공간적 배경」). 그런데 이러한 타자의 출현 뒤에는 언제나 혈흔이 남는다. 왜 하필 혈흔인가? 신영배의 타자는 그의 '몸 안'에 거한다. 알 수 없는 '그것(들)'은 소녀에서 소년으로, 언니에서 동생으로, 죽은 남자에서 옆방의 그녀로 모습을 달리하며 시인의 몸을 찢고 가르며 튀어나온다. 흡사 인간을 숙주 삼아 터져 나오는 에일리언처럼. 그러니 피가 흐르고 자국이 남을 수밖에 없다. 신영배 시에서 타자와의 대면은 피를 보는 일이고, 몸이 찢어지는 고통이다. 그의 몸은 '네가 알지 못한 존재가 여기에 있음'을 알리려는 타자들의 집적소이다. 타자의 사건들로, 시간들로, 삶으로 그의 몸은 붐빈다. 자신의 몸이 이처럼 타자의 사건이 되는 상태란 참기 힘든 고통의 극한일 것이다. "내 등 속에서 그녀가 내미는 머리 때문에/〔……〕 그가 내미는 무릎 때문에 〔……〕 당신이/내미는 치아 때문에"(「언덕에 매장된 검은 나체들」) 시인은 늘 아프다. 그러나 신영배의 시를 괴물—외계인이 낭자하게 쏟아지는 SF 시리즈의 주제와 상통한다고 해석한다면, 그것은 터무니없는 오독이다. 그의 시 속의 타자들이 '실재'의 영역에 속하는 기이한 낯섦the uncanny의 존재인 것은 분명하지만, 나와 다르기 때문에, 나의 동일성 내로 환원되지 않기 때문에, 사생결단으로 죽여야할 괴물인 것도 아니다. 오히려 신영배 시의 타자들은 '인간'의 얼굴을 하고 있고, 나처럼 눈물을 흘리고 피를 흘린다.

> 그녀가 반짝이는 햇살 조각을 밟는다
> 뜰의 그늘처럼 그녀의 발밑으로
> 흘러나오는 피, 피가 묻어나는 발로
> 그녀가 말없이 나에게 걸어오고 있다
> 말없이 거울 속에서, 나는
> 아픈 그녀를 안을 수 없이
> 우두커니
>
> ——「그녀를」 부분

신영배 시의 특징 중 하나는 타자의 출몰에도 불구하고 두려움이나 공포가 없다는 점이다. 이는 시인이 타자의 출현으로 인한 육체적 고통을 거부하지 않기 때문에 가능하다. 거부의 부정성을 거부하는 이러한 태도는 시인이 견지하는 윤리적 의지의 정도를 가늠케 한다. 위의 구절은 시인의 이러한 윤리성이 무엇에서 기인하는가를 보여준다. 그것은 우선 나의 고통만큼 타자도 고통을 느낀다는 인식에서 비롯한다. 나의 몸에서 분출될 때 '그/녀(들)'의 몸도 똑같은 고통을 느낀다. '그녀'도 "발밑으로" 피를 흘린다! 시인의 몸에 남은 핏자국은, 그러므로, 나의 피와 '그/녀(들)'의 피가 한데 섞인 혼합물이다. 그런데 '그녀'는 왜 피를 흘리는가? '그/녀(들)'에게는 내가 타자이고 이방인인 까닭이다. '그/녀(들)'의 고통은 내가 원인이다(시의 앞부분에서 '그녀'는 '나'의 유인에 의해 나타난 존재로 그려진다). 만일 이 시인에게 '누가 타자인가' 묻는다면, 그는 '내가 바로 타자다'라고 답할 것이다. 자기를 타자의 타자로, 나를 나의 이방인으로 의식하는 이러한 자기 인식이 시인으로 하여금 육체적 고통인 타자를 감내케 하는 두 번째 원동력이다. 그러나 이 시의 '나'는 "아픈 그녀"를 우두커니 바라보기만 한다. 일반적인 상식에서 볼 때, 아픈 이를 감싸주고 도와주는 것이 윤리이고 도덕이다. 그렇다면 이 시의 '나'는 비윤리적인가? 아니, 그렇지 않다. 이 시의 '나'는 사람이 아니라 "거울"이다. 그래서 "나는/아픈 그녀를 안을 수 없이/우두커니" 있다. 그런데, 이것은 어딘가 괴이하다. 타자는 '인간'인데, 나는 '사물'이라는 것 아닌가? 자신이 타자의 "거울"이라는 발상은 다음의 경우에도 이어진다.

그녀가 벽에 등을 비벼댄다

드륵드륵, 마주 댄 나의 등에서도

소리가 난다 그녀가 등을 세우고 운다

내 등도 흔들린다

〔……〕

그녀의 갈라진 등을

코바늘로 살살 파낸다

깊게 박힌 검은 소녀 얼굴을

죽은 기억의 이목구비를

파낸다

밤새

어제보다 벌어지고

깊게 파인 등, 검은 깨알처럼

드러나는 소녀 얼굴

등에 거울을 대고   —「기억이동장치 3」 부분

 사실, 절대적으로 다른 타자란 있을 수 없다. 만약 있다면, 그것은 신(神)일 것이다. 리쾨르의 말처럼, 타자를 자아를 위한 '또 다른 자아pro-heteros'로 변형하지 않고 관계 맺기란 거의 불가능하다. 타자는 비록 전 의식적일지라도 일정한 형태의 틀로 구조화되지 않고서는 해석의 순환 내로 들어올 수 없다. 그런 점에서, '그/녀'의 얼굴을 한 신영배의 타자들은 간접 재현된 자아로 이해된다. 이 시의 '그녀'가

자아의 거울상으로 읽히는 것은 이 때문이다. "그녀의 갈라진 등"은 확실히 시인의 등과 닮은꼴이다. 그래서 "그녀의 등"에 "깊게 박힌 검은 소녀 얼굴"은 '그녀'의 "죽은 기억," 즉 잠재된 트라우마의 언어적 상징이지만, 그것은 곧 '나'의 것이기도 하다. "그녀의 등"이 "내 등"을 흔드는 것은 그녀의 울음소리가 '나'의 "죽은 기억"을 일깨우기 때문이다. '그녀−등'의 징후가 "나의 등"으로 전이되는 이러한 육체적 울림은 자아의 타자화, 타자의 자아화라는 과정이 동시에 진행되고 있음을 예증한다. 신영배의 시는 타자의 현상학과 관련된 이 두 축의 동시 병존을 통해 구성된다. 하지만 이 두 개의 현상학적 원리─자아의 타자화, 타자의 자아화─가 어떻게 동시적으로 작동할 수 있는가? 이 시의 마지막 구절은 이에 대한 답이라 할 수 있다. 그것은 '거울−몸(등)'으로서의 자아의 변신으로부터 이루어진다. 타자를 품은 "거울"인 자아의 몸은 타자를 자아의 상(像)으로 비추고, 자아를 타자의 상으로 비추기를 반복한다. 이것은 영원한 순환 과정 속에 있다. 그리고 이러한 연쇄적 순환이 자아의 타자화든 타자의 자아화든 그 어느 한쪽으로 수렴되는 것을 방지한다. 더욱 중요한 것은 이처럼 영원히 고이지도, 머무르지도, 정주하지도 않는 순환을 신영배의 시는 여성적 "물"의 흐름으로 상징화한다는 점이다. 신영배의 "물"은 '거울−몸'의 안과 밖을 흘러 다닌다. 그의 시 도처를 흐르는 "물"은 타자의 시간(사건)으로도, 자아의 시간(사건)으로도 환원되지 않는 제3의 시간, 제3의 사건, 제3의 삶을 산다. 그의 시가 궁극적으로 지향하는 타자성의 윤리는 자아의 타자화, 타자의 자아화를 동시에 넘나드는 이러한 "물"의 길로 압축된다. 그래서 그의 시가 꾸는 "물"의 꿈은 죽은 남자와의 연애도 참혹하지만 아름답게 만든다.

4

신영배의 "물"이 김경주에게는 "음악"이다. "음악"은 김경주의 시 세계를 형성하는 발생학적 기원(起源)으로, 시인의 궁극적인 지향점이자 그의 실존을 지탱하는 정신적 모태이다. 동시에 그것은 '다른' 시간, '다른' 존재, '다른' 생의 자기 육체화이며 그것의 감각적인 표징이다. 형이상학적으로 비유하자면, 김경주의 "음악"은 타자의 로고스와 일자(一者)의 로고스 사이에 위치한, 둘 사이를 교통(交通)하는 간-로고스dia-logos이다. 아니, 더 엄밀히 말하면, 간-로고스로서 유지되는 언어적 상징 너머의 시간이다. 모든 음악이 언어를 초월하려는 미적 의지의 산물이듯, 김경주의 "음악"도 기표의 그물망을 거부하는 시적 역설의 한 표상이다. 하지만 그것은 현실화를 낙관할 수 없는 가능태로 존재한다. 그의 "음악"은 본질적으로 지금 이곳의 시간으로 환원되지 않는 시간, 지금 이곳이 아닌 곳을 경유하여 나에게서 타자로, 타자에게서 타자로 흐르는 시간이기 때문이다. 그렇기 때문에 김경주의 "음악"은 매혹적이면서 요원하다. 하지만 그의 희망은 이 "음악"의 시간으로 '지금 여기'를 사는 것이다. 이는 나의 시간―삶―세계와 타자의 시간―삶―세계 중 그 어느 쪽에도 복속되지 않는 시간(―삶―세계)에 대한 꿈이다. 꿈은, 꿈꾸는 자에게는 현실이다. 그리고 그것이 꿈꾸는 자를 살게 한다. 김경주의 "음악"에의 꿈은, 그렇게 타자의 윤리학을 실천한다.

"음악"과 시간, 자아와 타자를 연결하는 김경주의 이러한 시적 상상력은 시간을 세 가지 층위로 중첩시키는 시간 의식에서 연원한다.

시간의 세 층위란, 첫째 '지금 여기'의 시간(A), 둘째 '지금 여기'가 아닌 곳의 시간(B), 셋째 '지금 여기'와 '지금 여기'가 아닌 곳을 넘나드는 시간(C)을 가리킨다. A의 시간은, 시인의 말을 빌리면, "나에게 살고 있는 시간"인 "무간(無間)"(「비정성시」)이다. 이 "무간"의 삶을 가리켜 시인은 "유령처럼 오래전 나를 서성거리"(「누군가 조용히 창문을 두드리다 간 밤」)는 "귀신"(「드라이아이스」)의 삶이라고 말한다. "사람으로 태어나서 귀신이 되는 생도 있겠으나 귀신으로 태어나 자신이 죽은 줄도 모르고 이 세상을 살다가 어느 날 자신도 모르게 사라져버리는 생들"(「비정성시」)이 A의 시간에 속한다. B의 시간은 실존 너머의 시간이자 우리가 알 수 없는 절대적 타자의 시간인 물자체의 시간이다. 시인이 희구하는 최종적 도달점이 이 물자체와의 대면일 수도 있으나, 그의 실존이 "무간"의 세계에 속해 있는 한, 그것은 영원히 도달할 수 없는 세계이다. 그것은 "사람이 아니라 음악"이었던 "전생"(「비정성시」)을 온전히 상기할 때에만 경험되는 시간인 것이다. C의 시간은 지금 이곳과 물자체의 세계를 투과하며 왕래하는 "음악"으로, 그것은 "내 몸의 내륙을 다 돌아다녀본"(「내 워크맨 속의 갠지스」), 자아의 '몸 안'을 흐르는 타자의 시간이다. 그러므로 그것은 내 '몸 속'의 '다른' 생, 즉 '다른' 시간이자 공간인 "먼 생"(「먼 생」)이다. 이를 시인은,

> 내가 모르는 공간이 나에게
> 빌려주었던 시간으로 들어와
> 다른 생을 윤리하고 있다

저녁의 타자들이 먼 생으로 붐비기 시작한다　　　—「먼 생」 부분

고 표현한다. 이는 "자신이 한 번도 들어본 적 없는 그러나 자신과 가장 닿아 있는, 자아의 연금술"이자 "지금 방금 내 곁을 흘러간 하나의" "예감"(「비정성시」)이기도 하다——이 "음악"의 시간이 아마도 신영배에게는 "물"의 시간일 것이다. 김경주는 이 "음악"으로서의 시간을 살겠다는 자기 다짐을 "나는 내가 살지 못했던 시간 속에서 순교할 것이다"(「드라이아이스」)라는 말로 표명한다.

순교는 죽음의 한 형식이다. 그것은 목숨을 버리는 가장 극단적인 행위로 자기 목적을 성취하려는 희생 제의이다. 그러한 희생 제의를 "음악"에 바치겠다고 하는 것은 죽음을 전제할 만큼 내 몸속의 '다른' 생인 타자들의 붐빔이 감내하기 힘든 고통이자 수행하기 어려운 자기 초월의 행위임을 시인이 직관하기 때문이다. "음악"의 시간은 타자의 삶을 산다는 윤리적 불가능에의 도전인 셈이다. 그래서 그것은 "제정신으로 듣는 음악이란 없다"는 시인의 말처럼 "아버지가 병든 어머니를 평생 등 뒤에서만 안고"(「우주로 날아가는 방 1」) 자야 했던 괴로움에 비견된다. 하지만 "내 적막한 열망보다 순도 높은 저 시간"(「드라이아이스」)은 시인으로 하여금 "무간"의 허무를 견디게 하고 그것에 함몰되는 것을 방지하는 심리적 버팀목이며, 내가 타자의 육체로 산다는 것과 타자가 나의 육체를 거처로 삼는다는 것의 의미를 존재론적으로, 반성적으로 성찰케 하는 자기의식의 준거점이다.

그런데 "음악"의 시간을 사는 것이 자기 초월의 윤리적－존재론적 도약 없이 성취되기 어려운 만큼, 시인의 실존이 속한 곳과 그가 지향하는 곳 사이의 간격은 사라지지 않는다. "시차(時差)"(「우주로 날

아가는 방 3」)는 바로 이때 발생한다. 음악이 "자신과 가장 닿아 있는" 시간이긴 해도, 그것은 '지금 여기'의 시간(삶)과는 층위가 다른 시간(삶)이다. 엄밀한 의미에서 시인은 두 시간 사이의 격차, 그 차이 속에 머물고 있다. 그래서 그는 "어지럽다." 흡사 "사진 속으로 들어가 사진 밖의 나를 보면"(「비정성시」) 어지럽듯. 그래서 시인은 순교를 실천하기 이전에, "자신이라는 시차를 견디는 일"(「우주로 날아가는 방 3」)부터 익혀야 한다. 하지만 그것은 결코 쉽지 않다. 아무도 느끼지 않는 "시차"를 감당한다는 것은 귀신을 보고, 저승을 감지하고, 몇천 년을 순간에 살고 죽고, 사랑하기 전에 이별을 먼저 하고, 죽어서도 땅으로 내려오지 못하고, 자신의 과거와 현재와 미래로부터 멀리 "유배"(「비정성시」)당하는 일을 반복해서 겪는 것과 다를 바 없다. 이것은 정말, "유령처럼" 사는 삶이다. 혹 시인이 말하고자 하는 순교의 진정한 의미는 이러한 "시차"의 견딤은 아닐까? 김경주가 그리는 '지금 여기'의 풍광이 환상의 형식을 띤 까닭도 "시차"로부터 유발된 다른 시간(들)의 침입과 간섭, 삼투가 언어 형상 속에 각인되기 때문이다. 그리고 그의 시 세계 전반에 드리워진 짙은 외로움과 쓸쓸함, 고독과 적막, 깊은 자기 연민도 "시차" 속에 홀로 던져진 자가 느낄 수밖에 없는 감정들이다. 하나, "사람은 울면서 비로소/자기가 기르는 짐승의 주인이"(「못은 밤에 조금씩 깊어진다」) 되듯, "시차"를 다스리면서 "음악"의 시간을 포기하지 않는 시인의 견인지구(堅忍持久)가 다음처럼 수일한 이미지와 현기(玄機)로운 타자성의 윤리학을 낳고 있으니 그의 불행한 "시차"를 우리는 감히 축복해야만 한다.

언젠가 나는 당신의 잠든 눈을 가만히 만져본 적이 있다고 고백해야겠다 구름의 내부를 천천히 거닐고 있는 나의 붓은 지금 혼수(昏睡)의 상태다 어둠속에 웅크리고 있는 내 몸 안으로 기어들어오고 있는 인간 하나 보고 있다면 나는 지금 당신의 눈빛이다

―「당신의 잠든 눈을 만져본 적이 있다」 부분

5

　이준규에게도 미지(未知)에 속하는 타자와의 만남은 두렵고 낯선 체험이다. 그것은 시간의 상실을 경험하는 것에 버금간다. 그래서 그는 "무너져 내리는 시간의 나선형 계단에서/소름 끼치게 너를 다시 만나리라"고 말한다. "자살 같은/벼락 같은/마약의 시공 같은"(「이글거리는」) '너'와의 대면은 자아의 내적 질서와 존재 기반을 내부에서부터 붕괴시키는 '소름 끼치는' 충격이다. 죽음처럼 찰나의 순간 혼미하게 돌발하는 '너'는 그렇게 치명적이고 "결정적이다"(「방」). 더구나 그러한 타자와의 접촉은 돌이킬 수 없이 유일무이한 사건으로 미리 '결정'되어 있다. 이준규에게 타자는 피할 수 없는 사건이며, 거기에는 조금의 자유도 들어설 틈이 없다. 그의 시에 자아―중심적인 나르시시즘의 흔적이 없는 것은 그의 눈앞에 현전하는 모든 것, 모든 순간이 사건으로서의 타자의 현현이고 그 자체가 세계의 현재로 정해진 필연ananke인 까닭에 그것을 거부하거나 회피할 권리가 주어져 있지 않기 때문이다. 설령 그러한 의지를 실현할 선택권과 자기 소유권이 있다 한들 그 앞에서는 그러한 권리가 무용(無用)한 까닭에 자아 중심적인 동일화 과정보다 자신을 둘러싼 타자들에게 "총체적으

로" "영향"(「누런 방」) 받는 쪽으로 그의 의식이 정향(定向)되고 있기 때문이다. 그만큼 이 시인에게 타자는 절대적으로 중요한 의의(意義)이며, 세계를 형성하는 가장 본질적인 핵자(核子)로 여겨진다(그래서 그는 "투명하게 언어를 움직이고자 하는 불가능한 기획"이 "언제나 출발선에 있고 언제나 문 밖에 있는/**당신을 통해서만** 완성되는 뜨거움"〔「이글거리는」, 강조는 인용자〕이라고 말한다).

그렇다면 이는 시인이 타자를 자아 '바깥'에 존재하는 초월적 존재로 인식한다는 뜻인가? 그렇지는 않다. 만일 타자를 자아 외부의 초월적 대상으로 상정한다면, 그의 시는 자아를 타자화하는 의식의 현상학을 취할 가능성이 농후하다. 그러나 이준규의 시는 어떤 방식의 동일화 과정도 밟지 않는다. 바로 여기에 그의 시가 지닌 '새로움'의 비밀이 있다. 그는 기존의 서정적 동일성과는 다른 방향을 모색한다. 자아와 타자를, '나'와 '너'를 모두 함께, '시(詩)의 사건'으로 만드는 방식이 그것이다. 그에게 타자의 출현은 시 그 자체이며, 그러한 타자를 만나고 체험하는 자아도 한 편의 시이다. 그러므로 모든 것은 전부 시(詩)이다! 그의 시 속의 '나'는 시를 쓰려 하거나, 쓰고 있거나, 썼거나, 쓰지 못한 존재이다. '나'는 오직 시만을 생각하고 읽고 쓴다. 그것이 '나'의 유일한 존재 근거이고 삶의 이유인 양. 그리고 그렇게 '나'와 인접한 세계는 시의 재료로서, 시의 원천으로서, 시를 산다〔生〕. 이는 이준규 시의 독특한 스타일을 형성하는 근본 원리이다. 요컨대 그의 시에는 모든 순간의 모든 움직임이 유일한 단독자 singularity로 각인되어 있다. 아무리 사소하고 무연한 움직임도 그의 시에서는 나타나고, 사라지고, 가라앉고, 떠오르고, 날고, 다가오고, 멀어지고, 멈추고, 떨고, 가고, 온다. 심지어 "있음"도 "떨고 있"(「혹

'다른 생을 윤리하는' 시와 시인들　81

백 9」)고, "영원히 정지한 움직임"도 "하나의 창조이다"(「방」). 세계
는 현재 진행형의 사건들인 것이다. 이것이 '타자'라는 말의 진정한
뜻이다. 그리고 이러한 '사건―타자'들을 "하나의 창조"로서 바라보
고 인지하고 경험하는 나도, 응당, 이것들과 더불어 하나의 사건이
되며 그로 인해 어떠한 타자에게도 환원되지 않는 유일자(唯一者)로
재창조된다. 이준규의 시는 '시'라는 미적 의지를 매개로 하여 동일자
를 타자에게 종속시키는 것도 아닌, 타자를 동일자에게 종속시키는
것도 아닌, 타자에게 자아를 개방함으로써 자신을 갱신하는 새로운
형성 '과정 중'의 주체를 우리에게 제시한다. 그 주체의 이름은 "그
것"이다. "그것"은 자아도 타자도 아닌 중성적 주체이다.

　　　그것이 왔다
　　　내일은 비가 왔다
　　　비린 후회의 추억처럼
　　　오늘은 마른 눈이 온다
　　　벗은 살의 먼 기억처럼
　　　거리를 지탱하고 사라지지 않는다
　　　차를 한 잔 마시고
　　　잊을 수 없는 것을 잊고
　　　정교한 헛짓으로 번지는 벽
　　　입을 다문 슬픔의 모습
　　　그림자의 순간을 견디는
　　　그림 없는 그리움
　　　실패의 구축에 실패하다

완전한 망각을 권유하는 향기

그것이 왔다
—「향기」 전문

유일자들 각각의 운동과 상태, 형상을 사건화하기 위해 이준규 시의 언어들은 갑작스럽게 비연속적으로 충돌한다. 그것들은 미처 하나의 정상적인 문장으로 완성되기 전에 다른 단어들, 다른 문장들, 다른 단락들로 이동한다. 그래서 그의 시는 사건들의 연이은 발생과 출현을 미처 따라가지 못하며 이 단어에서 저 단어로, 이 문장에서 저 문장으로 건너뛴다. 그것은 마치 실어증 환자의 발화와 유사하다. 가령 이 시의 각 행은 "그것"을 의미화하려는 은유의 연속으로 읽히지만—"그것"이 지시 대상이 분명치 않은 대명사이고, "그것이 왔다"는 문장이 시 전체를 압도하는 지배소임을 상기할 때, 첫 행 이후의 모든 문장은 "그것"의 뜻을 밝히는 부연 서술의 기능을 한다—, 시의 마지막까지도 "그것"의 정체는 밝혀지지 않는다. 시의 모든 문장과 어구, 단어가 어법의 정상성에서 탈구된 까닭에 납득할 만한 논리를 상실하고 해석 불가능한 상태에 놓여 있다. 그러므로 "그것"은 언어적 상징화에도 불구하고, 의미화 '바깥'에 있는 존재로 남는다. "그것"은 지시할 수 없는, 의미할 수 없는 대상인 것이다.

하지만 "그것"은 세계의 모든 사건을 지칭할 수 있는 유일한 말이다. 아직 개념화되지 않은 말, 언어의 그물망에 포섭되지 않은 말, 상식과 편견에 의해 고착되지 않은 말이란 지시 대상을 공백으로 만드는 불명(不明)의 이름인 "그것"밖에 없다. 그런데, 기존의 상징체계로 명시할 수 없을지라도 "그것"은 "왔다." "그것이 왔다"는 사건은 이미 발생했고 그 진행은 불가역적이다. 그러니 어쩌란 말인가? 이

'다른 생을 윤리하는' 시와 시인들　83

시는 "그것"이 '무엇'인가를 규정하여 대상화하려는 노력이 헛된 것임을 말하려 한다. 단지 "그것"이 '무엇'이든 될 수 있는 존재라는 점에서, 복수(複數)와 이질성의 사건―주체라는 점만을 밝힌다. "그것"은, 그러므로, 그 스스로에게도 이방인인 주체, 언제나 '발생 중'인 주체이다. 시인이 "나는 세상의 모든 시를 시작하리라"(「이글거리는」)고 선언할 수 있는 것은 "그것"과 더불어 시를 사건의 발발 그 자체로 만들 수 있음을 감지하기 때문이다. 그러나 "그것"이 의미화를 비껴가는 존재인 한, "흐르는 것들을 추적하는 언어"가 "사물을 말하지 못하는 비참을 과시하는 역사"(「아」)인 한, 그러한 언어에 의지할 수밖에 없는 그의 시는, "그리하여 실패다"(「아」). 다만 그러한 "실패"의 구축을 언어의 "실패"로서 구축하는 한, 그 구축은 성공이다. 이로써 이준규 시의 새로운 시학은 최종적으로 성공이고, 완성이다.

6

야우스는 「문예학의 도전으로서의 문학사」에서 새로운 미학적 형식의 등장이 갖는 의의를 다음과 같이 말한다. "새로운 형식은 더 이상 예술적이지 않은 옛 형식을 해체하기 위해서 등장하는 것이 아니다. 새로운 형식은 그것이 문학 형식 안에 비로소 드러나게 되는 어떤 경험의 내용을 앞서 형성해줌으로써 사물의 새로운 인식을 가능하게 할 수 있다"(H. R. 야우스, 『도전으로서의 문학사』, 문학과지성사, 1983, p. 213). 새로운 형식 안에 이미 "어떤 경험의 내용을 앞서 형성해"주는 직관이 내재되어 있다는 그의 말은 최근 우리 시의 신진들이 보여주는 미학적 실험의 의의가 무엇인가를 간명하게 보여준다. 다른 시인들의 경우도 그렇겠으나, 신영배·김경주·이준규 세 시인이 펼쳐 보이는 시적 모험은 이 세계를 살고 있는 우리 삶의 경험과 아직 채 인식되지 못한 그것의 의미를 동시대의 문학적 최전선에서 가장 현재적이고 당대적인 의의를 가지고 '앞서' 직관한 결과물들이다. 아마도 이들이 우리에게 '먼저' 형성해주는 내용 중의 하나가 '다른 생을 윤리하는' 이들 고유의 타자성의 윤리학일 것이다. 이 글은 이들 시에 내재된, 지금 형성 중인 내용의 한 자락을 더듬어본 것에 불과하다. 설명되어야 할 내용들은 앞으로 이보다 훨씬 더 많을 것이다. 그러니 갈 길은 아직 많고 멀다. 그래서 여담으로 한마디 첨언하자면, '근대 문학'의 종언은 있을지 모르겠으나 시의 종언은, 이렇게, 결코, 아직 없다.

인디에는 뭔가 특별한 것이 있다?!

—'인디적인 것'의 문학적 접변에 대한 단상

I use the best I use the rest

I use the enemy I use anarchy

and I wanna be anarchy

—Sex Pistols

글을 시작하기에 앞서 몇 가지 장면을 병치해 보자.

〈장면 1〉

나희덕: 외적인, 시적인 소외, 물량으로부터의 소외, 세상의 관심으로부터의 소외, 정치 중심에서 소외되어 있는 자리 자체가 아웃사이더처럼 보이지만, 이 자리야말로 세상을 거리를 가지고 보아낼 수 있는 편협되지 않은 순수한 가치들을 생산해낼 수 있는 자리라는 거죠. 그런 점에서 부정적인 것만이 아니라 생산적인 요인이 될 수 있다는 거지 90년대는 시 쓰기 좋았다, 이런 뜻은 아닙니다.

김태동: 그런 의미로 소외된 자리에서 글 쓰는 게 힘든 사람이 있을 수 있을 것 같아요. 그렇기 때문에 **오히려 시가 독립 영화제를, 독립 예술제를 해야 된다고 생각하는 사람들도 있습니다.**

〔……〕

최성실: 어쩌면 우리는 앞으로 시가 무엇인가, 소설이란 무엇인가에
대한 근원적인 성찰을 다시 해야 할지 모릅니다. 그 차이를 분명하게
드러내는 것이 다른 문화적 장르와의 관련 양상을 살피는 계기가 되겠
죠. 〔……〕 종말은 시작의 되풀이에 불과합니다. **시는 인디의 자리로
떨어진 것이 아니지요. 만약 그렇다면 인디의 자리로 옮겨가는 것이고
그것은 다른 시작에 불과한 것 아닐까요……**

——「떼담——세기말의 거울에 비친 시의 얼굴」

(『이다』 제4호, 문학과지성사, 2000, 강조는 인용자)

〈장면 2〉

뜯어 먹어 날! 뜯어 먹어 날!

뜯어 먹어 날! 뜯어 먹어 날!/오~ 뜯어 먹어

날 할퀴어줘 날 긁어줘/날 꼬집어줘 살점을 뜯어줘

날 찢어줘 쑤셔줘 날 찢어줘/베고 자르고 날 도려줘

뜯어 먹어 날! 뜯어 먹어 날!/뜯어 먹어 날! 뜯어 먹어 날!

날 핥아줘 날 빨아줘/날 꽈악 깨물어줘/잘근잘근 씹어줘

날 묶어줘 내 목을 졸라줘/벽으로 바닥으로 날 집어던져줘

——허벅지밴드, 「뜯어 먹어, 날」(『Herbuxy Dance』, 1998) 부분

소금을 듬뿍 두른 변기솔로 내가 날 구석구석 닦는다 한 입에 한 배
꼽에 한 음핵에, 두 눈에 두 귀에 두 콧구멍에 두 젖꼭지에 두 난소에,
꽃삽을 쑤셔박아 내가 날 데코레이션한다 늑막이 터지도록 허리를 졸
라매고 고기걸이용 쇠걸이에 목을 찍어 내가 날 옷걸이에 건다 터진

인디에는 뭔가 특별한 것이 있다?! 87

수도관에 입이 물린 고무장갑처럼 살이 불 때까지 내가 날 꼬집어 뜯는다 하키스틱만한 낫을 갈아 뒤통수부터 엉덩이까지 내가 날 자로 댄 일자로 찍어내린다

— 김민정, 「내가 날 잘라 굽고 있는 밤 풍경」

(『날으는 고슴도치 아가씨』, 열림원, 2005) 부분

〈장면 3〉

그날 나는 아르바이트를 가는 길이었고, 신촌은 여느 토요일 저녁처럼 사람들로 붐비고 있었다. 그런데 지하철역을 조금 앞둔 지점에서 예기치 않은 상황이 벌어졌다. 길 맞은편 10층짜리 건물 앞에서 학생 몇이 웅성대는 듯하더니 도로에 정차해 있던 크레인이 조금씩 움직이기 시작했다. 그리고 울리는 '자가자가 장장장—.' 노랗게 물들인 머리에 피어싱을 하고 찢어진 청바지와 티셔츠 차림의 젊은 애들 넷이 서서히 오르는 크레인 위에서 고함치듯 노래하며 펄쩍거리고 있었다. 신촌 한복판에서 난데없는 게릴라 콘서트가 벌어진 것이다. 처음엔 어리둥절해하던 사람들이 그들을 알아보는 순간, 거리는 순식간에 전면적인 마비 상태에 빠져버렸다. 눈 깜짝할 사이에 사람들이 그들 주위로 모여들었고, 천여 명의 인파가 좁은 도로를 가득 메웠다. 그때 내가 본 것은 분명 무질서였다. 그러나 그것은 어느 순간, 어리둥절한 기분, 당황스러운 느낌, 고함과 욕설, 짜증과 분노, 신선함과 낯섦 등, 복잡한 감정의 더미와 반응을 무화(無化)하는 무차별적 활기로 돌변했고, 섬광처럼 번쩍이는 유희 정신의 분출 무대로, '질서'라는 습관과 규범과 관습을 일순간 무너뜨리고도 그것이 무섭고도 두려운 폭력의 횡행과는 전혀 무관한 것임을 깨닫게 하는 기이하고도 유쾌한 사건으

로 탈바꿈되었다. 그것은 말로만 듣던 '아나키'의 상태, 바로 그것이었다. 아나키는 무질서와 동의어로 취급되기도 하지만, 그것은 올바른 등식이 아니다. 아나키는 관습화된 질서의 해체이며 기존 질서의 붕괴로부터 형성되는 사태를 자발적으로 소유하여 개별적으로 향유하는 자유의 정점에 가깝다. 아나키는 향유에 이르러서야 비로소 완성된다. 그러나 이것은 어디까지나 이론일 뿐이다. 하나, 감히 단언컨대, 그날 내가 본 것은 아나키의 음악적 육화였다. 사람들은 갑작스럽게 생긴 일시적 해방을 자연스럽게 즐기고 있었다. 놀라운 광경이 아닐 수 없었다. 그러한 전무후무한 사건을 유발한 것은 대체 무엇(/누구)이었을까? 그것(/그들)을 알아보는 데는 오래 걸리지 않았다. 내 귓전을 강타한 것은 시종일관 '펑크'의 리듬이었고, 그 리듬의 주인공은 한국산 펑크 록 밴드 '크라잉넛'이었다. 그들은 내 머리 위에서 신나게 '말달리고' 있었다!
—2000년 어느 가을의 신촌

〈장면 1〉은 1999년 11월 한국문학학교에서 있었던 좌담의 한 대목이다. 1990년대 가장 활발한 활동을 보인 시인들이 대거 참석했던 이날 좌담에서 참석자들은 새롭게 변화되는 문화적 환경과 그에 따른 문학의 위기론을 되짚어보면서 시가 이전과 달리 문화적 아웃사이더의 자리로 '밀려나고 있다'는 실감을 공유하는 가운데 시작(詩作)을 둘러싼 전통적 관념의 수정이 역으로 1990년대 시적 흐름을 다양하게 분화시킨 중요한 동인이 되었음을 공통적으로 지적한다. '소외의 자리'가 순수한 가치를 실험하고 생산하는 자리일 수 있다는 나희덕의 발언은 이러한 맥락에서 나온 말이다. 그러나 '1990년대는 시 쓰기 좋았다는 뜻은 아니다'라는 문구에서 우리는 문학의 위상 전환에 따른 창작 주체의 위기감과 그로 인한 내적 갈등, 자기 회의, 심적 고충 등을 엿보게 된다. 하나, 이 말에 내포된 본래 뜻을 곡해해서는 안 된다. 시작(詩作)의 어려움이 은연중 토로된 이 말에는 문학이 문화적 주류로서의 헤게모니를 상실하고 있다는 안타까움보다는 문학 활동이 작가 개인의 몫이 아니라 사회적 제도이며, 그것이 제도인 한 작가가 짊어진 역할은 최소한의 유통 가능한 문학적 담론의 생산으로 드러나야 하며, 그러한 담론으로서의 가치 창출이 이전과 달리 어떤 방식을 통해 가능할 것인가를 문제시하는 의식이 담겨 있다. 따라서 문제의 핵심은 '최소한의 유통 가능한' 담론으로서 1990년대 한국 시의 공과(功過)를 자기반성적으로 되묻는 데 있다. 좌담이 시종일관 1980년대의 문학 외적 상황과 1990년대의 그것을 비교하는 가운데, 시의 위상 전환에 따른 사회문화적 가치를 자문(自問)하며 시인 각자의 문학적 화두와 그것의 구체적 실천을 묻고 답하는 식으로 진행된 까닭도 시가 나아가야 할 방향이나 전망의 제시보다 시의 현주소를 당대의 문화적 자장 내에서 검토하는 것이 더 중요한 일로 인식되었기 때문이다.

그런데 좌담 전체에 걸쳐 전제된 '문학의 위상 전환'이 지칭하는 내용은 무엇일까? 이는 나희덕의 말을 이어받은 김태동이 "순수한 가치들을 생산해낼 수 있는 자리"의 예로 가리킨 것, 그리고 "시는 시다워야 한다는 문학주의로부터 자유로워지기를" 요구하며 시의 새로운 출발로서 최성실이 거론한 것이 '무엇'인가와 깊이 연관되어 있다. 이들은 공통적으로 "독립예술," 즉 "인디indie"를 지목한다. 물론 두 사람 모두 문학이 인디가 되어야 함을 주장하는 것은 아니다. 다만 문학의 위상 변화가 동시대적 사건으로 진행 중이라면, 변경된 문학의 자리는 무엇이고, 어디여야 하느냐는 질문에 (무)의식적으로 답하였으며, 그 답으로 인디를 '호명'하였다는 점이 주목을 요하는 부분이다. 그렇다면 질문은 다음과 같다. 왜 "인디"인가? 우선 비슷한 시기에 발표된 몇몇 비평문에서 '문학의 위상 전환'에 대한 논의가 어떻게 진행되었는지 참조할 필요가 있다.

(가) 이제 문학사적 변전은 단순히 문학이라는 코드 안에서만 논의되기 힘들다. 문학이 문화 사회의 구조 안에 이미 깊숙이 얽혀 있기 때문이다. **문학은 이제 문화적 관계망 안에서의 문학**이다. 그렇기 때문에 문학의 자기 갱신은 문학 내부의 장르의 부침이라는 방식으로 진행되는 것이 아니라, **문화적 하위 장르들의 부상과 연관될 것**이다. 그러니까 지금 벌어지고 있는 사태들은 단순히 **문학사 내부의 사건이 아니라, 문학과 문화의 관계 설정을 다시 요구하는 문학의 위상학적 전환**이다. 〔……〕 문학은 이제 문화적 후위의 자리에서 문학적 전위를 실험하게 된 것이다. 문화적 주류에서 물러남으로써 문학은 자기 존재의 고유성을 재구성할 수 있는 기회를 얻게 되었다. 문학성에 있어서의 이 부재의 조건은 날카로운 존재의 조건이다.[1]

(나) 아이돌 스타나 스포츠 스타 중심의 대중문화가 지배—주류문화인 교실에서 조각으로 대변되는 예술이 구별 짓기의 문화적 표상으로 채택되는 장면〔장정일 소설 『내게 거짓말을 해봐』의 한 장면을 가리킴—인용자〕이다. 조각 전시회의 팸플릿은 예술의 소비와 향유라는 기존의

---

1) 이광호, 「문학은 무엇이 될 수 있는가」, 『움직이는 부재』, 문학과지성사, 2001, pp. 27~29.

맥락에서 이탈하여, 김건모나 서태지나 이동국이 아닌 그 무엇으로서 새로운 위상을 부여받는다. **예술은 하나의 하위문화적인 기호로서 (대중)문화적 주체에 의해 호명된다. 예술은 대중문화의 하위문화 내지 소수자 문화일지도 모른다.**[2] (강조는 인용자)

인용문 (가)는 문학의 진화가 더 이상 문학 내부에 국한된 문제가 아니며, 문화와의 관계망이라는 확장된 층위에서 그 외연과 내포가 비판적으로 재조정될 때 문화적 전위로서 문학의 자기 갱신과 존재 변이가 가능하게 된다는 비평적 예견을 내놓고 있다. 이러한 견해가 제출될 수 있었던 저간의 사정으로는 문화가 신장해야 할 산업이 되었다는 점, 상품 소비로서의 대중문화가 일상생활의 한 요소이자 또 하나의 '인공 자연'이 되어간다는 점, 그로 인해 대중문화의 전방위적 영향으로부터 누구도 자유로울 수 없게 되었다는 점, 문학 또한 그러한 문화적 장(場) 내부에 위치한 까닭에 상품이나 기호품으로 소비되는 존재 조건을 자기 성찰하게 되었다는 점, 이러한 제도적 변화에 대응하려는 일련의 미학적 실험——예컨대 대중문화의 수사학적 차용과 장르적 응용——이 1990년대 등장한 일련의 작가군과 작품들[3]에서 본격화되면서 이들의 문학적 성취에서 새로운 문학의 가능성이 발견되었다는 점 등을 들 수 있다.

만일 문학의 또 다른 탈태(奪胎)를 위한 충분조건이 이처럼 문학 외적 상황, 예컨대 소비/대중문화와의 자의식적이고 전략적인 접변

---

2) 김동식, 「비평가 tympan 씨의 하위문화 만유기」, 『냉소와 매혹』, 문학과지성사, 2002, pp. 258.
3) 우리는 그 대표적 예로 장정일·유하·김영하·백민석 등을 떠올릴 수 있다.

에서 마련될 수 있다면, "문화와의 관계망" 내에서 문학의 자리는 어디쯤인가, 아니 어디쯤이어야 하는가라는 질문이 제기된다. (가)의 견해에 따른다면, 그것은 문화적 주류에서 물러난 "문화적 후위의 자리," "문화적 하위 장르들〔이〕 부상"하며 문학과 만나는 자리이다. 그 자리가 인용문 (나)에서는 "대중문화의 하위문화 내지 소수자 문화"로 명명된다. 더구나 (나)의 경우엔 그러한 문학(예술)의 위치 변경을 개연성 높은 소설의 한 장면을 분석함으로써 유추하고 있다. 〈장면 1〉을 관통하고 있는 아쉬움과 우려와 비감은 문학이 더 이상 문화의 중심이 아니며 (대중)문화의 소수자 자리로 물러나 있다는 이러한 비평적 진단이 좌담에 참석한 이들에게 충분히 경험된 '사건'으로 깊이 내면화되어 있기 때문이다.

그렇다면 "문학의 위상학적 전환"은 수동적으로 감내해야만 할 불가피한 사태인가? "독립예술," 즉 "인디"가 (무)의식적으로 호출된 것은 이 지점에서이다. "인디"의 정신과 태도, 스타일, 이념적 지향 등에서 문학의 미래를 위한 모종의 대안을 참조할 수 있으리라는 (무)의식적 기대가 "인디"를 말하는 순간 직감적으로 개재되어 있기 때문이다. 그러니, 앞서 했던 물음은 다시 되풀이될 필요가 있다. 대체, 왜 "인디"인가?

〈장면 2〉는 장르는 각기 다르지만 잔혹 미학의 스타일을 공유하고 있는 두 작품을 나열한 것이다. 허벅지밴드는 1996년 결성되어 홍대 앞을 중심으로 활동해온 인디 밴드로 「뜯어 먹어, 날」은 이들의 대표곡이다. 이들의 노래가 조금씩 입소문이 날 무렵, 한 일간지는 "방송가 잔혹 가요 파문"이라는 제목의 기사에서 이 곡이 라디오에서 방송

된 사실을 개탄한다. 기사를 잠시 인용해보면,

　　"날 할퀴어줘, 날 긁어줘, 발등을 찍어줘 〔……〕 내 팬티를 발기발
　기 찢어 내 입속에 넣어줘." 이처럼 가사가 잔인하고 선정적인 노래가
　우리나라에서 전파를 탈 수 있을까. 믿고 싶진 않지만, 실제 그런 일
　이 일어났다. 〔……〕 허벅지밴드는 서울 홍대 앞 클럽에서 활동해온
　언더그라운드 그룹. 노래는 〔……〕 입에 올리기도 어려운 가사를 담
　고 있다. 「뜯어 먹어, 날」은 소수 마니아를 겨냥한 음반으로 출시돼 있
　다. 그러나 공공 전파를 타기엔 부적합해, 방송사 자율 심의에서도 방
　송금지곡으로 분류된 노래다. 그런데도 부산 MBC는 밤 10시대에 청
　소년 청취자를 주 대상으로 삼는 라디오 프로그램에 이처럼 자극적인
　노랫말의 가요를 틀었다.[4]

　기사는 잔인하고 선정적인 가요가 청소년이 주로 듣는 공중파 라디
오 방송에서 흘러나와 심의위원회의 징계를 받은 사실을 전하고 있
다. 그런데 기사를 잘 읽어보면 문장 곳곳에 이들의 노래가 어떻게
가치 판단되고 있는지가 드러난다. 기사에 따르면, '이처럼 입에 올
리기도 어려운 노래가 우리나라에서 전파를 탄다'는 것은 있을 수도
없고, 있어서도 안 되는 일이며, 청소년을 대상으로 한 프로그램에서
는 더더욱 있을 수 없는 비윤리적인 사건이다. 신문 보도가 준엄한
도덕 심판자의 목소리를 숨기고 있음을 우리는 금방 눈치 챌 수 있다.
한편 기사에는 기존 문화의 층위가 다수/소수, 오버/언더, 주류/비

---

4) 조선일보, 「방송가 잔혹 가요 파문」, 1998년 5월 15일자.

주류, 대중/마니아, 윤리적/비윤리적, 공적/사적, 어른/아이, 감시해야 하는 부모/통제받아야 하는 자식 등등으로 암암리에 이분되어 있다. 문화를 구별 짓고 범주화하는 한편, 그 내용을 교육하고 전파하고 주입하는 이데올로기적 기구로서의 역할을 위의 기사는 충실히 수행하고 있는 셈이다.

만일 이러한 기존 윤리의 잣대와 구별 짓기의 기준을 〈장면 2〉의 시에 적용한다면 어떻게 될까? 답은 뻔하다. 잔인하고 선정적이고 입에 올리기도 어렵다, 공공 전파를 타기에 부적합하다, 당연히 금지되어야 한다, 소수의 마니아를 겨냥한 시이므로 다수 대중에게 읽히거나 유통되지 않으며 그럴 수도 없고, 그래서도 안 된다. 주류/부모—문화 주체의 판단은 대체로 이러할 것이다. 그럼에도 이 작품에 공적 제재가 가해지지 않은 이유는 무엇일까? 표현 및 출판의 자유가 '보장'될 만큼 한국 사회가 '민주화'되었고, 이 정도의 잔혹극은 놀랍지 않을 정도로 익숙해진 탓도 있겠지만, 문자 매체, 특히 문학 장르로서의 시는 전체 문화적 장(場) 내에서 볼 때, 이미 한물간 '낡은' 양식이며 언더의 소산이고 소수 마니아들의 향유물이므로 사회적 파장은 미미할 것으로 판단된 데 그 이유가 있을 것이다. 혹은 그와는 정반대로 시가 일반 대중이 향유하기엔 지나치게 엘리트적인 고급 취향물인 까닭에 오히려 사회적 파급력을 염려하지 않아도 되는 것인지 모른다. 그 어느 쪽이든, 김민정의 시가 허벅지밴드의 노래가 점하고 있는 문화적 위치, 즉 '소수—언더—비주류—마니아—비윤리—사적—통제 필요'의 문화로서 동일한 자리를 점유하고 있다는 점만큼은 분명해 보인다.

〈장면 2〉로부터 추측되는 이러한 분석의 요지는 단순히 두 작품이 스타일 면에서 공통적이고, 작금의 사회 문화 내부에서 동일한 위치를 점하고 있음을 지적하는 데 있지 않다. 보다 근본적인 관심의 초점은 10년 정도 터울 지는 두 작품의 스타일상 공통점이 우연의 산물이 아니라는 데 있다. 허벅지밴드의 미학적 스타일은 자신들의 음악적 정체성을 하위문화의 발현이자 인디문화의 한 실천으로서 정립하려는 강한 자의식을 바탕으로 형성된 것이다. 이들의 음악은 1990년대 중반부터 활성화된 한국의 인디문화가 스타일의 파격이라는 형태—이 무렵 활발히 제작되기 시작한 독립영화도 포함하여—로 주류문화에 낯선 충격을 가하고 사회적 파장을 불러일으켰음을 대표적으로 보여준다. 이는 인디문화의 정체성과 존재 가치가 기존 주류문화에 대해 얼마만큼의 대타 의식을 바탕으로 스타일의 혁신을 꾀하는가에 달려 있다고 해도 과언이 아닐 만큼, 인디(적인 것)의 실현이 그 발생학에서부터 새로운 스타일의 창출이라는 미학적 욕구를 생래적으로 내장하고 있음을 예시한다. 그렇다면 왜 인디문화—더 포괄적으로는 하위문화[5]—의 주체들은 '스타일'의 문제에 몰두하는 것일까?

---

5) 하위문화와 인디문화는 성격과 범주가 조금 다른 개념이지만, 하위문화가 대체로 주류문화로부터 주변화된 것, 지배적 가치와 윤리를 거부하는 것, 동시대의 지배문화 형태와 구별되는 새롭고 이질적인 문화를 뜻한다면, 인디문화는 이러한 하위문화의 일반적 특징을 공유하면서도 지배문화의 형태 및 제도에 대한 대립을 명시적으로 표명하고 그에 따른 대안적 제도들—예컨대 독립 영화사나 독립 레이블의 설립, 언더그라운드 언론의 창안, 공동체적인 조합의 운영 등—을 마련하고 운용한다는 점에서 자연발생적이고 즉자적인 하위문화보다 목적의식적이고 대자적인 정치성 및 이데올로기를 좀더 강조한 경우에 해당한다. 따라서 인디문화는 하위문화에 속하는 동시에 대항문화로서의 성격을 지닌다고 할 수 있다. 우리 사회에 대항문화로서의 인디문화가 존재하는가를 따져 묻는다면, 보다 정교한 개념화와 논증 과정이 필요하겠지만, 'independent'의 줄임말인 '인디 indie'의 가장 중요한 속성이 거대 자본으로부터의 독립과 저항이며 '네 스스로 해라Do it yourself'라는 DIY 윤리의 실천임을 떠올린다면, 이러한 테제에 부합하는 문화 활동이 실제로 이루어지고 있는 한, 인디문화의 존재를 부인할 수는 없다. 개념 적용의 유연성

한국 사회에서 인디문화의 출현은 몇 가지 중요한 의미를 지닌다. '인디indie'는 널리 알려져 있듯 영어 단어 'independent'의 줄임말이다. '독립적인' '자율적인' '자치적인'을 뜻하는 이 단어에는 기존 세력의 지배와 강제를 거부하고, 그러한 거부 자체를 자기 정체성의 기반으로 삼겠다는 의지가 내포되어 있다. 문제는 '무엇'으로부터의 독립과 자립이냐는 점인데, 거대 자본의 지배와 영향력으로부터 벗어나 새로운 형태의 문화 생산을 도모하고, 기존의 유통 구조와는 다른 독자적인 배급망으로 대중과 접촉을 시도하는 일련의 문화적 활동과 실천 및 그 산물을 가리켜 우리는 '인디' 혹은 '인디적'이라고 부른다. 인디 밴드, 인디 레이블, 인디 퍼포머, 인디 만화, 인디 영화 등 '인디'라는 수식어는 적어도 거대 자본의 논리에 종속되지 않겠다는 의식적 노력이 구체화된 경우에 한해서 붙는다.[6] 인디(적인 것)를 형성하는 핵심 기제 중 하나는 거대 자본의 문화 영역 침투와 독점적 문화 생산 활동에 대한 거부이며, 다른 하나는 기존의 부르주아 이데올로기가 주류/부모 문화의 형태로 제도화되면서 다수의 대중적('주류') 승인('부모의 허락') 없이는 기성의 것과 구별되는 문화적 표현

이 필요한 대목이다.

6) 인디는 기본적으로 문화 산업의 행방을 좌우하는 거대 자본과 헤게모니를 장악하고 있는 기성 제도에 대한 저항이라는 두 축을 중심으로 형성되지만, 어떤 형태를 취하든, 인디(적인 것)를 이루는 가장 중요한 요건은 획일화된 문화 생산 양식의 시스템을 벗어나 고유의 문화적 특질과 독창성을 추구하려는 정신과 태도라 할 수 있다. '우리에게 진정한 인디문화는 있는가'라는 질문이 종종 제기되는 까닭은 '제도에 제도로 맞선다'는 내용에 부합하는 형식이 부족하다는 점이 문제 되기 때문인데, 거대 자본과 그것의 제도화된 획일성에 맞서려는 정신과 태도를 우선시한다면, 인디는 그러한 정신과 태도 및 그것의 자발적 유지로부터 만들어지는 여타의 문화적 생성물을 가리키는 광의의 개념으로 이해할 필요가 있다.

과 행위를 용인하지 않는 제도적 획일성에 대한 반항이다. 거대 자본과의 싸움, 그리고 제도화된 (부모) 문화에 대한 저항이라는 두 기제가 인디를 추동하는 원동력인 셈인데, 이러한 문화적 일탈이 집합적 행동으로, 사회 현상으로 가시화된다는 것은 역으로 한국 사회 내에 거대 자본에 의한 문화적 독점이 본격화되기 시작했으며, 주류/부모 문화가 '제2의 자연'으로서 '자연화,' 즉 '의사 자연pseudo-nature'으로 형질 전환되고 있음——이는 부르주아 모더니티가 정치적 패러다임과는 무관하게 무제약의 조건 속에서 활발하게 작동하게 되었음을 뜻하는 것이기도 하다——을 반증하는 것이다.[7] 그리고 이는 다시 역으로, 특히 후자의 현상과 연관시켜 볼 때, 주류/부모 문화의 공고화에 대한 문화 내부에서의 저항이 인디문화이며, 그것의 사회적 기능과 의의는 문화가 '자연'이 아니라 '인위,' 즉 역사적 형식의 하나임을 드러내고 '의사 자연'으로서의 부르주아 문화를 탈자연화함으로써 신화로서 작동하고 군림하는 부르주아 문화의 탈역사적·탈정치적 가면에 흠집을 가하는 데 있음을 알려준다.

이처럼 '자연'을 가장한 주류/부모 문화의 투명 가면을 벗겨내려는 인디의 실천은 다분히 전략적인 형태를 취하게 되는데, 가령 주류/부모 문화의 부분이나 요소를 의도적으로 차용하여 스스로를 조작과 인

---

7) 바르트에 의하면 부르주아적인 주류문화의 특징은 '역사'와 '인위'의 소산인 문화를 '자연'으로, 역사적 형식들을 '규범'으로 대체하려 하며, 세계의 현실을 자연 질서의 법칙에 따른 것으로 이미지화하고 신화화하려 하는 동시에 자연에 부과되는 영원한 정당성과 투명성을 사물들의 역사에 부여함으로써 현존하는 세계 자체를 역사가 증발된 기정사실로 진술하고 그로부터 세계를 '행복'의 상태로 전이하려 한다는 점에 있다. 이러한 제반 속성들을 바르트는 부르주아 문화의 '자연화' '탈명명화'라고 개념화한다. '탈명명화'는 부르주아 이데올로기 그 자체이기도 하다. 롤랑 바르트, 「오늘의 신화」, 『신화론』, 정현 옮김, 현대미학사, 1995 참조.

위의 산물로 강조함으로써 원본(원재료)의 제공처 또한 자연물이 아닌 가공물들의 저장소임을 우회적으로 폭로한다. 앞서 인용한 허벅지 밴드의 「뜯어 먹어, 날」은 서구의 고전 악기인 바이올린을 우아하고 품격 있는 화음으로부터 '뜯어내어' 조잡하고 신경질적이며 불협화적인 음색이 나도록 '긁어댐'으로써 가학적인 자기 학대의 가사에 적합한 소리로 만든다. 이 과정에서 고전 음악에 부여된 권위와 위엄, 엄숙함과 점잖음은 완전히 무시되거나 배제되고(바로 그 때문에 조롱의 대상이 되거나, 은폐되어 있던 부모 문화의 지배 이데올로기를 노출하는 계기를 제공하고), 록 음악의 악기 편성에도 어울리지 않는 부조화로 인해 노래는 가사만 보았을 때의 심각함과 달리 록 음악 자체를 비웃듯 스스로 코믹하게 희화화된다. 그 결과 잔혹하고 충격적인 곡으로 치부된 것과 달리, 실제 노래는 유치하거나 우스꽝스럽게 들린다. 결국 이 곡을 심각하게 받아들이는 진지함 자체가 기존 도덕관념의 히스테릭한 반응으로 의심되기에 이른다. 어쩌면 주류/부모 문화의 과잉 대응을 조소하려는 의도가 이 곡의 궁극적 목적인지도 모른다. 중요한 것은 부모―문화의 장르('고전음악')와 주류―문화의 장르('대중음악')를 동시에 차용하고 절취sampling하여 이들을 역으로 타자화하는 것이 「뜯어 먹어, 날」이 취한 방법적 전략이자 그 최종 효과라는 점이다.

　인디미학은 이렇듯 문화적 장(場) 내부에서 스스로를 '바깥'으로 만들거나 혹은 내부를 '바깥'으로 만드는 방식을 취함으로써 현대적 신화를 탈신화화하려 한다. 상품 가치를 의도적으로 거부한다거나, 문화적 엘리트주의를 배격하는 데 앞장서기도 하고, 대립항으로 놓인 사물들의 표상을 뒤섞으면서 관습화된 이분법―예컨대 남성성/여

성성, 중심/주변, 집단/개인, 엘리트/룸펜, 예술/오락 등——을 해
체하고, 유연성·의외성·게릴라성·비타협성, 성차의 무시 등을 표
나게 취하는 것 등은 제도 내부의 '바깥'으로 기능하려는 인디미학의
일반화된 양식이다. 따라서 '바깥'으로의 기능 변환을 위해 기존 제
도 내에서 타자로 취급된 것들에 관심을 갖고 그에 근접하려는 노력
이 지속되는 것은 매우 자연스러운 일이다. 인디문화가 하위문화와
많은 부분 교집합을 이루는 것은 이 때문이다. 하위문화야말로 주
류—다수—부모 문화가 소외한 타자들로 얼기설기 조합된 영역이기
때문이다.

　이제 미루어두었던 질문에 대해 생각해보자. 앞서 인디문화의 주체
들이 왜 스타일의 혁신에 몰두하느냐는 물음을 던졌는데, 이는 주류
문화가 어떤 경로를 거쳐 신화화되는지를 살펴보는 데서 그 답을 찾
을 수 있다. 부르주아적 주류/부모 문화는 기호의 점유권을 둘러싼
투쟁의 승리로부터 모든 문화적 측면들의 기호학적 가치를 소유하여
자신의 이데올로기에 적합한 의미론적 규칙과 약호를 재생산, 재산출
함으로써 이차적인 기호학적 체계를 수립한다. 이때, 이 메타언어의
수립 과정이 곧 신화화의 과정이다. 바르트가 현대의 신화를 가리켜
메타언어이자 의미 작용signification 그 자체라고 말한 까닭은 이러
한 맥락에서이다. 이차적 기호 체계로서의 신화란, 그러므로, 언어학
적으로 표현하면, 애초부터 동기화motivation되어 있다. 동기화된
형식을 지니지 않은 신화란 없다.[8] 그런데 의미 작용의 점유권이 부
르주아 계급에 의해 장악된 상태에서는 이 같은 의미 작용의 동기화

---

8) 롤랑 바르트, 앞의 책, p. 43.

가 사실의 진술처럼 제시되면서 투명하게 표백되어 눈앞에서 사라진다. 그리고 '자연'으로서의 신화만이 남는다. 그렇다면 이것이 '자연'이 아닌 동기화된 기호 체계라는 점을 드러내기 위해서는 거꾸로 신화의 기호들을 빌려다가 그것이 단지 의미화된 기호, 약호, 규칙 들임을 전시해야 한다. 스타일의 중요성은 이 지점에서 분명해진다.

스타일은 감각에 흔적을 남기는 방법이며, 감각에 인상과 기억을 지속적으로 중재하는 수단이다. 스타일이 이러한 기억 장치 기능을 담당할 수 있는 것은 그것이 특화된 형태로 작품을 결정하는 내적 원칙 혹은 규칙이기 때문이다.[9] 이러한 규칙성은 스타일로 하여금 무엇에 대한 해석, 즉 인식론상의 결정 내용과 의미를 구체적으로 보여줄 수 있게 만든다. 그런데 이 규칙성은 육체에 각인된 기호화, 즉 육체에 새겨진 부분들, 요소들의 통합적인 의미 작용으로부터 형성된다. 스타일은 육체화된 기호 체계인 것이다. 그러므로 스타일의 변형은 새로운 의미화 과정이 된다. 인디문화 주체들이 스타일의 파괴와 일탈, 혁신에 집중하는 것은 그것이 주류/부모 문화에 숨겨져 있거나 해결되지 못한 모순들을 드러내는 의미 작용임을 역이용하여 부르주아 문화의 '규범화' 과정을 방해하고 공적으로 합의된 신화들에 역행하고자 하기 때문이다. 따라서 주류문화의 요소를 빌려오되 그것의 맥락을 교란하는 스타일의 체현은 계급과 섹슈얼리티와 세대 간의 모순을 둘러싼 내적 저항의 표현이자 사회 질서의 상징적 위반 행위가 된다.[10] 스타일이 곧 잠재적 저항태라는 이 점이야말로 인디문화 주체들에게는 매혹적인 반역의 형식으로 여겨지지 않을 수 없다.

---

9) 수전 손택, 「스타일에 대해」, 『해석에 반대한다』, 이민아 옮김, 이후, 2002 참조.
10) 딕 헵디지, 『하위문화: 스타일의 의미』, 이동연 옮김, 현실문화연구, 1998, p. 38.

　그런데 스타일의 정치학을 표방하는 인디문화의 출현이 한국 사회에서 더욱 중요한 의의를 갖는 까닭은 그것이 부르주아 이데올로기에 대항하던 기존의 방식, 예컨대 정치에는 정치로, 윤리에는 윤리로, 담론에는 담론으로, 이념에는 이념으로 대응하던 것, 그래서 구호에는 구호로, 주장에는 주장으로, 비난과 폭로에는 비난과 폭로로 일관하던 단선적이고 산문적이고 강박적이었던 기존의 형식과 달리, 일련의 제도와 공적 기구, 규범 체제, 물리적 권력 행사, 지배 이데올로기, 전통적 상징 질서 등을 비각진 위치에 두고 그것들의 대립항으로 스타일의 실천을 맞세우는 전혀 다른 방식을 선보였다는 데 있다. 사회적·정치적·역사적 저항은 이제 물리적 강제와 억압이라는 형태를 취하지 않고 스타일의 이행을 통한 육체적 재현과 미적 향유라는 이질적 형식으로 시도되기에 이른 것이다.[11] 싸워야 할 '적'이 분명했던 시대가 가고 '적'의 정체가 모호해지고 불분명해지는 시대가 되면서 문학예술은 정치적 활력을 소진하고 말았다는 비장함과 무기력은 1990년대 이후 문학 주체의 내면에 팽배해 있는 것이지만, 인디문화의 주체들은 문화 영역 내부에서 스타일의 정치학을 체득하고 발견하고 의미화하면서 한국의 사회 문화에서는 전례가 없었던 새로운 저항 형태를 제시하며 문화적 전위의 역할을 담당해왔다. 그러니 "왜 '인

---

11) 이러한 저항 형식이 등장할 수 있었던 사회·역사적 요인으로는 공동체의 논리와는 무관하게 스스로의 정체성을 정립하려는 '진짜' 단자화된 개인들의 출현, 사회적 억압의 수행 주체로 여겨진 부르주아 계급의 탈명명화——계급으로서는 익명화되어가는 상태——현상의 심화, 그로 인해 억압과 부자유는 여전히 상존하지만 싸워야 할 적은 사라져버린 상태, 문화 환경의 총체적이고 전면적인 변화 등을 들 수 있다. 이러한 여러 요인들이 복합적으로 작용한 결과 하위문화적 감수성을 지닌 '노마드적 주체'가 탄생하고 이들이 스타일의 발현을 통한 감수성의 외면화를 시도하기 시작한 것으로 볼 수 있다.

디'인가"라는 글 서두의 질문은, 이러한 맥락에서, "그래서 '인디'이다"라고 답해져야 한다. 왜냐하면, 위상의 전환에도 불구하고 문학이 여전히 문화적·정치적 전위의 역할을 담당하고자 한다면, 문학 주체들은 문학의 새로운 변개(變改)를 위해 문학에 도움이 될 만한 선례와 참조 틀을 인디문화의 미학적 태도와 저항 형식에서 재발견하고, 재전유할 필요가 있기 때문이다. 이제 〈장면 2〉의 두 작품이 스타일상 공통적인 것은 우연의 소산이 아니라고 했던 진술의 윤곽이 다소 분명해졌을 것이다.

김민정의 경우도 그렇지만, 2000년대 등장한 젊은 작가들에게서 우리는 실제로 이들의 상당수가 인디문화에서 문학적 참조 틀을 얻고 있음을 발견할 수 있다.[12] 이러한 현상은 이들 대부분이 인디—혹은 하위—문화를 직접 경험하고 향수한 세대라는 점에서 비롯된 것이지만, 이는 절반 정도만 맞는 말이다. 인디와의 조우는 보다 근본적인 변화를 야기하고 있는 듯싶다. 그중 하나는 문학 활동에 대한 전면적인 자기 인식의 수정이다. 이들 대부분은 자신들의 창작 활동을 더 이상 문학 제도 내의 것으로 인식하고 있지 않은 듯하다. 기존의 문학 활동이 '한국 문학'이라는 고유한 이념형을 배경으로 한국의 '문학 제도' 내에서 전개되어왔다면, 이들은 자신들의 글쓰기를 이러한 울타리 '바깥'에서 이루어지는, 더 정확히 말하자면, (주류—대중)

---

12) 2000년대 이후 등장한 많은 젊은 작가들이 인디(/하위)문화적 감수성과 근친 관계를 이루고 있는데, 김민정·황병승·유형진·이승원·장석원·이기인·이민하·박민규·김중혁·이기호·편혜영 등이 그 대표적 경우이다. 이들의 문학과 인디(/하위)문화 간의 상관성을 밝히기 위해서는 비교문학적 관점에서 텍스트 분석이 요구되는데, 이 글에서는 글의 성격상 정밀한 텍스트 분석이 곤란하므로 스타일상의 공통점과 그에 내포된 미학적 이념 간의 공유점을 개략적으로 검토하려 한다.

'문화'라는 확장된 공간 내에서의 전위적 실천으로 인식하고 있는 듯 보인다. 다시 말해 자신들의 글쓰기 행위를 인디의 실천과 동일한 것으로, 아니 인디 그 자체로 여기고 있지 않은가 추측된다.[13]

이러한 추측의 근거는 이들 젊은 작가 대부분이 그 전례를 찾아볼 수 없을 만큼 스타일의 창출에 자신들의 창작 에너지를 집중하고 있다는 점—특정의 세대군(群)을 이룬다고 판단될 만큼 집합적 양상까지 띠고 있다. 이는 문학사적으로 매우 이례적인 현상이다—과 이들이 스타일에 내재된 저항의 정치학을, 그리고 그것의 문화사적 전범(典範)을 인디문화에서 발견하고 있다는 점에서 찾을 수 있다. 유하·장정일·백민석·김영하 등 1990년대 작가들이 대중문화를 장르적 응용의 수준에서 다루었다면, 이들에게 나타나는 인디문화와의 친연성은 그러한 수준을 벗어나 있다. 이들 작품의 미적 원리 및 스타일상의 규칙은 특정의 인디미학과 밀접하게 상관되어 있다. 그것은 인디문화를 말할 때 절대 빠뜨려서는 안 되는 것, 바로 펑크punk이

---

13) 이를 '인디적인' 문학이라고 비유할 수도 있겠다. 그러나 이를 가리켜 엄밀한 의미에서의 '인디문학'이라고 지칭하긴 힘들 듯하다. 인디의 기본 요건 중 하나는 거대 자본과의 싸움이다. 거대 자본의 영향력이 직접 드러나는 문화 영역 내에서의 반항과 그 실천이 곧 인디이다. 그런데 문학의 경우, 그러한 독점적인 거대 자본의 시스템이 산업의 형태로 제도화되어 있지 않다. 한국 사회에서 문학의 제반 활동은 소규모적인 영세 자본의 형태(혹은 수공업적 형태)를 띠고 있다. 그런 점에서 문학을 둘러싼 제반 여건과 환경은 작금의 전체 문화적 장(場) 내에서 볼 때—비록 공적 교육의 한 부분이자 아카데미즘의 영역이고 국가 기구의 행정적 지원을 받고 있는 상황임에도 불구하고—발생학적 측면에서 이미 '소수자' 문화의 위치에 있고, 거대 자본의 시스템에도 역행하는 '인디적' 속성을 내재하고 있는지 모른다. 그러나 거대 자본화된 문학 생산 시스템이 존재하지 않는 마당에 그에 저항하는 '인디문학'이 존재한다고 말하기는 어렵다. 다만 여기서의 수사는 창작 주체 쪽에서 문학을 예술의 전통적인 하위 장르로 생각지 않고, 문화적 전위로서의 또 다른 실천 양식이라고 인식하고 있지 않은가 하는 뜻에서 쓴 표현이다.

다. 펑크의 실천은 인디 그 자체라 할 만큼, 한국의 인디문화를 논할 때 언제나 담론의 정중앙에 놓인다. 이는 인디문화로부터 문학적 수혜를 받은 2000년대 젊은 작가들의 경우에도 예외는 아니다. 이들 작품에 나타나는 스타일상의 반란 한복판에는 펑크가 놓여 있다.

한국 사회에 펑크가 등장한 것은 1990년대 중반, 홍대 앞 클럽에서 활동하기 시작한 인디 밴드들을 통해서이다. 이즈음 자진해서 밴드를 결성하고 홍대 앞에 나타난 10대 후반 20대 초반의 '인디 키드'들은 대부분 자신들의 음악을 펑크로 규정하였는데, 한국 문화사에서 펑크의 출현은 곧 인디음악, 인디문화의 출현과 동일한 의미를 지닌다.[14] 〈장면 3〉은 우연히 목격한 광경을 기억을 더듬어 서술한 것인데, 개인적 체험을 글의 서두에 제시한 까닭은 펑크의 경험과 향유가 인디문화라는 특정 영역에 국한된 개별적 특징이 아니라 사회적·문화적으로 큰 영향과 파장을 미쳤음을 강조하기 위해서이다. 〈장면 3〉의 풍광은 '신촌'이라는 공간적 특수성이 작용한 탓도 있겠지만, 이 무렵 펑크가 일반 대중에게도 익숙한 문화적 양식과 코드로 수용되고 있음을 반영한다.

펑크는 주지하다시피 1970년대 중반 영국 빈민가 지역의 노동 계

---

14) 삐삐밴드와 황신혜밴드, 어어부프로젝트 등이 펑크의 사운드·감수성·분위기·스타일을 선보인 선구적 그룹들이라면, 크라잉넛과 노브레인은 펑크를 대중적으로 토착화한 그룹들이다. 펑크의 등장이 갖는 음악적 의의에 대해서는 대부분의 음악 전문가들이 동의하는 바이다. 인디 음악 약사(略史)와 인디 밴드의 음악적 스타일에 대해서는 장호연 외 지음, 『오프 더 레코드, 인디 록 파일』, 문학과지성사, 1999; 김종휘 외 지음, 『날아라 밴드 뛰어라 인디』, 해냄, 2000; 정호영 외 지음, 『맨땅에 헤딩하리』, 푸른미디어, 2000 참조.

급 청년들을 중심으로 형성된 족tribe 문화의 한 형태를 가리킨다.
그리고 서구 문명의 기성 체제와 권위적 문화에 대한 거부를 슬럼화
한 도시적 야만성에 대한 선호, 더럽고 불결하고 공포스러운 분위기
의 조장, 룸펜 청년으로서의 과잉된 자기 이미지화 등으로 표현한 하
위문화의 한 스타일이자 의식화된 청년 운동을 뜻하기도 한다. 서구
의 펑크 개념을 그대로 적용할 수는 없겠으나, 그것의 본질적 속성만
큼은 우리에게도 일관된다. 우리의 경우 펑크는 인디문화를 태동시킨
정신이자 윤리이고, 새로운 하위문화적 스타일이며, 기존의 정치 이
념에서 발견되지 않는 새로운 정치성을 미적 이념의 형태로 제시한
'마술적 해결책solution' 15)이기도 하다. 그러므로 펑크는 정신과 태
도, 스타일, 이념 세 가지 측면에서 이해할 필요가 있다.

첫째, 펑크의 정신은 'Do it yourself'로 요약된다. '네 멋대로 해라,
대신 네 스스로 해라'라는 의미를 함축한 이 DIY는 펑크를 이루는 윤
리학이자, '독립'을 지향하는 인디문화의 기본 명제에 해당한다. 펑크
의 정신이 인디미학을 추동하는 의지로 지목되는 까닭도 이 DIY의
윤리 때문이다. 그런데 '네 스스로, 네가 원하는 것을 하기'를 강조하
는 펑크의 윤리학에는 단절에 대한 강한 자의식이 내포되어 있다. 시
대 일반, 혹은 당대 보편성으로 통합되기를 거부하고 자기 고유의 실
존과 경험과 감수성을 최고의 덕목과 원리로 내세움으로써 어떤 것에
도 구애되지 않으려는 의식은 주류/부모 문화로부터의 탈구를 의도
할 뿐 아니라, 사회적·문화적 경험 내에서의 자기 위치에 결별을 고
하려는 결정적 단절을 반영한다. 펑크는 DIY의 바탕 위에서 오직 단

---

15) 필 코헨, 「하위문화 갈등과 노동계급 공동체 사회」, 『하위문화는 저항하는가』, 이동연
옮김, 문화과학사, 1998, p. 33.

절을 통해서만 자신을 표현한다.[16] 이것은 일종의 자기 기원의 삭제이다. 펑크의 주체들이 아비 없는 '후레자식'처럼 행동하는 것은 '위치 없음, 자리 없음Unlocatedness'의 상태로 스스로를 표현하고자 하기 때문이며, 자신들이 집단적 계급성이나 정체성의 반영으로 이해되거나 호출되기를 거부하기 때문이다. 이런 점에서 볼 때, 당대의 보편, 혹은 사회적 전형이라는 표준들과 펑크의 정신은 양립할 수 없다. 그러니 펑크의 등장과 함께 한국 문학(문화)에서 '혁명 대오'라는 전형, '민중 투사'라는 전형, '도시 빈민'이라는 전형, '분단의 희생양'이라는 전형이 자취를 감추고 단자화된 개인들이 '창궐'하는 것은 결코 별개의 현상이 아니다.

둘째, 펑크는 조합과 유동성, 부유의 상태에서 진행되고 실현된다. 스타일로서의 펑크는 크게 두 가지 특징을 지닌다. 하나는 혼종성hybrid이며, 다른 하나는 브리콜라주bricolage이다. 펑크가 처음 선을 보였을 때 충격적이었던 까닭은 그것이 우리 사회에는 유례가 없었던 문화적 '튀기'였다는 데 있다. 펑크의 경험은 '잡종'의 경험이었던 것이다. 그만큼 스타일로서의 펑크는 이질적인 기호들, 고착되고 붙박인 사회적 상징들을 마구 뒤섞어 관습화된 의미 작용에 혼선을 주어 본래의 방향성을 상실케 만든다. 그것은 떠돌아다니는floating 기표들의 무질서한 집합이다. 그리고 이러한 질서 없음의 혼합이 브리콜라주이다. 원래의 맥락과 위치로부터 떼어낸 조각들, 부분들을 가지고 특정한 형태로 재결합시킴으로써 펑크의 주체들은 자기만의 신화를 구축하려 한다. 펑크의 주체들은 그런 점에서 현대적 브리콜

___

16) 딕 헵디지, 앞의 책, p. 165.

뢰르bricoleur들이다. 이들의 손에 의해 '자연'으로 당연시되던 것들은 등가적 가치로 치환되고, 인과적 결과로 여겨지던 것들이 일종의 편견이자 관습적 사고임이 밝혀진다. 그로써 '자연'의 소산은 인위적 조작의 산물임이 드러난다. 이처럼 펑크는 가장 극단적인 스타일화로 기존의 상징 질서를 전복하고 파괴하며 왜곡한다.

'가장 극단적인 스타일화'? 그렇다. 펑크는 셋째, 우리의 '자연화'된 메타체계로는 납득되지 않는 결합, 즉 '무정부적' 결합으로 반신화적인 사적(私的) 신화, 인위적 신화를 창출한다. 펑크의 정치적 함의는 아나키적 담론의 미적 실천, 바로 그것이다. 펑크의 이념은 한마디로 아나키즘이다. 그러나 그것은 정치적 급진성보다 생활의 미학화를 지향한다. 미래를 위한 프로그램에 매달리는 정치적 이념과 달리 펑크의 이념은 현재의 삶 자체, 어떻게 행동하고 무엇을 입고 누구와 관계를 맺을 것인가라는 생활의 문제에 집중한다. 단, 그것은 생활의 세목들에 균열을 가하는 직접적 반란이므로 현재성·현장성·과격성을 좀처럼 감출 수 없다. 펑크의 이념이 정치적 색채를 띠고 있다면, 그러한 스펙터클한 효과 때문이다. 그러나 스펙터클함을 '마술적 해결책'의 하나로 '과시'한다는 점에서, 펑크는 정치보다 미학에 경도되어 있다. 섹스 피스톨스가 부르짖은 "I wanna be anarchy"는 펑크가 경험되고 수용되고 향유되는 곳에서라면 지속적으로 관류하며 일관되게 반향한다. 이는 우리의 '펑크-군(君/群)'에게도 예외는 아니다.

가령 '무규칙 이종 소설가'로 통하는 박민규의 경우, 이 '무규칙 이종'이라는 수사가 펑크의 재현을 한국 문화가 경험해야 할 제1의 과제로 천명했던 황신혜밴드의 리더 김형태가 자기 미학의 원칙으로 내

세웠던 것을 그가 재전유한 것임을 떠올린다면, 그의 소설이 지향하는 스타일과 정신이 무엇과 만나는지는 자명하다. 실제로 박민규는 그의 소설 「고마워, 과연 너구리야」를 "무규칙 이종 예술가 김형태 형에게 주려고 쓴 것"이라고 작가의 말에서 밝힌 바 있다.[17] 중구난방, 좌충우돌식의 해프닝이 연속되고, 느닷없이 동물이 등장하여 소설 속을 배회하거나, 텍스트의 인과적 맥락과 동떨어진 채 원래의 맥락과 위치를 삭제하는 인물들, 사물들 간의 혼돈 상태는 박민규의 소설이 펑크의 아나키적 양식을 소설의 미학적 규칙과 원리로 삼은 데서 비롯한다. 그의 소설에는 실로 많은 하위문화 장르들이 억압이나 터부 없이 '짬뽕'되어 있다. 보잘것없는 지리멸렬한 일상과 변함없이 반복되는 사물(상품)들과의 관계, 영원히 지속될 것 같은 궁핍의 현장에서 '짬뽕'의 현상은 집중적으로 발생한다. 모순이나 갈등이 무화(無化)된 듯한 지점에서 폭발하는 무규칙성은 이렇듯 지루하고 심심하고 권태로운 영역에서 솟아나기 때문에 그의 소설을 우리가 이전에 알지 못했던 기이한 활력들의 스펙터클한 분출 무대로 만든다. 그리고 이러한 무대를 배경으로 현실에 대한 상상적 해결과 일시적 마술이 펼쳐진다는 점에서 박민규의 소설은 기존의 소설 문법과 유리된 급진적인 파격으로 보인다. 그러니 그의 소설을 두고 한국 문학사에서는 전무후무한 '펑크소설'이라 칭해도 과언은 아닐 것이다.

---

17) 박민규, 『카스테라』, 문학동네, p.333. 같은 면에서 박민규는 "미스터리 아티스트 조경규"—그는 인디만화계에서도 실력파로 소문난 화가 겸 만화가이다—에게 주려고 「대왕오징어의 기습」을 썼다고 적고 있는데, 최근 박민규·김형태·조경규 세 사람이 '무규칙이종예술구국결사 극동3인방'이란 밴드를 만들어 공연하였다는 점과 '예술의 생활화'를 모토로 내세운 이 밴드의 스타일이 펑크라는 점은 박민규의 소설 미학이 펑크와 불가분의 관계에 있음을 보여준다.

최근 『펭귄뉴스』를 상재한 김중혁은 스스로를 브리콜뢰르로 인식하는 경우이다. "조립되고 해체되고, 또다시 조립되면서 이 블록들은 지금의 나를 만들었다. 〔……〕 나는 그들에게서 영감을 받았고 영향받았으며, 그들의 문장과 생각과 철학을 디제이DJ처럼 리믹스remix 해왔다."[18] 감수성과 사유, 자기 정체성을 '블록들'의 조립으로 표상하는 것은 자기 비유 그 이상의 뜻을 지닌다. 그의 말은 '"레고 블록"인 자는 "레고 블록"만을 만든다'로 읽힌다. 여기에는 과거의 개념과 사상을 조각의 일부로 재조립remix하는 지적인 '손재주bricolage'가 글쓰기이며, 그렇게 쓰인 글은 조합된 '무엇'이 될 수는 있어도 거대 서사와 같은 단일한 체계가 될 수는 없다는 속뜻이 담겨 있다. 이에 상응하듯 그의 이야기는 세계의 부분, 일상의 세부, 사물의 단편들에 의해 내적 규칙을 부여받는다. 김중혁의 소설에서 이야기를 이끌어나가는 것은 작가도, 서술자도, 등장인물도 아니다. 라디오, 자전거, 나뭇조각, 연필, 타자기, 설계도 등 소소한 생활 품목들이 서사를 진행하는 지배소의 역할을 담당하고 있다. 그것들은 대체로 낡고 후진 것들이어서 금방이라도 고장 나버릴 듯하며, 대부분 본래의 자리를 벗어나 어울리지 않는 곳에 놓여 있다. 그래서인지, 그의 이야기들은 의외의 사태가 벌어질 듯 조금은 위태롭고 조마조마하다. 김중혁의 소설에는 작은 조각들에 의한 작은 서스펜스가 내장되어 있는 셈이다. 이는 맥락을 벗어난 사물들이 관습화된 메타체계에 은밀한 교란을 일으키는 데서 발생하는 효과들이다. 사물들의 기존 가치 체계를 무시하고 '블록'들을 등가적으로 맞바꾸는 방식——교환 가치 면에서 밑

---

18) 김중혁, 『펭귄뉴스』, 문학과지성사, 2006, p. 377.

도는 아날로그 상품들이 디지털 상품과 등가적으로 맞바뀌는 상태—은 김중혁의 소설을 요란하지 않지만 "비트"(「펭귄뉴스」)가 살아 있는 '모던―펑크'로 만든다.

작품 하나하나가 모여서 소설집 전체를 강력한 펑크로 만든 예로는 이기호의 『최순덕 성령충만기』를 들 수 있다. 길거리 랩에서 성경의 의고문, 기(記)와 전(傳), 자기소개서, 경찰 조서문까지, 이기호의 소설집은 이야기의 하위 장르가 규칙 없이 활달하게 뒤섞여 있다. 리얼리즘/모더니즘, 전근대/근대/탈근대, 민중적/엘리트적, 청중/독자, 원본/패러디 등 소설을 둘러싼 근현대적 담론의 경계와 영토 들이 그의 소설집 안에서는 간단히 허물어진다. 장르의 혼성, 그것이 이기호 소설 미학의 제1원칙인 것이다. 이는 근대 문학 양식으로서 소설의 육체를 해체하는 방법적 전략이자, 소설로 '제도화'된 이야기 (서사)를 무정부적인 자유 속으로 방산(放散)시켜 이야기란 본래 어떤 사회적 위치나 자리를 점하지 않음을 되새기는 새로운 방식이다. 즉 이야기의 욕망은 '네 스스로인 한, 네 멋대로' 시작되고 종결될 수 있는 권리와 함께, 종래의 내용과 주제, 문체와 규범 등에 구속됨 없이 제도 이전, 혹은 제도 이후, 또는 제도 '바깥'에서 존재할 수 있는 자기 소유권을 보장받음으로써 최적·최상의 상태로 실현됨을 재현하는, 이야기에 대한 새로운 '이야기'라 할 수 있다. 바르트 식으로 표현하자면, 소설의 현대적 신화를 전도(轉倒)해 소설에 대한 신화를 새롭게 생산한 것, 이것이 이기호의 소설들이다. 그러니 그의 소설집을 가리켜, 펑크의 효과와 기능이 강력하게 발휘된 예라 해도 지나친 표현은 아닐 것이다.

펑크와의 문학적 접변이 가장 활발한 영역은 역시 시이다. '문학의 위기'를 가장 혹독하게 치른 장르가 시였으니, 최근 활동을 시작한 젊은 시인들일수록 비주류-소수-언더-인디의 의식이 더욱 첨예한 것은 자연스러운 현상인지 모른다. 특히 서정시의 전통에서 이탈하려는 젊은 시인들일수록 펑크의 양식과 이념이 시적 전략과 원리로 자리 잡고 있음을 발견할 수 있다. 그중 대표적 시인으로 황병승을 꼽을 수 있다. 그의 시는 혼종의 극한, 궁극의 '트랜스'를 지향하는 듯 보인다. 대타항이 존재하지 않는 절대적 궁극으로서의 혼종성. 그의 시는 펑크가 도달할 수 있는 극단의 지점으로 언어를 몰아가고 있으며, 작금의 한국 문학이 보여줄 수 있는 최대치의 혼종성을 수행하고 있다. 이것은 네 가지 층위에서 그러하다. 첫째 장르, 둘째 화자, 셋째 섹슈얼리티, 마지막으로 언어. 하위문화의 장르적 접합, 복수의 주체로 구성된 시적 화자, 젠더의 동일성이 파괴된 퀴어적 인물들, 다국적 언어의 집적 등은 황병승의 시를 논할 때 많이 거론되는 것들이다. 이러한 내용들에서 유추되는 중요한 특징은 그의 시가 모든 가능한 혼종성 및 문화적 잡종화를 정당하고 투명한 법칙으로, 변동 불가능한 '자연'으로 다루고 있다는 점이다. 이는 그의 시가 부르주아적인 현대의 신화들——이성적 단일 주체, 고급/저급으로 위계화된 장르, 이성애 중심주의, 교양어 및 표준어의 체계 등——이 역으로 전도된 자리에서 새로운 탈현대적 '신화'로 전화되고 있음을 의미한다. 신화의 자리를 찬탈할 수 있는 유일의 언어가 시적 언어이며, 신화가 강탈한 언어를 되찾는 최상의 방법이 신화를 신화화하여 인위적 신화를 생산하는 것임을 떠올릴 때, 황병승의 시는 단어의 의미sense를 일종의 형식으로 취급하면서 시니피에의 모든 가능성을 실험하는 가운데, 기존의 부르주아적 메타언어를 역전시킨 자리에 '다른' 메타언어를 수립하려는 신화학자의 역할을 겸하고 있는 셈이다. 그가 사물의 표상이나 기호로서의 언어보다 메타성이 강한 언어——시코쿠·밍따오·키티·앨리스·아홉소·혼다·메리제인 요코하마 등은 지시 대상이 모호한 텅 빈 기표들이지만, 문화적 맥락화가 가능한 메타적 기호들이기도 하다——를 사용하고 선호하는 것은 현대의 신화를 폭로하고 파괴하려는 신화학자의 위치에서 시를 쓰기 때문이다. 그러나 이것은 매우 역설적인 작업이다. 시적 언어는 의미 작용 이전의 언어로 돌아가기를 지향하는 언어이기 때문이다. 그런 점에서 황병승의 시가 우리 시가 도달한 적 없는 어떤 '불가능'을 추구하고 있음은 분명하다.

이 '불가능'을 말의 충돌을 통한 타자의 복원으로, 사랑의 아나키즘으로 치환한 시인이 장석원이다. 장석원의 시도 혼종성을 '자연화'한다는 점에서 황병승의 경우와 유사하지만, 그 방식은 사뭇 다르다. 황병승이 양식·국적·젠더 등 대상의 실체로 인식되는 것들을 뒤섞는다면, 장석원은 인칭의 혼성, 의식과 발화의 혼성, 독자와 화자의 혼성 등 대상의 존재 형식을 뒤섞는다. 그래서 그의 시적 화자는 대부분 일인칭 '나'이지만, 이 '나'는 다중적인 겹의 존재로 부각된다. 즉 '나'는 '그'이기도 하고, '그녀'이기도 하고, '너'이기도 하며 '우리'이기도 하다. 존재하는 것들은 '모든' 것일 수도 있고, '아무'것도 아닐수도 있다. 존재의 가치를 판단하는 권리와 임무는, 따라서, 어느 누구에게도 무엇에도 부여될 수 없다. 그렇다면 어떠한 형태의 중심도, 위계도, 이분법도, 대립항도 거짓이다. 이 거짓의 메타체계를 부수고자 하는 이념, 권력의 집중화와 위계화를 철저히 거부하는 이념으로 장석원은 아나키즘을 지목한다. 그가 시적 화자의 자기 이미지로 '아나키스트'를 상정한 까닭은 혼종의 미학성과 정치성이 궁극적으로 어디로 정향되는가를, 그리고 그것의 원동력이 무엇인가를 날카롭게 통찰한 데서 비롯한다. 그는 혼종의 극한이 아나키즘이며, 그 정점에는 사랑의 투쟁과 실천과 향유가 근본 윤리로 전제되어 있다고, 아니 전제되어야 한다고 말한다. 그의 시는 펑크가 이념으로서 도달할 수 있는 또 다른 경지를 보여준다.

펑크의 이념과 스타일, 혹은 인디적인 것의 문학적 접변은 2000년대 등장한 새로운 문학 세대의 공통된 특질이다. 특히 문화사적으로 펑크의 등장, 확산, 수용, 일반화(상품화)가 두드러지는 1990년대 중반부터 최근까지의 10년이 이들 작가들의 20대와 고스란히 겹쳐진다는 점은 펑크의 진화와 이들의 지적·문화적 성숙기가 동시간대를 점하고 있음을 말해준다. 이는 펑크로 대표되는 인디적인 것과 이들 작가군(群) 간의 문화적 친연성을 확증해주는 징표라 할 수 있다. 그러니 인디와의 조우로부터 비롯된 문학의 화학적 변화는 지금까지 살펴본 내용보다 훨씬 더 많을 것이다. 다만, 문학과 인디의 접변에서 촉발된 가장 큰 변화는 문학 내부에서 일어나고 있는 또 다른 전통과의 단절임을 지적해야겠다. 만일 문학이 인디와 동일한 것으로 자기 인식되고, 그에 따라 스타일상의 반란이 본격화되고 있는 것이라면, 이는 '한국—문학'이라는 이념형의 추구가 문학적 고려의 대상이 아님을 뜻하기 때문이다. 젊은 작가들의 작품 대부분이 무국적적인 양상을 띠고 있음을 상기한다면 이러한 인식론상의 단절은 자못 뚜렷하다. 이들에게는 '한국적'이라는 특수성보다는 거대 자본에 의한 전 지구적인 문화적 획일화가 가장 문제시되고 있다. 현대 자본주의 문명

혹은 현대 대중문화라는 '보편적' 층위에서 인류 '일반'의 삶이 이들의 존재론적 범주를 이루고 있는 것이다—이들의 미학이 철저히 도시 미학의 형태를 띤다는 점도 이와 깊은 관련이 있다.—그러므로 '한국'이라는 국가적 테두리와 그것의 내용적 질은 문학적으로든, 문화적으로든, 이들에게 그다지 절박한 화두가 되지 못한다. 그만큼 '바깥' 없는 자본주의화와 문화의 규격화는 젊은 작가들에게일수록 가공할 현실의 공포로, 괴물로 인식되는지 모른다. 따라서 무차별적인 문화적 동질화에 맞서는 저항의 형식을 인디의 실천이 예시하는 한, 문학이 인디에 다가가려는 것은 자연스러운 행보이다. 그 때문에 설령 문학이 '문학 아닌 것'이 되더라도, 그것은 '기성' 문학의 죽음이지 문학의 종말은 아닐 것이다. 문학의 역사는 언제나 죽음을 불사하는 자기 반역으로부터 되살아온 자기 갱신의 역사였음을 잊지 않는다면 말이다. 그러니 다음과 같이 말해도 좋지 않을까? 영원히 '인디적인 것'이 문학을 젊음으로 이끈다고, 아니 젊음을 살[生]게 한다고!

비평의 선제(先制)에서 공감의 비평으로
—최근 시 비평에 대한 비판적 좌표 그리기

> 나의 그림 속에는 옛날이야기도 없고 우화도 없으며 민화도 없다. 나는 '환상'이나 '상징'이라는 말에는 반대한다. 우리들 내부의 세계는 모두가 현실이며, 어쩌면 눈에 보이는 세계보다 더 현실적이다. 비논리적으로 보이는 것을 모두 환상이라고 말하는 것은 자연을 알지 못하고 있다는 것을 말하는 것밖에 안 된다.　　　—마르크 샤갈

1

　　2000년대 등단한 젊은 시인들의 시적 경향에 대한 최근 비평의 쟁점은 크게 서정(시)에 대한 숙고, 환상의 미학, 감각의 특화 등으로 정리된다.[1] 이들 시의 새로움으로 이러한 특징들이 우선 부각되기 때문인데, 각 글의 문면을 자세히 비교·검토해 보면 논의되는 내용의 범주가 예상 외로 넓고 다채롭다. 동일성의 원리에 근간한 서정의 구조에 대한 재검토, 그러한 비평적 검토를 추동한 환상성의 급작스러운 편재, 그것을 확증하는 비자연적 감각 형상의 출현은 많은 논자들이 공통적으로 지적하는 사항이지만, 이러한 비평적 초점화가 유발하는 또 다른 효과는 중심 테마와 관련된 다양한 문제의식이 새로이 등장한 시학 주위로 자연스럽게 산포된다는 데 있다. 예컨대 일반 언어

---

1) 오형엽, 「환상의 심층—2000년대 젊은 시인들을 둘러싼 논쟁」, 『문학과사회』 2006년 겨울호 참조.

와 시적 언어 간의 차이에 대한 재고, 언어의 사회성이 시의 윤리와 겹치고 이반되는 과정에서 발생하는 격차, 공동체적 도덕 의지와 미학적 혁신 간의 싸움, 시의 현실과 역사적 현실 간의 동형성 및 이질성에 대한 고찰, 전통의 단절을 선점하려는 세대론의 등장과 그 정당성을 둘러싼 이견, 작품의 성취도에 대한 평가와 그 기준에 관한 다른 입각점들, '해석이 우선인가/평가가 우선인가'라는 비평의 역할에 대한 고전적 입론의 회귀 등이 최근 시 비평의 쟁점을 형성하는 입론의 토대로서, 논증의 원리로서 관류하고 있다. 다시 말해 글의 문맥 속에 이러한 주제들이 전체적인 주형을 형성하며 거시적 틀로 내재되어 있는 것이다. 숨겨진 거푸집인 만큼, 이 같은 내용들은 날카로운 의견 대립을 의식적으로 피하고 있는 최근 시 비평의 완곡어법 너머를 주의 깊게 유추할 때 비로소 확인 가능하다. 그리고 그 속에 감춰진 각 입장 간의 차이는 의외로 첨예하다. 이를 논하기에 앞서 도움이 될 만한 다음의 지적을 살펴보자.

사실 미래파란 용어를 처음 사용한 권혁웅도 누구누구가 미래파고, 누구누구는 아니라는 취지로 쓴 것은 아니었던 것으로 기억합니다. 다만, 요즘 젊은 시인들의 시에 대해 대체로 무관심하거나 혹은 관심 있는 경우에도 이 젊은 시인들의 시가 기존과 다르다고 해서 요령부득이라거나 말단적인 것에 관심을 가진다거나 비현실적 환상을 주로 다룬다는 비판들만 할 것이 아니라 여기에는 새로운 미학이 있다는 말을 하고 싶었던 것 같습니다. 그런 측면에서 볼 때 사실 이 '미래파'라는 말은 비판하는 사람들이 조금 더 자주 사용하는 용어 같습니다. 달리 말하면 비판하는 사람들에게 오히려 세대론적인 전략 같은 것이 있지 않나 하는 생각이 듭니다. 또 하나는 미래파 논쟁이 의사 논쟁, 그러니까 진짜 논쟁이 아니라 논쟁과 비슷한 가짜 논쟁이 아닌가 합니다. 왜냐하면 쟁점 자체가 '미래파 시인들의 시가 어떻다' '이들의 미학이 어떻다'를 중심으로 형성된 것이 아니라는 점 때문입니다. '어느 시인의 어떤 시가 어떤 점에서 좋다'라는 의견이 나오면, 반대로 '바로 그 시인의 그 시의 어떤 점이 그렇지 않다'가 되어야 하는데 실상은 그렇지 않습니다. 〔……〕 또 한 면에서는 이 논쟁 자체가 실은 지나치게 토픽 중심으로 진행된 측면이 많습니다. 주로 작품의 소재나 주제를 중심으로, 자기가 배타적으로 점하고 있거나 자신에게 익숙한 담론을 가지고 이야기하는 것입니다. 구체적인 시, 새롭게 시도된 시의 형식을 가지고 이야기해야 되지 않을까 합니다.[2]

　핵심은 세 가지이다. 첫째 '미래파'라는 용어의 사용이 새로운 미학의 등장을 개진하기 위한 비평적 명명이며, 명명의 함의를 세대론적으로 의미화하는 것은 그에 대해 부정적 시선을 견지하는 측이라는 것, 둘째 '미래파' 논쟁이 개별 작품의 미학적 논증과 평가가 부재하는 의사pseudo 논쟁의 형태에 가깝다는 것, 셋째 시의 고유한 형식 미학보다 내용 미학에 치중하여 논의가 전개되고 있으며 비평가 측에서 자신의 이론적 식견에 맞추어 이를 설득하려 한다는 것이 그것이다. 지적된 바의 온당함을 전제하고 최근 시 비평을 되짚어 보면, '미래파'라는 용어가 창작 주체 쪽에서 발화된 새로운 문학 세대로서의 자기 선언이 아니라 비평적 담론에서 먼저 요구하고 선점한 명명이라

---

2) 조강석, 「좌담: 2000년대 '미래파' 시 논쟁과 탈국가·탈장르적 상상력」, 『현대시』 2006년 12월호, pp. 130~31.

는 점, 이로 인해 작품 자체가 아닌 바로 그 집합적 '새로움,' 말하자면 미학적 혁신의 출현을 강조하는 데 초점이 맞춰져 있다는 점, 이를 위해 개별 작품 자체의 독해와 평가보다 비평의 자기 입론에 따라 혁신의 내용과 의미가 채워진다는 점, 이 때문에 이들의 시를 회의적으로 바라보는 쪽에서는 명명화 자체를 세대론적 인정 투쟁의 하나로 인식하고 시의 형식 미학보다——미학적 새로움이란 형식과 스타일의 쇄신에서 표면화되므로 형식의 독창성, 고유성이 우선 고려될 수밖에 없음에도 불구하고——소재나 주제 중심으로 작품을 읽거나, 기존의 상식과 도덕 등 작품 외재적 기준이나 문학적 전통 등의 맥락에서 품평하려는 경향이 강하다는 점을 확인할 수 있다. 그런데 이러한 특징은 하나의 공통 지반을 경유하여 나타난 결과이다. 그것은 바로 미학적 혁신의 출현을 비평 주체 쪽에서 문학의 당면 과제로 요청하고 있었다는 것, 다시 말해 1990년대 이후 한국 시가 다다른 종착점, 혹은 정체 현상에 대한 비판의 연장 선상에서 이러한 논의들이 제출되었다는 것이다.

조금 과장을 무릅쓰고 말하자면, '미래파' 논쟁이 논쟁 아닌 논쟁의 형태로 촉발될 수밖에 없었던 까닭은 논쟁 이전 단계에 어떤 필연적 전사(前史)가 선행했던 데서 기인한다. '신서정'으로 포괄되는 1990년대 한국 시가 '범속한 트임'으로서의 일상에 안주하고 '자연'이라는 가상의 인공 정원에 몰입하면서 주제의 되풀이, 쇄신 없는 형식과 스타일상의 답보, 인식의 상투성, 매너리즘의 만연 등으로 귀결되고 있다는 비판[3]이 이들 젊은 시인들이 등장하기 직전에 본격적으로

---

3) 대표적 예로 『파라21』(2004년 겨울호)의 기획 특집이었던 '한국 시의 현재'(최현식·김진수·김수이·권혁웅·황현산)와 『창작과비평』(2005년 여름호)의 기획 특집이었던 '갈

대두되고 있었다.[4] 한국 시의 현황에 대한 비평적 재고와 병행하여 시의 미학적 쇄신을 강하게 요구하던 이러한 비평 측의 바람은 자연스럽게 젊은 시인들의 시가 보여주는 내용적·형식적 파격을 기존 시의 '낡음'에서 벗어난 '새로움'으로 주목하기에 이른다. 이들의 등장 직전에 제기된 한국 시 전반에 대한 반성의 촉구는, 그러므로, 젊은 시인들의 시 세계를 새로운 미학의 출현으로 담론화할 수 있는 인과적 배경을 이룬다. '미래파'[5]의 의미가 "미래의 기대 지평에 열린 시들" "미래형 시들"[6]로 부연 설명되는 까닭도 그것이 사조(思潮)로서

<hr>

림길에 선 한국 시와 시 비평'(최원식·나희덕·임홍배·이장욱), 그리고 김수이의 「자연의 매트릭스와 현실의 사막」(『창작과비평』 2005년 가을호)을 꼽을 수 있다. 1990년대 한국 시의 주류적 흐름에 대한 간결한 요약은 신형철, 「문제는 서정이 아니다」(『문학동네』 2005년 가을호) 참조.

4) 이와 관련하여 다음의 지적은 가장 날카로운 비평적 진단에 속한다. "그러나 이러한 서정시들이 호황을 누리는 와중에 언어에 대한, 혹은 시에 대한 강렬한 자의식도 없는 '유사 서정시'가 더불어 떠돌게 되면서, 오늘날 우리 시의 지형은 종의 다양성을 확보하지 못한 채 빈혈의 상태로 내몰리고 있는 것처럼 보인다. '서정성의 복구'와 '서정시의 복귀'는 지난 시대 우리 시의 이념 과잉과 정치 과잉의 불균형을 해소하려는 중요한 노력의 결실임은 분명하지만, 오늘날 빈번하게 목격되는 바와 같이 반복되는 모방적 형식과 자기 복제라는 미학적 자살의 상태에까지 이른다면 문제는 전혀 다를 수밖에 없다." 김진수, 「부재하는 실재의 표상과 인유의 방법들」, 『파라21』 2004년 겨울호, p. 58.

5) '미래파'라는 용어가 처음 쓰인 것은 권혁웅의 평론 「미래파」(『문예중앙』 2005년 봄호)에서이다. 이 글에서 권혁웅은 장석원·황병승·김민정·유형진을 중심으로 이들 시의 특징을 분석한 뒤, 이들의 시가 "결코 요령부득의 장광설이거나 경박한 유희의 산물이 아니"며, "이들에게서도 시는 여전히 생생한 체험의 소산이며, 감각적 현실의 표명이며, 진지한 고민의 토로"라고 정리한다. 그리고 이들의 시가 "가까운 미래에 우리 시의 분명한 대안이라는 것을 인정할 날이 올 것"이라고 말한다. 글의 서두에서 이미 밝히고 있듯, 권혁웅은 이 글에서 젊은 시인들의 시가 '새롭다'는 점을 선언하려 한다기보다 이들의 시가 완성된 작품으로서 충분히 가치가 있음을 밝히려 한다. 젊은 시인들의 시를 미학적 '새로움'의 등장으로 규정하려는 시도는 오히려 이 글의 발표 이후 다른 논자들을 통해 본격화된다.

6) 권혁웅, 「미래형 시로의 여행을 위한 히치하이킹 안내서 1」, 『현대시학』 2006년 2월호,

120

의 특징을 띠지 않으며 새로운 예술 운동 등과도 무관함을 거듭 강조하기 위한 것이지만, 이는 달리 말하면 이 용어가 애초에는 '지금과는 다른' 혹은 '미래를 여는/열 수 있는 시'라는 소박한 차원에서 등장한 것이고, 여기에는 기존의 한국 시가 봉착한 구태의연을 타기할 수 있는 가능성으로 이들을 주목해야 한다는 사적(史的) 의도가 포함되어 있었음을 의미한다. 요컨대 시의 자기 갱신의 필요성을 이러한 명명을 통해 역설한 것으로 볼 수 있다. 그런데 명명의 파장은 처음의 의도를 벗어나 시에 대한 관념 자체를 전면적이고 전방위적으로 성찰할 것을 요구하는 데까지 이르고 있다. 이러한 현상은 이들 젊은 시인들의 시가 한국 시의 현재를 지형화하려는 비평의 선제(先制)를 훨씬 압도하고 있다는 데서 비롯한다. 다시 말해 최근 젊은 시인들의 시는 '미래를 여는 시'라는 애초의 함의를 넘어서는 위력을 발휘하고 있다. 서정시 혹은 서정의 메커니즘에 대한 본원적 재탐색[7]이 이루어지는 최근의 사정이 이를 간명하게 보여준다. 그런 점에서 작품을 중심으로 한 논쟁이 성립되지 않아 논의의 구체성이 부족하다는 인용문의 지적은 절반의 의미에서만 옳다. 이들 시의 힘은 개별 작품에 천착하여 관찰하고 분석하고 평가하는 것이 비평의 본무임에도 불구하고 그것의 효과적 발휘를 어렵게 할 만큼 비평을 압박하고 있으며, 그로 인해 지금 시 비평은 제 능력의 부족과 난감함을 시의 현상적 특질과 대략의 윤곽을 그리는 것으로 드러내고 있다. 따라서 최근 시

---

pp. 71~72.

7) 대표적 예로 이장욱, 「꽃들은 세상을 버리고」 「오감도들」(『나의 우울한 모던보이』, 창비, 2006); 신형철, 「문제는 서정이 아니다」(『문학동네』 2005년 가을호), 「앓는 세대의 난경과 난무」(『문예중앙』 2006년 봄호) 참조.

의 동향을 둘러싼 논의 내용들은 시적 특징을 개관하는 각 글의 문맥 속에 내포되어 있다. 그리고 그 이면에 함축된 견해차는 격차가 크고 매우 첨리하다. 그만큼 최근 시의 '새로움'에 대한 시각차는 근본적이고 내재적이다.

1-1. 대부분의 젊은 시인들, 그리고 그들의 시에서 전면화되는 '감각'의 '새로움'이란 세계에 대한, **타자에 대한 '자폐적 이기성'의 산물**이다. 〔……〕 최근의 시들에서 드러나는 주체의 분열상은 이러한 **극단적 나르시시즘**의 문학적 징후이며, 방향성을 상실한 이 전도된 이성애가 '자아'에 대한 극단적 강조로 이동함으로써 발생하는 현상인 것이다.[8]

1-2. 새로운 세대의 많은 시들에는 '나'가 없다. 그들은 자명한 나를 지우면서 미지의 나를 찾아간다. **자아의 나르시시즘을 넘어** 점멸하듯 출현하는 주체성의 영역을 탐험한다. 더불어 타인의 타자성을 동일화하는 서정적 메커니즘을 거부하면서 **타자와의 진정한 만남을 위해** 방법적 갈등을 격렬하게 실험하고 있다.[9]

2-1. 한마디로 말해서 이들의 시는 **잘 제작된 시**이다. 〔……〕 분명한 시론과 기획을 가지고 씌어지되, 애초에 선을 분명히 긋고 시작하는 시. 잘 정제된 만큼 거친 단면이 잘 보이지 않는 시. 아니, 거친 단면조차도 **철저하게 계산된 시.** 〔……〕 나는 잘 제작된 최근의 시를 읽으며 '웰 메이드'의 한계랄지 비애를 느꼈다.[10]

---

8) 고봉준, 「개인이라는 척도, 혹은 '나'라는 자폐적 이기성」, 『실천문학』 2006년 여름호, pp. 148~49, 156.
9) 신형철, 「문제는 서정이 아니다」, 앞의 책, p. 362.

2-2-(1). 무엇보다도 그들은 해체를 해체로 인식하지 않으며 균열을 균열로 의식하지 않는다. 그런 의미에서는 '해체'도 '균열'도 없다. 오늘의 시인들은 **그저 자연스럽게** 서정의 영토를 넓혀간다.[11]

2-2-(2). 그런데 이 이미지들은 **계산된 사유에 의해 모자이크된 것이 아니다.** 모핑의 결과물은 시작 단계에선 미망의 것이다. 즉 이 변형은 정형화된 산출물을 배출하는 일정한 툴에 의존하는 것이 아니라 그때그때, 감각에 의해 즉감되는 '사실 관계'의 형국에 따라 산출된 것이며, 때문에 시인 역시 이 변형의 결과를 미리 장악하고 있는 것은 아니다.[12] (강조는 인용자)

전체 글의 일부분에 불과하지만, 1과 2 모두 비슷한 토픽에 대해 전혀 상반된 견해를 표명하고 있음이 확연히 드러난다. 한편이 자폐적 이기성과 극단적 나르시시즘을 문제시한다면, 다른 한편은 자아의 나르시시즘에서 벗어나 타자와의 진정한 만남이 가능해짐을 말하고 있다. 혹은 한쪽이 최근 시들이 제작되고 기획되고 계산된 '웰 메이드'임을 따진다면, 다른 한쪽은 그와 정반대로 의식되지 않은 자연스러움을, 계산된 사유에서 벗어난 이미지의 자율성을 미덕으로 꼽는다. 내용의 옳고 그름을 떠나서, 동일 대상에 대한 평가가 이렇듯 크게 격이 진다는 것은 논쟁다운 논쟁으로 진입하기 위해 필요한 공통 의제 설정이 쉽지 않음을 암암리에 보여준다. 논자마다의 입장 차는 위의 예에 그치지 않는다. 여과되지 않은 비속어의 남발, 잔혹 이미

---

10) 이경수, 「'다른' 미래에 관한 몽상」, 『현대시학』 2006년 2월호, p. 78.
11) 이장욱, 「꽃들은 세상을 버리고」, 앞의 책, p. 30.
12) 조강석, 「말하라 그대들이 본 것이 무엇인가를」, 『문예중앙』 2005년 겨울호, p. 124.

지의 비도덕성, 장광설과 요설체 등 비시(非詩)적 언술의 만연, 실제 삶과 유리된 비현실적 환상의 편재, 그 속에 내포된 대(對)사회적 책임의 방기, 무개성/무감동의 대량 생산 등을 최근 시의 한계로 지목하는 부정의 논리가 우항을 이룬다면, 주체 분열을 자기 반영하는 실험적 언어, 이질적 감각의 운동 혹은 그 발견, 기존의 시학을 해체하는 새로운 형태와 스타일, 관습적 상징체계 너머로 질주하는 미적 전위의 역할, 실재real로의 과감한 도약, '다른' 서정(시)의 생성 등을 주목할 성과로 꼽는 긍정의 시선이 좌항을 이룬다. 좌(左)가 옳은가 우(右)가 옳은가, 어느 쪽 입장을 지지해야 하는가는 이 글의 목적과 무관하다. 그리고 긍정/부정의 범주로 나눌 만큼 지금의 시 비평이 단순 논리나 흑백 논리에 빠져 있지도 않다. 하나, 비평적 진단과 관련된 상호 간의 멀고 먼 거리감은 분명 문제적이다. 그러므로 물어야 할 것은 이러한 낙차의 발생 이유가 무엇인가 하는 점이다.

가장 큰 원인은 미학적 혁신에 관한 이해 차이에 있는 듯하다. 시의 윤리를 공동체의 도덕이나 사회적 책무와 연관시켜 이 둘을 동일선상에서 말하는 논자들은 대체로 미학의 전복성과 인식의 전복성을 부지불식간에 구분한다. 가령 다음과 같은 표현,

이들의 시가 지니는 미학적 전복성만큼은 미래파라는 규정에 얼마간 부합한다고 양보할 수 있겠다. 다만, 그것이 과거와는 달리 삶의 기반을 뒤흔드는 인식의 전복성에로 나아가지 못하고 미학적 전복성에 그친다는 데 과거의 미래파와 새로 호명된 미래파의 차이가 있을 것이다.[13]

> 전복적인 포즈를 취하지만 생각보다 치명적이지는 않은 시. 〔……〕
> 근원적인 전복성에는 이르지 못한다.[14)

> 그녀의 시에서 비어져 나오는 웃음은 매력적이기는 하지만, 그 웃음
> 이 단단히 웅크린 그녀의 내면이나 사도마조히즘적 언어를 분출하며
> 질주하는 바깥의 세계를 변화시킬 것 같지는 않다.[15)

에서 잘 나타나듯, 미학과 인식——이때 '인식'은 문맥상 세계 인식이
나 사회 인식을 뜻하는 것으로 보인다——이 별개로 이분되어 있고,
"근원적인 전복성"이란 "바깥의 세계를 변화"시키는 것으로 그것은
인식의 전복으로부터 가능한 사태이지 미학의 전복만으로는 불가능
하다고 서술되어 있다. 그런데 이러한 이분법적 구분은 과연 적합한
것일까? 시가 바깥 세계를 변화시킬 때 진정한 의미의 전복을 실현할
수 있다는 사고는 현실의 변화가 언어에 의해 가능하다고 믿었던 루
카치 식 사유의 일단에 속한다. 그러한 사유의 오류가 무엇이었고,
그것이 역사적으로 어떠한 실패를 겪고 좌절하였는지 새삼 말할 필요
는 없을 것이다. 한편 미학의 전복성만 있고 인식의 전복성이 없다는
말은 문맥상 형식 실험만 있고 그에 준하는 이념·주제·내용이 부재
한다는 뜻으로, 이는 시를 형식 미학과 내용 미학을 구분하여 이해하
는 구태(舊態)에 해당한다. 미학적 전복을 통해 인식의 전복을 동시
에 수행하고 실현하는 것이 예술(시)의 원리이자 기능이라는 것, 인

---

13) 이경수, 「다른 '미래'에 관한 몽상」, 앞의 책, p. 77.
14) 이경수, 「재현의 위기와 전략으로서의 마조히즘」, 『작가세계』 2006년 여름호, p. 329.
15) 이경수, 앞의 글, p. 333.

식의 전복 없이 미학의 전복이란 성취될 수 없다는 것, 이때 인식의 변화는 형식과 스타일의 변화 속에 이미 내재된 형태로 발현된다는 것, 그리고 이러한 모든 과정이 본래적 의미에서의 '혁신innovation' 이라는 것을 상기할 필요가 있다.

미학에서의 '혁신'이란 옛 형식에서 새로운 형식으로의 진화이며, 이때 진화는 지난 시대의 구조를 변동시킬 힘을 가진 것으로 가시화될 때 긍정적 가치를 인정받는다. 그런 점에서 새로운 형식의 등장은 문학사적 '사건'으로 취급된다.[16] 그것이 '사건'인 이유는 새로운 형식이 아직 의식되지 못한 어떤 경험의 내용을 앞서 예견하는 잠재적 가능태로서 존재하기 때문이며, 실제의 역사적 경험들을 보존하는 동시에 아직 실현되지 아니한 가능성을 선취하고 사회적으로 제약된 활동 영역을 새로운 소망·요청·목표들로 확대하여 미래적 경험의 길도 여는 우월성을 내포하기 때문이다. 그러므로 미학적 전복으로 예감된 바로 그것, 즉 새로운 기대 지평의 내용을 그 전복성 안에서 발견하는 것, 그리고 미래의 역사적 지평에 대한 전망을 예술적 직관이 어떻게 잠재적으로 현시하는가를 간파하는 것, 그것이 문학의 혁신을 다루는 비평의 방법이자 몫이다. 만일 '사건'으로서의 가치를 지니지 못하는 경우라면, 그러한 부정성의 이유를 형식과 내용의 비정합성, 실험의 의도와 이념의 지향 간의 부조화에서 찾는 것이 또한 비평의 소임이다. 이때 주의해야 할 것은 기존 공동체의 상식이나 도덕주의, 문학적 관습과 통례에 근거한 미학적 보수주의로는 '혁신'의 총체가 인식될 수 없다는 사실이다. 제도와 국가와 권력에 대해 정치적으로

---

16) 문학적 진화와 '혁신'의 의미에 대해서는 H. R. 야우스, 『도전으로서의 문학사』, 문학과지성사, 1983, pp. 199~204 참조.

무관심하다든가, 사회적 책임감이나 도덕심이 없음을 문제삼는다든가, 전략적이기 때문에 감동이 없고 제작하려 들지 않기 때문에 진정성이 느껴진다는 식으로 작품을 평가하는 것이 그 대표적 경우에 속한다. 예술의 윤리와 책무는 사회의 그것과 동일하지 않다. 그리고 예술에서의 자유는 자기 형태로부터의 자유이다. 이런 이유로 최근의 많은 시 비평들이 젊은 시인들의 새로움을 미학적 '혁신'의 견지에서 설명하고자 하는 것이다.

2

'미래파' 논쟁은, 그러므로, 궁극적으로 미적 현대성의 문제이다. 무엇보다 '미래파'라는 용어 자체가 미래라는 '아직 아닌not yet' 시간에 대한 사유를 전제하고 있으며, 과거와 다른, 혹은 현재를 극복하는 '내일'의 변화를 목적으로 한다는 점에서 문학적 전통에서의 이탈을 함의한다. 이 용어의 대두가 세대론적 전략으로 받아들여지는 것은 이러한 이념적 지향성 때문이다. 항간에서는 '논쟁'이라 부르지만, 정작 뚜렷한 갑론을박 없이 최근 시의 '새로움'을, 그것의 기원과 출처와 형태를 밝히고 분석하려는 담론들이 줄을 잇는 것도 젊은 시인들의 시에서 이전의 한국 시와는 다른 차이점, 변별점을 우선 발견하고 규명하고자 하는 욕망에 따른 것이다. 환상성과 감각의 활성화가 시적 새로움의 핵자로 전경화되는 까닭도 이와 무관하지 않다. 감각의 갱신은 형식의 쇄신과 밀접히 연관되어 있기 때문에 특히 그러하다. 요컨대 감각은 내용이 아닌 형식에 투사되며, 감각에 의해 투사된 형식은 다시 새로운 감각을 창출한다. 니체는 감각 작용과 형식 간의 이러한 관계를 '반사경'으로 비유하는데, 서로의 '반사경'으로서 감각과 형식은 대상을 자신의 방식에 따라 비추면서 그것을 인식한다. 형식의 표면에 숨어 있는 진정한 비밀은 바로 이것이다. 즉 감각 작용이 만드는 형상이 형식화를 통해 대상을 파악하는 과정이 곧 인식 과정인 것이다. 오성의 범주와 개념적 사유가 감각의 심리적·생리적 조건으로 자주 환원되어 재검토되는 것은 이런 사정에서 비롯한다. 감각과 형식 간의 이러한 상관성은, 따라서, 새로운 감각의 발견(/발명)이 새로운 형식의 출현 이전에 선행하는 조건임을, 감각의 갱신과 신(新) 형식의 창출이 별개의 과정이 아닌 동시적 과정임을 알려준다. 최근 시 비평이 감각의 문제를 담론의 초점으로 삼는 까닭도 시의 형식상의 변형이 감각의 활성화와 밀접히 연관되어 있음을 직관하기 때문이다.

한편 환상은 주로 생생한 이미지의 구현을 위해 감각적 표현에 의존하는 까닭에, 감각 형상의 부조는 환상의 축조를 위한 필요충분조건을 이룬다. 상상이 아닌 환상이 지금 왜 시학의 중심 화두로 부각되는지는 별도의 논의가 필요하지만, 대상과의 유비analogy 관계를 중시하는 재현representation의 논리가 미적 전통으로서의 규범성을 상실하면서 최근 젊은 시인들이 새로운 시적 형태로서 환상을 유의미한 대안으로 수용하고 있다는 점만큼은 분명해 보인다. 이는 기존의 시적 재현 방식이 현실의 유동성을 포착하기에 미흡하고 인지적 충격의 효과도 적기 때문에 예술적 실효성이 떨어진다는 문제의식에서 기인한다. '진실한(/진정한)' 미적 재현이란 무엇인가라는 질문 앞에서 젊은 시인들은 기존의 서정시 양식이 현실과 유리된 채 하나의 관례가 되고 있음을 문제시하고 이를 거부하고 있는 것이다.[17] 가령 "자연스러워지기 위해 기존의 모든 기교로부터 벗어날수록 그림은 점점 더 모호하고 복잡하고 해독하기 어려워진다"는 점을 현대 회화가 보여주는 특질로 지적한 피콩의 말은 최근 시를 이해하는 데 많은 시사점을 준다. 시의 형태가 현실의 변화에 정합적으로 대응하려 할수록, 그래서 '자연스러워지려' 노력할수록 '모호하고 복잡하고 알 수 없는' 것, 즉 우리가 사실이라고 믿고 있는 것과는 다른 '어떤 것'이 되어가는 상태가 지금 우리 시의 현주소라 할 수 있다. 그 다른 '어떤 것'의 명칭을 우리는 비현실, 혹은 환상이라 칭한다. 하지만 그것이 사실과 다른 '어떤 것'이라 해서 그것을 현실이 아니라고 규정하는 것은 시의 현실, 넓게는 예술의 현실이 무엇인가를 이해하지 못한 소치이다.

예술의 현실은 대상의 현실이 아니라 '사건'의 현실이다. 그렇다는 것은, 시의 현실이란 사실로서의 대상을 다루는 것이 아니라 대상이 언어화되는 '사건'——감각의 논리든, 감정의 지각이든, 인식의 부상이든——을 다루는 것, 즉 '사건화' 과정 자체임을 의미한다. 따라서 언어화 과정과 언어화된 '사건' 사이의 미적 정합성이 어떻게 성취되는가에 따라 작품으로서 시의 성공 여부도 달려 있다. 비평이 해야 할 일은 이 정합성의 공과(功過)를 작품 내에서 묻는 것이다. 물론

---

17) 최근 시의 환상성에 대해서는 다양한 각도에서 풀이되고 있다. 주체의 분열이라는 탈근대적 상황과 그에 따라 새롭게 요청되는 타자의 현상학 및 윤리학이 환상의 시적 구현과 어떻게 상관되는가를 해명하려는 시도가 주를 이룬다. 대표적으로 김행숙, 「환상의 힘」, 『시와사람』 2005년 봄호; 김진수, 「환상 속으로 탈주하는 주체들」, 『문예중앙』 2005년 겨울호; 고봉준, 「환상의 이율배반, 또는 환상의 리얼리티」, 『서정시학』 2005년 겨울호; 신형철, 「앓는 세대의 난경과 난무」, 『문예중앙』 2006년 봄호; 오형엽, 「환상 가로지르기」, 『세계의문학』 2006년 여름호; 이형권, 「발명되는 감각들」, 『시작』 2006년 겨울호.

시가 '모호하고 복잡하고 해독하기 어려워지는' 현상은 역으로 시 바깥의 세계가 그만큼 '모호하고 복잡하고 알 수 없는' 유동 상태에 있음을 반영한다. 그것은 의도되거나 의식되지 않은 자기 반영에 속한다. 그리고 현실의 변동만큼 감각의 작동 방식과 운용과 논리도 변화한다. 왜냐하면 감각은 자연적인 것이 아니라 역사·사회·문화적으로 구성되는 것이며 사회 제도나 환경에 의해 훈육되기 때문이다. 많은 젊은 시인들이 시와 감각, 감각과 형식, 실재와 비실재 간의 새로운 관계 설정 및 미적 구성에 몰두하는 것은 시의 현대성 추구가, 더불어 '지금 여기'의 세계에 대응하는 미적 실천이, 그러한 과정을 통해 달성될 수 있다고 직관하기 때문이다. 그리고 이것은 벤야민의 지적처럼 보들레르 이후 현대성의 구현을 목표로 하는 서정시로서는 피할 수 없는 하나의 숙명과도 같다.

외부의 자극이 거듭될수록 충격 효과가 감소되고 그만큼 그것의 수용이 수월해진다는 점은 그러한 충격 체험이 더욱더 무미건조해짐을 뜻한다. 충격이 익숙한 경험이 되는 이러한 상황에서 서정시는 무미건조해지는 (충격의) 사건을 시적 경험으로 전화하기 위해 그에 준하는 고도의 의식성을 추구할 수밖에 없다.[18] 이때 시는 외부의 감각 체계를 그대로 수용하지 않고, 그것을 더욱 심화하는 방식, 즉 '지각의 심화'[19]를 의도하게 된다. 그런 점에서 최근 시의 특징인 감각의 새로운 시적 운용──낯익고 친숙한 요소들을 다르게 전도해 바깥 세계

---

18) 발터 벤야민, 「보들레르에 관한 몇 가지 모티브」, 『발터 벤야민의 문예이론』, 문예출판사, 1983 참조.
19) 발터 벤야민, 앞의 책, p. 222. 벤야민이 영화의 예술적 혁명성을 '지각의 심화'에서 발견하고 이를 긍정했다는 점은 널리 알려진 사실이다.

의 질서를 교란하고 단일한 의미망을 해체하는 환상의 창출——은 외부의 자극과 충격에 무뎌진 우리의 지각을 감각 세계의 변화와 확장을 통해 전혀 예상하지 못했던 시공간으로 다시금 확대하려는 목적을 지닌다고 할 수 있다. 최근 시 비평이 감각을 인식의 기본 요소나 사유의 기초로 다루지 않고, 독자적인 운동 형태로 다루는 것은 이러한 사정과 무관하지 않다. 주로 "감각의 독자성" 혹은 "감각 자체의 운동" "감각의 논리"[20] 등으로 표현되는 이러한 '지각의 심화'는 시 형식의 갱신과 불가분의 관계에 있기 때문에 매우 중요한 의의를 지닌다. 하지만 당대성·정치성·역사성의 맥락이 그러한 심화 과정 내에 내포되어 있으므로——감각의 비자연성, 즉 감각이 사회적·제도적·역사적으로 구조화된다는 사실은 그것이 비역사적인 것으로 취급될 수 없음을 상기시킨다——지나치게 자율적인 것, 독자적인 것, 유일무이한 단독자singularity로 의미화되어서는 안 된다.[21] "감각의 이념"이라는 구상이 대두된 까닭도 시에서 '감각의 자율성'이 과도하게 특화될 때 생길 오류를 조심스럽게 경계하기 때문이다.

　감각의 충만성이 타자와 맺는 관계의 이념을 보증한다면, 그 타자가

20) 권혁웅, 「감각의 논리」, 『미래파』, 문학과지성사, 2005 참조.
21) "감각의 독자성" "감각 자체의 운동"을 강조하는 것은 최근 시의 특징을 간파한 비평적 통찰에 따른 것이지만, "감각의 독자성"을 시적 주체의 실존성뿐만 아니라 시의 실존성으로까지 확대 적용하여 시를 수사학적으로, 예컨대 언술 체계·어법·작법 등을 중심으로 해석하고 은유·직유 등의 비유법으로 풀어내는 경향은 경계할 필요가 있다. 시의 참신성·신선함·독창성을 설명하려는 애초의 목적과 달리 시가 우리에게 익숙한 일상과 생활의 영역으로, 범박한 내용의 차원으로 자주 환원되기 때문이다. "감각의 운동 방식"(권혁웅, 「미래형 시로의 여행을 위한 히치하이킹 안내서 I」, 『현대시학』 2006년 2월호, p. 75)이 새롭다면 그로부터 형성되는 새로운 시의 미학적 이념이 무엇인지, 그것이 이전과 어떻게 다른지를 설명하는 방향으로 논의가 진행될 필요가 있다.

삭제된 감각이란 어떤 가상에 지나지 않는 것 혹은 진정성을 상실한 감각일 것이다. 진정성을 상실한 감각이 있을 수 있을까? 감각의 이념이라는 문제 설정이 필요한 것은 이 때문이다. 감각이 의식을 벗어나는 의식 이전의 존재라는 점에서 감각 자체는 진정한 것도 아니고 그렇지 않은 것도 아니다. 감각은 그냥 그렇게 있는 것이다. 이것은 모든 시가 감각의 자기실현인 것과 같다. 그렇지만 이렇게 말할 수는 있을 것이다. 어떤 퍼셉트와 어펙트에 대해 그것을 지각과 정서라고 말하는 순간의 그 힘의 방향은 삶에 대한 자기의식과 타자에 대한 감각을 결합하여 진정성을 만들어내는 것이다. 그 진정성은 그러므로 타자를 전제할 수밖에 없는 진정성이다. 〔……〕 시는 당연히 개별적 감각의 수준에서 창조된다. 이것이 시적 무의식이라면, 그 무의식을 구성하는 타자들의 영역을 고려하는 것은 시적 의식의 차원에서 가능할 것이다. 그러므로 시적 감각이 도달해야 할 곳은 어디인가라는 질문은 감각이 도달해야 한다고 의식하고 있어야 할 것의 문제라고 할 수 있다.[22]

감각이 의식으로부터 독립적인 것이긴 해도 감각의 존재 방식이 시의 창조 순간 시적 무의식의 영역에 속한다는 것, 그리고 무의식이 이미 타자와 무관계한 영역일 수 없는 이상 시적 감각의 진정성은 "감각이 도달해야 한다고 의식하고 있어야 할 문제"라는 지적은 감각이 시 안에서 이미 타자 지향적인 것이며, 그렇기 때문에 그것이 구체적으로 시적 이념의 발현과 어떻게 연관되는지를 밝힐 수 있어야 한다는 사실을 환기한다. 이는 "감각의 독자성"뿐만 아니라 "감각의

---

22) 박수연, 「감각의 이념」, 『말할 수 없는 것과 말해야만 하는 것』, 랜덤하우스중앙, 2006, pp. 80~81.

이념" 또한 초역사적인 것이 아니라 특수하고 특정한 시대적 맥락에서 해명될 수 있어야 한다는 의미를 내포한다. 만일 최근 시에 내재된 시적 이념의 윤곽을 비평이 간취하고자 한다면, 젊은 시인들의 시에 "감각의 이념"이 부재할 것이라는 편견을 먼저 타기해야 하며, 감각의 운동 방식을 통해 드러나는 새로운 시적 이념의 내용과 형태를 감지하려는 혜안이 필요하다. 또한 이들의 감각에 대한 유난한 집중이 갖는 문학사회학적 의미도 해명할 수 있어야 한다. "감각의 독자성"이 "'나'의 감각의 특권화"[23]와 일정 정도 상응하는 현상이라면, 그것이 가령 개인의 특권을 강변하는 신자유주의의 확대와 개인의 죽음 혹은 정형화된 개별자들의 양산이 가속화되는 모순적 상황과 어떻게 연관되는지를 밝히는 것도 흥미로운 비평적 작업의 하나이다.

젊은 시인들에게서 나타나는 이러한 다양한 사적(史的) 진화의 양상을 밝히려는 노력은, 그러나 한편으로, 시의 '새로움'을 강조하면 할수록 또 다른 기원(起源)으로 이들의 시를 호명하려는 시도가 강해진다는 점에서 몇 가지 재검토를 요구한다. 그중 하나가 서정의 메커니즘을 둘러싼 논의이다. 타자의 자아화, 대상의 자기 동일화를 내적 원리로 하는 서정의 구조가 은유적 체계와 독백의 진술을 바탕으로 궁극적으로는 아날로지적 통합과 조화를 목적으로 한다는 것은 하나의 통설로 굳어져 있다. 그런데 근대적 주체의 분열과 해체, 혼종적이고 다중적인 화자, 환유적 어법의 우세와 환상의 미학 등을 바탕으로 서정시가 견지하는 동일성의 원리를 부정하는 시의 대거 등장은 문학적 규범으로 자리 잡은 서정(시)의 구조를 내파(內破)하는 새로

---

23) 고봉준, 「서정시를 위한 변명 3」, 『작가세계』 2006년 여름호, p. 350.

운 시학의 출현을 증거한다는 주장을 설득력 있게 만든다. "다른 서정"[24]이라는 수사는 이를 총칭하는 표현으로, '미래파'라는 단어 또한 최종적으로 이러한 '다른' 서정의 창조와 탄생을 함의한다.

문제는 이 '다름'의 특화가 미학적 전통과의 단절을 정당화하기 위해, "전대의 언어와 미의식의 압력에서 자유롭고 자재한"[25] 시라는 자기 정체성의 확립을 위해, 서정의 원리를 초역사적 보편으로, 불변의 '권위'로 규정하고 단정한다는 데 있다. 그것이 '권위'로 지칭되는 까닭은 크게 두 가지 이유에서이다. 하나는 서정적 자아가 "사물과 의미에 대해 소실점과 위계질서를 설정하려는 시적 무의식을" 바탕으로 대상을 포섭하는 "압도적 우위"[26]를 행사한다는 것이고, 다른 하나는 이때의 서정적 자아가 종국에는 "모종의 계몽적 목소리를 장착한"[27] 자아라는 것이다. 표현은 좀 다르지만, 두 가지 모두 장르로서의 서정시가 계몽주의의 주체를 비판하고 이를 다시 재계몽하려 한 낭만적 주체의 미적 소산이며, 동일성의 시학을 원리로 하는 한 서정의 논리는 타자의 자아화라는 계몽의 부정성을 극복할 수 없다는 인식을 공유한다는 점에서 공통적이다. 하지만 서정적 자아를 '권위'와 '계몽'의 자아로 재단하는 것은 그리 간단히 정리될 사안이 아니다. 낭만적 주체가 계몽을 계몽하는 주체라 할 때, 거기에는 이미 세계와 나의 불화가 전제되어 있다. 타자의 자기 동일화는 세계와의 부조화

---

24) "이것은 서정 바깥에서 이루어지는 서정이다. 서정은 서정 내부로 내려가 서정 자체를 넘어선다. 그곳에 있는 것은 물론 '반(反)서정'이 아니라 '다른 서정'이다." 이장욱, 「꽃들은 세상을 버리고」, 앞의 책, p. 30.
25) 권혁웅, 「상사의 놀이들」, 『미래파』, p. 146.
26) 이장욱, 앞의 글, pp. 38~39.
27) 신형철, 「문제는 서정이 아니다」, 『문학동네』 2005년 가을호, p. 114.

를 경험하고 인지한 '나'라는 존재가 그러한 불화를 자기의식 내에서
재통합하여 조화시키려는 열망에서 비롯한 결과이다. 그런데 이 불화
의 자의식이 낭만적 주체로 하여금 계몽의 주체가 누리는 지위와 위
상을 동등한 위치에서 동질적으로 점하지 않도록 한다는 데서 결정적
차이가 발생한다. 계몽 일반에 대한 이 '겹-계몽' 주체의 미적 대응
은 다른 형태의 시학을 창출하기 때문이다. 그 대표적 예가 낭만적
아이러니이다. 창조 속에서 파괴를, 상승 가운데 하강을, 무한자와
유한자 사이의 돌이킬 수 없는 격절을 사유하고 표현하는 아이러니의
구조가 현대 시 형성의 근원이자 뿌리라는 점, 그리고 서정의 원리를
부정하고 파괴하려는 현대적 실험이 기실 저 낭만적 아이러니에서 파
생된 미학적 모험이라는 점은 서정적 자아를 '권위'의 자아, 계몽 일
반의 주체로 환원하는 일이 최근 시의 옹호를 위한 성급한 규정이자
진단일 수 있음을, 많은 굴곡과 주름과 차이를 내재한 서정(시)의 역
사를 역사 없는 초역사적 대상으로 만드는 것일 수 있음을 알려준다.

　서정(시)을 '권위'로 지목하는 이러한 '의도의 오류'가 최근의 시
를 이전의 시적 전통과 단절시켜 어떠한 문학적 계보도 형성하지 않
는, 그래서 자기 기원(起源)이 부재하는 세계로 특화한다는 점은 자
명하다. 하지만 한국 시의 역사 속에는 서정 − 반(反)서정 − 비(非)
서정의 흐름이 공존하며, 그렇기 때문에 최근 시의 '다른' 서정이 이
러한 다양한 시사(詩史)적 지형도와 어떻게 연계되고 이반되고 탈구
되는지를 섬세히 분별할 필요가 있다. 이는 서정(시)의 원리와 구조
가 초역사적인 '일반'이나 정형화된 '법칙'이 아니라는 점에서 더더
욱 그러하다.[28]

3

　‘다른’ 서정과 관련하여 최근 시 비평이 고구(考究)해야 할 또 다른 사항은 시학의 변화를 문학 외적 조건의 변화와 맞대응시키는 잘못을 피해야 한다는 점이다. 전 지구적 자본주의화, 탈근대적 전환, 세계 상실과 주체의 해체, 큰 타자의 실종, ‘역사’의 종말 등등을 불변의 사실로서 기초하고 이를 시의 변화를 유발하는 객관적 조건이자 원인으로 상정한 뒤 그에 따른 미학적 자기 반영과 자기 지시적 언어화가 최근 시의 본질적 양태인 듯 설명하는 것은 단순 도식을 낳기 쉽다. 예컨대 탈근대적 세계로의 진입—주체의 분열—환상 미학의 출현—서정시의 쇠퇴 등을 단선적으로 연결하는 것은 시인들이 외부 세계의 변화를 불변의 실재로 인식하고 있으며, 흡사 정신적 외상 trauma이 그렇듯 이를 의식 밑바닥에까지 내면화하고 있다고 부지불식간에 전제할 때에만 성립 가능한 논리이다.[29] 하지만 과연 그러한가? 실은 이론이 사실로서 정리하고 언명한 내용들이 정말로 ‘사실’인지, 그것을 ‘진실’로서 받아들일 수 있는지를 체험하고 대면하고 고민하고 의심하고 되씹는 과정, 그리고 그 과정에서 겪는 말할 수 없

---

28) 미래파 논쟁이 생산적인 논의로 전환되기 위해서는 “문학사적 영향 관계를 점검하여 계승의 차원과 독창성의 차원을 규명해야” 하며 “‘새로움’과 ‘차별성’의 여부는 문학사적 맥락에서 그 정체가 면밀히 고찰된 이후에 판단될 수 있다”는 오형엽의 지적은 그런 점에서 경청할 만한 대목이다. 오형엽, 앞의 글, p. 345.

29) 그런 점에서 볼 때 시의 내적 변화와 시 외부의 변화를 중층적으로 성찰할 필요가 있고, 그로부터 최근 젊은 시인들의 시 세계를 이해하는 데 도움이 될 만한 다양한 비평적 단초가 마련될 수 있음을 상기할 필요가 있다.

는, 말하기 힘든 내적 고충과 고통과 갈등과 번민이 시인을 만들고 시를 낳는 것은 아닌가?

　시 바깥의 변화가 시의 변화로 곧장 등치될 수는 없다. 시의 내부와 외부가 만나는 부면에는 변하지 않는 층위와 변하는 층위가 함께 공존하기 마련이다. 그리고 그러한 동시적 공존은 상호 간에 비대칭과 불균형을 동반한다. 이런 이유들로 인해 비록 시 내부의 변이가 시대 변화의 표식과 증거로 감지된다 해도 이를 이론에 맞아떨어지는, 혹은 이론에 포섭되는 논리적 요소로 환원해서는 안 된다. 우리에게 필요한 것은 대칭적으로 보이는 현상과 이론 사이에서 모순과 부조화와 불균등을 통찰하는 것이다. 지금의 시는 우리가 미처 알아채지 못하고 간파하지 못한 현실과 법칙, 경험과 지식 간의 불일치에서, 그것이 만드는 틈과 틈 사이에서 발생한다. 그리고 그렇듯 아슬아슬하고 위태로운 자리가 곧 시인들이 존재하는 곳이자 그들의 실존성이 보장되고 유지되는 곳이다. 바로 그렇기 때문에 시이고 시인인 것 아닌가? 이러한 관점을 유지할 때, 비로소 다음과 같은 질문이 가능해진다. 예컨대 지금의 젊은 시인들은 균열과 해체를 정말로 '자연스럽게' 받아들이고 있는가? 이들 시의 시적 주체들은 계몽의 원리를 부정하고 비(非)계몽, 반(反)계몽, 또는 무(無)계몽을 구현하고 있는 존재들인가? 이들 시에는 항간의 비판처럼 공동체에 대한 사유나 역사와 사회에 대한 고민이 전혀 부재하는가? 스스로를 "감각으로 사유하는 종"(유형진, 「표본실의 나비들」)이라 칭하지만, 그것이 이들 시에 어떠한 이념의 추구도, 진리의 탐색도, 윤리적 실천도 없다는 의미와 같은 것인가? 이들의 시가 극단적인 나르시시즘의 표현이라면, 이들의 시작(詩作)은 무엇을 위한, 누구를 향한 발언인가? 이들이 전대의 언어와 미의식의 압력에서 자유롭고 자재한 자들이라면, 이들의 문학적 성장은 어떻게 가능했던 것이며 지금의 시 세계를 가능케 한 배경과 원천은 무엇인가?……

화해가 아니라 갈등이, 안정이 아니라 고통이, 평화가 아니라 불안이 여전히 시의 태생적 근거라면, 시를 비평하는 이 또한 시와 더불어, 시인과 더불어 그러한 실존적 근거를 함께 디뎌야 한다. 그리고 시와 시인이 뚫고 나아가는 고투의 길을 나란히 동행해야 한다. 그러나 작금의 시 비평은 시보다 앞서, 시인보다 앞서 걷고 있다는 인상을 지울 수 없다. 그리고 걸음의 방향을 더 잘 알고 있는 듯, 그래서 그 길의 방위를 미리 지시하고 있는 듯 보인다. 그래서인지 많은 글들에 지도 비평의 목소리가 배어 있다. '모호하고 복잡하고 해독하기 어려워지는' 시 앞에서 정작 필요한 것은 시의 감각에 따라 자신의 육체를, 육체의 감각과 촉수를 바꿀 수 있는, 그러나 그러한 변성(變性) 과정 자체를 지적으로 총체적으로 성찰할 수 있는 비평의 에로티시즘은 아닐까? 다시 한 번 공감의 비평이 요구되는 시점이다.

未言

냉염(冷焰/冷念)의 시인 MC S1,
회색의 도시를 'Diss'하다
―이승원의 시

피리 부는 사나이가 있었다

레드 제플린의 너무도 유명한 곡 「Stairway to Heaven」에는 '피리 부는 사람'을 뜻하는 'the piper'가 두 번 등장한다. "만일 우리가 명한다면, 피리 부는 이가 우리를 이성의 세계로 인도할 거예요. 〔……〕 당신이 알지 못할 때에는 피리 부는 이가 자신과 함께하자며 당신을 부를 거예요If we all call the tune/Then the piper will lead us to reason/〔……〕 In case you don't know/the piper's calling you to join him." 노래의 흐름에 따라 이 구절을 이해한다면, 'piper'는 무지와 주저 속에 방황하는 이들을 새로운 감정과 의식의 세계로 이끌어주는 인도자로 풀이된다. 또는 "비용을 낸 자에게 결정권이 있다He who pays the piper calls the tune"는 속담의 인유로 보아 '요청을 받아 행하는 자'로 이해될 수도 있다. 그러나 레드 제플린의 전성기가 서구의 히피 문화가 절정에 달했던 1970년대 초중반이었음을 떠올린다면, 미몽(迷夢)에 사로잡힌 이들을 일깨워 '다른' 세계로 이 끄는 'piper'는 초월과 각성의 촉매제로 사용되었던 마리화나, 해시 시 등의 마약을 뜻하는 메타포로 읽히기도 한다. 당시 많은 록 뮤지 션들이 자신들의 음악적 능력을 배가하기 위해 마약을 상습적으로 복 용했다는 사실은 이러한 혐의를 더욱 설득력 있게 만든다. 하지만 이 러한 추측들에도 불구하고 'piper,' 즉 '피리 부는 사람'이 이 같은 취 지tenor를 대신하는 은유적 기표로 선택된 까닭은 잘 알 수 없다. 아 마도 답은 우리에게도 익숙한 동화 「피리 부는 사나이」에 있을 것이다.

로버트 브라우닝에 의해 작품화되기도 한 「피리 부는 사나이」는 '약속을 지키지 않으면 낭패를 본다'는 교훈적 동화의 하나로 알려져 있다. 그러나 이 이야기의 숨은 매력은 그러한 도덕적 교훈성에 있지 않다. '피리 부는 사나이'가 보여주는 주술적 힘과 강한 흡인력, '지 금 여기'보다 더 좋은 세계를 장담하는 마술적 전망의 최면술, 그리고 그것에 매혹되어 죽음도 잊고 집단 자살하는 쥐들과 무아지경의 백치 상태 속에 흔적도 없이 사라져버린 아이들은 형용하기 힘든 신비와 공포를 불러일으킨다. 이러한 불가해한 상황의 핵심에 놓여 있는 것 은 무소불위(無所不爲)의 마력을 발휘하는 피리 소리인데, 이는 음악 으로 대표되는 예술의 위력을 상징적으로 함축하고 있다. '피리 부는 사나이'의 모티프가 여타의 다양한 장르들에서 차용되고 변용되는 까 닭은 피리 소리에 함축된 예술의 근원적 힘, 즉 삶의 고통을 잊게 하 는 치유력과 위무의 능력, 초월의 계기와 극적 계시의 제공, 개별 존 재들을 통합해 하나의 집단적 단일체로 전환하는 디오니소스적 도취 의 기능 등 예술에 부여되어온 절대적 위의(威儀)가 이 짧은 에피소 드 속에 집약되어 있기 때문일 것이다. 그런 점에서 「피리 부는 사나

이」만큼 음악(예술)의 의의와 영향력에 대해 강한 인상과 여운을 남기는 이야기도 드물다. 이런 사정 때문인지 'piper'라는 단어나 그와 비슷한 인물 유형은 「피리 부는 사나이」와 모종의 상호 텍스트적 관계를 형성하는 경우가 많다. 레드 제플린의 명곡 「Stairway to Heaven」의 경우에도, 기표에 새겨진 옛이야기의 흔적으로 인해 가사 속 'piper'는 어디로 가야 할지, 무엇을 해야 할지 모르는 이들을 이끄는 '길잡이'라는 상징적 기의를 획득하게 된다. 그리고 마약을 지칭하든 다른 무엇을 지칭하든, 'piper'라는 단어가 선택된 데는 음악과 예술의 힘을 긍정하는 이들 그룹의 (무)의식이 암암리에 작동하였음을 짐작할 수 있다. 뛰어난 테크닉과 실험 정신, 예술가적 자의식과 독창적인 음악성의 구현으로 록 음악이 대중 예술과 고급 예술의 경계를 어떻게 허물어뜨릴 수 있는가를 보여준 포스트모던 시대 최고의 뮤지션인 레드 제플린이지만, 'piper'라는 기표 속에 숨겨진 음악의 의의에 대한 이들의 (무)의식만큼은 예술의 가치를 절대화하는 낭만적 미의식에 근거하고 있음을 우리는 눈치 챌 수 있다.

그런데 레드 제플린의 전성기로부터 불과 30여 년밖에 흐르지 않았고, 문화적으로 주변부성을 면치 못하고 있는 서울의 한복판에서, 한 젊은 시인의 상상 속에 다시 등장한 'piper'의 형상은 포스트모던 시대를 연 1960~70년대 히피 문화 세대들의 그것과 매우 다르다. 그는 포스트모더니즘 미학의 대표적 기법들을 매우 표 나게(!) 취함으로써, 자신이 재구성한 '피리 부는 사나이'가 '탈근대적인 것'임을 공공연하게 선언한다.

이승원의 시 「나의 사랑하는 탈근대 도시」에 등장하는 "색소폰 부는 사나이"의 이야기는 원작과 비교할 때, 사건의 시공간적 배경과 도시의 풍속, 그에 따른 세목이 다를 뿐 모티프나 플롯은 원작과 크게 다르지 않다. 그런데 바로 이 세부가 다르다는 점이 원작의 낭만적 성격을 휘발시켜 청년의 공상을 터무니없는 재담으로 만든다. 중앙 집권적 정부가 체계적으로 국민을 관리하고 통제하는 고도의 테크놀로지 사회에서 악기 소리 하나로 수억 마리의 바퀴벌레가 사라지고, 특정 군중이 현혹된다는 것은 비현실적이다 못해 어불성설일 지경이다. 신비한 중세의 전설이라는 콘텍스트에서 21세기 메갈로폴리스의 상징적 극화(劇化)라는 콘텍스트로 이입되는 순간, 원작은 본래의 아우라를 잃고 희화화된다. 'piper'의 신화적 지위는 땅으로 추락하고, 코믹 패러디의 히어로로 통속화된 "색소포니스트"가 우리 앞에 나타난다. 맥락의 변경이 이야기의 의미뿐만 아니라 그것의 가치마저 변경하고 있는 것이다. 그런데 이러한 예상 가능한 지적에 대해 청년은 다음과 같이 항의한다.

청년은 공상을 완성했지만 주위 반응은 냉담했다
첫째 독일의 전설과 로버트 브라우닝의 저작을 표절했다는 의혹이 일었다 청년은 이것은 풍자 즉 패러디다라고 맞섰다
둘째 언술이 진부하고 상투적이라는 지적이 있었다 청년은 의도적 클리셰이기 때문이다라고 반박했다

셋째 이야기 구조가 조야하다는 비판이 제기되었다 청년은 의식적으
로 키치적인 구성을 취했다라고 쐐기를 박았다

넷째 여기저기서 가져다가 짜깁기한 소재나 표현이 전혀 신선하지
않다는 비난이 나왔다 청년은 혼성모방 즉 패스티쉬 기법이 기시감을
주는 것은 당연하지 않은가라고 반문했다

다섯째 특정 정치인을 조롱하는 인터넷 게시물들과의 변별점은 무엇
인가라는 질문이 던져졌다 청년은 시장의 존재는 맥거핀일 뿐이다라고
답변했다

마지막으로 이것은 요설인가라는 화두가 떴다 청년은 여기에서 해학
과 엘레지의 고갱이를 보지 못하는 것은 당신의 문제이며 나의 세계와
는 상호 길항한다라고 설파했다   ―「나의 사랑하는 탈근대 도시」 부분

패러디, 의도적 클리셰, 키치적 구성, 패스티쉬, 맥거핀 등의 차용
이 자신의 의도에 따른 것임이 주장되면서 청년의 공상은 전통적인
근대 미학의 잣대로 설명될 수 없음이 강조된다. 그의 주장에 따른다
면, 주위의 냉담한 반응은 탈근대적 미학을 용납하지 않는 고전적 완
고함과 천재성, 창조성, 유일무이한 개성을 중시하는 폐쇄적이고 보
수적인 미학 개념에 근거한 것임이 드러난다. 'piper'의 모방적 변용
이 중심 내용으로 전개되었던 이 시의 방향은 청년의 공상을 둘러싼
논쟁이 제시되면서 근대/탈근대, 모더니즘/포스트모더니즘 등 이제
는 진부한 담론으로까지 여겨지는 미학적 대립과 입장 차이의 문제로
수렴되고 있는 것이다. 그렇다면 'piper'의 모상simulacrum을 의도
적으로 제시함으로써 미학 이론들 간의 첨예한 다툼을 주제화하는 것
이 이 시의 본래 목적인가? 물론 그러한 추측도 가능하다. '청년'을

시인의 자기 이미지로 본다면, 그의 항변은 시인이 추구하는 시의 스타일과 시작(詩作) 방법이 제시된 경우라 할 수 있다. 이 시가 시집의 첫머리에 놓인 까닭도 이와 무관하지 않다. 실제로 영화·사진·도서·인터넷 게임·인디 록·어린이 동화·광고 라벨·CD 부클릿·문학작품·팝송·트로트 가사·무협지·뉴스 기사 등 다양한 문화적 산물이 시의 소재로 차용되고 변주되고 샘플링된 예를 우리는 시집의 도처에서 발견할 수 있다. 흡사 포스트모더니즘론에 충실한 시란 어떤 것인가를 실험하기 위해 시작(詩作)이 행해진 듯 보일 정도이다. 그러나 탈근대적 예술품을 만들기 위해 시가 씌어지는 것이라면, 그것은 시를 물화(物化)하는 과정이라고 칭할 수밖에 없다. 따라서 이 시를 시인의 창작 방법론이 직접 제시된 경우로 보는 것은 순진한 해석이기 쉽다.

「나의 사랑하는 탈근대 도시」에 내포된 복잡한 내용 층위를 이해하기 위해서는 시의 첫 구절인 "이 이야기는 실화를 바탕으로 구성된 것이다"에 주목할 필요가 있다. 이 문장의 "이야기"는 청년의 소개, 그의 공상, 공상을 둘러싼 논쟁, 마지막 에필로그까지의 내용을 모두 가리킨다. 그런데 청년의 공상이 「피리 부는 사나이」의 패러디임이 드러나는 순간, '시인'의 형상을 한 청년은 공상 속의 "색소포니스트"와 동일한 지위에 놓이게 된다. 즉 '피리 부는 사나이'의 희화화와 시인―청년의 희화화가 동시에 진행되는 셈이다. 뒷부분의 논쟁은 청년의 진정성을 강화하는 것이 아니라, '피리 부는 사나이'가 "색소포니스트"로 둔갑되며 탈신화화되듯, 역으로 청년에게서 시인의 이미지를 거두어간다. 그 결과 청년은 사이비―시인으로 의심된다. 이는 청년의 일화와 색소포니스트 이야기가 액자식 구성을 따라 대위법적으로 병행되면서 내화(內話)의 주 기법인 패러디의 풍자성이 외화(外話)에도 강한 영향력을 행사해 청년 또한 "실화"의 실제 주인공이 아니라 시뮬라크르된 인물로 인식되게끔 만들기 때문이다. 이제 "실화"는 거짓과 날조의 허구물이라는 뜻으로 그 의미가 역전된다. 그리고 "이 이야기는 실화를 바탕으로 구성된 것이다"라는 문장은 말뜻 그대로 읽히지 않는 믿을 수 없는 진술이 된다. 주목할 것은 이러한 신빙성의 상실이 시를 읽는 독자에게 일종의 소격 효과를 발휘한다는 점이다. 요컨대 "실화"라고 언명되었으나 "실화"가 아닌 "구성"된 거짓이라면, 이야기 속의 이론적 다툼은 거리를 두고 판단할 필요가 있다. 독자는 청년의 공상을 둘러싼 미학적 논쟁의 두 입장 모두 정당하고 타당한 것인지 다시금 생각해보아야 한다. 이로써 각 이론 간의 대립적인 입장 차는 논쟁의 대상이 될 수 있어도, 시비(是非)의 대상은 될 수 없음이 분명해진다.

앞서 이 시를 작자가 포스트모더니즘을 옹호하고 그것을 자신의 창작 원칙으로 공표한 경우로 이해해서는 곤란하다는 지적을 했는데, 각기 다른 미학적 견해를 동등한 위치에 놓고 팽팽하게 견주는 균형 감각뿐만 아니라, 그러한 대등한 견줌을 통해 자신이 시도하는 시적 실험들 또한——마치 "실화"가 조작된 거짓이 아닌가 의심하게끔 만들듯——회의(懷疑)의 대상으로 만드는 시인의 자기 직시의 태도는 중시될 필요가 있다. 상반되는 담론의 차이를 수용하고 자기 시작(詩作)의 이론적 근거가 지닌 약점을 인정하는 태도가 전제되어 있지 않다면 논쟁의 시작은 있으나 끝은 없는, 열린 텍스트로서의 "이야기"는 불가능하다. 오히려 논쟁은 「나의 사랑하는 탈근대 도시」 이후부터 본격화된다. 이 시가 시집을 여는 서시(序詩)로 자리 잡은 까닭은 "아직 들려오지 않는" "청년에 대한 후일담"을, "회색시대의 멸망을 애도하며" "공상 속 색소포니스트"처럼 "트럼펫을 불고 있을지"(「나의 사랑하는 탈근대 도시」) 모를 청년의 뒷이야기를 시작하기 위해서이다.

세계는 사물의 세계, 근미래의 도시이다

사실 「나의 사랑하는 탈근대 도시」에서 벌어지는 모든 사건은 '지금 여기'가 "탈근대 도시"인 '메갈로폴리스 소돔-고모라-고담-씬 시티'라는 데서 발생한다. 이 시가 궁극적으로 문제삼고 있는 것은 '피리 부는 사나이'의 몰락이나 그것을 공상하는 사이비-시인의 등장, 혹은 모더니즘과 포스트모더니즘 미학 간의 논쟁도 아닌, 이 세계의 탈근대적 전환 그 자체이다. 전체 시공간을 아우르는 "탈근대 도시"가 시의 제목으로 전경화된 것도, 시에 나타나는 참-거짓, 실화-허구, 원작-모작, 작품-비평 간의 모호하고 불투명한 겹침도, 근대의 형성을 가능케 한 물질적·정신적 토대가 해체되고, 그로 인해 세계의 투명성·일의성·단일성에 대한 믿음이 붕괴되는 상황을 자기반영한 결과라 할 수 있다. 그런 점에서 시인 이승원이 시집 전체에 걸쳐 도모한 형식 실험의 의도는 의외로 간단하다. '탈근대화되어가는 세계에 살면서 어떻게 근대적 문학 양식에 따라 시를 쓸 수 있겠는가?' 새로운 내용을 낡은 형식에 담을 수 없다는 것, 이것이 이승원의 시 세계를 관통하는 일관된 문제의식으로 보인다. 그리고 이 점이 시인이 스스로에게 제기하는 가장 핵심적인 화두이다. 그가 일련의 탈근대적인 창작 기법에 의지하여 다양한 방식의 시 쓰기를 시도하고 있는 것은 이러한 질문을 자문(自問)한 결과로 이해된다.

　그런데 이러한 기법의 활용은 이승원의 시들을 진부한 것으로 여겨지게 만들 공산이 크다. 이 같은 최첨단의 기술(記述) 방식도 더 이상 새롭게 느껴지지 않을 만큼 상투화되고 일반화되었기 때문이다. 그럼에도 불구하고, 이승원의 시편들이 현실에 대한 '리얼한' 문학적 조망으로 읽히는 이유는 탈근대 사회로의 진입이라는 사회학적 개념이 더 이상 추상적인 담론의 차원이 아니라, 혹은 도처에서 예고된 막연한 징후로서가 아니라, 구체적이고 직접적인 삶의 경험으로 감각되고 인지됨을 강하게 환기하기 때문이다. 그가 시의 소재로 차용한 많은 문화적 산물들은 개인적 체험과 생활 습속의 실제적인 반영물들이다. 갱스터 영화 속의 총격전이 현실에서 전개되고(「드라이빙 바이 슈팅」), 007 영화의 캐릭터들이 실존 인간으로 다루어지며(「기관원 본드 씨 VS 카낭가 박사」 등), 인터넷 게임에 따라 일상생활이 작동하고(「가상 자아의 세계적 유형」), 괴기소설의 주인공이 대학원 석사가 되어 실험하는 광경(「고통의 집」)은 가상의 이미지가 아니라 현실의 모사로 읽힌다. 그만큼 현재 우리의 삶은 지겨우리만치 사물——인간 사회의 원활한 운용을 위해 고안되었으나 기능주의의 만연과 함께 가공할 증식력으로 인간의 영역을 장악하고 독점함으로써 물체에서 육체로 형질 전환된 도구들——에 밀착해 있다. 그리고 사물에 밀착된 만큼 기술적 사물의 본래 형태인 추상적 형태를 닮아간다.

나는 평범한 회사원이다 두 시간이 걸려 귀가하니

여섯 살짜리 딸아이가 아빠 전민호하고 곽지용하고 고상민이 머리에

케첩을 뿌렸어 선택지는 세 가지 내일 부모 참관 수업에서 교사에게

건의한다 아이들을 타이른다 부모들에게 항의한다

거부를 누르고 국면을 바꾸자 모교의 교수가 된다

창작 실습 강좌 강강술래 모닥불 피워놓고

윤무한다 어떤 자는 노를 젓고

어떤 자는 빙빙 돈다고 가르친다

대개는 분수를 모른다

발딱 일어나 저에게만 애정＋를 주세요라고 지저귄다

—「가상 자아의 세계적 유형」 부분

전원 또는 파워 온을 누르세요. 메뉴에 화면 조정 기능이 있습니다. 만일 자동영상 설정으로 되어 있다면 즉시 해제하세요. 인생에 자동으로 되는 일은 없습니다. 진홍색감이 중력 작용으로 떨어져도 당신 입에는 안 갑니다. 명심하세요. 이제 다음 해결할 과제는 선명도. 선명도는 세부를 상세하게 표현해 결과적으로 화질을 거칠게 만듭니다. 애정성, 평화성 따위처럼 언어로 당신을 교란하는 겁니다. 〔……〕 수치를 0으로 설정하세요. 어때요. 전체적으로 부드러워지지 않았습니까? 밝기와 명암은 방송을 보면서 취향대로 조절하세요. 〔……〕 티브이는 인간의 피조물입니다. 장미색을 실제보다 더 짜릿하게 표현하기 위해

태어났습니다. 이제 화면을 보세요. 만개하지 않았습니까?

—「생활의 지혜」 부분

사물의 힘은 추상성에 기반하며 그로 인해 무한한 기능성과 가능성을 소유한다. 인간은 사물들이 형성하는 현실 속에서 점점 무의식적으로 되어간다. 사물이 이루는 이 추상화가 현실 그 자체이며, 인간은 그것에 점령되고 장악된다. 위의 두 시편은 사물——혹은 사물이 만든 가상——이 제공하는 추상화 속에서 인간이 가장 구체적으로 실존하게 된 역설적 상황을 노골적으로 보여준다. "인간의 피조물"인 티브이가 실제의 장미보다 더 "짜릿하게" "장미색"을 표현한다는, 즉 시뮐라크르가 실체를 대체한다는 지적은 이제 익숙한 내용이다. 이승원의 시는 우리가 더 이상 사물과 적당한 거리를 유지할 수 없음을, 감각과 인식, 사적 체험과 표현, 그것의 공적의 공유 등 인간 고유의 영역이 사물의 힘에 이끌려 사물의 체계 속으로 이입되어감을 보여준다. 그리고 본시 추상적 형태로 생겨났으나 거듭되는 진보로 인해 구체적 기능과 실제적 힘을 얻게 된 사물의 발전 경로를 이제는 사물 체계에 편입된 인간이 역으로 밟아가고 있음을, 다시 말해 인간이 사물의 추상성에 덧붙여진 부가적 기능체로 살아가고 있음을 보여준다.

이렇듯 고통스럽고 귀찮을 정도로 인간 사회와 결합된 사물은 세계의 조망과 전망을 불가능하게 만들고, 객관적 시각이나 자유로운 관점, 공평무사의 태도를 천진난만한 기대가 아니면 허위에 찬 거짓으로 만든다. 벤야민은 비판이란 하나의 관점을 유지하는 것이 가능한 세계를 고향으로 한다고 말한 바 있다. 이는 하나의 관점을 가지는 것만이 비판을 가능케 한다는 뜻이 아니라, 적어도 어떤 관점을 가져야만 비판이 가능해짐을 의미한다. 그런데 관점의 보유를 위해서는 대상과 거리를 두는 것이 필연적으로 요구되는데, 사물과 적당한 거리 두기가 어려워진다는 것은 그에 대한 비판이 불가능해짐을 뜻한다. 그렇다면 사물과의 거리 조정에 무관심한 듯 보이는 이승원의 시들은 비판적 사유를 결여하고 있는 것일까? 아니, 그렇지 않다. "회색시대"(「나의 사랑하는 탈근대 도시」)를 향한 이승원의 비판은 역설적이게도 사물과의 거리 조정이 사라진 데서 나온다. 흡사 영화 「매트릭스」의 네오가 매트릭스를 파괴하러 매트릭스 안으로 들어가듯, 또는 애니메이션 「공각기동대」의 구사나기 소령이 인형사와 융합하여 네트의 바다를 부유하듯, 이승원은 의식적으로 사물 속으로 들어간다. 그는 영화와 게임과 사진과 광고 속에 거한다. 그리고 사물 체계와의 결합 속에서 인간에 대해 말한다. 비유컨대, 사물의 세계에 위치한 이승원의 시적 자아는 인간의 시선이 아닌, 제3의 생명체로 화한 구사나기 소령의 시선으로 회색의 도시를 바라본다.

바람을 타고 샴푸 냄새가 다가왔다

가끔 자동차가 망설이며 질주했다

갈림길에는 눅눅하고 서늘한 빈집이 있었다

그곳은 이십 년 동안 아무도 살지 않았다

저택의 노란 불빛에 빈집의 푸른 암흑에

다리는 침대를 찾아 흔들렸다

경비 초소는 모퉁이마다 있었지만 경비원은 보이지 않았다

이정표처럼 환한 소음과 반짝이는 간판들이 나타났다

소방서가 모습을 드러냈다 　　　　　　　　　—「내리막길의 푸른 습기」 부분

고층건물은 밝고 차가웠으며 텅 비어 있었다 오래된 학교들은 고요
한 상태를 유지했다
　　풍요와 아름다운 것을 혼동하는 거리에서 백화점은
　　내부의 전등이 아닌 밖의 조명으로 제 몸을 환하게 비추었다
　　고급품의 상점들이 스칠 때 갈증이 나기 시작했다
　　〔……〕
　　도심의 옛집과 성당이 우체국이 그림책처럼 펼쳐졌다
　　터널 안에서 창문은 거울로 변했다 버스는 이내 산을 통과했다
　　죽은 자들의 시가지와 술집의 길목과 수술대가 모여 있는 대학 병원
이 지나갔다
　　　　　　　　　　　　　　　　　　　　—「143번 버스」 부분

　　이승원의 시에 나타나는 도시의 형상은 온갖 사물로 가득 차 있지
만, 무언가 나타나는 즉시 사라지고 사라진 자리에 다른 어떤 것이
새로 채워지는 무한 축조와 조립의 공간이다. 위 시들에서 잘 드러나
듯, 페이드인/페이드아웃 되는 화면의 연속처럼 사물의 나타남과 사
라짐이 망막을 스친다. "밝고 차가"워 보이는 이러한 공간의 내부는,
그러나 "텅 비어" 있다. 무언가 다가오고, 질주하고, 나타나고, 드러
나고, 비추고, 펼쳐지고, 지나가지만, 있거나 살거나 '거기 존재한
다'고 칭할 수 있는 것은 없다. 사물은 있으나 존재는 없는 공간, 거
듭되는 사물의 생산과 축적이 도시를 형성하지만 부재와 공허가 그
내부에서 동시적으로 생성되는 이러한 공간은 "탈근대 도시"를 이끌
어가는 본질적 메커니즘이 무엇인가를 암시한다. 그것은 공동화(空洞
化)의 영원한 지속이자 최종적 귀결점으로서 무(無)의 구성이다. 이

러한 세계에서 과연 '인간'——만물의 영장이자 인식의 척도이며, 자율적 주체로서 '인간다움'을 실천하는 존재——의 실존이 가능한 것일까? 이승원 시의 시적 자아는 '인간'을 볼 수 없다. 그의 눈에 포착된 것은 "죽은 자들"이거나 "시체" 아니면 "좀비"(「좀비」)이다. 그가 "나는 살아 있는 것이다"(「143번 버스」)라고 말할 수 있는 유일한 근거는 기계(버스)의 속도를 따라, 기계(버스) 내에 있기 때문이다. 좀비-인간의 체계에 속하지 않음으로써 그는 자신의 살아 있음을 확인할 수 있다. 이는 사물들 앞에서 인간의 초상이 얼마나 기묘하고 낯설고 섬뜩한 것인지를 보여준다. 이승원 시의 인간 형상이 대체로 공허하고 불안하며 날카로운 추상화로 표상되는 까닭은 시인이 사물의 편에서 인간을 바라보기 때문이다. 그 때문인지 인간을 향한 그의 비판은 자신의 표현대로 "증오"(뒤표지 글)에 가까울 만큼 신랄하다. 그의 시를 관통하는 반인간주의는 이러한 맥락과 무관하지 않을 듯하다.

그런데 여기서 한 가지 궁금증이 생긴다. 그는 어떻게 사물의 체계 속으로 들어갈 수 있었을까? 아마도 그것은 그가 과거나 현재가 아닌 근미래에 살고 있기 때문일 것이다. 이승원이 그리는 도시의 풍광은 '지금 여기'의 모습이 아니라 예상 가능한 미래의 것인 경우가 많다. 가령 서울의 현재를 소돔-고모라-고담-씬 시티라는 메갈로폴리스로 재명명한 것은 기술적 사물들의 체계가 인간과 무관하게 구성되고, 서로를 참조하여 고유의 메커니즘을 이루어 단일하게 통합된 질서를 형성하는 가까운 미래가 되면, 특정의 정체성도 보유하지 않은 무국적의 거대도시가 이 세계를 대체하리라는 디스토피아적 예견에 따른 것이다. 이러한 세계에서라면 인간의 사물 체계로의 통합은 더욱 심화될 터이다. 시인은 이러한 예측을 바탕으로 근미래의 도시에 스스로를 위치 지음으로써 '지금 여기'를 향한 비판적 사유의 토대를 마련하고 있다. 이승원의 관점은 미래의 도시로부터 부여되고 있는 셈이다.

MC S1은 냉염(冷念/冷焰)의 시인이다

이쯤에서 잠시 잊고 있던 이야기를 떠올려보자. 자신의 공상을 인정받지 못한 사이비-시인-색소포니스트-청년은 그 후 어떻게 되었을까? 그가 사이비-시인이 아닌 진짜 시인을 희망한다면, 무엇을 어떻게 해야 할까? 시인 이승원은 탈근대 사회로의 역사적 전환이 자명한 사실로 여겨지는 작금의 현실에서 전통 시학에 바탕을 둔 서정시의 추구가 시대의 변화에 대응하는 문학적 지향점으로서의 역할을 충분히 해낼 수 있는지 의문을 표한다. 동일성의 해체가 시대의 당위로 요청될 만큼 탈근대적 기획과 구상이 사회적 정당성과 설득력을 획득하고 있는 이때에 세계와 자아의 동일화를 목적으로 하는 서정 시학의 시적 비전은 이승원에겐 낡은 관념으로 다가온다. '좋은 옛것 위에 건설하지 말고, 나쁜 새로운 것 위에 건설하라'는 브레히트의 좌우명에 반항하듯, 그는 서정시의 고전적 위상을 지키는 시 쓰기가 아니라 오히려 그것을 해체하고 전복하는 '다른' 방식의 시 쓰기에 몰두하고 있다.

'나쁜 새로운' 시를 향한 이승원의 의식적 노력은 고급 예술로서 시의 지위를 이전하는 데서 출발한다. 그는 고급문화로서의 모더니즘적 엘리트성과 독립성, 자율성을 시에서 걷어내고, 대중의 취향·흥미·감수성을 반보수주의·급진성·사회적 저항성과 적극 결합시킴으로써 대중 미학의 가치를 새로이 정식화하도록 만든 하위문화sub-culture의 영역으로 시를 근접시킨다. 이는 시의 위의(威儀)를 새롭게 조정하려는 의도로 풀이되는데, 이승원은 시를 문화적 경계에 둠으로써 서정이 아닌/없는 '노래'의 창조를 모색한다. 그는 시가 "거리의 시"(「다항식」)로, 즉 새로운 '노래'로 탈바꿈하길 희망한다. 래퍼 MC S1은 이러한 바람에서 탄생한 시인의 이상적 자기 이미지이다.

MC는 래퍼rapper들이 자신을 전문적인 랩 가수로 지칭할 때 쓰는 약어이다. MC의 표식에는 스스로 시인과 진배없다는 래퍼들의 자긍심이 숨어 있는데, '나는 진실을 말한다. 나는 시인이고 나의 가사는 시이며, 나의 시는 당신의 마음을 움직인다'는 의식 없이 MC의 호칭을 붙이는 것은 래퍼들 사이에선 허용될 수 없는 불문율로 통한다. 래퍼를 시인으로 볼 수 있는지는 여기서 논의할 문제가 아니지만, 이들이 스스로를 '거리의 시인'으로 자인할 만큼의 자의식을 소유하고 있다는 점은 시인이 이들에게 동질감과 연대감을 느끼는 연유를 짐작게 한다. 무엇보다 절취cutting와 표본화sampling, 긁기scratching와 혼합mixing을 활용하는 랩의 형식은 분열적 파편화와 브리콜라주, 패스티쉬의 효과를 낳는데, 이승원은 이러한 랩의 미학을 그의 시에 접목해 독특한 리듬의 시를 만들어낸다.

　내가 아직 자라고 있었을 때
　집엔 아버지의 번쩍이는 지휘봉이 길에 나가면 털 많은 미군들의 다리가 흔들렸지 그것들은 몹시 길었어
　내가 아직은 다 자라기 전에

학교에는 교사의 짙은 회초리와 손위 아이들의 거친 각목이 건들거리
고 일요일마다 어둡고 빨간 십자가가 매달렸지 그것들은 매우 길었어
[……]

내 세례명은 신의 이빨 Diss의 천재 MC S1

당신들은 원반 없는 프리스비 시중 은행의 화폐 견양

트레이가 열리지 않는 재생기야 못생겼어

무더위 속 냉기처럼 한파 속 열기처럼 나는 겸손하지는 않을 테야

바람의 방향이 변한 거지

나의 사주는 신의 언어 BAR가 세 개면 잭팟

메탈리카 셔츠와 아디다스 신발

張三李四 朝三暮四

침몰하는 연락선 숲 속의 바보　　　　　　　　　　　　—「MC S1」 부분

'Diss'는 상대방의 허점을 랩으로 공격하는 힙합 음악의 한 스타일
이다. 그것은 단순한 사적 감정의 표현이기보다 공감대를 형성할 수
있는 주제와 비판 의식을 겸비할 때, 진정한 의미의 'Diss'가 된다. 이
시는 그러한 'Diss'의 스타일과 목적을 재전유하는 가운데, 불연속적
으로 단절되는 파편적인 구문을 반복, 변주, 나열함으로써 회색 도시
와 좀비—인간을 향해 던지는 날카로운 풍요(風謠)가 된다—'Diss'
의 양식과 반복되는 라임rhyme의 구성이 새로운 리듬을 형성하면서
풍자적 노래를 창조한 또 다른 예로「Real Rhyme」을 들 수 있다. 이
승원에게 시인과 래퍼는 별개의 예술적 범주가 아니다. 시인과 래퍼
의 이러한 결합은 이승원 시의 독특한 스타일을 이해하는 데 중요한
단서를 제공한다. 우선 랩 음악의 주요 특징이 즉흥성과 일회성이라는

점에 주목할 필요가 있다. 래퍼가 있는 그 자리에서 연주되고 실행되고 종결되는 랩은 기본적으로 수행성의 장르라 할 수 있다. 'emceeing' (랩을 읊조리는 것)을 시작할 때, 래퍼의 궁극적 목적은 랩을 청취하는 이들을 움직이는 것이다. 만일 청중을 향해 래퍼가 '우리는 모두 하나'라고 말한다면, 그것은 그 자리에 있는 이들이 '하나가 되어야 한다'는 뜻의 발화가 된다. 그들은 래퍼가 말하는 그 순간에 '하나가 되어야만 하는' 것이다. 진술적 발화의 형태를 취한다 해도 즉흥성과 일회성, 청중을 선동하려는 의도는 랩을 본질적으로 수행적 장르로 만든다.

그런데 이러한 랩을 시에 도입한다는 것은 시를 수행적 발화의 장르로 만든다는 것을 뜻한다. 단문(短文)의 확언적 발화가 많이 나타나는 이승원의 시들이 발화 순간 발화의 내용을 사건화하는 수행성의 언어로 읽히는 까닭은 그의 시가 랩의 미학적 특징을 암암리에 공유하고 있기 때문이다. 다음의 시는 확언적 진술의 발화가 어떻게 문학적 사건literary event의 발생이 되는가를 보여준다.

시내는 항상 교통 체증이다
택시를 잡으려는 여교수의 안경이 얼룩진다
축구를 할 수 없는 청년들은
친구 집 차고에 모여 마샬 앰프와 워시번 전자 기타와 타마 드럼을
가져다 놓고 합주를 한다
유원지에는 레인코트를 입은 여자가 울면서
혼자 회전목마를 타고 있다
폭력 조직의 두목들은 호텔 스카이라운지에 앉아

우중 도시의 전망을 보며 협상을 벌인다

브레이크를 밟다가 미끄러진 모터사이클 운전자는

깨진 헬멧과 함께 일어날 줄을 모른다

〔……〕

화창한 맑은 날엔 리비도가 저하되는 성도착증 환자는

낡은 가죽 재킷을 맨몸 위에 걸치고

입주자들이 모두 떠난 폭파 예정인 아파트를 배회한다

밤새 벼락이 친다
—「근미래의 서울」 부분

이 시의 문장은 어떤 상황을 재현하는 진술적 발화의 형태를 취하고 있다. 접속어 없이 '주어＋동작동사'의 기본 문형이 연속된 이 시에서 각각의 상황은 동일 공간 내에서 동시다발적으로 발생하고 있는 사건들이다. 절제된 단문의 연속으로 사건의 발생만을 전달하는 이러한 형태는 이승원의 시에서 자주 나타나는데, 특징적인 것은, 어떤 사건의 발생을 확증하는 확언적 진술의 연속이 각각의 사건들을 파편화한다는 점이다. 어떤 인과성도, 연관성도 없이, 철저하게 개별화된 이러한 선명한 파편들의 나열은 이 세계의 상태를 우회적으로 암시한다. 북적대면서도 무관하게 흩어져 있는 사건들, 체험들, 행위들은 이 세계가 무한히 교차하는 극도의 우발성과 제어 불가능한 복합성, 복잡성의 상태에 있으며, 내부와 외부의 분화가 없고 그것을 분간할 수도 없으며, 그로 인해 행위의 가치도 가늠할 수 없는 불명료한 상태에 있음을 가리킨다.

그러나 시의 표면에는 그러한 복잡성, 불명확성이 가시화되고 있지 않다. 오히려 수식어의 사용을 극도로 자제하는 건조한 하드보일드

문체로 인해 개별 사건의 명확성이 부각되면서 '지금 여기'의 모습이 간결하게 정리된 형태로 제시된다. 문제는 이렇듯 정돈된 발화가 각각의 사건에 객관적인 투명성을 보장함과 동시에 진술된 내용을 왜곡하거나 변경할 수 없는 실재로서 고정한다는 점이다. 즉 발화 순간, 개별 사건들은 불가역한 실재로서 재(再)사건화된다. 그런데 이러한 재사건화에는 아무런 인과성도, 어떠한 맥락도 없다. 그것은 단지 '말해질' 뿐이다. 발화 행위만 있을 뿐, 그러한 행위가 요구되는 까닭이나 목적, 의미, 의도를 알 수 없다. 가령 여교수, 청년들, 두목들, 레인코트 입은 여자, 성도착증 환자 등 많은 인물이 등장하지만, 그들이 왜 언급되는지, 다른 이가 아닌 왜 그들이 지목되는지 우리는 알 수 없다. 각각의 발화가 일의적 투명성을 갖는 데 반해, 발화 전체는 역으로 불투명하고 불명료해진다. 이러한 논리적 인과성의 결여, 콘텍스트의 불명확성이야말로 세계의 복합성과 불명료성을 확증하고 강조하고 반복한다. 바로 이 지점에서 이승원 시의 진술적 발화는 수행적 발화로 전환된다. 그의 시는 이 세계의 상태, 즉 중심이 없고 불특정하며 자기 존재의 목적성과 필연성을 상실해가는 '지금 여기'의 상황을 발화 행위 그 자체로 다시금 반복 수행한다. 사실 전달에 치중하는 건조한 문체가 개별 사례를 명료하게 만든다면, 발화 행위와 사건 발생의 동시성, 그리고 그것의 수행적 효과는 그의 시를 불명료하게 만든다. 시인―래퍼 MC S1은 이렇듯 명료하면서도 명료하지 않은 스타일의 노래를 우리에게 들려주고 있다.

한편 사건들의 이러한 파편적 나열에는 시인의 차갑고 냉정한 인간학이 숨어 있다. 그것은 '타자는 타자일 뿐이다'라는 명제로 요약된다. 위의 시에서도 드러나듯, 각기 다른 사건의 발발이 동시적 지평에서 등장하지만, 그것들은 각자 나타났다 사라질 뿐 상호 간에 어떠한 관계도 맺고 있지 않다. 이승원 시의 인간들은 서로가 서로에게 무관한 타자라는 점에서만 동일하다. 그들은 단독으로 존재하며 철저히 고립되어 있다. 그러나, 그렇다고 해서 삶에 어떤 심각한 문제가 초래되는 것도 아니다. 세상은 여전히 별 탈 없이 잘 돌아간다. 이것이 현실의 참모습이라는 점을 부인하기란 쉽지 않다. 그렇다면 '나는 타자다' 혹은 '타자는 나와 같다'는 식의 상상적 동일시가 현실의 논리를 외면한 성급한 '긍정'의 몸짓은 아닌지 의심해볼 만하다. 적어도 이승원이 보기에는 그렇다.

'타자는 타자일 뿐'이라는 그의 명제는 인간에 대한 불신의 표명이지만, 인간을 둘러싼 환상과 허구를 불식하고 사태를 냉정하게 인식해야 한다는 자기 요청에 따른 것으로 이해된다. 공공성을 창조하는 공동체의 구성이 점점 요원해지고 있으나, 여전히 공공의 '사회'를 이루고 살아야 하는 것이 우리의 몫이라면, 바람직한 공적 연대를 위한 모색은 사실을 투시하는 냉엄한 자기 성찰에서 비롯되어야 할 것이다. 그런 점에서 '타자는 타자다'라는 이승원의 답은 무정하고 때론 비정하게 느껴지지만, 인간주의에 내포된 은밀한 나르시시즘의 패각(貝殼)을 깨뜨리고 세계를 안이하게 긍정하는 허위의식을 용납하지 않으려는 매우 정직하고 솔직한 자기(인간) 고백이자 자기(인간) 확인이라 할 수 있다. 어쩌면 '나는 타자가 아니다' 혹은 '타자는 내가 아니다'라는, 어떤 환상이나 이데올로기도 개입되지 않은 무목적인 자기 인정으로부터 우리는 다시 시작해야 할지 모른다. 이승원의 타자론은 우리를 그러한 출발점으로 되돌아가게 한다.

시인 이승원은 인간을 가리켜 "꽃피는 지옥"(뒤표지 글)이라고 말할 만큼 냉염(冷念)의 소유자이다. 그러나 자기 보존의 욕망에 따라 행동하고, 사회적 반항아를 자처하면서도 궁극적으로 체제 내적인 냉소주의자와 달리, "대면한 현실을 직시하"면서 "정주(定住)"보다 "독주(獨走)"를 택하는, "세상을 향해 사제 폭발물을 투척"(뒤표지 글)하려는 냉염(冷焰)의 테러리스트이다. 그의 시의 테러가 앞으로 어떠한 시적 실험을 통해 우리의 편견과 상식에 폭발을 가할지 정확히 예측할 순 없지만, "내가 내 자신인 사실"에 당당하고, 그것이 그가 '시인'이라는 데서 말미암은 자긍심임을 직시하는 한, 그의 냉염(冷念/冷焰)은 '나쁜 새로운' 시의 길로 그를 끊임없이 이끌 것이다. 어쩌면 오늘 밤에도 그는 우리의 지루한 안주(安住)를 향해 "카운터펀치"(「자기소개서」)를 날리고 있을지 모른다. 늦은 밤 창문을 열고 가만히 귀 기울여보자. 어디선가 그의 펀치 소리가 들려오지 않는가? 휙휙―, 휙휙휘―익, 휙휙휙!

나는 농담이나 거짓말이 아니다

향수가 소용없는 원숭이가 아니다

비닐 음반이 부족한 판돌이가 아니다

채굴이 끝난 폐광이 아니다

너와 네 모친에게만 통용되는 도덕이 아니다

너와 네 선생에게만 흥미를 주는 작품이 아니다

나는 매 맞는 것을 익혔다 싸우는 법을 배웠다

내가 나 자신인 사실을 결코 사과하지 않기 위해

오늘 밤 바로 너희들에게 카운터펀치를 날리기 위해

―「자기소개서」 부분

무궁(無宮/無窮)의 꿈, 카산드라 콘체르토
─최하연의 시

　　방금 당신은 칠흑처럼 어두운 검은 창을 지나왔다. 알 수 없는 호기심에 이끌려 창을 잠시라도 들여다보았다면, 당신의 모든 감각은, 정상임을 믿어 의심치 않는 감관의 논리와 의식의 순차성은 창의 앞면에 시선이 닿는 순간, 조금씩 비틀리고 일그러지고 뒤섞여 한낮의 멀쩡한 사람이라면 보지도 듣지도 못했을, 마치 눈을 번연히 뜬 채 꿈의 토막들을 바라보듯 어지럽고 혼란스러운 초현실의 느닷없는 대면에 속수무책으로 무너지며 무기력해졌을 것이고, 당신 몸의 생생한 사실성과 정신의 현존성은 박탈되고 표백되고 무화(無化)되어 본래는 너의 것이 아니라 나의 것이었다는 듯 소리 없이 일렁이며 빨아들이는 창 너머로 서서히 사라졌을 것이다. 검은 창은 검은 창이다. 검은 창은 평평하다. 가만히, 조용히, 움직이지 않는다. 그러나 조금 전의 그 창은 깊다. 앞면이 아니라 뒷면에 세계가 있다. 가만히, 조용히, 뒤로 아득해진다. 창 앞에 서 있는 한, 앞은 점점 지워지고 뒤는 한없이 멀어지는 어둠에 당신은 물들 것이며, 현실과 비현실, 사

실과 꿈, 낮과 밤, 육체와 영혼, 삶과 죽음, 의식과 무의식의 경계에
존재하게 될 것이다. 어떻게, 왜, 그토록 단언하느냐 묻고 싶은가?
『피아노』의 첫 곡에 귀 기울여보라. 예언과 기원(祈願)과 계시가 혼
재된 불길하고도 매혹적인 선율이 당신이 서 있는 곳의 모습을, 그곳
의 현재와 미래를 들려주고 있다.

바람이 눈을 쌓았으니

바람이 눈을 가져가는 숲의 어떤 하루가

검은 창의 뒷면에서 사라지고

강바닥에서 긁어 올린 밀랍 인형의 초점 없는 표정처럼

나무나 구름이나 위태로운 새집이나

모두 각자의 화분을 한 개씩 밖으로 꺼내놓고

그 옆에 밀랍 인형 앉혀놓고

여긴 검은 창의 경계

얼어 죽어라 얼어 죽어라

입을 떼도 들리지 않는 숲의 비명

뒷면들마다 그렇게 모든 뒷면들마다

입 맞추며 먼 강의 물속으로

가라앉으리
　　　　　　　　　　　　　　　—「무반주 계절의 마지막 악장」 전문

　검은 창은 검다. 아무것도 비치지 않는다. 그것은 다만 하나의 경
계로 창의 뒷면이 이곳에서 시작되고 있음을 알려줄 뿐이다. 아니,
앞이 없이 뒤만 있는 이 이상한 허방은 창이 아니다. 3차원의 시공간
을 뛰어넘어 순간 이동을 가능케 하는 상상의 스타게이트처럼, 저절

로 일렁이며 미세하게 물결치는 정체불명의 이 공간은 중력을 거슬러 자신의 뒤쪽으로 더욱더 깊이 물러나면서 제 영역을 넓히고 있다. 시작도 끝도 알 수 없는, 한계를 알 수 없고 측정도 불가한 심연만이 진행되는 여기는, 그러므로, 엄밀한 의미에서 공간도 아니다. 우리의 감각을 벗어나 상식을 무용하게 만드는 비가시적인 공간성, 스스로 움직이는 어두운 공간성의 현현, 이것이 무반주의 마지막 악장이 표상하는 풍경이다. 그런데 왜 이를 굳이 '창'이라 부르는가?

아득한 이곳을 채우고 있는 것은 물이다. 무궁(無窮)한 검은 물의 공간, 그것이 지금 당신이, 그리고 우리가 마주한 곳의 정체다. 어슴푸레 흔들리고 출렁이는 물의 표면은 '창'과 같고, 언뜻언뜻 비치는 수면 너머의 형상은 창의 뒷면으로 보인다. 그런데 중요한 것은 이러한 끝없는 심연이 유일한 어떤 '하나'가 아니라는 점이다. 검은 뒷면은 모두에게 있다. 당신의 뒤에도, 나의 뒤에도 깊이를 알 수 없는 물이 일렁이고 있다. 언제 그것이 당신의 앞모습을, 나의 얼굴을 지울지 모른다. 우리는 어쩌면 앞이 사라진 상태로 살게 될지 모른다(혹은 이미 그런 모습인지도 모른다). 게다가 이곳은 스틱스styx처럼 망각과 죽음의 이미지로 가득하다. "밀랍 인형의 초점 없는 표정"이, "얼어 죽어라 얼어 죽어라"라는 저주가, "입을 떼도 들리지 않는 숲의 비명"이 그 속에 가라앉아 있다. 그렇다는 것은 우리 뒤에 있는 이 물의 허방이 양수로 가득한 자궁과는 판이하게 다르다는 점을 상기시킨다. 삶이 아니라 죽음을, 생명이 아니라 주검을 잉태하는 이것은 그러므로 자궁(子宮)이 아닌 무궁(無宮)이다. 무(無)nihil를 담은 집, 무의 거처, 이것이 당신과 나의 뒷면이다. 우리는 고작해야 죽음에 가까울 것이라고 추측할 뿐인 이 불가해한 '무엇'을 뒤에 두고서

희희낙락하며 우쭐거리며 스스로를 자신한다. 하지만 조금 전에도 무(無)의 너울이 당신의 뒤를 스치고 지나갔다. 그러니, "얼어 죽어라 얼어 죽어라"는 외침과 "입을 떼도 들리지 않는 숲의 비명"이, "그렇게 모든 뒷면들마다/입 맞추며 먼 강의 물속으로/가라앉으리"라는 말이 흡사 자신의 최후를 알게 된 카산드라가 이 세계의 앞날을 암시한 예언처럼, 세계의 죽음을 기원(祈願)하며 내뱉는 원한에 찬 주문처럼 들리는 것도 무리는 아니다. 무궁(無窮)의 무궁(無宮)이 도처에 미만한 세계에서 그러한 묵시(默示)는 지금 이곳의 돌이킬 수 없는 결말의 하나로 예감되기 때문이다. 당신은 이처럼 무섭고 두려운 비밀의 한복판을, 그러나 공포와 전율과 우울을 단 한 순간도 겉으로 드러내지 않는 음표(언어)들의 정교한 짜임과 절제의 초절 기교를 들으며 여기에 이르렀다. 그러나 여기가 끝이 아니다.

　물로 채워진 무궁(無宮/無窮)은 최하연의 시 세계를 관통하는 핵심 모티프 중 하나다. 안으로, 혹은 뒤로 깊어지거나 가라앉는 공간성의 표상으로 그의 시에는 강물, 저수지, 바다 등이 자주 등장한다. 하지만 이것들은 자연물의 재현이나 표현과는 거리가 멀다. 그의 물은 사실적 연관 관계 내에서는 도저히 있을 수 없는 곳에서 흐르거나 고여 있고, 존재할 수 없는 것들을 그 속에 담고 있다. 불쑥불쑥, 뜬금없이, 비현실적인 물의 형상이 출몰하여 우리를 당황케 한다. 예컨대, 택시를 기다리다 말고 강에서 위생 랩을 칭칭 감고 있는 물고기를 낚는다거나(「물구나무의 태몽」), 호텔의 중앙 홀에서 길을 잃고 맞닥뜨린 "릉릉"은 수중보 아래 있다거나(「지방문화재 릉릉」), 하늘에서 물 한 방울 떨어지지 않은 저수지를 관통해 그녀가 왔다거나(「저수지」), 그녀는 물속에 집을 짓고 강의 창을 열고 온갖 가재도구를 집어 던지고 있다거나(「여의도의 봄밤」) 하는 등등 통상적인 의미 맥락을 상실한 물의 이미지는 공간을 감지하는 우리의 감각 체계를 교란해 이상하고 혼미한 시공간으로 독자를 이끈다. 게다가 수면 위에는 언제나 무겁고 탁한 죽음의 입김이 서려 있어 물에 근접한 대상은 무엇이든 침수의 위험에 노출된 위태로운 상태로 만든다. 가령, 수면에 비친 영상은 "목 한 번씩은 매봤을 물그림자 사체들"(「여의도의 봄밤」)로 나타난다. 죽음의 물가가 바싹 다가온 듯 모골이 송연해지는 이러한 서늘한 분위기는 시 전체를 강하게 압도한다. 비사실적이고 산발적이고 우연적인 만큼 물의 출현이 언제든, 어디서든 가능하다는 점은 모종의 긴장감마저 자아낸다. 이러한 비자연성과 편재성, 정체 불명, 형용 불가능, 불가항력은 물 자체를 물자체(物自體)로 만든다. 인간의 인식으로 '알 수 없는' 이 물은, 그러나, 생명의 창조나 생산의 모태와 관련이 없다는 점에서 그 자체로 무궁(無宮)이다. 그 안에 담긴 것은 무엇이든 살아 있지 않다. 수중 분만의 현장을 연상시키기도 하는 「산란 3」에서 "아기는 여전히 튜브에 꽂혀 있고/웃고" 있는 광경은 공포감마저 자아내는데, 이러한 광경은 무궁(無宮/無窮)의 물, 무궁(無窮)한 무궁(無宮)이 표상하는 바가 무엇인지를 잘 보여 준다. 그것은 일체의 미를 넘어선 것, 바로 숭고이다.

  기이한 낯섦과 이해할 수 없는 전율의 극한으로서 조화로운 형식미의 적극적 거부이자 미학적 질서 없음의 공공연한 선언에 해당하는 숭고는 최근 시의 가장 두드러진 특징 가운데 하나다. 한국 시의 전통에서 숭고의 미학이 차지하는 자리가 얼마나 협소한지 떠올린다면, 가히 폭발적이라 할 수 있는 숭고의 형상화는 사적 계보를 찾아보기 어려울 만큼 예외적인 현상에 속한다. 우리 시에서 숭고는 그만큼 시의 미개척지이다. 젊은 시인들이 숭고함의 시적 창출에 왜 그토록 몰두하는가는 별도로 따져 물어야 할 사항이지만, 분명한 사실은 그들에게는 그들 각자의 내적 논리와 필연이 있으며, 자신들만의 논리와 필연을 놓고 각기 최선의 분투를 하고 있다는 점이다. 그 결과가 근래 세간의 주목을 받고 있는 젊은 시인들의 첫 시집이다. 최하연의 시도 넓게 보면 이러한 동시대적/동세대적 자장 안에 놓여 있다. 하지만 문학적 연원과 지향이 각기 다르듯, 이들이 제시하는 숭고의 거점과 목적, 표현 양태는 서로 다르며, 최하연의 시적 모험과 내용 또한 누구와도 다르다.

그의 시에서 숭고는 경험적 현실 내에서 직접 체험된 사건에 대한 심리적 반향의 결과가 아니라 그 자신의 (무)의식적 요청에 의해 내적으로 환기되고 구성된 것이라는 점에서 특징적이다. 이는 강한 윤리 의식에서 비롯된 것으로, 대(對)사회적인 고발의 성격을 띠기도 한다. 윤리적 자기 요청으로서 창출된 숭고란 우선 가늠할 수 없는 한계 체험의 돌출을 자기 가까이, 우리와 이웃한 거리에 인접시킨다는 점에서 그렇다. 고개만 돌리면 맞닥뜨릴 검은 창(물)을 그는 자기 뒤로, 세계의 뒤로 흐르게 한다. 자기 현존을 위협하는 불모와 황폐와 죽음을 멀리 떼려는 게 인지상정이라면, 그는 역으로 언제든 자기 망실을 가져올 수 있는 낯설고 두렵고 기이한 추(醜)를 자기 뒤에 둔다. 그러나 오해해서는 안 된다. 숭고한 것을 자기 배면에 두려는 최하연의 (무)의식적 노력은 주이상스jouissance 그 자체의 도달을 목적으로 한다기보다는 이성의 한계를 자각하고 자인하게 하는 물자체를 가까이 옮겨옴으로써 자기반성의 거점으로 삼으려는 의지에서 기인한다. 이는 방법적 미학의 하나로, 윤리적으로 요청된 숭고란 이를 두고 한 말이다. 고통을 동반하는 쾌락 내에 자기를 복속함으로써 얻는 황홀경의 고양이 아니라 무뎌지거나 무감해지는 감각·감수성·지각력·인식력에 대한 위험 신호이자 경고로서 그것을 접촉 가능한 테두리 내로 끌어온다. 숭고가 비구상(非具象)의 폭력적인 출현이나 넘쳐남이 아니라 상상의 임계치로서 구상된 꿈의 형태를 취하고 있는 것은 이 때문이다.

꿈은 사실이 아니지만 현실이며, 즉물적 대상은 아니나 정신적 체험으로 실재한다. 인간이라면 누구든 꿈을 꾸기 마련이니 꿈의 '있음'을 아무도 부인할 수 없다. 물이 두루 퍼져 있는 만큼 꿈도 그렇다. 형태가 없다는 점에서도 둘은 동일하다. 그러니 최하연의 시에서 물과 꿈의 결합은 자연스럽다. 물의 세계는 곧 꿈의 세계이며, 꿈은 물의 무한한 저장소이다. 물론 그 역도 마찬가지다. 그의 많은 시들이 논리적 해명이 불가능한 이미지들의 충돌, 맥락의 선후 없는 탈구와 빈번한 이탈로 나타나는 것은 그것들 대부분이 꿈의 언표화——그의 표현을 빌리자면, '물구나무'선 꿈——이기 때문이며, 그 꿈은 물속의 꿈, 물로 채워진 꿈인 까닭에 규칙화된 형식을 거부하며 부유하는 유동성의 형태를 띤다. 그러한 물의 꿈, 꿈의 물이 절묘하게 합치된 광경을 우리는 「해변의 호텔」에서 만난다.

잠 속에, 베개에, 홑청으로 덮은, 매트리스 위에, 누운, 아니, 물속
에 잠긴, 너의 꿈, 속으로, 넘어진다, 들어간다

수면을 잘라낸다, 너는, 수평선 양 끝에 칼집을 내고, 사악, 한 번의

칼질로, 바다에서 하늘을 발라낸다, 걷어낸다

　　잘린 해수면을 따라, 낚싯줄 끊어지고, 배는 밑창만 남겨지고, 뜨다
만 해가 잘려, 하루 종일 반신불수 중이시고, 어부의 두툼한 발바닥,
튀어 오르던 물고기가 남긴 꼬리 탁탁, 순간, 광장에 갇히고 만 섬들

　　터진 창자를 받아줘, 아랫배를 움켜쥔 하늘과, 창자 속엔 설익은 비
행기의 날개와, 노을의 치정극, 동맥 끊어진 구름과, 양수기와, 아,
목 잘린 플랑크톤의 아비와, 낭떠러지와, 유효 기간 지난 바람과, 그
녀의 한없는 낯빛과
　　　　　　　　　　　　　　　　　　　　　　　　　　　—「해변의 호텔」 부분

　　이 시에서 '너'는 사랑하는 연인이자 이별을 예감케 하는 대상이다.
사랑의 상실이 조금씩 감지되는 가운데 '너'와 '나'는 해변의 어느 호
텔에 누워 있다. 밖에는 바다가 출렁이고 '나'는 '너'라는 존재가 궁금
하다. 실연이 감지될수록 '너'의 내밀한 의식 속으로 들어가보고 싶
다. 하지만 잠든 '너의 꿈속'으로 발을 딛는 순간, "너의 꿈"도, '너'
라는 존재도 내 의식의 잣대로는 견줄 수 없는 무한이 된다. '너의 꿈
속'은 바다의 일부이고, 나로선 짐작하지 못한 것들이 그 안에 담겨
있다. 현실의 일부이면서 현실이 아니고, 익숙한 사물들의 단편으로
이루어져 있지만 이해할 수도 없고, 이해를 바라지도 않는 이 미지의
공간은, 크기도, 깊이도, 넓이도 잴 수 없는 비형태의 무한함으로 나
를 압도한다. '너'는 상상력의 한계를 넘어선 숭고 그 자체이며, 네
'안'으로의 진입은 끝이 없는 빙하의 틈으로 떨어지는 것과 같다. 시
인은 이러한 숭고 체험으로서 '너'와의 대면을 피아노의 검은건반과

흰건반 사이, 그 짧은 간격 간의 무한한 증폭으로 옮겨놓기도 한다.

　눌러도 소리가 나지 않는 건반을 책상 위에 그려놓고, 가만 귀 기울이고 있어요, 당신의 소원은 검은건반에서 뛰어내리는 것, 그리하여 일생일대의 화음으로 나를 부활시키는 것, 당신의 경전마다 엉터리 활자를 찍어놓고, 페이지를 봉인하고 있어요, 나는 나의 다음 페이지가 무조건 될 수 없다는 것, 우주를 한 바퀴 돌아 신발을 벗으며 '그것 참'이라고 고백할 수 있다면, 당신이 떨어지고 있는 바로 그 순간, 나도 당신이 있던 그곳을 향해 뛰어오를 수 있다면, 당신의 멈칫함이 나를 일깨우는 바로 그 주문이길, 〔……〕 도돌이표 마디마다 당신은 돌아오고 있겠지요, 가로지르는 모든 것들로 하여금, 당신을 향한 나의 좌표를 잃게 만들고 싶어요, 당신은, 또다시 그 높은 절벽, 검은건반에 올라서서 눈을 감고 있네요,
—「피아노」 부분

　사랑했던 연인들의 재회를 담은 시 중 뛰어난 수작(秀作)의 하나로 기억될 이 시의 정수(精髓)는 '당신'과 마주치던 그때, '당신'의 눈이 나를 바라보던 그 순간을 측량할 수 없는 찰나의 떨어짐으로 포착하면서 이를 건반과 건반 사이, 특히 음률 면에서 가장 가까운 반음 사이로 가져와 역설적으로 "높은 절벽"에서의 치명적인 낙차로 벌려놓은 데 있다. 한번 떠올려보라. 사랑했던 그(녀)를 우연히 만났던 순간, 심장이 멎는 것 같은 느낌을 받지 않았는지, 시간이 멈추고 사위가 일순 얼어붙고, 불과 몇 초 동안 상대의 반응에 온몸의 촉수가 일제히 곤두서 맹렬히 나부끼지는 않았는지…… "당신의 멈칫함," "당신이 떨어지고 있는 바로 그 순간"은 그래서 "우주를 한 바퀴" 도는

데 버금간다. 영원히 끝날 것 같지 않은 아득한 추락, 한 음에서 한 음으로의 까마득한 건너뜀, 그 망망한 건반 사이의 크레바스는 '당신'과의 해후를 숭고한 것의 갑작스러운 현현으로 만든다. 몸의 떨림은 괴기스러운 대상만이 아니라, 이렇게 사랑의 끝에서 누구나 한 번쯤 겪었음직한 낯익은 상황에서도 엄습한다.

'가까운 타자'를 숭고 체험으로 현시하는 이러한 시적 착상은 검은 창(/물/꿈)의 편재와 함께 최하연의 시에서 자기반성의 미학적 발판으로서 숭고한 것의 자발적 청원이 어떻게 실현되는지를 보여주는 구체적 사례이다. 그리고 이는 시인의 개성적 특장(特長)의 하나로 거론된 여성성의 체현과 밀접히 연관되어 있다. 오해의 소지를 없애기 위해 밝히자면, 최하연은 남성 시인이다. (당자는 이런 노골적인 폭로 〔!〕를 꺼리겠지만) 시인의 생물학적 성을 굳이 강조하는 이유는, 한국 시의 전통에 비추어 남성 시인이 여성을 시적 페르소나로 삼은 경우는 연가풍의 작품으로 한정되고 그나마도 여성의 '목소리'로 가정된 존재에 상상적으로 이입된 방식을 취했던 데 반해, 최하연 시의 화자는 상상된 가상의 페르소나가 아니라 시인 자신의 육화로, 본래 '목소리' 그대로 읽힌다는 점에서 전혀 그 예를 달리하는 까닭이다. 물의 상상력을 중심으로 삼은 점도 희소하지만, 더 흥미로운 것은 그의 시적 상상력이 아버지에서 아들로 이어지는 인정 투쟁의 역사가 아니라 어머니에서 딸로 이어지는 여성적 순환과 흐름에 친화적이라는 사실이다. 이는 주목할 만한 문학사적 사건에 속한다. 시적 자아로서의 근대적 남성 주체가 해체되는 또 다른 지점이기 때문이다.

거울도 없고 금붕어도 없는 낡은 호텔의 중앙 홀에서, 엘리베이터는

오지 않고 아무리 버튼을 눌러도 오지 않고, 복도가 양쪽으로 끝없이
이어진 호텔의 중앙 홀에서, 베개만 달랑 들고 있었는데,

    무덤들의 무덤, 릉릉, 젖꼭지 파란 그녀가 그녀인 할머니를 부축해
미용실로 가고 있고, 손가락에 걸린 자동차 키를 보며, 차를 어디에
두었는지 도무지 생각이 나질 않아, 이정표만 있고 길은 없는 교차로
에서, 길을 찾고 있었는데, 이번엔 그녀가 이정표 아래 쪼그리고 앉아
할머니의 얼굴을 한 그녀의 어린 시체를 끌어안고 울고 있었는데,

    버스 기사에게 내가 알고 있는 이름이란 이름은 다 대보았지만 그
어느 곳도 가지 않는다고 한다, 길이 없는데도 길이 있다는 거지, 이
정표 아래 봉분을 만들고 나의 늙은 몸이 솜처럼 폭신해질 때까지 그
렇게 그 자리에 서 있었는데, 수중보 아래, 터미널이 보이는 모퉁이에
서, 지방문화재 릉릉에서,
                                            ——「지방문화재 릉릉」 부분

"나의 늙은 몸이 솜처럼 폭신해질 때까지" 서 있었던 곳은 "젖꼭지
파란 그녀"가 "할머니"가 되었다가 다시 "할머니의 얼굴을 한" "어
린" "그녀"가 되는, 시간의 순환적 연쇄가 되풀이되는 현장이다. 여
기에 이성적 남성 주체가 들어설 자리는 없다. 직선적 시간의 흐름을
사는 자에게 "무덤들의 무덤, 릉릉"은 결코 열리지 않는다. 그의 앞
에 "릉릉"이 홀연 떠오른 것은 그가 남성적 질서와 법칙과 규범에서
비껴 있는 자이기 때문이다. 그리고 이 점이 핵심이다. 이 시의 화자
는 젠더적 의미에서 이미 내파(內破)된 자이다. 그는 다른 '성(性)'
의 진입이 수월한 통로를 내적으로 보유하고 있다. 비유컨대, 그의

몸속에는 여성적 원리로 뚫린 수로(水路)가 흐른다. 이 수로를 따라 어머니에서 할머니로, 그 할머니가 다시 딸이 되는 '여성들'이 출몰한다. 부정의 부정이라는 변증법적 발전에서 누락된 잉여들, 근대적 이성의 논리가 배제한 이질성들이 그의 육체 내에 차오른다. 이때 그의 몸과 의식은 말뜻 그대로 '경계'로서 존재한다. 삽시간의 착각처럼, 환몽처럼, "룽룽"이 점멸하는 동안 성차(性差)가 소실된 '경계'로 실존한 상태는 그에게 "늙은 몸"이라는 긴 여운을 남긴다. 남성과 여성의 동시적 공존이 "늙은 몸"이라는 육체적 각인을 남긴 셈이다.

만일 이 같은 성적 혼성이 어떻게 가능했는지 묻는다면, 추측건대 그것은 저 수로의 발생과 관련이 있다. 숭고를 자기 주변에 두르는 것, 그것을 '가까운 타자'와 동일시하는 것은 이성 주체로서의 근대적 남성성과는 병존하기 힘든 발상이다. 옳은 질문을 한다면 정확한 답을 구할 수 있고, 정확한 답을 구하면 대상을 인식하고 이해하고 조절할 수 있다는 믿음이 근대적 이성 주체의 정립을 위한 가장 기본적인 철학적 토대라면, 자아를 압도하는 불가해의 존재를 자기 곁에 두는 자발성은 비이성적인 것의 배제를 부정하게 만든다. 이는 '이성적인 것=남성적인 것'의 등식을 깨뜨리며, 비이성적인 것으로 배척된 여성성의 수용을 가능케 한다. 그러나 이러한 수용이 여성성의 장악을 의미하지는 않는다. 그것은 여전히 인식 범위 바깥의 물자체이며, 그 상태 그대로 인정되고 존중된다. "룽룽"을 접했지만 그것에 이르는 길이 미궁으로 남은 시의 결말이 이러한 전후 사정을 암시한다. 그런 점에서 성적 혼동으로 가시화되는 최하연 시의 남성성의 해체는, 가령 황병승 시에 자주 나타나는바, '퀴어적인 것'과는 성격이 다르다. 그의 시적 화자는 양성(兩性)적이거나 혹은 무성(無性)적이다.

예컨대 다음과 같은 구절,

　　그래프의 수치를 믿지 마라 내 성기는 그의 위장 속에 있고 나는 씨
를 보지 못해 아무런 꽃도 경매되지 않지〔……〕

　　내가 너를 부를 때 깜박이는 건 기지국의 몽우리고 그 몽우리 속 내
청춘은 차디차게 냉각된 채 창밖을 묵시하고 풍경은 다시 오브제의 일
용직이며 얼어 있는 내 성기의 뜨거운 피는 사치이고 혀 위에서 미끄
러질 듯 한바탕 여름날은 등 뒤가 수상하고〔……〕
—「요나의 고백」 부분

은 남성성의 거세를 시사하지만, 여기에는 어떠한 애도의 감정도 없
으며, 무력감, 자괴, 수치심도 없다. 그저 남의 일처럼 무정하다. 이
는 성(性)의 상실이 특별한 사건이 아니기 때문에 취할 수 있는 태도
다. 하지만 양성과 무성은 질적으로 다르다. 양성이 경계인으로서의
표징이라면, 무성은 어느 쪽에도 귀속되지 않는 국외자의 표식이다.
최하연의 시적 화자가 이 두 상태를 아우른다는 것은 남성성의 해체
라는 동시대적 사건의 현재를 자기 반영한 것이자 이를 남성 주체 스
스로 어떻게 문학적으로 수용하고 외화(外化)하는지를 보여준 미학
적 실례라는 점에서 매우 유의미하다. 한편 경계인과 국외자 양편을
오가는 폭넓은 횡단은 시인 편에서 볼 때 고통과 혼돈을 유발하는 내
적 요인이지만, 예언과 묵시의 '목소리'를 갖게 한다는 점에서 저주
받은 축복이기도 하다. 육체적 남성이면서 정신적 양성/무성인 '혼종
적 카산드라'의 탄생은 이렇게 복잡한 과정을 거쳐 우리 앞에 나타난

다. 하지만 여기가 끝이 아니다.

  카산드라의 말은 참언(讖言)이지만 아무도 그 말을 듣지 않고 믿지 않는다. 말해도 소용없는 말, 언제나 혼잣말이 되는 말, 말하는 이에겐 고통뿐인 말, 그러한 말을 발설하는 일이 숙명인 자에게 응답 없는 세계란 침묵이 영원히 불멸을 누리는 곳이다. 아마도 카산드라의 진짜 두려움은 "저 무한한 공간의 영원한 침묵이 나를 두렵게 한다"는 파스칼적 공포를 시시때때로 직면해야 한다는 것일지 모른다. 자신의 말이 세간의 소음 속으로 뿔뿔이 흩어지고 어떤 반향의 기미도 느껴지지 않는다면, 별의별 소리가 들끓는다 해도 그것은 견고하고 묵중한 침묵에 다름 아닐 터이다. 더구나 그/녀 또한 "손 없는 여자, 발 없는 여자, 머리 잘린 여자, 둔부만 남은 여자, 왼쪽 종아리만 셋 가진 여자, 드물지만 아무것도 안 입은 여자"로 컴퓨터에 저장되고, "동물의 왕국"의 한 장면처럼 "허리 없는 물고기"로 온갖 포즈를 취하며 어디서나 만나는 흔한 "마누라"(「모피를 걸친 헬레나」)로 살아야 한다. 그렇게 사는 것이 이 세계의 규칙이자 방식이다. "모피를 걸친 헬레나"로 살아가는 이 현대판 카산드라에게는, 그러니 신성(神聖)도 없고 비극도 없다. 그/녀의 입에서는 숭엄한 신의 뜻이 아니라 "한 개의 글자로 다섯 개의 문장을 만들고 싶어/아, 아, 아, 아, 아/우, 우, 우, 우, 우"(「토마토와 두통」)와 같은 말장난이나 "이제 가방을 닫으면 거기서부터 항암의 시간, 안전선 밖에서부터 탈모가 시작되리"(「노란색 순환버스」)처럼 속화된 계시가 흘러나온다.

  하지만, 그럼에도 불구하고 그/녀는 범인(凡人)이 보지 못하는 것을 보고, 듣지 못하는 것을 듣는 카산드라이다. 그/녀의 언어는 진실

곁을 맴돌며 그 파편을 전하기에 오염된 일상어를 따르지 않고, 뜻을 헤아리기 어려운 난해의 연속이지만 세계를 향한 엄중한 경고를 담은 묵시가 된다. 그러나 그/녀의 주문이 명료한 지시성을 띠는 경우는 극히 드물다. 함축적 은유의 더미로 이루어진 그/녀의 말은 일상어를 낯설게 만드는 의도적 왜곡의 단계를 넘어, 흡사 외계의 존재가 인간의 어법을 빌려 그로서는 최선이나 우리에겐 최소에 불과한 소량의 의미를 흩뿌리며 우리를 텍스트 안에 갇힌 언어의 미아로 만들듯, 언어 일체를 수수께끼의 집하장으로, 신원 미상의 처지로 만든다. 그/녀의 혼종성 또한 우리의 관습화된 정서적 반응과 감정적 수순을 헝클어버린다.

물고기는 죄다 폐병을 앓고 있고 낚싯대는 속이 허해 지렁이를 물고 있고 떡밥 낚시 금지보다 저렴한 벌금으로 난간 위의 저 원피스 몇 초간은 자유이고 빈 줄에 빈 갈고리 내가 사랑이라 불렀던 그녀는 찌처럼 사라지네
—「철탑 A를 강 이쪽에……」 부분

맨발로 극장을 나서려는데 로비에 앉아 있던 스크린 속 여인이 종이컵을 건네주네요 양수가 아닐까 부들부들 떨다 컵을 쏟고 말았어요 일부러 그랬다며 그녀가 목 놓아 울기 시작해요 (TV속 미사일은 늘 그렇게 명중하곤 하나요) 컵 안에서 짝 잃은 신발들이 계속 쏟아지고 있어요 도망치듯 문을 나서니 다시 엘리베이터 안이네요
—「엘리베이터 안에서 그림을 샀어요」 부분

띄어 쓸 수 없는 어둠도 있다 그 안엔 쉽게 잘라 쓸 수 없는 허방이

있다 허방 속엔 말라가며 비명 지르는 치자꽃이 있다 가위를 들고 무
엇을 잘라야 할까 복층으로 된 어둠 속에 수초들을 풀어놓는다 수초
속에는 눈먼 물고기들이 있다 내일은 수초들의 망막을 제거해야겠다

— 「물구나무 빌라」 부분

카산드라의 언어는 모든 수사학의 교란이며, 비평적 해석의 무용
을 요구한다. 하물며 그/녀가 시인의 자의식을 갖추었을 때에는 언
어의 비체계성 자체가 하나의 정교한 퍼레이드의 완성으로 나타나고
그 정도는 훨씬 심화된다. 임의로 인용한 위 구절들에서도 확연히 드
러나듯, 최하연의 시는 '이해'의 영역을 훌쩍 벗어나 있다. 첫머리부
터 끝까지, 그의 시는 전체가 완벽한 불협화이다. 어디를 펼치든 보
통의 의미 맥락을 기대할 수 없다. 하지만 놀랍게도 일상 언어로부터
의 철저한 탈구가 그에게 이르면 시가 된다. 철두철미한 언어적 배반
이 역설적이게도 완미한 형태의 새로운 비의성을 낳는다. 이때 완미
한 형태란 세계와 현실과 인간의 악몽화, 그것의 즉각적 발현, 그리
고 악몽의 현재화를 위한 구성의 운산(運算)을 가리키며, 새로운 비
의성이란 그러한 악몽이 세계의 꿈으로 탈바꿈되는 신비, 요컨대 '악
몽의 꿈'이 있다면 이런 형태일 것이라 설득될 법한 불가사의한 힘의
분출을 뜻한다. 최하연의 시는 악몽의 재현이 아니라 언어 자체, 시
자체가 악몽인 상태의 구현이다. 그의 시는 지금까지 어떤 시도 가
닿지 않은 최상의 악몽이자 악몽의 자기 초월적 승화를 보여준다.
어두운 밤에는 밤의 노래가 있듯, 악몽의 세계에도 꿈은 있다. 비록
악몽의 형상일지라도, 시인—카산드라의 꿈은 악몽을 시로 만드는
것이다. 그러나 그의 꿈은 언어에 대한 근본적 불신, 언어의 효용성

을 둘러싼 깊은 고뇌의 결과물이기도 하다. 다시 "해변의 호텔"로 가보자.

> 난, 너의 그 꿈속, 그 잠의 이불 밑에, 잘려진 수면의, 위쪽 것들을 감춰둔다, 잘려온 파도 꼭지, 그 자세 그대로, 쏟아지고, 흩어져, 축축해진
>
> 자판을 누르던 손가락들, 잘린 채로 멈춰 서 있고, 커서는 순간 벙어리가 되고, 뼈마디 사이로 바람이 불어, 잘린 낚싯줄 다시는 떠오르지 않고, 고통은 다시, 반말로 지껄이고, 잠은, 깊다
>
> 누군가, 꿈의 단면을 발에 널어, 꾸들꾸들 말리고 있고, 창밖의 엔진들은 저 혼자 출어 중이시고, 해의 봉합 수술을 집도하는, 아버지들의 바늘이, 지겨운 알람처럼, 혼자 떠드시고, 깨어난 너는, 다시, 내 늑골 깊숙이, 칼을 숨기고
>
> ——「해변의 호텔」 부분

'너'를 잃지 않는 길은 무엇일까? '너'와의 사랑을 잃지 않으려면 무엇을 해야 하나? 이 시의 주인공이 택한 방법은 기억의 보존이다. '너의 꿈'을 자신이 본 그대로 손상 없이 저장하는 것 외에 그가 할 수 있는 일은 없다. 그래서 '나'는 지금 '너의 꿈'을 모니터 속에 저장 중이다. '너의 꿈'에 상응하는 '나'의 무한함이란 언어의 바다뿐이니, '나'는 자판을 두들겨 모니터의 허공을 채운다. 그러나 "자판을 누르던 손가락들"이 "잘린 채로 멈춰 서"고, "커서는 순간 벙어리"가 된다! 언어는 끝이 있다. 법칙이 있고 규범이 있다. 한계가 뚜렷한 형

식화를 필요로 한다. 언어에 의존하는 한, 기호의 일반적 상(像)이 조성하는 재현의 영향력에서 완전히 자유로울 수 없다. 재현적 이미지의 베일을 벗겨야 드러나는 진실의 실체가 언표화를 도모하는 순간부터 가려진다. "준공(竣工)의 순간이 붕괴의 시작"(「물구나무의 공중부양」)이다. 언어에 의한 꿈의 침탈은 결국 "깨어난" '네'가 "내 늑골 깊숙이, 칼을 숨기"는 결말로 끝이 난다. 불가능을 넘본 대가다. 언어에 의한, 언어로부터의 이러한 좌절은 다음에서 가장 첨예하게 드러난다.

우리 이제 시침과 분침의 정관을 묶고
초침에서 태어나는 아이만 키우는 거예요
똑, 하는 순간 아이가 군대를 가고
딱, 사람들이 아이들의 무덤에 떼를 입히고 있네요
다시 한 번 똑, 이 돌아오는 동안
활자 하나가 모니터에서 사라지고
〔……〕
이 줄엔 아이들의 프로필을 써넣을 작정인데요
아, 벌써 줄이 지나가고 말았네요
정례를 마친 초침이 순간 움직이지 않아요
건널목 위의 노란 버스가 움직이지 않고
불타는 합숙소의 불꽃이 움직이지 않고
〔……〕
이 글의 다음 줄은
원심분리기 속이에요

비커에 절여진 아버지들이

빛의 속도로 달리기를 하고 있네요

딱,은 아직 오지 않았는데

달리기를 마친 아버지들이

원자번호 몇 번째로 저장되는지

당신과 내가 끝까지 볼 수 있을까요

다음 줄은 쓰고 싶지 않아요

그다음 줄도 정말,

―「산란」 부분

　　화재로 인한 어린아이들의 참사를 배경으로 한 이 장면에서 두드러지는 것은 언어의 무능력과 무용성에 대한 시인 자신의 분노에 가까운 좌절과 자괴이다. '똑, 딱'거리는 그 짧은 사이에 아이들의 목숨이 속성으로 사라진다, 혹은 처리된다. 그 시간은 모니터의 커서가 깜박이고 글자가 타이핑되는 순간에 정확히 대응된다. 커서가 한 번 움직일 때마다 화마로 아이 하나가 죽어간다. 그런 줄 안다면, 과연 어느 누가 태연히 모니터를 바라보며 글자를 새겨넣을 수 있겠는가? 하나, 인간들은 출산―기계가 되어 아이들을 대량으로 "산란"하고, 타자(打字)―기계가 되어 천박한 언어의 난무를 "산란"한다. 양쪽 모두 죽음의 "산란"이라는 점에서 등가적이다. 사정이 이러한데, 언어의 순수성·투명성·자율성·충족성·재현성 따위를 고스란히 믿을 시인은 없으며, 카산드라의 소임을 자기 책무로 삼은 자에겐 더더욱 언어에 대한 회의를 그 기저에서부터 본원적으로 내면화할 수밖에 없다. 의심을 풀지 못하면서도 그것에 의지해야만 하는 괴로움을 감히 함부로 짐작하지 말자. 인간의 언어는 시인―카산드라에겐 영원한 족쇄이지만 어쩔 수 없는 유일무이의 무기인 것이다.

대상이 무엇이건, 언어를 통한 제시와 이미지화는 시인 최하연에겐 고통을 담보로 한 영혼의 모험이자 치열한 사투이다. 그리고 그는 자기 스스로 요청한 이 기약 없는 싸움과 대결에 참으로 정직하고 끈질기다. 단어 하나, 토씨 하나에까지 집착하고, 집중하고, 솎아내고 또 골라낸 여기의 모든 시편이 그 증거물이다. 무엇보다 무궁(無宮/無窮)의 실존성을 정시(正視)하는 자기 성찰적 시선이 이러한 언어적 자의식과 결합할 때, 그의 시는 아름답게 빛난다. 만일 그중 가장 아름다운 한 편을 고르라면, 주저 않고 「콘체르토」를 꼽으리라. "뒤돌아보면 하나 이상의 하나가 자꾸만 따라"오고, "앞서 가지도 않으면서 기다리지도 않으면서" 나의 뒤를 흐르는 미지(未知/微旨)의 '그것'은 내 실존의 표지이자 나를 되돌아보게 하는 겸손의 출처일 터이므로. 하지만, 아직, 결코, 여기가 끝이 아니다. 피아노는 이제 막 열렸다. 곧 연주가 시작될 것이다……

섬이 있다네, 섬과 교회가 있다네, 섬에는 우체국이 있고 좁은 길이 있고, 어둠 속에 숨은 달이 길의 끝을 자꾸만 늘이고 있다네, 바다는 끝내 수평선에 목을 매고 다시는 돌아오지 않는다네,

뒤돌아보면 하나 이상의 하나가 자꾸만 따라온다네. 앞서 가지도 않으면서 기다리지도 않으면서, 섬의 하루는 달빛을 따라 바다로 나간다네,

오늘은 만선이었고, 만선 직전의 어제는 아직 끝나지 않았다네, 얼마나 더 가야, 그 섬에 닿을지, 얼마나 더 가야, 나는 섬 밖에서 섬을

바라볼 수 있는지, 누군가 모든 길들을 처음으로 되돌리고 있는데,

교회의 종탑은 순간 반짝인다네,   ──「콘체르토」 전문

'병시(病詩)'의 시학
─박진성의 시

내 몸에 묻은 어머니 지문들로 소용돌이치네 보름달은 어지러울 때도
둥글 뿐, 내 몸 하나 간신히 누일 침대에서 어머니랑 나, 오래도록
살았네 밤의 응급실이 나의 고향이었네 보름달 속이었네
　　　　　　　　　　　　　　　─「나쁜 피─응급실」 부분

　박진성의 시를 논하려면, 그의 시에 깊이 각인된 '병(病)'에 대해
먼저 말하지 않을 수 없다. 그의 첫 시집인 『목숨』(천년의 시작,
2005)의 해설에서 박수연이 적확하게 논평했듯, 박진성의 시에서 병
은 은유의 수사학적 의장을 벗고 시인의 몸에서 실현되는 압도적 실
재가 되어 시적 주체로 하여금 세계와 관계 맺도록 하는 특정의 매개
가 아니라 그 자체 세계로 환원되어 "세계'와의' 관계"로 현상되기에
이른다. "밤의 응급실"이 "나의 고향"이 될 만큼 병은 익숙한 일과이
며, 내면을 장악한 그 힘으로 꿈과 현실의 경계를 무너뜨려 환상의
"보름달 속"으로 시인을 이끈다. 하지만 특이하게도 그의 시 어디에
도 병의 원인은 나타나지 않는다. 그는 자신의 병을 자주 거론하지만
정작 그것의 발병 이유를 묻지 않는다. 이는 치유 가능성에 대한 의
심으로 인해 기원의 탐색이 무의미해진 데 그 까닭이 있겠지만, 병의
극복이나 건강의 회복이 시인에겐 삶의 최종 목적이 아니라는 데 보
다 근본적인 이유가 있다.

　박진성에게 병은 삶의 유일한 직접적 경험이다. 병만이 삶을 '삶'으로서 보증한다. 그것 외에 우리 삶에서 죽음과 다른, '죽음 아닌 것'을 감각하고 인지하게 하는 것은 없다. 적어도 그가 보기엔 그렇다. 사실 일상의 경험이 생산과 소비의 질서로 포섭되는 작금의 상황에서 그 무엇이 '인간적인' 것으로 자극될 가능성이 희박해지고 있다는 점은 부인하기 힘들다. 견고하게 체계화된 현대적 질서 속에서 병은 정상적 생활로부터의 이탈이자 방출이다. 병든 자는 생산이 최고의 미덕인 사회 구조 내에서 가장 비효율적이고 불필요한 자이며, 동정을 받을 수는 있어도 환대를 받을 수는 없는 자이다. 그런 점에서 병은 생산과 소비의 체계 바깥에 있으며 그러한 질서를 거스르는 에너지—비록 생명을 위협하는 부정적 에너지이긴 하지만—를 품고 있다는 점에서 조금은 '인간적인' 영역으로 남아 있는지 모른다. 박진성이 병을 살아 있음의 강력한 부정이자 동시에 삶을 이끌어가는 동력[1]이라 칭하면서 '죽음 아닌 것'을 경험할 수 있는 삶의 무대로 병을 초점화하는 것은 이런 사정과 무관하지 않다. 1990년대 이후 많은 젊은 시인들이 살아 있음을 부정하며 이 세계를 죽음이 편재하는 곳으로 상상한 이후, 그러한 부정성을 어떻게 극복할 것인가라는 문제가 암중모색 속에 궁구되고 있음을 상기한다면, 박진성은 병에서 그 해답을 찾고 있는지 모른다. 따라서 병의 원인이 무엇이며, 그것을 어떻게 치유할 것인가보다 그것의 역할과 기능, 인지적 충격과 효과에

---

1) 박진성은 시집의 마지막에 실린 한 편의 산문에서 다음과 같이 쓰고 있다. "두 힘이 교차하는 곳에는 팽팽한 긴장감이 머문다. 그러한 긴장은 곧바로 '나—살아 있음'을 강하게 환기한다. 내 몸 어딘가가, 혹은 내 정신 어딘가가 끊임없이 아프다는 사실, '나—살아 있음'을 강력하게 부정하면서 동시에 삶을 이끌어나가는 동력"(『목숨』, pp. 99~100).

시인은 더 큰 관심을 갖고 있는 듯하다.

그런데 병을 살아 있음의 유일한 증거로 삼는 것은 일상의 다른 경험에는 죽음을 선고하는 것과 같다. 시인의 입론에 따른다면 병 이외의 것에서 진정한 경험을 발견하기란 힘들기 때문이다. 병의 이러한 가치화는 질병의 극복이 곧 생명의 유지를 뜻하는 상식적 논리를 벗어나, 병의 회복이 살아 있음의 반대쪽으로, 즉 죽음으로, 무(無)로 편입되는 것과 동일한 상황을 낳는다. 삶의 진정성이 일상의 현실에 부재한다면, 병이 낫고, 그래서 정상적 생활이 가능해지는 순간부터 삶은 무가치한 것들의 집합이 되어 죽음으로 이행될 것이기 때문이다. 이것은 매우 끔찍한 아이러니이다. 박진성의 시작(詩作)은 두 가지 죽음 사이에서 어느 쪽으로도 나아갈 수 없는 비극적 교착 상태를 안고 출발한다. 병의 보유를 고집하는 한, 삶은 생물학적 죽음으로 귀결될 것이다. 이것이 첫번째 죽음이다. 그러나 병에서 놓여나는 순간, 삶은 가치의 무화(無化)에 이를 것이다. 이것이 두번째 죽음이다. 병으로 고통 받으면서 병이 낫기를 바랄 수도 없고, 그렇다고 병을 방치할 수도 없는 상태. 어느 쪽을 택하든 그 끝에는 죽음이 있다. 박진성의 시는 이 두 죽음을 시작(詩作)의 양끝에 세워두고 그 사이에서 아슬아슬한 균형을 유지하고 있다. 아슬아슬한 만큼 그것은 위태롭다. 그는 정신의 죽음과 육체의 죽음이라는 위태로운 양극단을 병으로 연결하고, 그 병을 자신의 몸에 실현하는 것으로 시작(詩作)의 원천을 삼고 있는 셈이다. 이것은 흡사 필사의 결의로 구축된 전장의 배수진을 연상시킨다. 여기에는 극단의 선택과 극한의 심정, 해결 불가능한 비극성이 모두 함축되어 있다. 박진성의 시에서 감지되는 긴박감과 불안, 초조는 단순히 시인이 병을 시의 소재로 삼는 데서 비롯된 것이 아니라, 그의 시학인 '병시(病詩)'가 시적 원리에서부터 어둡고 무거운 '겹-죽음'을 거대한 심연으로 내포하고 있기 때문이다.

이러한 심연에 존재의 뿌리를 내리고 지상과 허공을 온몸으로 지탱하며 서 있는 「목숨」의 '느티나무'는 생(生)과 멸(滅)의 첨예한 대립을, 그리고 그러한 대립의 임계점만을 살아 있는 의식과 육체의 거처로 인정하는 시인의 결벽성과 고집, 비타협의 태도를 표상한다. 박진성의 '느티나무'는 그런 점에서 비록 병 가운데, 병과 함께 존재하지만, 타협과 안주를 모르는 젊고 힘찬 정신의 나무이다.

새로 비탈에 선 느티나무, 차갑다, 편서풍이 몰고 오는 모래바람 속 수령 사백 년의 목숨은 타클라마칸이거나 산둥반도, 스물일곱의 내 발이 디디고 있는 경기내륙지방 하천의 지류를 품고 흔들린다, 흔들린다, 소리를 내느라 잔뜩 긴장한 물결은 바람의 몸을 받아내겠지 목으로 숨 쉬면서, 황사라는데, 여자야……새로 비탈을 깎고 있는 느티나무 뿌리가 목, 숨, 목, 숨, 여자야 여자야 숨 쉬러 가자 황사바람이 불어오는 곳에는 무서운 짐승이 산단다 病이 숨을 끊으려는가 실핏줄처럼 물에 길 내는 물고기 한 마리는 온몸이 목이어서 느티나무도 온몸이 목이어서 오오 목숨

—「목숨」 전문

시집의 표제작이기도 한 이 시의 느티나무는 "목숨"의 총체화된 상관물로서 박진성의 '병시'가 지향하는 바를 시각적 풍경으로 집약하고 있다. 숨을 끊으려는 듯 덮치는 황사의 "병(病)"은 느티나무의 온몸을 통째로 '숨 쉬는 목'이 되게 한다. 커다란 폐가 되어 숨 가쁘게

흔들리는 느티나무에게 새로 가파른 비탈은 삶과 죽음의 경계이고, 경계이기 때문에 치명적인 위험이다. 비탈이 아니었던들 사백 년 된 수령의 안전이 염려되지 않을 터이다. 그러나 "목숨"의 의지를 북돋우는 것 또한 비탈의 경계이다. 지상도, 허공도, 죽음의 장소일 뿐인 느티나무에게 비탈을 유지하는 일은 생명을 지키는 것과 다를 바 없다. '하나, 둘, 하나, 둘' 박자 맞춰 호흡하듯 "목, 숨, 목, 숨" 하며 비탈을 깎는 느티나무의 몸체는 삶 쪽으로 한 번, 죽음 쪽으로 또 한 번, 마치 진자 운동하듯 삶의 의지와 죽음의 의지, 두 힘 사이의 숨막히는 긴장과 균형을 육체적으로 현현(顯現)한다. 그런데 이 긴박한 운동의 한복판에서 "실핏줄처럼 물에 길 내는 물고기 한 마리"가 떠오른다. 느티나무의 뿌리 끝에서 한 마리 "물고기"가 탄생한 것이다! 이것은 새로운 목숨의 출현이다.[2] 시인은 비탈의 한계 상황과 "무서

---

2) 박진성의 시에서 '물고기'는 생명의 시작을 뜻한다. 특히 시인의 출생이 물고기에서 비롯되었다는 상상은 「물고기는 울지 않는다」에서 "어느 날 내가 부드러운 물의 그물 속 휘저으며 돌아다니다 나의 몸이 卵生하는 부족의 알이었음을 알았"다고 표현한 경우나, 「수궁에서 놀다」에서 "애초부터 나는 물고기였으니 저녁이여, 강이 나를 가두면 흰 고무신 속에다 水宮을 지으리니 나는 할머니가 방생한 물고기였"다고 비유한 예에서 찾아볼 수 있다. 한편 생명·생성·태초·원심력과 연결되는 물고기 이미지와 달리 삶과 죽음이 혼융 일체된 질병은 주로 '불꽃'이나 '불빛'으로 이미지화된다. "병이 스스로의 몸으로 출렁이겠지 불꽃이었어, 불꽃이었어"(「불꽃이었어, 병원이었어」)나, "주삿바늘 끝에서 반짝이는 불빛, 불빛"(「봄 밤」) 등이 대표적 예이다. 산화·발열·소진·응집력의 속성을 띤다는 점에서 '불꽃/불빛'의 질병 이미지는 물고기와 대비된다. 그러나 병의 이미지를 단순히 소멸이나 죽음과 대응시킬 수는 없다. '불꽃'은 그 자체로 역동적인 에너지를 품고 있기 때문이다. 무엇보다 박진성 시의 병이 대(對)사회적으로 거부와 반항의 에너지를 내장하고 있음을 간과해서는 안 된다. 병은 체계적으로 관리되고 통제되어야 하는 사회적 제도의 주 대상이지만, 동시에 일상적 시스템에서 이탈해버린 비정상, 혹은 사회적 일탈로 간주된다. 따라서 병과 관계된 모티프들, 의사·간호사·응급실·주사·최면제·병동 등은 정상적 사회 제도가 비정상으로 규정된 활동 에너지를 억압하여 이들 양자 간에 갈등이 빚어지는 극적인 장(場)이 된다. 따라서 박진성 시의 병은 이러한 충돌의 장

운 짐승"인 황사와 느티나무의 필사의 호흡이 하나로 결합된 최정점에서 유유히 흐르는 "물고기"를 실제인 듯 환상인 듯 우리에게 내보인다. 이 작은 생명 또한 몸 전체가 목이 되어야 할 터이지만 모래바람을 거슬러 헤엄치는 모습은 애처로우면서 아름답다. 아마도 이것이 박진성의 '병시'가 지향하는 시적 비전의 가장 구체적 이미지가 아닐까 싶다.

그러나 병을 '나―살아 있음'의 알리바이로 삼는 것에는 배제의 논리가 자리 잡고 있다. 앞서 지적했듯 병을 가치화하는 한편에는 여타의 다른 경험에 죽음을 선언하며 가치를 위계화하는 배제의 논리가 작동한다. 이 같은 논리가 강하게 작동하면 할수록 병은 절대화, 신비화될 가능성이 짙다. 그리고 만일 질병의 신비화가 본격화된다면, '생은 다른 곳'에 존재한다는 낭만적 상상력이 그렇듯, 병은 타락한 세계를 벗어나게 하는 현실 초월의 수단이 되기 쉽다. 박진성의 '병시'에 내포된 위험은 바로 이 점일지 모른다. 그리고 만일 육체의 죽음과 의식의 죽음을 양끝에 둔 시적 사유가 긴장의 힘을 잃는다면 그 다음은 어떻게 될까? 질병의 절대화가 본격화되어 병이 초월의 발판이 될 수도 있으며, 시인의 상상력이 회복 불가능한 상태로 병에 침식당할 수도 있다. 그러나 이는 추측에 불과하다. 더구나 박진성의 시는 아직 이러한 난제에 직면해 있지 않다. 그가 자신의 '병시'를 어떻게 발전시켜갈지는 지켜봐야 할 일이지만, 그의 시는 이 같은 내적 어려움을 해결할 수 있는 열쇠를 소유한 듯싶다. 그것은 시인이 특별하게 지목하고 있는 '울분'과 "울분을 고요로 바꾸는 힘"(「적벽 가자」)

을 집약하고 있기도 하다. 병이 '불꽃'으로 이미지화된 까닭에는 이러한 사정도 관련이 있을 것이다.

이 아닐까 싶다.

　박진성 시의 특징 중 하나는 병을 앓는 이들에게서 나타나기 마련인 우울이 잘 드러나지 않는 반면, 울분은 시 곳곳에서 확인된다는 점이다. 시인 스스로가 병의 직접적 결과이자 심리적 반응으로 울분을 제시한다. "터지려는 울분 가득 금강의 몸을 자세히 들으려고"(「목숨—금강에서」), "발작 후의 울분, 울분 지나간 자리 측백나무 술렁임"(「반 고흐와 놀다」), "풍화(風化)되지 않는 울분"(「남해에 들다」), "고요와 맞바꾼 눈꺼풀의 뾰족한 울분"(「외롭고 웃긴 가게」), "끊어질 듯 빳빳한 신경줄의 울분"(『목숨』, p.58) 등등 병으로부터 촉발되는 주된 감정으로 시인은 울분에 주목한다. 그런데 그가 예민하게 의식하는 울분에는 '병시'의 태생적 아이러니에 다른 시적 지평을 열어줄 계기와 가능성이 숨어 있다. 그것은 울분이 고요로 전화되는 과정과 밀접히 연관되어 있는데, "울분을 고요로 바꾸는 힘"의 구체적 육화(肉化)와 이상적 실현태가 무엇인지 살펴볼 때 그 내용과 의미가 분명히 드러날 것이다. 그렇다면 우선 다음의 질문이 제기된다. 왜 하필 울분인가?

　울분은 대개 분한 마음이 가슴 가득 쌓여 답답함을 뜻한다. 이때 분함은 억울함과 노여움을 동반하는데, 울분이 원한을 뜻하는 'resentment'로 번역되기도 한다는 점을 떠올린다면, 대체로 스스로 용납하기 힘든 재난과 피해, 그로 인한 물리적 손실과 심적 고통 등이 복합적으로 작용하여 형성된 감정으로 이해된다. 이러한 사전적 의미에 비추어 본다면, 박진성 시의 울분은 발병의 이유를 합리적으로 설명할 수 없고, 납득할 수 없다는 데서 생겨난 감정이다. 그런데 이러한 인과 관계의 불가해성은 초자연적 질서—예컨대 신의 징벌이나 자연의 심판—나 타고난 운명—천성, 기질 등 심리적 요인까지 포함하여—에 의존하여 풀이되지 않는 한, 즉 비논리적 해명 방식을 택하지 않는 한, 질병의 은유화를 불가능하게 한다. (박진성의 시에서 질병의 은유화가 나타나지 않는 까닭은 병이 상징으로 감쌀 수 없는 실재이며, 세계와 등가 관계를 이룬다는 데서 비롯한다.) 은유가 수사학적 힘을 빌려 다른 대상으로의 투사나 전이를 도모하는 심리적 효과를 발휘한다는 점을 떠올린다면, 병의 수용이나 그에 대한 자인(自認), 자기 설득의 가능성은 그만큼 줄어든다.[3] 그렇다면 그의 울분은 병든 이가 전이나 투사 등의 간접적 방식으로 자신의 아픔을 덜거나 호소할 수 있는 심적 탈출구가 부재한다는 데서 더욱 가중된다. 그러나 이러한 심리적 인과 관계의 해명보다 더 중요한 것은 박진성 시의 울분이 자기 보존의 감정이며, 자기 정립을 목적으로 하여 스스로의 규범을 찾고자 하는 윤리적 의지가 내재된, 자의식적으로 발견된 감정이라는 점이다.

앞서 박진성의 시에는 우울이 전경화되지 않음을 지적하였는데, 우울은 여러 면에서 울분과 대비된다. 우울은 강한 자기애를 바탕으로 한다. 그것은 상실된 대상을 자신 안에 깊이 간직함으로써 대상과의 사랑을 유지하려는 고뇌로 보이지만, 전전긍긍하는 겉모습과 달리 정작은 자신을 비난하고 불평하고 죽임으로써 자기 안의 대상을 처단하고 살해한다. 다시 말해 타자에 대한 불만을 자기에 대한 불만으로 감추고, 자신을 죽임으로써 타자를 죽이는 과정인 것이다. 우울의 끝

---

3) 19세기 서구 낭만주의자들에게 주로 나타나는 질병의 은유화가 병—예컨대 결핵—을 예술적 감수성과 연결함으로써 발병의 근거를 미적으로 승화하고 질병 자체를 수긍케 하는 방편으로 활용되었다는 점은 이와 반대되는 예이다.

은 '존재' 자체의 상실, 즉 죽음이다. 우울이 자기혐오와 자기연민 속에 자살로 마감되는 것은 타자를 자신과 동일시하면서 사랑을 위해 타자를 삼키고, 증오를 위해 자신을 유기하는, 그러나 본질적으로는 자기도취 속에서 투사와 재투사를 반복하는 나르시시즘에 기반하기 때문이다. 우울이 "나르시스의 숨겨진 얼굴"이지만 "그를 죽음으로 몰아가는 얼굴"[4]이라고 표현되는 것은 이러한 맥락에서다.

반면 울분은 대상 상실이 사건의 원인이라는 점에선 우울과 공통되지만, 우울이 '나—타자'의 이자(二子) 관계를 중심으로 작동하는 데 반해, 울분은 '나—타자'에 영향을 미치는 제3의 존재가 관여한 결과라는 점에서 다르다. 다시 말해 울분은 타자가 자신의 사랑을 거부함으로써 촉발된 것이 아니라, 다른 '무엇'이 자기에게서 대상을 분리·이탈시켰다고 여기는 데서 생겨난다. 우울이 배반된 사랑의 상처라면, 울분은 강탈된 사랑의 흔적인 것이다. 울분이 자기(그리고 대상)와 무관하게 사랑이 소실된 데서 발생하는 감정이라는 사실은 시인의 울분이 할머니의 죽음을 둘러싸고 처음으로 등장하는 데서 확인할 수 있다.

울 할머니 목 위로 숨이 넘어오던 그해 십일월, 滿水位에 도달한 물 길처럼 위태로운 호흡이 몸을 견디지 못해 몸부림할 때, 금강으로 내 달리던 나의 열아홉도 목에 숨이 가득 출렁이던 것이었는데

그날 새벽에는 울 할머니 숨결이 잔잔해져서 물고기 몇 마리 지느러미가 보일만큼 맑은 물살이었다 나는 조용히 강변 버드나무를 매만지

---

4) 줄리아 크리스테바, 『검은 태양』, 김인환 옮김, 동문선, 2004, p. 16.

며 어떤 豫感으로 금강에 뜬 달의 일가족이 무리지어 이사 가는 것을
보았다 물결에 숨결 내맡기고 터지려는 울분 가득 금강의 몸을 자세히
들으려고 눈을 감았다
—「목숨—금강에서」 부분

할머니의 임종이 임박했던 "그해 십일월," "물결에 숨결 내맡기고
터지려는 울분 가득 금강의 몸을 자세히 들으려고" "열아홉"의 시인
은 "눈을 감았다." 사랑하는 이를 빼앗아가는 알 수 없는 힘과 자신의
뜻과 상관없이 전개되는 사건, 그리고 그러한 사태의 불변성에서 울
분이 생겨난다는 점은 그러한 감정이 '나(타자)'의 욕망과 의지는 철
저히 무시된 채 사랑을 박탈당한 데서 촉발됨을 보여준다. 사랑의 상
실이 타자의 거부에서 기인하지 않는다는 이러한 사실은 우울의 메커
니즘처럼 증오도, 불만도, 살해도 필요로 하지 않는다. 울분은 결코
대상도, 자신도 죽이지 않는다. (만약 죽이는 것이 있다면 그것은 다른
'무엇'이다.) 결별한 대상과 사랑을 회복하기 위해선 자신이 죽지 않
고 살아야 한다. 즉 사랑의 상대를 기억하는 자신의 존속이 필요하
다. 울분 가득한 자신을 "만수위(滿水位)에 도달한" "금강의 몸"에
대위법적으로 투사하는 과정은 울분을 간직하고 다스리면서 자기를
유지하고 지속하는 과정이기도 하다. 따라서 박진성의 울분에는 강한
자기 보존의 욕구가 내포되어 있다. "발작 후의 울분"에서 가장 강렬
한 생의 욕구를 느끼는 것은 발작의 순간에 삶이, 생명이 떨어져 나
감을 예민하게 자각하기 때문일 것이다. 그런 점에서 울분은 시인을
죽음에서 삶 쪽으로 끌어당기는 힘이며, 내면의 의지가 삶을 향해 내
닫는 순간이다.
　한편 이러한 자기 보유의 목적은 타자와의 관계 회복, 즉 대상과의

'병시(病詩)'의 시학　193

사랑의 복원에 있다. 비록 분리된 사랑이지만, ‘나’의 보존이 있어야 ‘그’의 흔적도 남을 수 있다. “시집 속에 몰래” 할머니를 “묻어둔” ‘내’가 있어야 할머니와 할머니의 사랑이 “천수대비”(「목숨—금강에서」)로서 기억되고 보존될 것이다. 이때 기억은 타자의 죽음을 목적으로 하는 우울과 달리 궁극적으로 타자의 현존을 의도한다. 이처럼 박진성의 울분에는 타자애가 포함되어 있다. 울분의 타자성이라 칭할 수 있는 이러한 타자애는 그의 시에 타자의 발견, 타자의 만남을 언제든 실현 가능한 가능태로 잠재케 한다. 그리고 이 점이 박진성의 울분에 주목하게 되는 이유이다. ‘병시’의 아이러니가 내적으로 극복·발전될 방향을 예시한다는 점에서도 더욱 그렇다.

하지만 사랑을 파탄 낸 다른 ‘무엇’의 정체를 알 수 없고, 설령 안다 해도 자신이 감당할 수 없는 상대라면, 그로 인해 강화되는 울분은 ‘나’의 파괴를 초래할 수도 있다. 대상의 상실이 복구되지 않는 한, 울분도 하나의 증상이며, 증상은 심해지면 병이 된다. 박진성이 자기 보존의 원리로, 세계(병)에 대한 대응 방식으로, “울분을 고요로 바꾸는 힘”을 제시하는 것은 이러한 결과를 예감하고 염려하기 때문이다. 따라서 고요의 내면화는 시인에게 매우 중요한 과제이다. 그러한 내면화의 성공은 시인이 지향하는 시적 이상(理想)의 완결을 의미한다. 동시에 병을 다스려 비로소 “공병(共病)”(「自序」)하는 길을 여는 것이자, 병 너머의 다른 지평으로 존재의 개안(開眼)을 이루는 것이기도 하다. 그리고 울분에 내포된 타자애가 내적 방법이나 자기 원칙 없이 낭만적 사랑에 그칠 위험을 미연에 방지한다. 내적 원리 없는 자기 보존은 타자에 대한 사랑을 과도한 감상이나 허위의 몸짓으로 만들기 쉽다. 그런 점에서 울분의 고요로의 전환을 자신의 과제로 인

식하는 시인의 의식에는 외부 세계에 대응하는 스스로의 규칙뿐만 아
니라 대(對)타자적인 자기 규범의 확립을 희망하는 시인의 바람이 숨
어 있다.

　박진성은 그의 시에서 고요의 완성을 두 가지 상(像)을 통해 제시
한다. 하나는 눈이며, 다른 하나는 고흐이다. 시인은 「적벽 가자」에
서 눈의 힘을 "울분을 고요로 바꾸는 힘"이라고 말한다. 그리고 그
힘의 육화를 「눈보라」에서 보여준다.

　　분지에 쌀밥처럼 쏟아지는 눈보라,

　　계룡산과 식장산을 끊는다 눈발 속엔 경계가 없다 밥이 없다 사랑도
없다

　　밟히기 전에 발등을 덮는, 털어 내기 전에 스스로 털리는 눈보라여
〔……〕

　　너는 바깥에 있다 바깥에 있어서 病이 없다 속도가 없다 경계가 없
다 바깥이라는 말도 없이 스스로 바깥인 눈보라

　　수직의 힘이 버겁다 감당할 수 있을 만큼의 질량으로 아무렇게나 아
무데나 몸을 처박는 눈보라여,

　　처박혀서, 복사꽃 무늬처럼 자작나무 물관처럼 자유롭게 네 몸을 만
들고 있는 눈보라여　　　　　　　　　　　　　　　　　 ──「눈보라」 부분

　이 시의 '눈'은 경계도 없고, 쌓이지도 않으며, 자기를 버리면서 자
유롭다. 맹렬히 하강하는 기세에도 불구하고 소리 한 점 없이 조용하
다. 어떻게 그럴 수 있을까? 시인이 보기에 그것은 "바깥"에 있기 때
문이다. "바깥"에 있어서 속도도 없고 사랑도 없다. "바깥"에 있으므

로 자유롭게 제 몸을 만들 수 있다. "울분을 고요로 바꾸는" 눈의 원리는 스스로를 "바깥"에 둔다는 것, 정확히 말해, 스스로가 스스로의 "바깥"이 되는 것, 바로 그것이다. 이것이 눈의 힘이다. 이로부터 울분에서 고요로 나아가려는 박진성의 노력은 보다 분명한 명제를 얻는다. '자기는 자기의 바깥이어야 한다.' 만일 이러한 상태가 도달 가능하다면, 더 이상 "병(病)[은] 없다." 이는 병이 사라진다는 뜻이 아니라, 병이 더 이상 '나'를 괴롭히는 고통의 근원일 수 없다는 의미이다. 병은 있으나, 병이 아닌 것이다. 그렇다면 자신이 자신의 바깥이라는 것은 무슨 의미일까? 이에 대한 답은 고흐에 관한 일련의 연작시에 담겨 있다.

박진성은 광기에 사로잡혔던 고흐의 말년과 달리 명징한 의식과 침착한 자기 성찰, 외부 세계에 대한 섬세한 관찰이 의외로 여겨질 만큼, 평안과 평정의 전형으로 고흐를 재현한다. 이는 그가 고흐에게서 광기의 순간보다 "발작 후의 울분, 울분 지나간 자리의 고요"를, 그러한 고요에 힘입어 "아픈 것들이 내뿜는 환한 빛"(『목숨』, p. 100)을 읽기 때문이다. 아니, 그렇게 읽고 싶은 것이다. 모든 응시는 본질적으로 자기 응시이다. 고흐는 일종의 거울이며, 시인은 거기에 비친 이상적 자아의 모습을 고흐에게 재투사한다. 그가 도달하고 싶은 지향점이 고흐에 의해 선취되고 있는 셈이다. 그렇다면 우리가 주목해야 할 것은 이상화된 이미지로서 형식화된 고흐가 아니라, 그러한 고흐를 통해 지시되는 고요의 방법과 내용일 것이다.

「발작 이후, 테오에게」「크리스틴을 그리며, 테오에게」「밀밭에서, 테오에게」 등 고흐가 테오에게 보내는 편지글의 형식을 띤 이들 시편은 두 가지 면에서 공통된다. 하나는 광기로 고통 받는 고흐가 자기 자신을 자신의 병 바깥에 두고 있다는 점이다. 발작의 정체와 결과, 그로 인한 피로와 탈진 등이 자기와 무관하다는 듯, 그는 병에서 떨어져 나와 자기의 느낌·생각·희망·꿈, 그리고 그려야 할 그림에 집중한다. 그의 광기는 그의 그림을 간섭하지 않는다. 이러한 상태는 광기가 경시되거나 무시되기 때문이 아니라, 오히려 그것이 자신의 육체와 정신으로 인정되기 때문에 가능하다. 그렇지 않다면, "오후에 발작, 지금은 비가 내리고 있다/간호사들은 대체로 친절하지만/캔버스를 자꾸만 치운다 팔레트와 물감도/훔쳐간다 도대체/그림 그리는 일 말고 내게 무엇을 바라는 건지"(「발작 이후, 테오에게」)와 같은 담담한 진술은 불가능하다. 병을 외부의 침입이나 침탈이 아니라 자기 내부의 발현으로 이해하고, 그러한 내부의 출현에 종속되지 않는 '나'의 부분을 외재화하는 과정이 고흐에게는 그림을 그리는 일이다. 박진성에게는 아마도 이것이 고흐를 통해 전망된, 울분이 고요에 이르는 첫번째 단계일 것이다.

이들 시편에 나타나는 또 다른 공통점은 고흐가 자신을 자기의 바깥, 즉 타자가 거하는 장소로 인식한다는 점이다. "소용돌이치는 저녁하늘 관통하는 새들은/머리나 심장에 부딪칠 것만 같"고, "밀밭의 수런거림은 내 오른쪽 귀를 통과해서/갈가마귀의 노래로 태어"(「밀밭에서, 테오에게」)날 듯하다. 그리고 "욱신거리는 오른쪽 귀"의 아픔은 "매혹으로 빛나"(「론강의 별밤, 테오에게」)는 별들의 고통과 상호 조응한다. 마치 '나'와 병이 함께하듯, 자기와 타자가 동시적으로 병존한다. 이는 자아를 타자에게 동일화하는 자아의 타자화도, 타자를 자아에게 동일화하는 타자의 자아화도 아니다. 전자든 후자든, 이러한 동일화 방식은 질적 변화의 중심을 어느 한쪽에 놓기 마련이다. 박진성이 고흐에게서 발견코자 하는 것은 그러한 중심이 없는, 중심을 버린, 자아와 타자의 공존이다. 굳이 표현하자면, 자기의 '외부화,' 타자의 '내부화'이다. 혹은 자기 '안'이 타자이고, 자기 '바깥'이 자기인 상태. 박진성이 보기에 고흐의 고요는 이 지점에서 완성된다. 자기 고통의 소멸만을 바라는 고립된 욕망에서 벗어나 '나'의 아픔과 타자의 아픔을 병치해 그러한 고통 '들'을 공유하려는 노력이야말로 "울분을 고요로 바꾸는 힘"이며, 고흐의 고요에 내포된 궁극적 내용이다. 그리고 이것이 살아 있음의 엄정한 원칙으로서 박진성이 스스로에게 요구한, '자기는 자기의 바깥이어야 한다'는 윤리적 명제의 핵심 내용이다.[5] 박진성의 고요는 관조나 달관이 아니다. 그의 고요는 삶이 너무나 쉽게 무화(無化)되는 의미 부재, 가치 부재의 세계에서 목숨을 삶 쪽으로 견인하는 내면의 역동적 힘이다. 그것은 삶의 고유한 윤리 규칙을 자진해서 요구하고, 자신이 세운 원리에 따라 충실하게 세계와 대응하는 자발적 실천 방식이다. 바로 그러한 고유성, 개별성, 자발성으로 인해 그것은 예술(시) 행위를 가능케 하는 원동력이 된다.

---

5) 이러한 맥락에서 본다면, 시인이 자신의 가계(家系)를 어머니에서 할머니로 이어지는 모성의 계보에서 재발견한 사정도 이해 가능하다. "아버지의아버지의아버지의아버지……"로 거슬러 오르는 남성 중심의 가계도가 소외한 여성의 계보는 시인이 자신을 자기 외부에 두는 순간 발견하게 된 '내 안'의 타자였던 셈이다. 그리고 자기 내부의 여성을 발견하는 데서 더 나아가, 그는 모성의 내면화를 시도하는데, 시인의 이러한 시도는 우리 시에서 매우 예외적인 상상력을 낳고 있다. 즉 아버지를 '낳는' 아들의 출현이 그것이다. "아버지, 불쌍한 내 자식,"(「나는 아버지보다 늙었다」)이라는 발상은 병이 아버지보다 아들을 죽음에 더 근접하게 한다는 점에서 착안된 것이지만, 아버지의 고통을 '내'가 낳은 자식의 고통으로 환원하여, 흡사 아들의 아픔을 대신하여 앓는 어머니처럼, 모성적 포용으로 감싸려는 몸짓은 생명의 출산을 바탕으로 하는 여성의 계보를 내면화하지 않고선 불가능한 상상이다. 남성 주체이면서 여성적 기원을 전유하는 박진성 시인의 이 같은 상상력은 앞으로 주목을 요하는 부분이다.

고흐에게도, 박진성에게도, 고요가 내면화되지 않는 한, 예술은 불가능하다.

이제 고흐는, 아니 박진성은 "고통스러운 것들은 저마다 빛을 뿜어내고"(「론강의 별밤, 테오에게」) 있음을 깨닫는다. 고통도 빛을 낸다는 이러한 통찰은 시인으로 하여금 "공병(共病)"(「自序」)의 가능성과 긍정성을 신뢰하게 한다. "공병"의 원리와 미학에 한 걸음 더 다가갔으니, 울분이 고요로 바뀐 정점에서 고흐의 명작들이 탄생했듯, 박진성의 시도 최선의, 최상의 "환한 빛"을 뿜게 되길 기대해도 좋지 않을까? 고흐를 옥조(玉條)로 삼았으니, 당분간 박진성 시인은 자신의 병을 고집할 것이다. 하지만 '병시'의 시학이 보여주는 복잡하고 난해하고 위태로운 길들은 자신의 시적 과제를 두고 고투하는 시인의 정직성을 고스란히 체현하고 있다. 이것만으로도 우리는 시적 진정성에 '목숨을 건' 시인 하나 얻게 되었다고 생각해도 좋을 듯하다. 다만, 그가 자신의 목숨만은 '목숨 걸지' 않았으면 좋겠다. 단명(短命)한 시인의 목록이 우리에겐 너무 많으니 말이다. 그래서 당부의 말 대신 시인에게 부친다. 그의 건강에 힘찬 건배를!

늑대는……, 사라진다

─이현승의 시

  늑대는 통틀어 두 번 나타난다. 한 번은 식탁에, 다른 한 번은 아이스크림에. 그런데 어찌 된 영문인지 단 두 차례 출몰한 늑대가 시집 전체를 장악하고 있다. 왜일까? 물론 사자, 악어, 개, 고양이도 등장하지만 늑대의 본성을 부분적으로 외면화한 것들이니 늑대의 다른 변용이라 해도 무방하다. 그런데 오해해선 안 될 것이 있다. 이곳의 늑대는 우리가 익히 아는 자연의 동물과 별 상관이 없다는 점이다. 그러니 깊은 밤 달을 보며 섬뜩하게 울부짖는 공포의 야성이나, 번뜩이는 어금니를 드러내며 사냥감을 노려보는 육식의 본능을 떠올리려 애쓰지 않아도 된다. 아니, 이렇게 말하는 것은 지나친 단순화일지 모른다. '늑대'라는 단어는 지시 대상과 관련된 오랜 언어적 관습들 ─동화나 전설 속에 나오는 낯익은 형상들, 가령 늑대인간의 잔인성, 빨간 망토를 잡아먹는 끔찍한 식욕, 돼지 삼형제의 집을 부수는 못된 심술, "늑대가 나타났다"고 외치던 양치기 소년의 결말까지─로 인해 시어의 본래 의도와는 다른 별도의 이미지와 상징성을 갖고 있으

200

며, 그로 인해 발화 순간 기호의 향기라 할 만한 고유의 분위기를 형
성한다. 동물적 식욕의 제유인 '식탁'과 함께 늑대가 등장하는 까닭도
이러한 상징 기호로서 언어의 특수성이 감각된 사정과 무관하지 않을
터이다. 하지만 이현승의 늑대는 '늑대'라는 기표가 환기하기 마련인
관용적 심상을 거의 보유하고 있지 않다. 오히려 습관화된 상(像)과
불협화를 일으키며 기표와 기의 간의 익숙한 결합을 깨뜨린다. 자연
의 늑대를 떠올릴수록 시의 늑대는 점점 더 알 수 없는 수수께끼가
되어간다.

답은 아이스크림에 있다. 이런, 아이스크림이라니? 달콤하고 시원
한, 감칠맛 나는 그 아이스크림 말인가? 늑대의 비자연성만큼이나
아이스크림의 난데없는 지목은 엉뚱하고 뜬금없다. 하지만 늑대와
아이스크림의 환유적 친연성과 등가성은 이 시집의 중요한 모티프이
자 시인의 핵심 화두 중 하나이다. 따라서 우리는 이 알쏭달쏭한 함
의를 풀 필요가 있는데, 이를 위해서는 먼저 '도망'을 이해해야 한다.

도망을 이해하려면 말야

아이스크림을 봐

표정을 바꾸는 변검술사의 손놀림처럼

재빠르게, 혹은 보이지 않을 만큼 미세하게

무언가가 빠져나가고 있지

아이스크림이 녹지

아이스크림은 포효하고

아이스크림은 분노하고

아이스크림은 자살 협박을 하고

아이스크림은 녹아내려

아이스크림은 도망을 이해할 수 있지
동물원을 탈주한 늑대처럼
아이스크림은 도주하지
아이스크림은 사라지지
가령, 날렵한 혓바닥은
흔적을 지우면서 헤엄치는 물고기들의 꼬리 같아
도망을 이해한다면 당신은 늑대   ―「아이스크림과 늑대」 부분

"도망을 이해한다면" 우리는 "늑대"다. 왜냐하면, "늑대는 늘 도망 중"(「늑대가 나타났다」)이기 때문이다. 그러나 '도망'을 이해한다는 것은 쉬운 일이 아니다. 그래서 시인은 '도망'의 시각적 형태를 제시한다. 그것이 바로 아이스크림이다. '아이스크림'은 그것의 실제 성질이나 질적 속성, 그에 따른 가치 등등을 상징화하기 위해 취한 내용적 어휘가 아니라 특정 상태의 현상학적 변화, 다시 말해 개별 사건이 시간적으로 실현되었을 때의 형태화를 지시하는 형식적 기표이다. 그러므로 아이스크림이라는 주어(실체)보다 그 주어에 잇따른 술어(형태)가 의미화의 주된 대상이자 목적이다. 사정이 이러한데, 기의로서의 아이스크림에 우리의 연상이 붙박여 있다면, 늑대와 아이스크림의 등가적 연관은 상식적으로 납득하기 어려운 난제가 된다. 늑대도, 아이스크림도 존재론적 실체를 표상하는 지시적 기호가 아니다. 그것은 형태 변화의 술어를 앞서 환기하는, 통사론적 징후로서 술어에 선행하는 일종의 수사적 부가물이다. 그러니 주목해야 할 대목은

시의 술어들이다(물론 이 술어들이 시각적으로 이미지화되는 데 가장 큰 영향을 미치는 것은 아이스크림과 늑대의 '실제' 형상이다). '빠져나가다' '녹다' '포효하다' '분노하다' '협박하다' '녹아내리다' '도주하다' '사라지다' 등등……

그런데 이 동사들은 자동사형 동작태이므로 늑대와 아이스크림을 의인화하는 기능을 할 뿐만 아니라, 시의 마지막 구절인 "아이스크림처럼, 또 늑대처럼 나는 사라지지"에서 나타나듯, 늑대와 아이스크림을 '나'의 또 다른 은유로 만든다. 하지만 수사학적 관계가 그러할 뿐 실제로 나, 늑대, 아이스크림을 동일한 은유적 체계로 묶기엔 이들 간의 유사성이 매우 희박하다. 만일 이들을 통일된 의미 연쇄로 묶어주는 거멀못이 있다면, '사라지다'라는 술어가 그것이다. '빠져나가다' '녹다' '녹아내리다' '도주하다'는 모두 '사라지다'와 문맥상 동의 관계에 있다. '포효하다' '분노하다' '협박하다'는 '나'의 은유인 '아이스크림'과 결합되어 있으므로 '나'의 숨겨진 술어로 재맥락화되는데, 나·늑대·아이스크림을 최종적으로 상관시키는 중심 술어가 '사라지다'임을 고려할 때, 이들 동사들은 '사라지다'의 뜻을 간접적으로 보완하는 형용사적 보충물로 계열화된다고 볼 수 있다. 결국 늑대와 아이스크림, '나'를 통사론적으로 매개하는 것은 '사라지다'라는 술어인 셈이다. 늑대가 아이스크림에 나타날 수 있었던 것도 이런 연유에서이다. 늑대도 사라지고, 아이스크림도 사라진다. 이것이 이 둘을 연관시키는 형태적 논리이다. 이 사라짐은 각각의 시편을 건너뛰며 시의 배면에서 계속 이어지는데, '사라지다'의 이러한 지속성은 녹아내리는 아이스크림을 들고 서 있는 소년에게서 시작되어 "이 길 위에서 사라질 아이"(「우는 아이」)로 끝막음되는 첫 시에서부터 이미 깊이 각인되어 있다. 게다가 "늘 도망 중"인 늑대의 상태는 '도망'과 '사라지다'를 동의어로 상호 치환하면서 이 두 술어를 시집 전체를 관통하는 가장 강렬한 이미지로 만든다. 이로써 단 두 번의 출현에도 불구하고 전체 인상을 좌우하며 생물학적 종과는 전혀 다른 형상으로 어슬렁대던 늑대의 수수께끼는 어느 정도 복잡한 베일을 벗은 셈이다.

늑대의 현상학이라 칭할 수 있는 '사라지다'의 이러한 연쇄적 의미망은 이현승의 시를 다채롭고 흥미롭게 만드는 내적 논리이자 그만의 독특한 시작(詩作)을 가능케 하는 내밀한 원리이다. 그것은 대략 세 가지 층위에서 실현된다. 우선 '사라지다'는 이 세계에 존재하는 것들의 일반적 양태를 표상하는 술어이다. 모든 존재는 사라진다. 어떤 존재도 이를 피할 수 없다. 이현승 시의 주제는 대체로 이러한 명제로 집약된다. 그런데 이것은 너무 당연한 사실 아닌가? 문제는 존재의 사라짐이 언젠가는 일어날 먼 미래의 사건이 아니라, 이제 곧, 금방이라도 벌어질 사건이라는 점이다. 존재는 사라지기 '직전(直前)'의 상태에 있다——이러한 '직전'의 급박한 찰나를 시인은 "폭풍"이라 부른다. "깨져나갈 듯한 두통과 모든 것을 다 역류시키고 싶은" "폭풍 폭풍 폭풍"(「피터팬과 몽상가들의 외출」)의 순간. 그것은 막 녹아내리기 시작하는 "아이스크림의 시간"이기도 하다——아주 가까운 미래에 그것은 완료될 것이다. 그런 점에서 이현승 시의 존재들은 전미래futur antrieur의 시간에 속한다. 지금 사라져가는 중이고, 조만간 사라질 것이므로. 따라서 '사라지다'는 존재의 실존성이 진행되어가는 시간의 양태를 표상한다. 이것이 '사라지다'라는 술어에 내포된 두 번째 내용 층위이다.

시인은 존재의 이러한 시간 형식을 "미래의 소년"(「미래의 소년」)

이라는 말로 표현한다. 그에 따르면, "미래의 소년"은 매일 한 마리씩 "도마뱀의 꼬리"(「미래의 소년」)를 구워 먹는다. "도마뱀의 꼬리"는 하루 분량의 시간을 뜻하는데, 그는 "도마뱀의 꼬리"를 먹으면서 시간을 취한다. 현재보다 조금 앞서 하루 치의 시간을 소화시키는 시간, 그것이 "미래의 소년"이다. 그는 말한다. "나는 미래의 소년으로서, 미래에도 소년으로서/그러니까 삼백예순다섯 번째의 꼬리를 한 열 번쯤 먹기 전에/어른이 되기 전에//안녕 나는 미래의 소년이야"라고…… "미래의 소년"은 지금보다 조금 앞선 시간에 거하면서 현재를 지운다. 그런 까닭에 소년의 표상은 언제나 잇따른 '사라짐'으로 나타난다.

'사라지다'가 존재 일반의 양태이며 전미래의 시간성을 띤다는 점 때문인지, 이현승 시의 인물들은 어딘가 위태롭고 아슬아슬하고 안타깝고 쓸쓸하다. "얼음 조각처럼/녹아내리고 있는 아이/이 길 위에서 사라질 아이"(「우는 아이」)처럼. 그리고 조금씩 서서히, 돌이킬 수 없게 투명해진다.

> 소년의 손에는 아이스크림이 들려 있고
> 아이스크림은 녹아내려 소년의 소매를 적시고 있다
>
> 우리는 거리에서 노래하고
> 거리에서 아이스크림과 맥주를 마시고
> 거리에서 사랑을 하고 잠을 자고
> 그리고 거리에서 죽는다
> 서로의 몸속을 보여줄 만큼

거리는 이제 아주 사적인 공간이므로

투명인간들이 활보하는 거리에서

소년은 눈물을 훔친다
—「우는 아이」 부분

노래하고, 먹고, 마시고, 사랑하고, 잠자는 것, 사라지기 '직전'의 이 모든 행위는 죽음으로 끝날 것이며, 우리는 곧 투명인간이 될 것이다. 그러니 소년의 눈물은 필연적이다. 투명인간으로의 변이는 그에게도 닥칠 사태인 까닭이다. 녹아내리는 아이스크림의 운명, 이것이 우리와 소년의, 그리고 세계와 존재와 시간의 운명이다. 모든 것이 아이스크림이라는 이 어처구니없는 진실이야말로 이현승의 시에 짙게 밴 허무와 비애의 본래적 출처이다.

이러한 존재의 운명과 그것을 관할하는 전미래의 시간성을 고유의 언어 형식으로 자기 반영한 시 형태야말로 '사라지다'라는 원리가 미학적으로 적용된 세번째 층위에 해당한다. 이현승의 시는 발화의 맥락이 자주 상실되어 "말의 꼬리를 놓치고 마는"(「꼬리」), 맥락의 연속성이 흡사 대기 중의 수증기처럼 순식간에 증발되는 구조로 되어 있다. 누군가 우리 귓전에 말을 꺼내자마자 앞의 말이 뒤의 말을 지우고 그 다음 말이 이전의 말을 지우는 듯하다. 시인의 말을 빌리면, "말과 생각 사이로 마녀가 들어오는 바람에" "일종의 도루 같은" "비약적인 점프"(「꼬리」)가 일어난다. 비유컨대 이현승의 "말의 꼬리"는 '마녀의 꼬리'이다. "시장통으로 유유히 사라지는 용의자처럼/〔……〕/삼십 분의 일 프레임으로 지나가는 코카콜라 광고처럼"(「꼬리」) 언뜻 보였다 없어진다. 시의 전언은 그 '꼬리'를 따라 발화의 맥락을 파악하기도 전에 변죽을 울리곤 사라진다.

비가 잦은 밤의 거리를 걸으면서 생각했어요

불행하게도 항상 하나씩이 모자란 것에 대해서

식은 맥주처럼, 꼭 부족한 하나가 있어요

술을 빼놓고 엉클 톰을 생각하거나

엉클 톰을 빼놓고 술을 생각하거나

그건 마치 줄무늬를 빼고 얼룩말을 생각하는 것과 같죠

결정적으로 하나가 빠진 조합에 갇히는 거죠

절정의 상태에서 더그아웃을 지키는 투수와

신나게 두들겨 맞고 더그아웃을 바라보는 투수의 눈빛

그래 조금씩은 이상한 것 같기도 해요

늘 걸어다니거나 헤엄치는 오리들

냄새나는 천변을 오리들과 함께 걷는다고 생각하면

—「맥주와 가장 잘 어울리는 것들」 부분

변죽 울리기는 시의 장르적 특징 중 하나다. 시의 압축성과 함축미는 가장자리를 두들겨 북 전체를 울리듯 언어의 경제성을 최상으로 도모할 때 성취된다. 그런 점에서 이현승의 "말의 꼬리"를 감추는 발화 방식 혹은 "가장 멀리 에돌아가는"(「배드민턴 다이얼로그」) 화법은 시적 언어가 추구하기 마련인 간접화의 원리를 충실히 따른 것이다. 하지만 위의 경우처럼 뜻을 파악하기 힘든 선문답이 이어지는 듯한 독백의 연속은 의미를 응축하여 강조하는 전통적인 변죽 울리기와 달리, 공허한 언어유희의 형태를 띠면서 맥락을 알 수 없도록 어의를 흩뜨리고 분산시켜 시를 무의미에 가깝게 만든다. 변죽 울리기를 변죽 울리고, 시치미 떼기를 시치미 떼는 셈이다. 이는 다분히 의도적이며 고도로 계산된 것이지만, 발화된 말 그 자체는 이와 달리 대단히 즉자적이다. 계획된 의도성과 무의식적 즉자성의 이러한 모순적인 공존은 "말의 꼬리"들로 이루어진 이현승의 언어유희에 형용하기 힘든 신비를 부여한다. 아우라의 즉각적인 현현처럼, 근접하기 어려운 미묘한 분위기를 형성하는 것이다. 그러나 그것의 정체는 알 수가 없다. 기성의 가치를 부여받지 못한 것들은 의미없는 세목으로 현상되며, 그런 예는 도처에 미만해 있다는 사실을, 그리고 그러한 사실의 새삼스러운 상기가 정체불명의 우울한 분위기를 자아낸다는 점을 드러낼 뿐이다. 만일 이러한 스타일에 이름을 붙인다면, 지극히 사소한 것들의 나열로 극단의 엉뚱함을 추구하는 미니멀리즘이라고 할 수 있지 않을까? 이현승의 시는 변죽을 울리며 끝나는 해체적 미니멀리즘에 가깝다. 사소한 세목을 맥락의 중심으로 만드는 미니멀리즘과 달리, 그것은 철저히 탈맥락화·탈의미화·탈중심화를 추구하는 미니멀리즘이다. 그리고 이러한 스타일의 밑바탕에는 이 세계를 대하는 시인의 도저한 무상감이 가로놓여 있다.

　하지만 이 짙은 니힐의 감각만으로 그를 허무주의자로 규정할 수는 없다. 이현승은 자신의 뿌리 깊은 덧없음의 심사가 무엇으로부터 기인하는지를 알고 있다. 존재도, 시간도, 언어도 사라짐의 운명을 벗어날 수 없다는 사실이 불변의 진리 명제가 되어 자신의 내면을 지배하고 있음을 감지하면서, 이러한 의식으로는 "참혹해할 필요 없다"(시인의 말)는 자기 다짐을 수행할 수 없음을 직감한다. 그렇다면 어찌할 것인가?

나는 사라지는 자
삼투되는 것들의 친구
휘발되는 모든 것들의 아버지.

뜨거운 대지의 날숨과 담배 연기가 뒤섞이듯
우리는 서로 다른 출구에서 나왔지만
같은 입구를 향해 달려갑니다.

상투적이고 반복적인 벽지 무늬처럼
우리는 언제라도 결합될 수 있어요.
그러므로 나는 어두운 저녁의 그림자
당신의 시야 뒤편으로 흐르는 자
나는 태양의 반대자로서
태양을 등지고 잎맥 속으로 스미듯이
모든 비밀의 목격자로서
나는 대지의 날숨에 담배 연기가 뒤섞이듯이.

〔……〕
나는 유령처럼 활보하는 자
나는 햇빛, 나는 수증기, 나는 물방울.
비로소 당신의 내부에 있습니다.   ─「도망자」 부분

'도망'은 여태껏 '사라지다'의 동의어였으나, 이 시에서 '도망'과
'사라지다'는 새로운 다의성을 획득한다. 그것은 이제 '삼투되다' '뒤

섞이다' '결합되다' '흐르다' '스미다'의 다른 말이다. 전미래의 사건으로 완료되는 줄 알았던 '도망'은 이후의 사건을 예비하는 가교로서 존재의 시간을 불확정적인 미래를 향해 열어주는 계기가 된다. 삼투되고, 결합되고, 흐르고, 스미고, 뒤섞이는 것, 이것들은 '도망' 이후의, '사라지다' 이후의 사건들이며, 고정된 형태와 속성을 지니지 않는다는 점에서 미정(未定)의 시간과 사건으로 부단히 움직인다. 그런데 '도망'의 의미 전환보다 더 주목을 끄는 것은 이 같은 '이후'의 시간성이 어떻게 파생될 수 있었을까 하는 점이다. 그것은 존재와 의식이 '나'로부터 '당신'으로 확장된 데서 비롯한다. 고립된 단독자로서의 '나'는 '당신'이라는 새로운 지평을 상정한다. 그리고 '나'의 거처는 "당신의 내부"로 옮겨간다. 이는 '나'의 본질이 사라지는 늑대, 즉 "도망자"라는 데서 유래된 변화이다. "유령처럼 활보하는 자"가 아니라면 "당신의 내부"로 흘러들어가는 일은 불가능하기 때문이다.

'도망'의 최종 목적지가 "당신의 내부"라는 이러한 등식은 타자와의 만남이 궁극의 시적 비전임을 설파하는 듯하다. 하지만 시의 내용과 주제, 이를 전달하는 방식 등이 왠지 모르게 낯설고 생소하다. "당신의 내부"로 스며드는 '나'의 변전은 지금까지의 시적 논리에 비추어 볼 때 어떠한 인과성도 필연성도 없는 예외적인 사건으로 보이는 까닭이다. "나는 사라지는 자/삼투되는 것들의 친구/휘발되는 모든 것들의 아버지" "나는 유령처럼 활보하는 자/나는 햇빛, 나는 수증기, 나는 물방울" 등 연이은 은유의 나열도, 스스로의 정체성을 확인하듯 자신을 정의하는 어조나 태도도, 시인의 줏대 되는 스타일과 다르다. 더구나 이 시의 타자와의 조우에는 묘한 아이러니가 숨어 있다. '나'와 '당신'의 결합은 "상투적이고 반복적인 벽지 무늬" 같은 것이고, "우리"는 "바보"가 되거나 "평범함을 가장"(「도망자」)할 때 비로소 안부를 나눌 수 있다. 그렇다는 것은 타자와의 만남이 이전과 다른 기쁨이나 더 나은 삶에 대한 희망이 되지 못하며, 상호 간의 행복을 약속하지도 못함을 의미한다. 또한 "당신의 시야 뒤편으로 흐르는" "어두운 저녁의 그림자"인 '나'는 "당신의 내부"의 적일 수도 있다. '죽음'이라는 "같은 입구"를 향해 '당신'을 이끌고 갈 수도 있으니 말이다. 하지만 유동성과 휘발성이 '나'의 본질이라는 사실은 어떠한 고착화도 거부하는 최선의 존재태라는 점에서, 이 세계의 문명적 황폐와 소외를 극복할 수 있는 다른 결속의 가능성을 열어준다. 이처럼 각기 상충되는 아이러니한 내용들은 이 시에 모종의 도약이 숨어 있음을 역으로 암시한다. 요컨대 "당신의 내부"로 스며들려는 타자 지향성 및 내가 아닌 남을 자기 존재의 근거로 삼으려는 자발성 자체가 시인 편에서 추구된 자기 도약의 일환이며, 지금 이곳의 참혹을 견디고자 시도된 목적의식적인 자기에의 배려이다. 허무의 나락에서 병을 앓고 깨달은 차라투스트라처럼, 시인은 지상으로 떨어져 내릴지라도 자기 긍정을 위한 주사위를 머리 위로 던져 올리고 있다.

이러한 의도적인 자기에의 배려는 시인으로 하여금 인간과 사물을 향한 긍정의 시선을 보유케 한다. 이현승 시의 진정한 매력은 참혹에 대응하기 위한 이 같은 방법적 긍정이 매혹적인 유머와 위트를 생성한다는 데 있다. 시집의 처음부터 끝까지 그는 결코 따뜻하고 은근한 유머를 놓지 않는다. 이 세계에 대한 절망과 허무, 짙은 무상감에도 불구하고, 타고난 천성처럼 우러나오는 그의 은은한 재치와 끈기 있는 여유는 "공포 속에서도 웃는 사랑"(「간지럼증을 앓는 여자와의 사랑」)이 어떤 것인지를 우리에게 보여준다. 그것은 "공포 속에서" 나온 것이기에 그만큼 단단하고 굳건하다. 공포 가운데서도 잃지 않는 웃음에 대한 꿈, 그는 이 꿈에 대해 스스로 결의하듯 말한다. "강력한 이빨을 가진 자만이, 가령 악어나/사자만이 유머를 가질 수 있다 물어봐/물어봐 하다가 정말 꽉 물어버릴 수 있는,/물어버릴지 모르는 자들의 것"이 유머라고, 그러니 "당신이 아직 유머를 갖지 못했다면, 감히 권한다/단련될 것을, 푸르뎅뎅한 독이 살 속으로 파고들 때까지"(「찰리의 저녁 식사」), 그렇게 단련되고 또 단련될 것을…… 자, 이제 이 집요한 단련의 결과를 보러 가자. 어디로? "태양세탁소"로. 그곳에서 시인 이현승이 주조한 '긍정의 긍정'의 빛, "주름의 왕"을 만나자. 그가 우리의 모든 참혹의 주름을 펴줄 것이니!

태양세탁소는 옷들이 천장이지. 언젠가
저 가게의 주인은 난쟁이일 거라 생각하기도 했네.
그러다 보았지. 오토바이를 탄 반(半)대머리의 사내가
세탁물들을 한쪽 어깨에 걸친 채
날렵하게 한 손 운전으로 나드는 것을.
개선장군처럼 사내가 지날 때마다
골목에 늘어선 능소화도 주름치마처럼 나부꼈네.
〔……〕
이마에 주름이 살짝 앉기 시작하는 사내는
그냥 볼품없고 왜소한 체격의 몽골리언인데
제법 두툼하니 살집 좋은 사내의 아내는 철딱서니 모양
오줌 누듯 쪼그리고 앉아 사내의 뒤통수를 바라보고
그러면 가오리처럼 납작한 사내의 다리미는

뜨거운 김을 뿜어올리며 신이 나 더욱 분주하네.

사내의 손에서 주름은 날을 세우기도 하고 잠자기도 하지.

어느 모로 보나 사내는 주름의 왕이라 할 수 있네.

적어도 이 골목에서는 어떤 주름도 사내를 당할 수 없지.

구김살 없는 옷들이 이력처럼 내걸린 세탁소의

태양 또는 주름의 왕.　　　　　　　　　　　　　　—「주름의 왕」 부분

두 겹의 저녁 시간
─김중일의 시

세상에 망막이 두 개인 사람이 있을까? 그런 사람이 있다면 그는 기형이겠지만, 김중일 시인에게 두 겹의 망막은 축복이자 미덕으로 보인다. 공존 불가능한 사물과 풍경을 한데 겹쳐놓거나 서로 다른 존재를 하나로 접목하는 시인의 눈은 신비롭고 환상적인 초현실의 세계를 펼쳐 보이며 우리를 알지 못하는 도시의 끝으로, 먼 우주의 동쪽으로 이끈다. 그곳은 하늘의 구름이 빵처럼 구워지고, 잃어버린 해바라기를 되찾기 위해 마을 사람들이 출정을 서두르며, 생포된 혈맹당원들이 제국의 지하에서 처형을 기다리는 곳이다. 하지만 그곳은 어딘가 우리의 세계와 많이 닮아서 예전의 광경을 다시 보는 듯한 묘한 기시감(旣視感)을 불러일으킨다. 시인의 눈 안쪽에 감싸인 두 겹의 망막이 흡사 입체파 화가의 그림처럼 대상을 다초점화하여 몽타주하고 인간 시야의 물리적 한계를 넘어선 투시력이 다른 차원의 시공간을 하나로 접합하는 까닭에, 그의 시를 읽는 내내 낯익은 과거와 현재, 추측 가능한 미래를 동시에 접하면서 시간의 계기적 구분이 모호해지는 몰(沒)시간, 무(無)시간의 세계를 함께 경험하게 되기 때문이다.

　이것과 저것, 여기와 저기, 이전과 앞날, 나와 너를 하나로 포개는 이러한 특이한 시력(視力)은 김중일의 많은 시편들을 이중창(窓)의 구조로 만드는데, 그것은 "꿈속의 내가, 캄캄한 꿈을 꾸고 있"는, "밤새 꿈과 꿈"이 "서로를 거울처럼 되비추며 고요히 마주 보고 있"(「슬픈 모자를 쓰고 잠들다」)는 형상으로, "거대한 마술상자" 속에 "작은 마술상자"(「마술사와 모자」)가 들어 있는 형태로 나타난다. 이러한 겹-구조는 바깥 경치가 오버랩되거나, 도플갱어 혹은 쌍생아의 반편이 나타나 자기 짝을 마주 보는 상태로 극화되기도 한다. 그런데 이는 자기의식의 분열상을 보여주기 위한 수사적 장치에 머물지 않고 존재 간의 상호 침윤과 잠식의 순간을 현시한다는 점에서 자기반성의 단순성과 평면성을 넘어선 입체성과 시간성을 획득한다.

　예컨대 'K'와 'k', 'K'와 'Y'의 만남은 자기 고유의 시간이자 자기 밖의 시간이 각기 다른 모습으로 조우하는 순간이자 어지러운 시간의 혼합이 투명하고 거대한 소용돌이를 일으키는 순간이라 할 수 있다. 나와 너의 대면은 따라서 개별자와 개별자 사이의 부딪힘이 아니라 이질적인 시간 간의 상호 침투라 할 수 있다. 개체와 개체의 마주 섬이 이렇듯 그들 고유의 시간으로 삼투되는 때를, 자아가 스스로를 복수(複數)의 존재로 인식하고 타인이 서로를 또 다른 시간으로 감지하는 이때를 시인은 "너와 내가 아주 오랜만에 마주 앉은 저녁/자전하는 거대한 테이블/그 위에서 너나 나나 어지간히도 지독해지는/두 겹의 저녁"(「두 겹의 저녁으로 보는 테라스」)이라 칭한다. 그것은 "공범처럼 서로를 마주 보며,/시체를 유기한 땅을 다지고 다지고 다지듯

/이상야릇한 울분으로”(「창문 한 접시가 놓인 식탁」) 가득한 시간이기도 하다. 그리고 이 잠깐의 “붉은 저녁”(「창문 한 접시가 놓인 식탁」)은 강렬한 사막의 이미지로 현현되면서 정점에 달한다.

이미 투명해진 나의 몸통은 붉은 저녁 속으로. 다 빨려들어가고. 테이블 위에 끝없이 펼쳐진 붉은 사막을 불타는 네 발로 타박타박 걷고 있는 너. 오 너의 정체! 정말 예쁘구나. 보기 좋아. 보기 좋구나! 사라진 내 성대에서 모래바람과 뒤섞여 쉭쉭거리며 빠져나온 목소리. 너를 향한 마지막 속삭임을 내뱉은 내 입술도 저녁 속으로 완전히. 다 빨려들어가고.

처음 침대에서 나를 유혹했던 밤처럼. 네 발로 선 너. 온몸은 보드라운 붉은 털로 뒤덮여 있고. 이제 지구만큼 넓어진 우리의 둥근 테이블은 자전하듯 빙글빙글. 어지럽게 어지럽게. 그 위를 비틀거리며 끝없이 걷는. 너의 등 위로 어느새 불룩하게 솟아난. 두 개의 혹. 나는 그 위로 헐떡거리며 올라탄다. 이제 완전히. 투명해진. 허공이 된. 몸뚱어리로.
　　　　　　　　　　　　　　　　 ─「두 겹의 저녁으로 보는 테라스」 부분

타인과의 만남이 물리적 경계를 넘어서게 되는 격렬한 비약의 찰나를, 그들의 시간이 예기치 못한 사고의 발발처럼 미지의 영역으로 용해되어 빠져나가는 불가사의한 체험을 붉은 사막의 개시(開示), 동물적 육체의 발기, 메마르고 건조한 열감, 하나로 엉겨 붙는 낙타의 이미지를 통해 형상화한 위의 장면은 타자와의 대면이라는 사건이 죽음의 그늘을 거느리고 무시무시한 공허를 내장한 채 불시에 우리의 일상과 삶의 복판으로 틈입하는 과정을 선명하게 보여준다. 너와 내가 마주 앉은 '둥근 테이블'과 좁은 '테라스'는 이 치명적 비약으로 인해 지구만큼 넓어지고, "고대(古代)의 허공"(「인간의 직립과 인사의 기원」)에까지 잇닿는 까마득한 시공(時空)이 된다. 하지만 여기에는 서로의 존재를 확인한 기쁨과 환희보다 아득하고 끝없는 무한의 적막만이 가득하다. 현재의 침식과 하강이 있을 뿐, 새로운 탄생과 출발, 시작이 이곳에는 없다. "완전히. 투명해진. 허공"이 시간 자체를 삼켜버리니, 이것은 '초록의 공포'(이상, 「권태」)에 버금가는 투명의 공포이다. 얼굴을 마주한다 해도 나와 너는, 우리는, 어찌할 도리 없이 투명해질 뿐이다.

'두 겹의 붉은 저녁'에는 이렇듯 우리의 실존적 한계를 초월할 수 있는 가능성의 시간이 내포되어 있지 않다. 'K군'이 울적한 까닭은 이 때문이다. 살고 또 살아도, 시작과 끝이 없다. 시간의 기준과 분기점이 사라졌으니 어디에도 현존의 근거와 이유를 붙박을 수 없다. 레비나스는 얼굴과 얼굴을 마주한 상황이 진정한 시간의 실현이라고, 미래를 향한 현재의 간섭이 상호 주관적 관계에 있을 때 비로소 인간들 사이의 관계가 역사 속에 있게 된다고 말하였지만, 'K군'이 살고 있는 "두 겹의 저녁"은 시간이 완전히 투명한 허공이 되어버려 미래도 역사도 자취를 감춘 세계이다. 그는 결정적으로 미래―역사―상실자인 것이다. 그래서인지 'K군'의 울적함은 죽지 않고 영원을 사는 뱀파이어의 우울과 너무도 닮았다. 그는 단지 이렇게 중얼거릴 뿐이다. "두 겹의 저녁, *그렇군 여긴/우리의 궁지였군!*"(「두 겹의 저녁으로 보는 테라스」)

미래의 소멸과 역사의 종말로 수렴되는 'K군'의 이러한 의식은 한편으로 지금 이곳을 멀고 먼 고대로 되돌림으로써 자기 성찰의 바탕과 토대로 삼으려는 경향을 낳는다. 그에게 고대는 "이미 모두의 모든 걸 다 기억하고" 있는, "모두의 원형을 기억하고"(「Sorrow shadow」) 있는 시간의 원천으로 여겨지기 때문이다. 다시 말해 고대의 시간을 존재의 원형이 기억되고 보존되는 곳으로 믿으려 한다. 하지만 시간이 사라진 곳에서 '다른' 시간을 꿈꾸기란 불가능하다. 게다가 '울적한 K군'은 두 겹의 망막을 가졌으니, 설령 그가 고대의 모습을 감각한다 해도 그것은 지금 이곳의 현실이 포개어진 이중의 형상일 수밖에 없다.

이 저녁, 도시는 잠시 청동기로 돌아간다

빠르게 녹청(綠靑)이 끼는 도시에서
나는 날마다 돌아온다
수세기의 대기를 가르며
기억 속으로 멀어졌다 되돌아오는 부메랑이 되어
나는 돌아온다 오늘도
서울역 지하분묘에서
허리를 꺾고 모로 누워 있는 남자가 발굴되었다
차가운 청동빛의 몸을 갖고 있는 저 미라는
누가 던진 부메랑일까
탈진한 태양이 앰뷸런스 지붕 위에서
깜빡거린다 나는
한 마리 매를 쫓아 솟구쳐올라
낙차 큰 태양을 명중시키고

218

고대의 낯선 땅으로 떨어지는 부메랑을 본다

—「저녁의 청동기」 부분

이 시처럼 "고대의 낯선 땅"은 화석화된 현재의 다른 말이다. 현재의 바깥이 고대인 것도, 고대의 필연적 경과가 현재인 것도 아니다. 두 겹의 망막이 꿈과 현실 간의 일시적 교란처럼 잠시 잠깐 '다른' 시간의 입구를 열어주지만, 그것은 금세 나타났다 사라지는, 덧없이 흘러가는 "구름의 문"(「Sorrow shadow」)이어서, 고대는 현재의 투영에서 자유로울 수 없고 현재는 꿈꾸고 싶은 고대의 부분적인 역-투사(投射)로서 존재한다. 고대와 현재는 서로의 다른 이름인 것이다.

김중일의 많은 시들이 설화체 형식을 띠고 있지만 그것이 재래의 설화성과 사뭇 다른 이유는 이러한 특징적인 시간 의식으로 인해 이야기의 시간성이 과거에서 현재로 이어지는 형태가 아니라, 흡사 미래가 자기 과거를 찾아 현재로 내려오듯 시간이 거꾸로 흐르는 듯한 인상을 주기 때문이다. 말하자면, 그의 시는 서기 2215년에 떠돌 법한 이야기들을 우리에게 미리 전해준다. 그의 시를 현재의 알레고리로 치부할 수 없는 것은 시간을 이처럼 동시적으로 관조하는 그만의 독특한 시(視/時)감각에서 비롯한다. 그의 시에 이국적 신비와 몽환적 우수가 떠도는 것도 시인의 이야기가 상상을 불허하는 시간대에 걸쳐져 있기 때문이다. 하지만 시인의 시선이 지금 이곳 또한 응시하고 있으니, 비록 알 수 없는 세계의 것일지라도 그가 전하는 이야기 속에는 우리의 현재가 지울 수 없는 흔적처럼 덧씌워져 있다. 미래형 설화 속에 아로새겨진 바로 이 자국이 그의 시에 모종의 기시감을 형성하는 주된 요인이라 할 수 있다.

김중일 시인의 이중 망막이 시적 구조화에서 탁월한 효과를 발휘하는 예는 풍경의 묘사와 사건의 서사가 공통의 은유를 통해 하나로 통합되면서 풍부한 다의성을 함축하게 되는 경우이다. 「, 박쥐,」「원나잇」「밤을 걷다」「깨지지 않는 어항」「불귀」「밤구름방직공장」「대청소의 날」「성(陛) 사거리 도서관」 등 일련의 시들은 바깥 풍경을 묘사하는 은유의 연속이 언어의 표면 층위를 이루고 있지만, 그 밑바탕에는 누군가의 죽음을 암시하는 위험한 사건이 숨겨져 있다. 비유적 표현 너머의 실물과 관념을 추적하다 보면, 시의 기저(基底)로부터 타인의 죽음이라는 불길한 서사가 언어의 부면으로 솟아오르는 복층(複層) 구조를 취하고 있는 것이다.

그날 여자는 둥근 어항 하나를 안은 채 그만 발을 헛디뎠습니다 계단 밑으로 굴러 떨어진 어항 속에는 작고 예쁜 금붕어가 살고 있었습니다 칼집 같은 아가미에 메스가 꽂힌 채 물속에서 뒤척거리고 있었습니다 금붕어는 온몸을 꽉 쥐고 있는 물이, 더러운 침낭이 역겨워서 온종일 뻐끔뻐끔 구역질을 하고 있었습니다 〔……〕 얼마나 지났을까요 어지럽게 벽에 부딪히던 박쥐 같은 손전등 불빛이 여자의 더러운 외투 위로 날아들었습니다 여자의 작은 손엔 반쯤 팔린 껌박스가 쥐여져 있었습니다 그때였습니다 지하도 바닥에 동전 몇 개가 양막처럼 부풀어 오른 공중으로 반짝 떠올랐습니다 아무도 눈치채지 못했습니다, 하늘에는 이미 깨지지 않는 어항이 휘영청 떠 있었습니다

—「깨지지 않는 어항」 부분

이 시의 서사는 두 층위로 나뉜다. 어항을 든 여자가 계단에서 굴러 떨어져 금붕어가 바닥에 내동댕이쳐졌다는 것이 첫번째 층위라면, 그녀가 실은 지하보도의 껌팔이 여인이라는 것이 두번째 층위이다. 만일 표층에만 집중해서 시를 본다면, 금붕어의 묘사가 쉽게 이해되지 않는다. 어항이 깨지지 않는다는 점이 납득되지 않기 때문이다. 하지만 시의 후반부는 어느 동냥치 여인에게 닥친 불행한 사고와 그의 객사를 암시한다. 더러운 외투 위로 어지럽게 오가는 "박쥐 같은 손전등 불빛"이 죽음의 분위기를 조성한다면, 바닥에 흩어진 "동전 몇 개"는 그것에 비극적 심상을 부여한다. 어항 속의 금붕어는 서사의 두 층위를 연결하는 은유인데, 전반부만 놓고 본다면 금붕어는 계단에 넘어져 허우적대는 '여자'와 그녀의 숨 막힐 듯 답답한 일상을 비유한다. 하지만 후반부에 비추어 풀이한다면, 깨지지 않는 어항과 죽지 않는 금붕어는 껌팔이 여인이 쥐고 있던 "껌박스"와 "동전 몇 개"를 가리킨다. 금붕어에 내포된 이 같은 다양한 함의는 이 시의 상이한 앞뒤 서사를 하나로 연결한다. 따라서 금붕어의 비유적 묘사는 시 전체를 관장하는 지배적 모티프라 할 수 있다. 하지만 이 시의 놀라운 다의성은 사건의 반전에 해당하는 마지막 대목에서 빛을 발한다. "깨지지 않는 어항"은 이 모든 사태를 비추는 하늘의 백동전, 즉 달의 은유인 것이다. '어항—금붕어(여자)—껌박스—동전—달'로 이어지는 이러한 연속적인 의미망은 달을 "깨지지 않는 어항"의 최종물로 지시함으로써 인간을 수호하는 모신(母神)인 달의 낭만적 이미지를 암암리에 거부하고 훼손한다. 이제 자연도 비정한 도시를 대신하는 또 다른 상관물인 것이다.

사건의 서사와 풍경의 묘사를 다의적 은유를 통해 중층적으로 직조하는 김중일의 이러한 시적 솜씨는 언어의 불투명성이 빚는 복합적 함의에 힘입어 대상의 사실성을 사실이 아닌 영역, 즉 환상에 근접시킨다. 이로 인해 사건과 풍경의 즉물성은 필연적으로 상쇄된다. 하지만 그만큼 역으로 충격의 정도는 배가된다. 위의 경우처럼 미처 예상치 못한 의외성이 시의 이면에 잠재되어 있다 불현듯 부상하기 때문이다. 그런데 이는 사건의 비극성을 강화하기도 하지만, 한편으로 그것을 정화하는 기능도 한다. 뜻밖의 전환이 사건과 풍경의 면모를 뒤늦게 인지하도록 만들어 우리에게 더 큰 놀라움을 준다면, 정황을 간접적으로 묘사하는 은유적 표현은 은유의 본질상 다른 사물과 존재를 그의 편에서 이해하고 경험토록 하는 까닭에 감정적 동화를 실현하고 심리적 치유를 수행하기 때문이다.

한 편의 시에서 이 둘을 모두 이루기란 몹시 어려운 일이다. 그것은 시인이 사건의 직접성에 함몰되지 않고 비유의 간접성에 도취되지 않는 고도의 초연성과 균형감을 가질 때 성취되는 까닭이다. 김중일의 여러 시편이 이를 능히 이룰 수 있었던 것은 그가 자신이 감각하고 투시하는 세계 중 어디에도 섣불리 속하려 하지 않았다는 데 그 이유가 있다. 그의 시가 보여주는 정결함과 순결성은 결코 이런 사정과 무관하지 않다. 비록 이렇게 적(籍)이 없는 불분명한 소속과 출신성분 때문에, 그는 내내 울적할 테지만 말이다. 그가 정체불명의 으스스한 "국경꽃집"(「국경꽃집의 일일」)을 떠나지 못하는 진짜 이유는, 그러니 결국, 전부 시(詩) 때문이다. 혹 김중일 시인을 만나고 싶다면, 먼저 "국경꽃집"을 찾아보라, 그리고 가는 길에 꼭 꽃다발 한 자루를 준비하라. 단, 그의 해맑은 얼굴과 또렷한 눈매에 놀라지 말 것! 그가 곧 당신 앞에 시의 꽃다발을 내어줄 것이다.

프랑켄슈타인-어(語)의 발생학

─김경주의 시

epilogue

누군가 묻는다면, 이렇게 답할 것이다. "네, 이것은 언어가 아닙니다. 물론 통상적인 의미에서 그렇다는 겁니다." 혹시 또 묻는다면, 이렇게 답하리라. "아니요, 이것은 우리가 아는 어떤 언어에도 속하지 않습니다. 굳이 분류하려 한다면, 다른 어족(語族)이 필요합니다. 가령, 프랑켄슈타인-어(語)라고나 할까……" 필경, 이 대답에는 다음과 같은 질문이 잇따를 터이다. "그럼, 프랑켄슈타인이 하는 말이라는 겁니까?" 물음에 대한 답은, 아니, 반문은 이렇다. "당신은 '인간'입니까, '인간'이 아닙니까? 당신은 자신이 '인간'으로서, '인간'의 언어를 말한다고 확신할 수 있습니까? 분명한 것은 여기 기록된 프랑켄슈타인어는 애초부터 시라는 점입니다. 그것은 스스로 무대를 만들어 열연하는 주인공protagonist이자 반동인물antagonist이며 분주한 연출가이자 고뇌하는 극작가입니다. 창조의 순간부터 하나이면서 전부인 페르소나, 존재 자체가 이미 페르소나이기에 발설되자마자 극(劇)의 몸을 갖는 말, 그리하여 궁극적으로 불가능한 시가 되려는 말, 그러한 말의 꿈, 그것이 프랑켄슈타인어입니다. 당신은 그런 말을 할 수 있습니까? 프랑켄슈타인이 말한다는 이유로 이 신어(新語)를 폄하하려 한다면, 입을 다무십시오. 그것이 오히려 당신을 '인간'답게 합니다."

에우제네 이오네스코의 작품 「대머리 여가수」의 11장은 등장인물들이 터무니없는 이야기를 자랑삼아 주고받다가 경쟁하듯 자신의 말이 가장 '옳은' 말인 듯 번갈아 외치는 극의 절정에 해당한다. 이오네스코는 "언어는 최대의 한계까지 확장되어야 하고 스스로 폭발하거나 해체되어야 한다. 왜냐하면 언어가 의미들을 더 이상 포착할 수 없기 때문이다"라고 자신의 극을 변호하였다. 언어의 한계를 언어에 되돌려주는 것에서부터 극예술의 새로운 갱신이 시작된다고 보았기 때문이다. 이를 실천하듯, 「대머리 여가수」는 문법적 규준을 준수하는 말들이 이어짐에도 불구하고 정작 그것이 얼마나 우스꽝스러운 난센스의 난장이 되는가를 보여준다. 이러한 난장은 11장에 이르러 정점에 이른다. 인물들은 신경질적으로 자신의 말을 상대방에게 잘난 척 내뱉는다. 그런데 이 장의 대사를 인물명을 삭제하고 읽으면 어디서 본 듯한 모양새가 된다.

오늘 황소를 팔면, 내일은 달걀 주인이 되죠./인생을 살면서 창밖을 봐야 돼요./아무것도 없는 의자에도 앉을 수 있어요./늘 모든 경우를 생각해야죠./천장은 위에 있고, 마루는 밑에 있어요./제가 '네' 하면, 그게 제 화법이에요./각자의 운명이 있듯이./〔……〕/빵은 막대기, 빵도 역시 막대기, 매일 동틀 무렵 떡갈나무에서 솟아나는 떡갈나무./우리 아저씬 시골에 사시지만, 산파하곤 상관이 없어요./종이는 글씨를 쓰려고, 고양이는 쥐를 없애려고, 치즈는 뜯어 먹으려고 있는 거예요./차는 대단히 빠르죠. 하지만 식탁은 하녀가 더 잘 차려요./바보처럼 굴지 말고, 차라리 배반자하고 키스를 해요./사랑은 가정서 시작돼요./전 뭐든 제 식으로 해석할 거예요.   ―「대머리 여가수」 11장 부분

= 비는 현역이고 노랑은 비에 편입했다 = 아저씨 좀더 해주세요 =
뼈에 붙은 맛있는 불빛// = 이렇게 폐선 속에서 계속 보낼 것 같으면
= 물고기들이 확신할 수 있는 건 아가미 속의 유리들인지도 몰라// =
충고를 하나 하지 돌을 그만 내려놓고 돌의 연상을 만나라구 = 자네가
지적했듯이 우린 종종 우스꽝스러운 객관이야 그렇지만 모형 범선도
바다까지 떠내려갈 수는 있지// = 스티븐슨다임, 캔, 프렌치토스트, 테
드 창// = 무섭습니다 이 완구에게도 체질이 있다구요 = 흥가는 매일
다른 눈으로 잠들어야 하는 자신의 안구(眼球)의 속에 존재합니다

—「이꼬르들의 천식」 부분

두 인용문의 공통점은 구문으로서의 문법적 형식을 갖추고 있지만
(A는 B이다, 혹은 A는 B를 ~ 한다) 각 문장이 하나로 연결되거나 병
렬적으로 나열되면서 이해 불가한 비논리가 된다는 점이다. 이오네스
코는 기존의 언어가 자부하는 논리적 자명성이 어떻게 그 근본에서부
터 헛것illusion인가를 입증하는 극 언어를 창출했고, 이를 바탕으로
논리의 추구가 비논리를 낳고 인간적인 것의 신봉이 비인간성의 전형
이 되며 부단한 삶의 행보가 죽음 앞에서 무(無)로 전락하고 마는 현
실을 세계의 참모습으로 체험케 하는 내적 형식을 만들었다. 그가 부
조리극의 선구자로 꼽히는 첫번째 이유는 기존 언어의 의사소통적 기
능을 부정한 뒤, 상투화된 체계로서의 언어가 왜곡된 무의미가 되어
전달해야 할 것을 전달하지 못하는 파편으로 전락한 과정을 적나라하
게 무대화한 데서 찾을 수 있다.

프랑켄슈타인어는 계보학적으로 볼 때, 이러한 이오네스코의 '부조

리 언어'를 모태로 한다. 구조적인 면에서 그것은 이오네스코 식 부조리성이 더욱 극대화된 형국이다. 이오네스코의 언어는 결합 축에서의 혼선만을 시도할 뿐('차는 빠르지만 식탁은 하녀가 잘 차린다') 선택 축의 의미 전달은 지속되는 반면(빠른 것은 '차,' 하녀가 잘 차리는 것은 '식탁'), 프랑켄슈타인어는 기성의 문법 틀을 격자로 삼을 뿐 결합 축, 선택 축 모두 상식적인 논리가 무너진 형태를 띤다. 하나의 문장이 완성되는 순간 그것의 의미는 신기루처럼 불투명해지거나 사라져버리고, 익숙한 기호는 덧없는 외관을 뒤집어쓴 멍텅구리가 된다('비는 현역이다'와 '노랑은 비에 편입했다'는 아무 뜻도 없으며, 두 문장의 순접은 이러한 의미없음을 강화한다). 게다가 '이꼴(=)' 표식에 의해 각 문장이 은유적으로 병렬·누적될수록 멍텅구리는 더욱더 멍청해진다. 기존 관념에서 볼 때, 이것은 분명 오류투성이의 잘못 쓴 언어다. 하지만 이오네스코가 충격적으로 증명했듯, 언어의 지시성과 그것의 실제 쓰임이 심각한 괴리를 낳고 지시한 바와 지시된 바가 동일하다는 믿음이 착각과 미망에 불과하다면, 프랑켄슈타인어는 그러한 괴리와 착각과 미망이 체현되고 집적된, 진실과는 동떨어진 단편이 돼버린 언어의 현주소를 극단적 역상(逆像)으로서 되비춘다.

　그렇다면 어떻게 이렇게 '말이 안 되는' 언어가 발생 순간부터 시가 될 수 있단 말인가? 비밀은 무한 증식하는 '이꼴(=)'에 있다. 프랑켄슈타인어는 태생적으로 '이꼴(=)'을 내장한 언어이다. '이꼴(=)'은 그것을 무소불위의 힘을 내포한 수사학적 원리로 만든다. 다시 말해, 기존 결합 축과 선택 축의 논리성으로부터 벗어난 단어들이 임의로 통합되는 가운데 모든 (불)가능한 말이 등가적으로 교환되는 수사학이 곧 프랑켄슈타인어이다. 이는 모든 (불)가능한 언어를 꿈꾸게 하고 실험케 하는 원리가 된다. 예컨대 "뼈에 붙은 맛있는 불빛"은 "아저씨 좀더 해주세요"가 되었다가, "스티븐슨다임, 캔, 프렌치토스트, 테드 창"이 될 수도 있다. 혹은 "무섭습니다"는 "자네가 지적했듯이 우린 종종 우스꽝스러운 객관이야"를 뜻했다가 "아저씨 좀더 해주세요"를 가리키기도 한다.

이러한 등가적 전위(轉位)는 기의의 명징한 확정이란 불가능한 것임을 의도적으로 노출한다. "뼈에 붙은 맛있는 불빛"이 "아저씨 좀더 해주세요"와 같은 뜻이라면, 둘은 어느 쪽도 자기가 지시하는 바의 정확한 뜻을 명기할 수 없다. 이것은 답이 없는 수수께끼와 같다. 수수께끼의 재미가 의외의 답에 있다면, 답 없는 수수께끼는 규칙 없는 게임처럼 지루하고 무용하다. 하지만 프랑켄슈타인어의 '이꼴(=)'은 의미 확정의 불가능성이라는 언어의 한계를 문제시하지 않고 역으로 그러한 한계의 폭을 넓힘으로써 그것을 뛰어넘는다. 이 수사학의 매력은 바로 여기에 있다. 기표와 기의 간의 불일치가 낳는 비의미성을 자유롭게 적시(摘示)함으로써 그 둘은 무한대로 대응된다. 발화 순간 모든 말이 다른 말의 은유적 대체가 되는 이러한 함수성은 언어의 사용을 제한 없는 놀이로 이끈다. 그것은 매 순간 새로운 규칙을 낳고 그 규칙을 스스로 지우는 과정을 밟는다.

하지만 「이꼬르들의 천식」을 이러한 수사학적 작동 방식이 뚜렷한 효과를 낳은 예로 꼽을 수는 없다. 이 시는 프랑켄슈타인어가 어떠한 원리에 따라 운위되는가를 간명하게 등식화한 예에 불과하기 때문이다. 자기 한계를 발가벗김으로써 그러한 한계를 뛰어넘으려는 이 신어의 놀라운 수일(秀逸)함은 가령,

멀리서 바라보면 기다리는 자들의 눈동자로 어두운 골목의 환충이
환하게 울렁이던 밤, 우리는 촛농을 향해 소리 질렀고 매일 밤 아무도
살지 않는 종 속으로 들어가 흔들린다

—「쇄골이 닮은 가계(家系)」 부분

겨울에 한 줄로 내려온 거미의 그림자를 밟아본 적이 없다 그것은
내가 아는 가장 고독한 문, 희귀하지만 색이 선명한 거미일수록 허기
가 길다 〔……〕 깃털을 달고 있는 산딸기처럼 그대는 결국 한밤중에
발견한 내 눈동자 안에서 사멸할 정적, 그대가 그 기타로 심해어처럼
인간을 뒤척이며 서러운 목구멍을 빚어갈 때 나는 아무도 모르는 목젖
을 가졌다 내가 지나간 적이 있는 목젖으로 그대는 노래를 부른다

—「죽은 나무의 구멍 속에도 저녁은 찾아온다」 부분

새들아 나의 해발에 와서 놀다 가거라 늑골 속에 머무는 해발에 목
마른 나의 불들이 누워 잔다 성에들이 망령의 한 행을 내려온다 나의
늑골 속 해발에 머물고 있는 망령에 추위가 내려온다 새들아 내 망령
에 너의 해발을 데려와다오 미친 새들의 눈에 머무는 중천에 머리털
달린 내 해를 띄워다오 나의 해발에 새들이 놀러 오면 나는 이 길고 검
은 하수관을 들고 대도시를 달리겠다

—「꾸꾸루꾸 꾸꾸꾸 꾸꾸루꾸 꾸꾸꾸」 부분

"당신의 무릎으로 내려오던 그 저녁들은 당신이 무릎 속에 숨긴 마
을이라는 것을 압니다 혼자 앉아 모과를 주무르듯 그 마을을 주물러주
는 동안 새들은 제 눈을 찌르고 당신의 몸속 무수한 적도(赤道)들을

날아다닙니다 당신의 무릎에 물이 차오르는 동안만 들려옵니다 당신의
무릎을 베고 누운 바람의 귀가 물을 흘리고 있는 소리가"

—「무릎의 문양」 부분

과 같이 논리적 해명과 무관하게 오직 언어의 낯선 충돌과 조합 내에
서만 생성되는 역동적 이미지를 발산할 때 빛을 발한다. 이러한 이미
지의 현시 속에서 프랑켄슈타인어는 수단이나 기교가 아닌 살아 있는
사물로서 존재한다.

　이오네스코의 '부조리 언어'가 언어를 평가 절하하고 비언어적 요
소를 리얼리티를 드러내는 유효한 방법으로 부각함으로써 언어 '밖'
에서 진실을 찾으려는 목적하에 탄생하였다면, 프랑켄슈타인어는 그
러한 '부조리 언어'의 문제의식을 자기 태생의 근거로 삼으면서도 언
어의 부조리성을 역으로 극대화함으로써 언어 스스로가 완전한 자율
체로 거듭나는 지점을 찾으려는 시적 꿈의 소산이다. 그것은 꿈의 언
어이며, 언어의 꿈이다. 그리고 지금까지 없었지만 앞으로 있을 시,
이 세상에 없었으나 이제 곧 생겨날 시의 미래태(態)이기도 하다. 프
랑켄슈타인어는 미래의 시를 지칭하는 다른 표현이다.

　그런데 왜 '프랑켄슈타인'-어(語)인가? 이유는 이 언어의 사용 주
체가 자신을 "프랑켄슈타인"(「프리지어를 안고 있는 프랑켄슈타인」)으
로 명명한 데서 비롯한다. 물론 이때의 "프랑켄슈타인"은 메리 셸리
가 만들어낸 가상의 인공적 괴물과는 다르다. 하지만 고딕 소설의 주
인공인 프랑켄슈타인이 인조인간을 만들어낸 박사의 이름이자 동시
에 그가 만들어낸 기괴한 괴물의 이름이기도 하다는 점은 이 단어가

애당초 복수(複數)적인 것임을 알려준다. 다시 말해, 프랑켄슈타인은 인간을 닮은 모사품이자 그렇게 모사품을 만드는 인간을 한꺼번에 지칭한다. 여기에는 중요한 의미가 함축되어 있다. 인간이 제 손으로 인간을 창조하려는 순간 인간은 '인간이 아닌 존재'가 되며, 그렇게 비(非)-인간으로 형질 전환되는 찰나 신의 자리를 점하려던 은밀한 욕망은 인간을 괴물로 만들고 만다. 따라서 프랑켄슈타인은 자신의 살아 있는 모형 ─ 로봇, 사이보그, 안드로이드 등 ─ 을 제작하려는 모든 현대적 인간의 다른 이름이며, 창조주의 자리를 넘보는 그 같은 욕망의 존재란 결국 괴물이 아닌지를 묻는 심각한 질문이라 할 수 있다. 그렇다면 굳이 이러한 의미의 흔적을 내포한 이름을 빌린 까닭은 무엇일까?

두 가지 층위로 생각해볼 수 있다. 첫째, '말하는 존재homo lo-quence'로서 인간의 정체성이 언어의 해체와 더불어 흔들리고 있다면, 비록 인간의 말을 차용하였다 해도 그것을 부정의 계기로 삼아 '새로운 말'을 창안하려는 자는 긍정적이든 부정적이든 인간과는 '다른 존재'임을 뜻하게 된다. 그런 점에서 "프랑켄슈타인"은 인간의 언어를 가면으로 쓴 비-인간을 지칭한다(비-인간이기에 셸리의 주인공과 "프랑켄슈타인"은 계열적 관계에 놓이며, 이름의 은유적 대용은 논리적 설득력을 얻는다). 둘째, 이렇게 스스로를 '다른 존재'로 자임하는 것은 결과적으로 헛것illusion으로서의 언어를 태초의 로고스logos와 잇닿은 발명품으로 착각한 때부터 인간은 이미 '인간' ─ 신이 자신의 형상대로 빚은 존재 ─ 이 아니었을뿐더러 그러한 사실을 '말하는 존재'라는 개념에 의지함으로써 감춰온 것과 다를 바 없음을 밝히는 일이 된다. 다시 말해 "프랑켄슈타인"은 '말하는 인형'이 인간의 본색임을 폭로하는 음울한 묵시인 것이다.

그런데 이러한 각각의 의미 층위는 별개로 나뉘지 않는다. 좋든 싫든 인간의 언어를 빌린 한 "프랑켄슈타인"은 인간의 형상을 띤 "인형"(「기담」)이다. 다만 그/것은 그러한 "인형"으로서의 정체를 자유롭게 누리려 하며 언어와 언어 사용자가 분리되지 않은 상태, 즉 지금껏 존재하지 않았던 언어 너머의 언어로 존재하려 한다는 점에서 아직 없었던 미지의 시를 계시한다. 그것은 일종의 초(超)-언어이며, 언어가 자의식적 존재로 화(化)하는 것에 가깝다. 그러므로 "프랑켄슈타인"은 새로운 언어이자 그 언어의 주체이기도 하다. "프랑켄슈타인"은 프랑켄슈타인어인 것이다(이를 가리키는 다른 표현이 '인어'다. '인어'는 '인어(人語)와 언어(言漁)'의 합성이지만 언어가 인간처럼 살아 움직이는 자의식을 갖게 됨을 의미한다는 점에서 그것은 '인형-말'을 뜻하기도 한다). 이렇게 본다면 다음과 같은 장면이 이해되지 못할 것도 없다.

지면 속에서 빠져나오는 언어
천천히 지면을 걸어 다닌다.
언어가 허공에 입을 천천히 벌리며

'나는 내 세계의 바깥에 너희들이 있다고 생각하지 않아 너희들은 나를 가지고 춤을 추고 세계를 이야기하지만 너희들의 세계는 내가 보는 너희들의 세계와 다르지 않아 우리는 모두 인형들이고 너희들이 들고 있는 인형 역시 나일 것이지만 너희들이라는 인형을 들고 있는 유령 역시 바로 나이지 너희들이 나를 들고 있을 때 나는 너희가 유령처

럼 느껴지고 너희가 나를 유령이라 발음할 때 너희는 나라는 유령이
들고 있는 인형일 테니까 나는 지금 우리가 머무는 세계의 유령을 들
고 있는 인형의 웃음이지'

반대편에서 허공들 하나씩 등장한다.
언어 속으로 하나씩 천천히 스미기 시작한다.

위 인용문은 언어가 주인공이 되어 대사를 읊는 장면이다. 이것은
물론 현실화될 수 없는 무대다. 그러나 "프랑켄슈타인(/어)"이 언어
내적으로 존재 가능하다면, 이러한 언어가 주인공으로 분하는 언어─
극(劇)은 충분히 상상해볼 수 있다. 어쩌면 언어의 이러한 극적 상태
에 대한 상상이 "프랑켄슈타인(/어)"를 만든 것인지 모른다. 실제로
이 장면에 연이어 '다른 언어'가 등장하고, 언어들은 춤을 추기 시작
한다.

반대편에서 다른 언어 등장한다.

여긴 어디지?
언어의 속인 것 같아.
어떤 곳이지?
그렇지 우리가 연연하는 곳일세.

춤추는 언어들
아련하고 요밀한

긴 사이

우리가 모르는 수면으로부터 들려오는 시

"다른 언어"들의 춤 사이로 "우리가 모르는" 시가 들려온다는 무대 지시문은 『기담』에 실린 모든 형태의 언어 실험을 시의 춤으로 지정한다. 이 지시에 맞추어 '시'들은 한 편의 언어─극을 완성하기 위해 각자의 역할을 수행한다. 이로 인해 시적 화자의 언술은 생물학적 인간 종(種)의 목소리가 아니라 시의 음성으로, 그 음성의 극화(劇化)로 들린다. 시적 화자가 곧 시의 음성인 이러한 풍경은 "프랑켄슈타인(어)"이 직접 나타나 독백을 읊조리는 장면에서 한층 선명해진다.

J, 밤이면 내가 쓰는 언어는 짐승의 빛깔이고 새벽이면 내 언어는 식물의 빛깔이 됩니다. 인간의 돌멩이를 피해 달아나 꽃을 안고 당신에게 달려가다가 나는 풀숲에 엎드려 있습니다. 내가 당신을 사랑하기 위해서 치러야 할 목젖의 일이 입을 벌리고 내 미라를 꺼내주는 것이라는 것을 알기 때문입니다. 오늘은 꽃들의 붉은 똥을 마시고 뼈에 연보라색 불이 들어오도록 음악을 종일 들었습니다. J, 인간의 곁으로 가기 위해 나는 경(經)을 버렸습니다. 사물로부터 불어오는 만물의 경계를 오래 바라보며 사물과 맹목을 지나 나는 내 눈의 수액이 구름 속으로 스미는 것을 보고 있습니다. 〔……〕 J, 제물은 언제나 같은 이유로 제단에 바쳐지곤 했습니다. 제물은 언제나 우울이 아닌 공포로 세계를 견디고 있어야 했습니다. 수많은 척후병의 도움을 받아 그 공포는 더

욱 단단해지고 모든 운동은 음표를 잃어가고 참혹해지고 있습니다. 거기서 우리의 은유는 얼마나 적대적인 것이 되어버렸습니까? 제물은 헛소리를 할 수 있는 존재입니다. 미혹에 붙들려 제물은 자신의 형신(形神)이 어디로 바쳐지는지 모를 때 가장 연연한 춤을 춥니다. 혼효한 나의 필체는 공포의 대상 앞에서 더욱 활기를 가졌습니다.

─「프리지어를 안고 있는 프랑켄슈타인」 부분

인간의 곁으로 가기 위해 '경(經)'을 버린다는 역설은 그/것의 고백처럼 "짐승의 빛깔"과 "식물의 빛깔"을 동시에 띠기 위해 택할 수밖에 없었던 길이다. 그것이 "제물〔의〕 헛소리"가 되고 적대적인 은유가 된다 해도 "사물로부터 불어오는 만물의 경계를 오래 바라보며 사물과 맹목을" 지낼 수 있고, 그리하여 "가장 연연한" 언어의 춤을 출 수 있는 비책(秘策)이라면 말이다. 그렇기에 "프랑켄슈타인(어)"는 여전히 공포를 야기한다. '다른 존재'라는 자각이 공포를 낳고, 그러한 공포를 스스로 견디는 공포의 형상은 "프랑켄슈타인(어)"의 필연적인 고유성이다. 『기담』은 그러한 고유성을 시집 전체에서 펼쳐 보이고 있다.

이제 비로소 우리는 『기담』이 왜 이렇게 이질적 모양새를 하고 있는지 이해할 수 있다. 시이면서 시가 아니고 극이면서 극이 아닌 것, 범박하게 표식하자면 '시＋극(희곡)'의 이 낯선 형태는 "프랑켄슈타인"이 태생적으로 혼종적 존재라는 데서 기인한다. 그/것은 인간이면서 비(非)-인간이고, 부재("유령")이면서 현존이며, 신어(新語) 그 자체이자 그 말의 사용자라는 점에서 상상 가능한 언어적 혼종성의 다른 이름이다. 이러한 선천적 혼종성이야말로 장르적 혼합을 유발하는 원천이다. 물론 시와 극이 결합된 형식은 이전에도 실험된 바 있다. 황지우의 「석고 두개골」이나 장정일의 「잔혹한 실내극」 「즐거운 실내극」 등이 그 예이다. 하지만 이들 시편과 『기담』의 차이점은 전자가 무대 지시문이 명기된 극의 형태를 띠고 있긴 해도 1인칭 화자의 독백이 이미 시와 동일하다거나, 대사를 주고받는 인물이 등장하는 까닭에 실제 무대화가 가능한 소극(小劇)으로 분류될 수 있는 데 반해, 후자는 관념의 영역 내에서만 무대화되는 불가능한 극으로서 언어 그 자체를 주인공으로 표상하고 있으며, 인간의 목소리를 빌린 경우(「다섯 개의 물체주머니를 사용하는 자연 시간」 「곤조GONJO」)라 해도 궁극적으로는 논리적 체계를 이탈한 자율적 언어의 형상을 구현하려 한다는 점에서 시나 극 중 어느 하나의 장르로 구분될 수 없다는 점이다.

장르적 경계가 불분명한 이러한 시도에 굳이 이름을 붙인다면 언어─극(劇)이라는 명칭이 가장 적당할 것이다. 극의 말미에 붙은 「연출의 변」이 이를 시사하고 있다. 그리고 이것이 얼마나 규정 불가능한 실험인지에 대한 자의식은 2막이 "인어의 멀미"라고 명명된 데서도 드러난다. 시도 극도 아닌, 하지만 시도 극도 아직 실현해보지 못한 장르 미상의 어떤 새로운 예술적 경지 ─ '구멍' '사이' '허공'이라는 단어가 반복적으로 나타나는 것도 이와 무관하지 않다. 이것들은 모두 미정(未定)의 공간적 표상으로서 기존의 언어로 형용될 수 없는 미적 상태를 환기한다 ─ 를 『기담』은 욕망한다. 그리고 자신이 욕망하는 '그곳'을 향해 온몸으로 나아간다. 어지러이 혼재된 각기 다른 스타일의 갑작스러운 돌출만큼 이를 잘 보여주는 예도 없다. 『기담」은 방향은 모르지만 타고난 직관으로 자기 앞에 놓인 새로움이 미지의 것이며, 자신이 온몸으로 그것을 향해 나아갈 때 그 정체가 비로소 눈앞에 펼쳐질 것임을 본능적으로 간파하며 움직이는 모험가와 같다. 실패가 예정되어 있고 비난이 쏟아진다 해도 이 심미적 모험가는 자신의 길을 포기하지 않을 것이다. "헛것의 비극으로 죽어가는 것이 아니라 살아서 헛것인 지금, 무지개 속에 뼈를 남기는 편이 낫다고 믿"(「연출의 변」)는 아프리카의 어느 부족처럼 "내내 이 착오를 완성하고 그 미개로 죽겠"(「프리지어를 안고 있는 프랑켄슈타인」)다는 자기 다짐을 하면서 말이다.

그런데 이쯤에서 한 가지 짚고 넘어갈 것이 있다. 이러한 장르적 혼종성이 생에 대한 일관된 인식에 의해 지지되고 있다는 점이다.

그래, 누구나 자신과 가장 가까운 짐승 한 마리
앓다 가는 거지

식물은 자기 안의 짐승을 토하다 가는 거고
인간은 피를 토하고 죽는 것이 아니야
자기 안의 식물을 모두 토하고
가는 거지
〔……〕

그래, 바깥에 무슨 일이 있어도 멈추지 말아야 할
참혹 같은 거

부정의 힘으로 식물은 짐승을 앓고 있고

짐승은 식물의 소리로 울고 있지

이 독백의 주인공은 언어일까, 인간일까, 프랑켄슈타인일까? 중요한 것은 언어든, 인간이든, 프랑켄슈타인이든 이 세계에서의 현존〔生〕은, 비유컨대, 짐승을 품은 식물처럼 혹은 식물을 품은 동물처럼 잡종적 양태를 띤다는 사실이다. 식물은 "자기 안의 짐승을 토하"는 것이며, 동물은 "식물의 소리로 울고 있"는 것이다. 어떤 것도 온전히 식물로서, 또는 동물로서 존재하지 않는다. 모든 것은 식물이면서 동물인 혼성적 존재이다. 이것이야말로 현존하는 것들의 유일한 본질이라 할 수 있다. 그러나 이 같은 진실은 죽음에 직면하거나 죽음과도 같은 울음을 토할 때에만 인식된다. 생이 돌이킬 수 없이 되어버렸을 때, 자기의 실태가 본모습을 드러내는 것이다. 그러나 무지는 결국 악이다. " '사실'이란 늘 이상과 이하 사이에 놓인 기포에 불과하다"(「다섯 개의 물체주머니를 사용하는 자연 시간」)는 것을 깨닫지 않는다면, 다시 말해 '사실'이란 의미론적으로 불명확한 가설이고 가정임을 인식하지 못한다면 식물 안에 동물이 있고 동물 내부에 식물이 산다는 진실은 미명(未明)의 어둠에 내내 갇혀 있을 수밖에 없다. 그리고 그러한 진실을 알지 못하는 한 "바깥에 무슨 일이 있어도 멈추지 말아야 할/참혹"은 영원히, 끝내, 멈추려 해도 멈추지 않을 것이다.

현존의 형태가 이미 혼종적이라는 이러한 인식은 『기담』의 장르적 혼성이 어떤 주제 의식하에 구성된 것인가를 보여준다. '시＋극(희곡)'은 이 세계에서 실존의 양태가 인식된 바대로 자기 반영된 미적 형식이자, "누구나 자신과 가장 가까운 짐승 한 마리/앓다 가는" 참혹을 견디려는 의지가 스타일의 창출이라는 방식으로 승화된 한 사례라 할 수 있다. 아마도 이것이 『기담』을 구상하고 기획하고 연출한 시인 김경주의 궁극적 지향이자 최종의 상(像)일 것이다.

그러나 그는 이 모든 신어(新語)의 난무를 한바탕 꿈으로 감싸고 있다. "자신이 만든 무릎 위에 머리를 베고 잠이" 든 도공과 그의 영혼이 "구름 속으로 천천히 오르"는 순간 무릎에서 떨어지는 돌망치의 모습은 '기담'의 세계를 완성하고 연필을 놓은 김경주 자신의 모습을 상징한다. 그렇다면 이것은 그가 『기담』 전체를 덧없는 일장춘몽으로 여기고 있다는 뜻일까? 짐작건대, 그것은 분명 아닐 것이다. 오히려 그는 "돌을 깎아낼 때마다 돌에서 눈보라가 흘러나"오고 "만들다 만 그녀의 무릎으로 초가의 빗물이 떨어"져 그녀가 막 일어설 것만 같은 그러한 돌, 즉 자기의 창조물이 인위적 가상이 아닌 생생히 살아 있는 실재가 되는 기적을 완성한 뒤 "자신이 만든 무릎"을 베고 꿈을 꾸듯 죽음을 맞이한 도공의 마지막을 자신의 결말로 삼았다고 보아야 할 터이다. 그런 점에서 시인 김경주의 '구운몽(口雲夢)'은 결코 비극이 아니다. "돌망치가 손에서 지금 툭, 떨어"졌지만 도공─시인─김경주의 꿈은 이제부터 시작이다. 그가 할 일은 자신이 만든 "무릎"(「구운몽」)인 『기담』을 베고 편안히 잠이 드는 것이다. 천천히……천…천…히…… 그리고……,

　'연필이 손에서 지금 툭, 떨어지는 것입니다.'

美言

형안(炯眼)의 귀

─정현종론

"그것이 생이었던가? 좋다! 그렇다면 다시 한 번!"〔……〕
이 말 속에는 많은 승리의 함성이 들어 있다. 귀 있는 자, 들을지어다.
———『차라투스트라는 이렇게 말했다』(Ⅱ: 263)[1]

니체의 차라투스트라는 자신의 말을 제대로 들을 '귀'를 쉼 없이 찾는다. 그는 "일찍이 들어본 적 없는 말을 귀담아 들을 줄 아는 자"(Ⅱ: 35)를 향해 말하고 외치고 노래 부른다. 그러나 그는 자신을 멀뚱히 쳐다보는 군중들 속에서 그의 입이 "저와 같은 자들의 귀를 위한 입"(Ⅱ: 23)이 아니며, "그렇다면 저들이 눈으로라도 들을 수 있도록 먼저 저들의 귀를 때려 부숴야"(Ⅱ: 24) 하는 게 아닐까 생각한다. 그들 대부분이 시장의 요란과 극장의 치장에 현혹되어 눈만 번득이는 귀머거리로 전락하였음을 깨달았기 때문이다. 더구나 그들의 눈은 점

---

1) 이 글의 괄호 속 약호와 숫자는 니체의 저서와 인용 면을 가리킨다. 인용된 책들은 다음과 같다.

　　Ⅰ: 『비극의 탄생 *The Birth of Tragedy*』, Vintage Books, New York, 1967.

　　Ⅱ: 『차라투스트라는 이렇게 말했다』, 정동호 옮김, 책세상, 2004.

　　Ⅲ: 「바그너의 경우」, 『바그너의 경우·우상의 황혼·안티크리스트·이 사람을 보라·디오니소스 송가·니체 대 바그너』, 백승영 옮김, 책세상, 2002.

　　Ⅳ: 「이 사람을 보라」, 위의 책.

　　Ⅴ: 『권력에의 의지』, 강수남 옮김, 청하, 1988.

점 "가련한 사팔뜨기"(II: 292)의 것이 되어가고 있다. 차라투스트라는 듣지 못하는 귀, 보지 못하는 눈의 존재들이 저 자신의 것인지 모르고 내뱉는 길고 긴 부르짖음을 듣는다. 들리지 않는 외침까지 들으며 고통의 심연을 측정하고, 그 깊이만큼 올라가야 하는 정신의 높이를 본다. 그런 점에서 차라투스트라의 귀는 소리의 질과 진폭으로부터 세계의 깊이와 높이를 가늠하는 '보는 귀'라 할 수 있다. 한편 "전쟁터나 도축장에서처럼 사람들이 토막토막 잘린 채 널려 있음"(II: 237)을 보았던 그의 눈에는 인간 존재의 절박한 구조 요청이 앞날의 사건으로 예견된다. 그리고 인간은 "극복되어야 할 무엇"(II: 58)이라는 소리가 절단된 조각들 가운데 울리고 큰 웃음이 그 뒤를 따른다. 차라투스트라의 눈은 인간을 비명(悲鳴)으로 듣고, 그것의 극복된 징표로 미래로부터 웃음을 '듣는 눈'인 것이다.

보는 귀, 듣는 눈이라는 이러한 감각 기능의 역설적 결합은 니체가 『비극의 탄생』에서 아폴로적인 것과 디오니소스적인 것의 융합을 예술의 최고 경지로 기술한 것에서 그 연원을 찾을 수 있다. 니체의 설명에 따르면 아폴로적인 것은 시각적 묘사와 영상의 재현으로, 디오니소스적인 것은 비조형적인 선율과 화음으로 대표된다. 전자가 사물을 구별하고 경계 짓고 판단하는 개별화의 원리에 따라 절제와 균형을 추구한다면, 후자는 개별화의 베일을 찢어내어 윤곽을 해체하고 형식을 파괴함으로써 베일에 가려진 원초적인 하나 됨을 지향한다. 니체는 이러한 화해할 수 없는 두 힘이 모순과 긴장을 유지하며 융해된 상태를 예술의 궁극으로, 더 나아가 삶의 형이상학적 위안의 궁극으로 본다. 두 힘의 팽팽한 조응 가운데서만 삶을 긍정하는 명랑성이 태어난다고 파악하였기 때문이다. 만일 이러한 구분을 감각 기관에 대응시킨다면 전자는 눈(시각)에, 후자는 귀(청각)에 각각 연결될 수 있다. 이는 아폴로적인 것과 디오니소스적인 것의 결합이 시각적인 것과 청각적인 것의 융합으로 이해될 수 있음을 시사한다. 그런데 일면 단순해 보이는 이러한 대응 관계에는 보다 복잡한 함의가 내포되어 있다.

우리는 『비극의 탄생』 전체에 걸쳐 니체가 디오니소스적인 것에 상대적으로 더 높은 가치를 부여하였다는 인상을 받는다. 이로부터 감각과 관련된 두 가지 추측이 가능한데, 하나는 아폴로적 감각의 근간인 눈이 소크라테스의 등장과 함께 인식 기관으로 변질되고, 사유의 힘과 동일시된 이성적 눈에 의해 세계를 해석하고 측정하고 통제해온 역사가 서구 문명의 역사이며, 무엇보다 시각 중심적 질서가 근대 문명의 질서라는 점을 니체가 간파하고 있다는 점이다. 다른 하나는 그러한 이성적 눈의 전횡을 극복하기 위한 방법으로 디오니소스적 감각의 복원, 즉 청각적인 것의 긍정적 재가치화가 시도되고 있다는 사실이다. 이는 『차라투스트라는 이렇게 말했다』에서 드러나듯 소리, 말, 노래, 그리고 제대로 듣는 귀에 대한 니체의 애호 속에 잘 나타난다. 그러나 아폴로적인 것 또한 세계를 구성하는 힘의 나머지 쌍임을 강조하는 니체에게 분별과 자각의 감관이자 꿈의 영상을 제공하는 눈은 여전히 중요한 가치를 지닌다. 그는 이성의 도구로 전락한 눈이 "지금과는 다른 눈"(II: 132)으로 새롭게 태어나길 희망한다. 따라서 보는 귀, 듣는 눈은 니체의 맥락 안에서는 오히려 자연스러운 형상에 해당한다. 그의 신체 속에서 낱낱의 감각 기관은 다양성이 보유된 전체로 통합되어 "커다란 이성"(II: 52)을 움직이는 탐색과 경청의 무기가 된다. 이것은 "하나의 의미를 지닌 다양성이고, 전쟁이자 평화,

가축 떼이자 목자"(II: 52)이며 "자아를 지배하는"(II: 53) 진정한
'자기'의 신체적 표징이라 할 수 있다.

　그런데 여기 '귀 있는 자'를 찾는 차라투스트라의 외침에 반향하듯
바람의 소리를 못 듣는 귀머거리―불꽃에 깊은 아쉬움을 느끼는 이
가 있다.

> 시간도 잠도 그대까지도
> 오직 뜨거운 병으로 흔들린 뒤
> 기나긴 상처의 밝은 눈을 뜨고
> 다시 길을 떠난다
>
> 바람은 아주 약한 불의
> 심장에 기름을 부어주지만
> 어떤 살아 있는 불꽃이 그러나
> 깊은 바람 소리를 들을까
>
> 그대 힘써 걸어가는 길이
> 한 어둠을 쓰러뜨리는 어둠이고
> 한 슬픔을 쓰러뜨리는 슬픔인들
> 찬란해라 살이 보이는 시간의 옷은　　　　　　　―「상처」부분

　이 시의 '불꽃'은 뜨거운 병을 앓고 난 영혼이 다시 일어나 움직이
는 소생의 순간을 시각적으로 이미지화한다. 상처의 극복을 기뻐하듯
홀-존재로 밝게 타오르며 빛을 내는 이것은 개별자로서의 유일함을

244

누린다. 기나긴 상처 끝에 몸 전체가 '밝은 눈'이 된 '불꽃.' 어둠으로부터 자기 존재의 윤곽과 경계를 구분 지으며 개체로서의 온전함을, 소박하지만 확고한 위엄을 지키는 이 불꽃―눈은 산더미 같은 파도가 몰아치는 폭풍의 바다에서 자신의 조각배에 앉아 있는 뱃사람처럼, 격동하는 세계 한가운데서 개체화의 원리를 믿고 그것에 의지하여 조용히 앉아 있는 아폴로의 모습(I: 36)을 연상시킨다. 그것은 바깥의 바람과는 무관하게 고요와 정적을 지키며 절도 있는 한계를 유지하는 빛의 신을 닮았다. 그러나 "살이 보이는 시간의 옷"을 투시하는 아폴로적 불꽃―눈은 누가 저를 돋우는지 알지 못한다. 바람에 의해 심장이 점화되면서도 저를 살리는 소리를 듣지 못한다. 귀가 없는 까닭이다. 아마도 자신을 스치는 바람의 소리를 듣게 될 때, 홀로 있음이 세계로부터의 단절과 고립을 초래하는 또 다른 속박임을 깨닫게 될지 모른다.

이제 우리는 이 시의 시인이 존재하는 것들의 소리, 예컨대 "제 허리를 돌며 흐르는/만월의 킬킬대는 소리를"(「꽃피는 애인들을 위한 노래」) 들어보라고 청하는 이유를 짐작할 수 있다. 실재 세계의 미숙함, 거칢, 그리고 불안정성으로부터 벗어나고자 자신의 감정과 욕구에 적합한 내면적 공간을 찾도록 촉구하는 개별화의 원리가 분열과 분해라는 근원적 고통을 감내해야 하는 것이라면, 그러한 내적 모순의 해결은 개체의 현존에 관여하는 다른 개체, 다른 대상에게 자신의 귀를 여는 데서 시작된다. 귀가 왜 몸속으로 우묵히 고인 모양을 하고 있겠는가? 귀야말로 바깥을 안으로 들여 담는 육체의 작은 항아리이다. 눈이 관찰의 도구이고, 입이 표현의 수단이며, 코가 접촉의 기관이라면, 귀는 수용의 그릇이다. 귀는 개체화의 속박을 넘어 개개인을 대상에 밀착시킴으로써 세계의 신성한 법칙처럼 고착된 개체들의 경계선을 허무는 디오니소스적 합일의 출발점이다. 소리는 귓속으로 스며들고 싶고, 귀는 소리를 맞아 열리고 싶다. 소리와 귀의 만남에서 원초적 통일은 시작된다. 모든 소리가 "소리 자신의 귀를 그리워"하고 "사랑이 깊은 귀를" "도둑처럼 〔……〕 떼어가서/소리 자신의 귀"(「소리의 심연」)로 삼고 싶어 하는 것은 이 때문이다.

　시인 정현종에게 이 세계는 소리에 의해 태어나고 움직이고 표현되는, 소리의 카오스적 장(場)이다. 각각의 존재는 스스로의 존재 값을 자신의 고유한 소리를 발함으로써 세계에 매단다. 가령 남녀의 몸이 지나갈 때, 그들의 몸은 시각적 영상으로 현상되지만, 그의 눈은 "그들의 소리가 지나간 만큼의/구멍이 공기 속에 뚫려"(「소리의 심연」) 있음을 본다. 몸이 있기 이전에 몸의 부피만큼의 소리가 있다. 세계는 "공기를 뚫고 지나간 소리의 구멍"(「소리의 심연」)으로 여기저기 뚫린다. 그가 "만월의 킬킬대는 소리"처럼 인간의 가청권(可聽圈) 내에서 감지 불가능한, 혹은 실재하지 않는 소리를 들어보라고 권하는 것은 시각적 형태로 인지되는 사물일지라도 영상의 베일을 걷어내는 순간 본래의 소리가 살아난다고 여기기 때문이다. 세계는 소리로 존재한다. 소리는 소리에 반향하며 섞여든다. 그러므로 하나의 소리는 세계 전체를 울린다. 정현종의 시적 상상력 내에서만큼 이 논법은 참이다. 돌이 떨어지는 소리에서 우주의 균형이 달라짐을 느꼈다는, 그때의 소리가 자신의 귀를 "'깊이' 열어"[2]주었다는 시인의 내밀한 체험은 이 명제들이 참임을 보여준다.

---

2) 정현종, 「대학 시절을 향하여」, 『숨과 꿈』, 문학과지성사, 1982, p. 13.

그러나 소리들은 "쓸쓸한 방식"으로, "소리를 통해서 형상이 남는 방식"(「소리의 심연」)으로 떠돌다 사라진다. 차라투스트라의 한탄처럼 소리의 심연을 통찰하는 "사랑이 깊은 귀"가 없기 때문이기도 하지만, 소리가 아닌 영상(映像)으로서의 삶이 이 세계에 속한 소리의 운명이기 때문이다. 모든 소리가 보고 보이는 것으로 변질된다. 이는 청각적인 것의 몰락과 시각적인 것의 세계 독점을 뜻하며 디오니소스적인 것의 소멸과 아폴로적인 것——소크라테스적 변증론과 논리학에 의해 침식되어버린 아폴로적인 것——의 과잉을 의미한다. 명징한 의식, 분별지(分別智), 개념화, 과학적 필연과 투명한 계몽이 가치의 우위를 선점하면서 도취와 광기, 무의식, 공포스러운 미지(未知), 우연의 덫은 배제의 대상이 되고, 자기 망각에 의해 일깨워지는 감정과 의지는 치명적 위험으로 간주된다. 따라서 소리를 잊지 않기 위해 "내려가는 계단은 어두우면 좋다"(「소리의 심연」)라든가 "제 값으로 피어나는 소리 좀 열려라"(「술잔을 들며」)라는 시인의 말에는 아폴로적인 것의 과도한 비대증을 염려하는 목소리가 숨어 있다. 이는 논리적 도식화가 아폴로적 경향을 잠식하면서 소크라테스적 낙천주의——사유는 논리적 실마리를 사용하여 존재의 심연에 닿을 수 있으며, 존재를 알고 그것을 '수정'할 수도 있다는 신념(I: 95)——가 형성되었고, 이것이 대상의 타자화를 통해 억압과 배제, 차별과 지배라는 문명의 구조를 만들었으며, 이성적 주체뿐만 아니라 객체까지도 쇠퇴와 몰락의 길로 이끌어 현대 문명을 데카당스로 귀결 짓고 말았다는 니체의 비판과 맥이 닿아 있다. '역사=결핍'[3]이라는 인식은 정현종의

---

3) 정현종, 「시란 무엇인가」, 『정현종 깊이 읽기』, 이광호 엮음, 문학과지성사, 1999, p. 367.

시 세계를 관통하는 일관된 등식으로, 국가의 제도적 통치에 따른 역사의 진행이 심각한 병리적 상황에 이르고 있다는 의식(「국가적 法悅」)이나 다음과 같은 구절

> 우리의 시간은 어떻게 왔는가
>
> 그건 伏兵처럼 오고
>
> 祭物에 침 흘린다 한도 없이
>
> 연극을 뺨치면서 온
>
> 그건 진행이라기보다는 낙하
>
> 뛰어도 뛰어도 제자리 뛰는
>
> 악몽의 시간　　　　　　　　　　　—「오늘도 걷는다마는」 부분

에서 드러나듯 인간의 시간을 낙하와 악몽의 연속으로 표현하는 밑바탕에는 역사의 과정 자체를 데카당스의 진행으로 파악하는 비판적 성찰이 전제되어 있다. 그가 한 산문에서 한국 시인의 불행이 역사적 결핍과 패배를 이야기하는 데서만 성공하고 있는 것이라면 우리 시의 과제는 그러한 결핍과 패배를 충족하는 데 있다고, 그것이 바로 시의 진정한 혁명성이라고 설파했던 점[4]을 떠올린다면, 정현종의 시적 사유는 현대성의 문제란 곧 데카당스의 문제(III: 12)라는 니체의 통찰과 긴밀히 조응한다. 그리고 그러한 과제를 어떻게 극복할 것인지에 초점이 맞추어져 있다고 해도 과언이 아니다. 그런 점에서 "사랑과 울음으로 뭉쳐" 어디론가 사라진 "소리의 주인들"(「소리의 심연」)을

---

4) 정현종, 「詩와 행동, 추억과 역사」, 『숨과 꿈』, pp. 111~17.

찾으려는 정현종의 상상적 노력은 현대(성)에 대한 비판을 함축하면서 동시에 이성(=시각) 중심적 질서를 전복하는 유의미한 방법으로서 "역사의 짝"인 "폐허"(「때와 공간의 숨결이어」)를 디오니소스적 소리로 채우려는 문학적 시도라 할 수 있다. 그에게 세계를 소리로 듣고 직관하는 것, 이를 위해 자신의 귀를 더 크게 만드는 것은 따라서 매우 중요한 의미를 지닌다.

> 잠깬 마루에
> 새벽 달빛 한 줄기
> 번개 같다, 보이는 세계의 심연
> 부들부들 떠는 마음의 고요
> 뿔뿔이 끊어졌던 뿌리를 모은다.
>
> 내 귀는 크고 또 커져
> 깃 속에 푸른 바람 품고 잠든 새의
> 꿈을 듣고 있는 그대의 꿈을
> ……듣는다
>
> —「마음에 이는 작은 폭풍」 부분

이 시의 귀는 꿈을 '듣는' 귀이다. 다만 '귀'가 '그대의 꿈'을 듣기 전, 시인의 감각은 눈을 중심으로 활동을 개시한다. 그의 눈은 땅으로 꽂히는 달빛의 번개를 보면서 그것의 수직적 길이만큼 세계의 깊이를 본다. 잠에서 막 깨어난 찰나, 갑작스럽게 전개된 이 같은 심연의 시각화는 고요한 시인의 내면을 뒤흔든다. 그의 마음은 "부들부들" 떨린다. 그런데 바로 그때, 그의 귀가 "크고 또 커"진다! 잠든 새의 꿈을, 그대의 꿈을 듣기 위해서! 이것은 일종의 변신이다. 더 높은 신체(II: 50)로의 변신. 그런데 왜 '더 높은'인가? 그것은 이 귀가 시각적 이미지인 꿈을 소리로 변용하기 때문이다. 시인의 귓속에서 영상은 "메아리"(「幕間」)가 된다. 영상(映像)의 형질 변화가 일어난 것이다. 니체 식으로 표현하자면 귀의 자기 극복이 이루어진 셈이다. 더구나 그의 귀는 확장과 전이의 귀이다. "잠든 새의/꿈을 듣고 있는 그대의 꿈"을 '내 귀'는 듣는다. 새의 꿈은 그대의 꿈으로, 그대의 꿈은 나에게로 번지고 옮겨지고 확대되면서 각자의 꿈은 서로의 꿈이 되고 구분 지을 수 없는 하나의 전체로 용해된다. 따라서 '내 귀'는 꿈과 꿈을 매개하는 귀이다. 시인의 귀를 거치면서 아폴로적 영상은 이처럼 디오니소스적 소리로 전환된다. 그리고 그 소리를 노래로 전하는 순간,

　大노예들의 발바닥을 핥는 中노예들의 발바닥을 핥는 小노예들의 발바닥이 무서워서 발붙일 곳을 없게 하기 위해 손이 발이 되도록 빌게 하나니……

　〔……〕

　그러나 보라
　내 귀가 들은 바를 나는 노래하나니
　태양이 떵떵거리면서 떠오르도다.　　　—「태양이 떵떵거리면서」 부분

　"귀가 들은 바"를 노래하자 음률에 화답하듯 태양의 신 아폴로가

떠오른다. 병들어 있던 아폴로적인 것이 시인의 귓속에서 새롭게 부활하고 있는 것이다. 형식과 법칙, 과학적 원리라는 이름으로 딱딱하고 차갑게 굳어져 있던 아폴로적 의지가 시인의 귀와 입을 거치면서 '과잉'이라는 병으로부터 벗어난다. 바람 소리를 듣지 못했던 불꽃―눈은 이제 떵떵거리는 태양으로 도약한다. 그것은 건강하게 고양된 개인화의 의지를, 그리고 그것이 존재의 진정한 속성임을 암시한다. "노예들의 발바닥"은 눈부신 태양 때문에 "무서워서 발붙일 곳"을 잃을 듯하다. 스스로 입법의 주체가, 가치 판단의 주체가 되지 못하는 노예들은 아마도 자신들이 태양을 두려워하는 이유를 알 수 없을 것이다. 노예들은 고도의 자기 절제가 핵심인 아폴로적 의지가 결여된 존재들이다. 이들은 모든 주인들의 표상인 태양을 달가워하지 않는다. 디오니소스적인 것을 자기 몸의 일부로 삼은 자만이 아폴로적 빛의 등장을 반가워한다. 노예들에게 이들 두 형제 간의 대면은 그들로서는 감당할 수 없는 생의 의지가 분출되는 순간이다. 그들은 긍정의 세계를 모른다. 원한과 복수, 자기 비하와 휴식의 욕망이 그들의 내면을 채우고 있을 뿐이다. 이러한 노예들의 귀는 "우리는 죽어가고 있다고 말할 때 그 말의 무덤인 검은 귀"(「우리들의 죽음」)이다. 그들의 귀는 크거나 깊지 않고 단지 '검다.' 그것은 "말의 무덤," 즉 소리의 죽음이다. 빛도 없고, 생기도 없는 '검은 귀'는 삶을 배신하는 삶, 죽음과 같은 정체(停滯), 우울한 권태와 수동적 체념, 그러한 것들을 숨기지 않는 뻔뻔스러운 태도를 상징적으로 표상한다. 정현종은 이러한 노예의 삶을 "삶처럼/여러 포즈로 꿈틀거"리는 '포르노'(「외설」)라고 표현한다.

오호라 외설스럽구나 출근
더더욱 외설스럽구나 교육
희망만큼 낡은 절망의 외설
절망만큼 낡은 희망의 외설
그런 추상명사들의 실체인
여러 포즈가, 알을 까려고
또 알을 까려고
품고 있는 권태.

—「외설」 부분

정현종에게 살아 있음의 반대말은 죽음이 아니라 권태이다. 더—이상—의욕하지 않기, 더—이상—평가하지 않기, 그리고 더—이상—창조하지 않기(II: 143), 권태의 진짜 뜻은 바로 이것이다. 그리고 그는 말한다. "제도의 공인(公認)으로 무죄를 비는 거야말로," "관습에 기댄 자기기만이야말로 외설"(「너는 누구일까」)이라고. 나날의 출근에서부터 연애·교육·제도·합법 등 '포르노' 아닌 것이 없고, '~인 척'하는 포즈를 희망, 절망 등의 낡아빠진 추상적 개념어로 미화하면서 자신을 주인으로 착각하는 노예들의 일상이 현대적 삶의 본모습이다. 우리는 현대 문명이 데카당스의 정점에 놓여 있다는 니체의 진단을 삶의 반대편에 권태와 외설을 놓는 정현종의 수사학에서 다시 확인하게 된다. 따라서 역사와 결핍을 동일시하는 시인의 등식에는 주어진 사회의 가치에 복종하고, 그 가치를 미덕으로 숭상하며, 관습에의 의존을 감추지 않는 삶의 태도가 '지금 여기'를 외설과 권태가 난무하는 세계로 만들었다는 날카로운 자기반성이 담겨 있다. 그가 자신의 '크고' '깊은' 귀를 통해 태양의 떠오름을 선언하는 까닭은 노예적인 권태와 외설을 아폴로적 디오니소스의 힘으로 몰아내고 이 세계가 주인들의 세계로 거듭나기를 염원하기 때문이다. 예컨대 죽음마저도 시작하는 것, 창조하는 것, 자율적인 것, 넘치는 것으로 만드는 활기 넘치는 주인들로 세계는 다시 태어나야 한다.

정현종의 귀에서 데카당의 흔적을 찾아볼 수 없는 것은 당연하다. 자신의 부패한 취향을 체감하고, 그 취향을 좀더 높은 취향으로 요구하며, 자신의 부패상을 법칙으로, 진보로, 완성으로 관철하는 데카당(III: 29)이야말로 정현종의 시 세계와 가장 거리가 멀다. 생명의 진동과 활기가 최소의 형태로 제한되어버리고, 도처에 마비·피로·경직 아니면 적대와 혼돈뿐인 상태, 전체는 더 이상 전체가 아닌 인위적인 것, 인공물인 것(III: 37)으로 존재하는 상태를 그는 가장 경계한다. 그러한 데카당적 스타일은 '좋은' 것, '제대로 잘되어 있는 것 Wohlgeratenheit'(IV: 334)이 아니다. 주인이 되지 못한 노예들이 세계에 대한 본능적 적의로 축조한 병든 예술적 세련됨이 데카당의 전형이라면, 그에게 "제 것인 색채와/제 것인 가락"(「외출」)으로 있는 것, "그다지 스스로 있는"(「잡념」) 것은 '제대로 잘되어 있는 것'의 다른 말로서, 이는 자기 증오에 기반한 데카당과 달리 삶의 자기 긍정, 자기 지배에서 비롯된 자연과 건강과 젊음과 덕으로의 회귀(III: 21)를 뜻한다. "만물이 제자리에 있는" 것을 긍정하는 마음의 "제자리"(「장수하늘소의 인사」)야말로 노예들의 원한이 극복된 정신의 현주소이다. 그리고 그러한 '제자리 있음'이 좋음이자 곧 아름다움이다. 현재의 사회적 규준에 의한 자기 형성이 인위적인 부자연스러움, 예컨대 규제와 금지, 억압의 산물이라면, 그에 대한 비판 뒤에는 '그렇다면 어떻게 자기를 형성할 것인가'라는 물음이 뒤따른다. 정현종의 시는 데카당의 거부를 통해 이러한 물음에 대한 유의미한 답을 우리에게 제시한다. 그것은 우리 자신을 '좋게' 만듦으로써 아름다움이 되게 해야 한다는 것, 즉 하나의 '좋은' 작품으로 스스로를 창조해야 한다는 것이다. 좋음과 아름다움의 동일시[5]는 그가 우리에게 요청하는 새로운 주인의 윤리라 할 수 있다.

정현종의 귀가 디오니소스적 도취의 진원지로 나타난 이유가 이로써 좀더 분명해진다. 데카당에 대한 일관된 거부와 노예적인 것의 극복이라는 과제가 시인에게 도취에의 의지를 더욱더 고양한다. 도취됨으로써 시인은 전체를 부분들의 조합이 아닌 자연적 전체로 경험하며, 동정과 연민이 아닌 감사와 경이로 세계를 재발견한다. 특히 감사하는 마음은 모든 아름답고 위대한 예술로 하여금 데카당스를 거부하게 만드는 원동력이다. 데카당에 대한 본능적 반항 의지로부터 그러한 예술의 본질이 입증된다(III: 68). 정현종 시에 자주 나타나는 감사의 마음——「올해도 꾀꼬리는 날아왔다」「까치야 고맙다」 등——은 그의 시적 경향이 데카당스와 대척 지점에 놓여 있음을 보여준다. 그리고 '무엇을 감사할 것인가'가 가치 판단 행위임을 떠올린다면, 그의 시가 '좋음'의 의미를 정립하는 윤리적 실천과 밀접히 맞닿아 있음을 알 수 있다. 무엇이 '좋은가'를 감각하고 직관하고 성찰한다는 점에서 그의 시는 좋음과 나쁨을 기준으로 대상을 판단하고 구별하는 주인의 도덕에 기반하고 있다. 이때 주인이란 가치를 창조하는 자, 스스로 그렇게 되기를 원하는 자(II: 238)이다. 타자에 대한 경외와 찬탄을 의도하는 정현종의 도취는 따라서 그것이 스스로 의욕된 바라

---

5) 유종호, 「해학의 친화력」, 『정현종 깊이 읽기』, p. 259.

는 점에서 주인의 도취이며, 각성된 도취이다. 가령

> 기억하렴
> 쓰레기는 가장 낮은 데서 취해 있고
> 별들은 天空에서 취해 있으며
> 그대는 중간의 다리 위에서
> 어쩔 줄을 모르고 있음을
>
> ──「기억제 1」 부분

에서 나타나듯 지하의 쓰레기와 하늘의 별들이 자신의 자리에서 제각기 홀로 취해 있다면, 인간은 사물들의 개별적 도취 앞에 어쩔 줄 모르고 서 있다. 지상적 도취이든, 천상적 도취이든 "중간의 다리"에 있으니 그에 동참하거나 외면하는 것은 시인에겐 실존적 선택과 결단의 문제가 된다. 그리고 그의 선택 여부에 따라 쓰레기와 별들이 하나로 연결될지, 외따로 존재할지가 결정날 터이다. 시인이 택한 길은 무엇일까? 우리는 이미 그의 신체적 변신을 확인한 바 있다. '크고' '깊은' 귀, "움직임의 영상"을 "메아리"(「幕間」)로 '듣는 귀'로의 변신은 마치 마야의 베일을 찢어 원초적 통일체를 드러내듯(I: 37) 각각의 개체로 하여금 이웃 간에 굳어져 있던 단단한 적의의 담장을 허물고 분리에서 유대로, 소외에서 화해로 나아가게 하는, 자기보다 더 크고 높은 공동체를 이루게 하는 디오니소스적 의지의 육체적 발현으로 이해된다. 시인은 자신의 신체적 변화를 통해 처음―중간―끝, 지하―지상―천상을 본래적인 '하나oneness'로 융합하는 길을 택한다.

정현종의 귀는 도취의 전율을 경험하려는 인간 내부의 깊은 충동이

자기 소멸을 의도하는 현장이다. 그의 귀를 거치면서 개별화의 원리
는 그 힘을 잃는다. 그리고 이것/저것, 보는 것/보이는 것, 의식된
것/의식하는 것, 있는 것/없는 것의 윤곽은 허물어진다. 이러한 귀
의 소유는 쓰레기의 도취, 별들의 도취에 자신을 내던지는 실존적 결
단에 따른 결과이다. 정현종의 도취는 신체적 변용을 전환점으로 하
여 개별적인 자기 충족 상태에서 사물 간에, 존재 간에 상호 조응하
는, 그리하여 자기 안에 더 큰 교감의 공동체가 형성되는 순간적이고
총체적인 자기 망각의 경지——흡사 법열(法悅)과도 같은——로 나아
간다.

　　　　날으는 새의 날개가 느끼는
　　　　공기
　　　　그 지저귐이 느끼는
　　　　내 귀
　　　　에 흐르는 푸른 공기
　　　　귓속에 흐르는 날개
　　　　모든 것들의 경계의
　　　　氣化
　　　　서로 다른 것의 모양 속에 녹는다
　　　　네 모양이 내 모양
　　　　내 모양이 네 모양이라며
　　　　날개와 바람
　　　　날개와
　　　　바람처럼……　　　　　　　　　　　——「이 세상의 깊음 속으로」부분

256

우리는 이 시를 통해 정현종의 귓속에서 "모든 것들의 경계"가 기화(氣化)하여 서로서로 녹아드는 광경을 목격하게 된다. 시인은 새의 지저귐 속에서 새의 날개와 날개를 감도는 공기를 함께 느낀다. 그는 푸른 공기를 듣고, 소리의 날개가 흘러다니는 것을 본다. 아니, 아니다. 듣는 건지 보는 건지 더 이상 분간할 수 없다. 듣는 봄이고, 보는 들음이다. 새와 날개와 바람과 지저귐이 그의 귓속에서 하나의 날개를 달고 한꺼번에, 모두, 동시에, 날아다닌다. 그의 귀도 막 날아갈 듯하다! 정녕 그의 귀는 '크고' '깊은' 디오니소스의 귀이다. "네 모양이 내 모양"이고, "내 모양이 네 모양"이니 깊이 잠들었던 디오니소스가 활짝 깨어난 형국이다. 그러나 경계의 기화(氣化)가 존재의 무화(無化)는 아니다. 디오니소스적인 것의 만개(滿開)에도 불구하고, 그의 시에서 각각의 개체들은 자신의 성향과 본질, 타고난 생리(生理)와 위치를 유지한다. 이 시의 경우 스타카토처럼 끊어지는 행갈이는 시어의 독립성을 높여 단어가 지칭하는 대상의 단독성을 강조한다. 경계의 기화가 진행되는 가운데서도 날개와 바람과 새소리와 '내 귀'가 보존되고 있는 것이다. '내 모양'은 '네 모양'이면서 '내 모양'이다. 이것이면서 저것인 것. 이는 이것과 저것이 본래의 고유성을 상실하면서 이루는 변증법적 정반합과는 다르다. 서로가 서로의 공통분모가 되어 합해지고 나눠졌다가 언제든 제 자신의 수(數)로 돌아갈 수 있는 상태. 우리는 이를 가리켜 아폴로적인 것과 디오니소스적인 것의 팽팽한 균형이라 말할 수 있다.

그런데 주목할 것은 이러한 자기 보존과 자기 소멸의 동시적 진행은 자기에 대한 긍정 없이는 불가능하다는 점이다. 정현종의 시는 자신과 세계에 대한 무한한 긍정 가운데 탄생한다. 그렇다면 "나는 누

구인가/나는 적어도 누구이지/별이 빛날 때/내가 아무것도 아니라면
/달이 떠오를 때/나는 적어도 부풀은 누구이지/[……]//나는 구름을
들이받는 염소/나는 미풍에 흔들리는 풀잎"(「자기 자신의 노래 2」)이
라고 스스로를 '노래'할 수 있는 이 긍정의 힘, 고통까지도 나의 "뿌
리"와 "피"(「술잔을 들며」)라고, 찬란한 "축제"(「고통의 축제 1」)라고
말할 수 있는 이 힘은 과연 어디에 근거한 것일까? 우리는 이에 대한
답을 시인의 다음 말에서 찾을 수 있을 듯하다.

　　우리는 소리가 '사라진다'고 말한다. 그러나 그것은 우리의 귀에 들
리지 않게 되었음을 말할 뿐이다. 모든 소리들을 남김없이 빨아들이는
거대한 소리 흡인체(吸引體)인 공간 속에는 천지 창조 이래 있었던 모
든 소리들이, 우리가 알 수 없는 형태로, 짐작할 수 있는 형태로 혹은
분명히 알 수 있는 형태로 고스란히 남아 있다. 질량 불변의 법칙. 정
신은 물질의 형태로, 물질은 정신의 형태로 끊임없이 변용, 변질되고,
여자는 남자의 모습으로 남자는 여자의 모습으로 바뀌면서(생식 과정
을 생각하면 쉽다) 유전하고 새로 태어난다. 일찍이 이 세상에 있었던
모든 정신과 물질들, 이 세상에 있었던 모든 것들은 하나도 없어지지
않고 있다. 없어지는 게 하나라도 있었다면 지금 우리가 있을 리 있겠
는가.[6]

　　니체는 영원회귀를 설명하면서 "에너지 보존의 원리는 영원회귀를
요청한다"(V: 603)고 말한 바 있다. 에너지의 변함없는 보존 가운데

---

6) 정현종, 「꿈꾸는 자의 내면일기」, 『날자, 우울한 영혼이여』, 민음사, 1976, pp. 20~21.

어떤 손실도 없이 생성과 소멸을 반복하는 것(V: 606), 생성하고 경과하기는 하나 결코 생성을 시작한 일도 경과를 끝낸 적도 없는 힘의 파랑(V: 604), 그 영원한 변전 속에서 만물이 영원히 되돌아오고 우리 자신도 더불어 영원히 되돌아오는 것(II: 368), 따라서 우리는 무한한 횟수에 걸쳐 이미 존재했으며 모든 사물 또한 우리와 함께 그렇게 존재해왔다는 것, 이처럼 생성의 거대한 해〔年〕, 이 거대한 괴물이 '다시 출발하기 위해' 모래시계처럼 되돌려지는 것(II: 368), 이것이 바로 영원회귀이다. 그것은 생성에 대한, 생성의 반복에 대한 긍정의 긍정이다. 위의 인용 문구에는 이러한 영원회귀에 대한 시인의 가감 없는 긍정이 표현되어 있다. "이 세상에 있었던 모든 것들은 하나도 없어지지 않고 있다. 없어지는 게 하나라도 있었다면 지금 우리가 있을 리 있겠는가"라는 그의 말은 "존재하는 것에서 빼버릴 것은 하나도 없으며, 없어도 되는 것은 없다"(IV: 392)는 니체의 말을 연상시킨다. "나는 더없이 큰 것에서나 더없이 작은 것에서나 같은, 그리고 동일한 생명으로 영원히 되돌아온다"(II: 369)는 깨달음은 자기에 대한, 그리고 세계에 대한 영원한 긍정을 가능케 한다. 정현종의 시가 자기 망각의 도취와 자기 보존의 충동을 동시에 구현할 수 있는 것은 이러한 최고의 긍정 형식(IV: 392)이 시적 상상력의 원리로 자리 잡고 있기 때문이다. 그의 상상력은 자신의 존재 자체가 영원한 회귀의 원인이며, 그 원인의 매듭이 다시 자신을 창조한다는 사유에 의해 뒷받침되고 있다. 그가 스스로를 "눈에는 번개 귀에는 바람/몸에는 여자의 몸을 비롯/온통 다른 몸을 열반처럼 입고"(「잎 하나로」) 있다고 표현한 것은 회귀에 의한 생성과 창조를, 끊임없는 변용과 유전과 새로 태어남을 존재의 원리로 인식하기 때문이다. 이것은 삶에 대한 가장 즐겁고도 충일한 긍정을 유발한다. 가장 낯설고 가장 가혹한 문제들에 직면해서도 삶은 긍정된다(IV: 393). 고통 또한 긍정의 긍정에 이르는 한 과정인 것이다. 우리는 비로소 시인이 고통을 '축제화'할 수 있었던 까닭을 이해할 수 있다.

정현종 시인의 이러한 유보 없는 긍정의 최고 수렴점은 아마도 "나는 불멸이다"라는 다음의 선언이 아닐까 한다.

> 겸손은 아마 내 천성
>
> 그걸 그러나 스스로는 모르는 채
>
> 나는 항상 반쯤 드러내며 살아왔다
>
> 내가 가진 것의 반
>
> 또는 그보다도 적게.
>
> 모든 걸 아는 풀잎
>
> 모든 걸 아는 저 새들
>
> 모든 걸 아는 동물들
>
> 그리고 해와 달
>
> 만물이 항상
>
> 자기를 반쯤 드러내고 있듯이
>
> 나는 반쯤 드러내며 살고 있다.
>
> 언제까지나—
>
> 장차 내가 죽었을 때에도
>
> 그건 나를 반쯤 드러낸 모습일 터이니
>
> 그건 실로 죽은 게 아닐 것이다
>
> 나는 불멸이다.　　　　　　　　　　　　　　—「불멸」 전문

차라투스트라가 허무의 병에 사로잡혀 심하게 앓고 났을 때, 그의
주위로 동물들이 다가와 그에게 영원회귀에 대해 이야기해준다(II:
367~69). 그들은 말을 마친 뒤 그의 대답을 기다리지만 차라투스트
라는 눈치를 채지 못하고 조용히 자리에 누워 적막에 잠긴다. 자연은
이미 모든 걸 알고 있다. 풀잎도, 새들도, 동물도, 해와 달도. "자연
은 노력하지 않아도 안다"(「너는 자기가 생각하는 자기보다……」). 그
들은 태어나고 죽고, 다시 태어나고 죽는 유전 가운데 생성과 차이,
변화와 창조의 원리를 터득하고 있다. 다만 인간만이 그것을 모를
뿐. 병에서 완전히 회복된 차라투스트라가 "그것이 바로 삶이었던가?
나는 죽음을 향해 말하련다. '좋다! 그렇다면 한 번 더!'"(II: 525)라
고 외치며 혹시 이 시를 읊지 않았을까? "나는 불멸이다"라는 말은
우리가 만날 수 있는 가장 아름답고 힘찬, 고통과 죽음이 함께 내포
된 고귀한 자기 선언일 것이다. 그리고 그 말 속에는 영원회귀를 깨
닫는 데서 머물지 않고 그것을 적극적으로 내면화한 시인의 의지가
녹아 있다. 그러한 의지에 힘입어 그의 귀는 '한 번 더!' 변신한다.
영상의 메아리를 '듣는' 귀가 아니라 작은 새소리에서 소리의 무한을
'보는' 형안(炯眼)의 귀로! 자기 극복된 위버멘슈Ubermensch[7]의
귀로! 그의 귀는 더 '깊고,' 더 '커져버렸다.' 만물을 소리로 투시하고
그림으로 들으며, 그것들을 모두 기쁘게 담게 되었으니……

정현종 시인은 얼마 전부터 그의 귀에 '보이는' 개체들의 우주와 그
것의 이미지 안에서 살고 있다. 시인의 거주가 내내 편안하길 그의
"바람과 그늘과 초록" "흙과 벌레/천둥 번개"(「새소리」)에 대고 기원

---

7) 보통 '초인'으로 번역되고 있으나, 적합한 번역어가 아니라고 생각되어 원어를 그대로 발
   음하여 쓴다.

하고 싶은 마음이다. 그 외 더 무엇을 소원(所願)할 수 있을까?
아……, 볕 밝은 봄날 그의 "한없이 넓고 둥글고/그리고 편안한" 새
소리 '댁(宅)'으로 놀러 갈 수 있길 빌어봐야겠다.

　　그렇게 그 소리의 무한은
　　열리고 또 열리어
　　보인다 바람과 그늘과 초록의
　　우주,
　　흙과 벌레
　　천둥 번개의 우주가……

　　봄이면 나는 내내
　　저 새소리의 집에서 산다
　　한없이 넓고 둥글고
　　그리고 편안하다.　　　　　　　　　　　　　　—「새소리」 부분

환(幻)의 순간, 초월의 문턱
─ 최정례론

시간이 무엇인가라는 질문은 존재의 근원적 비밀에 대한 의문이 내포되어 있다. "인간 영혼의 궁극적 깊이는 시간의 근원적 깊이"라고 말한 토마스 만의 예를 떠올리지 않더라도, 우리는 시간이 삶의 조건이자 사회적 리듬의 형식임을, 또한 경험과 행동으로부터 비롯된 지적 구성물이자 내적 존재 형식임을 알고 있다. 특히 자아 내부에서 체험되는 시간의 지속 양상이 어떻게 인식되는가라는 문제는 세계에 대한 자아의 인식과 불가분의 관계를 맺는다. 세계와 우주, 자아와 대상 간의 관계를 사고하는 근저에 어떤 시간관이 놓여 있는가에 따라 문명의 특징과 그 사회의 구조가 형성되어왔다고 해도 과언이 아니다. 예컨대 시간이 기계적 분절 단위로 인식되면서 사회적 공동 리듬은 균등화되었고, 삶의 이질성과 고유성을 허용하지 않는 표준화된 패턴이 강요되었으며, 그 결과 효율성과 동질성만을 최우선시하는 오늘날의 문명이 이루어졌다. 따라서 시간에 대한 고찰은 역사와 사회, 그리고 인간 존재 자체에 대한 숙고이자 성찰이기도 하다.

시간 의식이 이렇듯 존재의 내적 구성물이자 체험 인식의 주요 원리라는 점에 관심을 두고, 이를 시작(詩作)의 중심 화두로 내세우는 시인이 있다. 서정시의 장르적 본질 중 하나는 시적 순간에의 몰입을 통해 세계와의 합일을 성취하고, 인간 내면에 공존하는 다양한 시간 체험을 '영원한 현재'로 통합한다는 점이다. 그것은 이질적인 타자성의 화해와 자기 동일성의 재창조를 의미한다. 이때 서정시의 시간은 계기적이고 연대기적인 현세의 시간을 시적 순간이라는 심미적·상상적 시간에 의해 해체하는 인위적이고 주관적인 형식이다. 따라서 서정시를 형성하는 시적 상상력 속에는 '시간(순간) 안에서 시간(자연사)을 극복'하려는 역설이 내재되어 있다.[1] '시간 안에서의 시간 초월'이라는 이러한 역설적 상상력으로 존재의 경험적 한계를 벗어나려는 형이상학적 열정을 육화하는 또 다른 개성을 만난다는 것은 분명 즐거운 일이다.

1990년에 등단하여 지금까지 세 권의 시집[2]을 상재한 최정례(崔正禮)가 바로 그 같은 즐거움을 우리에게 선사하고 있다. 그의 시는 소재의 특이성이나 시 형식의 파괴 등을 통해 일회적인 충격 효과를 의도하는 시들과 거리가 멀며, 정신주의를 표방하면서 달관과 관조의 자세를 유지하는 작품들과도 다르다. 그의 시선은 '빨간 다라이' '보푸라기' '돌멩이' '파헤쳐진 흙' 등에 닿아 있다. 그의 손끝을 거치면서 별 볼 일 없는 이 미천한 사물들은 거대한 시간의 누적을 숨기고

---

1) 최문규, 「역사성＋심미성으로서의 〈순간〉」, 『탈현대성과 문학의 이해』, 민음사, 1996, pp. 166~76 참조.
2) 『내 귓속의 장대나무 숲』, 민음사, 1994; 『햇빛 속에 호랑이』, 세계사, 1998; 『붉은 밭』, 창작과비평사, 2001.

있음이 드러난다. 간결하게 절제된 언어와 명징한 이미지들은 지리멸렬한 살림살이들을 고전적인 투명성의 장으로 이끈다. 그러나 그 투명성은 일의성을 거부한다. 다의적인 모호성을 거느린 그의 시적 언어들은 눈에 보이는 현상이 존재의 본질이 아님을, 현재 속으로 끊임없이 간섭해 들어오는 과거의 거대한 지층이 투시될 때 비로소 존재 전체가 드러남을 말하고 있다. 시인의 입을 빌려 현재화되는 "장난감 기차"와 "장롱"들은 자기들만의 역사와 '시간의 호수'를 품고 시의 땅에 영원의 뿌리를 내린다.

이처럼 시간에 대한 예민한 지각을 통해 생에 대한 진지한 사유와 반성적 성찰을 시도하는 최정례의 시는 세계에 대한 독특한 인식과 지적 탐색을 통해 일상의 세목이나 소소한 서정의 포착에 치중해온 우리 시에 새로운 활력을 불어넣고 있다.

두고 온 푸른 사과

'지금 여기'에서의 결여는 없는 것, 빈 것의 자리를 채우려는 욕망을 불러일으키기 마련이다. 없는 것이 무엇인지 정확히 안다면 욕망의 대상은 분명해진다. 그러나 주머니 속에, 가방 속에 무엇인가가 있어야 하는데 그것을 알지 못할 때 난감함이 시작된다. 그리고 어느 날 문득 감지된 그 무엇의 부재가 삶에 치명적인 균열을 초래한다면 사태는 자못 심각해진다. 버스를 타고 가다 본 노점에서 예측 불허의 파국이 시작되기도 하고, 무심히 지나쳤던 '푸른 사과'로부터 생이 어긋나고 있다는 충격적인 깨달음을 얻기도 한다. 사소한 우연에 의해

안전하다고 여겨진 삶의 질서가 방향 없는 혼돈으로 이끌리는 것,
삶의 그러한 나약함과 불완전성이야말로 존재의 원초적 한계이기도
하다.

버스가 거기 섰기 때문에 노점의 푸른 사과가 내게로 왔다
여름도 다 가고 한물간 수박 곁에서 그의 얼굴은 빛나고 있었다
내가 보았기 때문에 푸른 사과는 한층 푸르고
배꼽 부분은 부드럽게 패인 채 나를 향하고 있었다
〔……〕
푸른 사과는 내가 저를 생각하는 줄도 모르고 아직 그 정거장 좌판
위에 서 있을 것이다
한없이 기다리다 지쳤기 때문에 푸른 사과는 검은 비닐봉지에 담겨
누군가의 손에 매달려 갈 것이다
참 이상하고 짧은 불꽃이
한 달간 밥을 먹지 못한 이 여름이
언제 올지 모르고 가고 있었다
푸른 배꼽 속으로 뛰어들어가 다시는 나오고 싶지 않았다
내려서 푸른 사과에게 갈 수가 없었다 이상한 버스는 어디로 가는
것인지 왜 이렇게 돌아다니는지
푸른 사과에게 전할 수가 없었다

──「푸른 사과」(『내 귓속의 장대나무 숲』) 부분

이 시는 이지(理智)의 영향권을 벗어나 어떤 구체적 대상(푸른 사
과) 속에 감춰져 있던 기원(起源)의 상이 일회적이고 순간적인 우연

을 통해 시인의 내면으로 들어오게 된 계기를 보여준다. "푸른 사과"
는 간절한 희구의 대상 혹은 영혼의 내밀한 동반자를 암시하지만, 무
엇보다 시간의 흐름 속에 망각된 자기 생의 기원을 상징한다. 그것은
잠재된 기억의 얼음 바다를 부수는 한 자루의 도끼이다. 도끼날로 조
각난 바다는 정해진 노선의 "버스"와 그것에 의지한 삶을 향해 위태
롭게 넘실댄다. "푸른 사과"가 내면적 관심사가 되고, 그 "푸른 배꼽
속으로 뛰어들어가 다시는 나오고 싶지 않"게 된 이상, 지금까지 유
지되어온 평온한 삶은 어디로 가는지 알 수 없는 "이상한 버스"가 된
다. 그 버스 안에서 '나'는 전할 수 없게 된 말을 가슴에 담은 채 안타
까워한다.

　기원을 잊은 자에게, 기원에 가까이 다가갔으나 그것을 마주할 용
기가 없는 자에게 과거는 현재화될 역동성을 상실한 부재의 공간이
다. 과거와의 연속성을 보장받지 못한 현재는 그 결과 미래를 꿈꿀
수 없는 기억 상실의 순간이 된다. 근원에 대한 망각이 도저한 시간의
강을 과거도 현재도 미래도 없는 무의미의 정지 상태로 만든 것이다.
딱딱하게 응고된 무상(無常)의 순간만이 '지금 여기'를 채우고 있다.
시인은 두께도 누적도 없는 이 무시간의 상태를 죽음과 동일시한다.

　　서천(西天) 냇가에 고기 잡으러 갔다
　　솜 방맹이 석유 묻혀
　　깊은 밤 검은 내 불 밝히면
　　붕어들 눈 멀거니 뜨고 가만 있었다
　　흐르는 냇갈 안고 자고 있었다
　　밑 빠진 양철통 갖다 대도

아직 세상 흐르는 줄 알고 가만 있었다

우리 언니 죽을 때 꼭 그랬다

착한 눈 멀거니 뜨고

입 벌린 채 　　　　　　　　—「서천으로 1」(『내 귓속의 장대나무 숲』) 전문

　　"흐르는 냇갈 안고 자"는 '붕어'와 "눈 멀거니 뜨고/입 벌린 채" 죽은 언니, 이 둘의 병치는 지속적인 경과 속에 존재하면서도 흐름의 연속성을 자각하지 못한 채 '영원한 정지' 속에 고정되는 것이 바로 죽음임을 보여준다. 흐르는 물 속에서 자신도 흘러가는 줄 아는 붕어의 천진성은 "밑 빠진 양철통"이 다가오는 위험한 상황에서도 변할 줄 모른다. "검은 내"는 죽은 언니에게서처럼 시간이 부재하는 저승이다. 그 안에서 "눈 멀거니" 뜬 채 멈춰 있는 붕어는 이미 굳어버린 시체이다. 붕어와 죽은 언니가 수시로 교차하는 이러한 병치 구조는 두 대상이 인간 존재의 상징임을 짐작게 한다. "아직 세상 흐르는 줄 알고" 그 속에 몸 담가 변화와 발전, 진보를 이루려는 어리석음, 흐름의 시원과 방향을 묻지 않는 맹목적 자세, 없는 과거와 오지 않는 미래를 생산하는 시초에 대한 무감각. 붕어는 생을 죽음으로 이끄는 인간의 박제화된 현재를 되비춘다. 절대적 부정의 이 정지 상태를 벗어나지 않는 한, 우리는 모두 붕어이거나 죽은 자일 수밖에 없다.

　　"검은 내" 속에서의 일상이 죽음과 얼굴을 맞댄 파편화된 순간들의 짜깁기일 뿐이라는 것, 그로 인한 단절과 소외가 우리의 현실적 상황이라는 것을 「방」(『햇빛 속에 호랑이』)은 '그'를 둘러싼 방 안과 방 밖의 대비를 통해 보여준다. 방 밖에는 "천 마리의 새"가 날아와 지저귀고, 계절의 변화를 알리는 "커다란 나무"가 제 잎을 떨군다. 그에

비해 방 안에는 "시간을 쌓아"둔 이가 세상과 결별하고 스스로를 무시간의 부동성에 방치한다. 그의 잠은 그래서 "아주 재가 되어버린" "죽음 같"다. 방 밖이 자연의 리듬을 따르느라 밝고 화사하다면, 방 안은 무관심과 피로, 유기된 생활로 인해 어둡고 황폐하다.「서천으로 1」의 "검은 내"가 방 안을 흘러 다닌다.「사막 편지」(『햇빛 속에 호랑이』)에서는 이 "검은 내"가 "모래 사막"으로 변용된다. 모래와 살고 모래를 기르며 모래를 퍼먹는 삭막한 사막 풍경은 물기 가득한 바람에의 꿈마저 헛된 소망으로 만든다. 탈출 욕구는 무위로 끝나고, 끝없는 갈증과 막막한 절망이 '이곳'에 가득하다. 생명이 소진된 이러한 그로테스크한 공간들은 과거의 흔적도 없고 미래의 조감도 무의미해진 일상이 언제라도 무너질 허위의 사상누각에 지나지 않으며, 그래서 일체가 죽음의 난장에서 자유로울 수 없음을 표상한다.

최정례에게 죽음과 일상성은 자기만의 고유한 시간이 상실된 것을 뜻한다. 그것은 세월을 겹겹의 나이테로 쌓은 "까마득 나무"(「까마득 나무 앞을」, 『붉은 밭』)가 고사 상태에 이른 것에 비견될 수 있다. 모든 것이 영원한 멈춤, 어두운 무(無)로 돌아가는 상황을 극복하고자 그는 "3분"이라는 틈새를 파고들어가 찰나의 무한한 확장과 열림을 시도한다. 결혼을 하고, 아이를 낳고, 다리가 끊어지고, 비행기가 떨어지고, 심지어 한 나라를 세울 수도 있는 "3분," 이 중대한 가능성의 시간을 "수치와 망각" 속에 허비하는 "양말들, 바지와 잠바들"을 향해 그는 "서둘러 겨드랑이에/새파란 날개를 달아야지"(「3분 동안」, 『붉은 밭』)라고 재촉한다. "검은 내"와 "모래 사막"과 우울한 "방 안"을 벗어나 자신의 다른 가치를 찾아 비상하라고 말한다. 그러나 일상에 매인 한, 여기 아닌 '저 너머'를 꿈꾼다는 것이 필연적으로 좌절을 동반하게 됨을, 낭만적 동경의 그 비극적 아이러니를 시인은 잘 알고 있다.

그래서 그는 전혀 다른 배반을 꿈꾸기 시작한다. 그것은 내 마음이 "한 오천 살은 먹은"(「한 오천 살 먹은 내 마음이」, 『내 귓속의 장대나무 숲』) 마음임을 확인하는 꿈이다. "백천만 번의 잎"(「까마득 나무 앞을」)이 피고 진 시간, "청동거울 속의 바닷길 수수만년 전 떠난 별빛이 이제 와닿"(「지락와도」, 『햇빛 속에 호랑이』)는 시간, "멀리서 달려온 것 아득하게 지나가는 것에게 백천만번 절"(「저 햇빛 삼천갑자를 흘러」, 『햇빛 속에 호랑이』)한 시간, 이 거대하고 유장한 시간을 스스로의 존재 속에서 반추하는 탐사를 통해 자신의 고유한 시간을 회복하고자 한다.

배반의 꿈

모든 변신은 일종의 소멸이며, 동시에 안이한 상태에 있는 현존재의 한계를 뛰어넘는 초월이다. 현 상태를 포기해야만 변화와 이행이 가능하므로 그것은 일정한 성질의 사라짐을 뜻한다. 한편 변신 욕망 속에는 현재를 불만스러워하고 그것을 개선하려는 의지와 함께 미숙한 자신의 처지를 극복하려는 열의가 담겨 있다. 그런 점에서 변신은 방향성을 띤 과감한 일탈이다. 시인은 "늙은 배나무"로 변신하는 과정을 통해 일상성의 권태와 무료를 과감히 배반한다. 따라서 그 안에는 '지금 여기'에 대한 강한 부정 의식이 내포되어 있다.

숨이 차

나는 나무가 아닌 것 같애

속박 받는 고통을 깜빡깜빡 잊고

부지런을 떠는 젊은 잎들이

오해를 사랑이라고 믿고 열심히 수액을 밀어 올리는

뿌리가 줄기가

이젠 몸에서 멀어

몸은 이제 내가 아니야

시간의 안개 속에 희미해진 그림자에게로

거슬러 가는 중이야

조그맣고 떨떠름한 열매를 달았던

가시덤불 속에 얼크러졌었던

밤이면 서로의 몸을 포개어 기대고

칭얼대는 어린 잎들을 자라 자라 달래 주었던

나는 죽어 가는 몸의 일부로 배반을 꿈꿔

천의 꽃송이를 하나의 눈〔芽〕 속에 가두었던

시간 저편으로　　　　　——「늙은 배나무」(『내 귓속의 장대나무 숲』) 부분

오래 산 까닭에 점점 죽어가는 "늙은 배나무"는 그 자체 하나의 긴 역사이다. 뿌리와 줄기를 따라 수만 갈래의 수액이 쉴 새 없이 뻗어 나가고, 조그맣고 떨떠름한 배가 가지마다 열리고, 어린 잎을 달래느라 밤을 지새기도 한 기나긴 세월. 시인은 배나무의 몸을 빌려 "시간의 안개 속"을 헤친다. "천의 꽃송이를 하나의 눈〔芽〕 속에 가두었던 /시간 저편," 그 먼 시원을 꿈꾼다. 생(生)과 사(死) 가운데 겪는 가

지가지 일들이 시인의 상상 속에서 새롭게 체험되고 기억되는 것이다.

최정례는 "늙은 배나무" "가물치" "눈먼 물고기" "사슴" "구름"으로의 변신을 통해 근대적 시간관을 암암리에 거부한다. 시간을 사물과 상품과 자아의 생산적 원천으로 파악하고 시간에 따라 창조된 사물이야말로 시간을 초월해 영속한다고 여김으로써 유한한 인간 존재에 불멸감을 부여하려 한 파우스트적 시간관도, 과거는 본래 아무것도 없었던 무(無)이며 시간의 경과는 사물과 존재를 모두 무의 심연으로 돌려보내는 과정이므로 인간 역사에서 과거의 가치는 명백히 부정된다는 메피스토텔레스적 시간관도 그에게서는 찾아볼 수 없다. 그는 자기 정체성을 찾으려는 정신적 여정 속에서 시간의 복수성(複數性)을 인식한다. 시간은 결코 단선적인 단 하나의 흐름이 아니며, 과거·현재·미래 모두 이질적인 시간들을 포용하고 있는 여러 겹의 다발이라는 점을, 그 결과 지금의 '내' 속에는 무수히 다른 시간들이 중첩되어 흐른다는 점을 간파한다. 그리고 그것을 거듭되는 창조의 과정이자 변신의 연속인 영원회귀로 구체화한다.

영원회귀는 고대 인도인의 시간관이었던 윤회설에 그 뿌리를 두고 있다. 전통적으로 윤회란 인과의 사슬에 의해 전생(轉生)하는 무한한 회귀 작용을 가리키며, 다양한 지역에서 여러 민족에 의해 인정되어 온 순환적 시간관의 대표적 형태이다. 그런데 이 윤회설 속에는 자아 정체성과 관련된 매우 중요한 인식이 담겨 있다. 그것은 무아(無我) 사상으로, 장구한 시간이 겹겹이 누적된 '나'란 존재는 고정되어 있지 않은, 실체 없는 인무아(人無我)의 존재라는 인식이 그것이다. 시인은 '일체개공(一切皆空)'으로 집약되는 이러한 존재론 속에서 '무아'이기 때문에 얻는 참된 자유의 상태를 발견한다. '실체 없음'은 아무

것도 아닌 것, 즉 '무(無)'를 지칭하는 것이 아니라, 끝이 없음이라는 '무한(無限)'을 가리킨다. 이는 다양하고 이질적인 복수의 시간이 현재 속에 깃듦으로써 존재의 무한한 창조와 파괴가 실현됨을 뜻한다. '내' 속에 "처음도 없고/끝도 없"(「숲」, 『붉은 밭』)는 까마득한 시간의 유적들이 내재되어 있다면, '나'는 현세의 한계성을 뚫고 무한의 영역 속에 존재하는 것이 된다. 이런 점에 비추어 볼 때 최정례 시에 나타난 영원회귀에는 생이 되풀이된다는 뚜렷한 자각과 함께 그것을 자기 의지에 의한 선택으로 받아들이는 강한 능동성과 긍정성이 내포되어 있다.

「내가 한 잎 나뭇잎이었을 때」(『내 귓속의 장대나무 숲』)에는 영원회귀를 반복하는 '나'의 25년 전, 55년 전, 100년 전의 전생이 형상화되어 있다. 아버지, 고모, 삼촌, 그리고 할아버지, 할머니로 거슬러 오르는 혈연관계의 소급은 "가물치"와 "한 잎 나뭇잎"이라는 기원 속으로 서서히 녹아들어간다. 그리고 마침내 "한 잎 나뭇잎"으로 흔들리며 먼 앞날의 '나,' '오늘 이 순간'의 '나'를 내다보는 새로운 '내'가 나타난다. 과거와 그 과거의 미래, 현재와 그 현재의 과거가 씨줄과 날줄처럼 교차, 융합되는 가운데 창조적 변신으로서의 회귀 놀이는 이루어진다. 이를 통해 일회적 존재에 불과했던 '나'는 기원을 향해 오르는 자유로운 한 마리 가물치가 되어 이 세계의 시공간을 뛰어넘는다. '무'의 존재가 '무한'의 존재로 탈바꿈하는 순간이자 자기 정체성의 진면목이 확인되는 순간이다.

세계의 유한성을 극복게 하는 이러한 회귀 체험은 시인에게 죽음 같은 일상을 견디게 하는 내면적 힘이다. 아이의 눈물 속에 "아버지의 어머니의 아버지의 어머니"가 "가만 가만 흘러온 길"(「어떻게 왔을까」, 『햇빛 속에 호랑이』)이 있다는 깨달음이나, 달과자 속에서 "내 속에서 나온 애/그 애 속에 또 그 애의 딸/그 속에 더 작은 그 애의 딸"(「낮달」, 『햇빛 속에 호랑이』)을 보게 되리라는 예견은 무(無)로 환원되지 않는 시간의 흔적이 현존 속에 내재되어 있는 한, 생은 결코 사라지지 않으리라는 의식을 반영한다. 이것은 허무 의식으로부터의 탈피를 의미한다. 최정례의 시에서 영원회귀의 재현은 삶의 무상성(無常性)에 대응하는 시적 상상력의 발현이자 무가치한 일상성을 극복하려는 초월 의지의 소산이다. 그리고 그것은 '나'의 정체성과 기원을 밝히는 것에만 한정되지 않고, 다른 생(타자)과의 만남으로 확대되어 허무 의식에 대응하는 방법적 전략으로 기능한다.

내 몸에 찍힌 어느 먼 다른 생

고대 인도의 철학자들이 윤회를 설명하기에 앞서 세계를 신이 꾼 '꿈Maya'으로 비유했듯이, 이것이 저것으로 혹은 여기가 저기로 변전하는 '물화(物化)' 개념을 장자는 자신의 나비 꿈을 통해 설명한다. 「끝장면」(『햇빛 속의 호랑이』)이나 「붉은 밭」(『붉은 밭』)에도 신들의 마야나 장자의 호접몽처럼 '내'가 다른 이로 변화하는 현존의 질적 비약이 '꿈'으로 재현되고 있다. 시인은 "어느 먼 다른 생의 알 수 없는 끝장면이 내 몸에 찍"(「끝장면」)힌 탓인지, 있음과 없음의 경계를 무화하는 '붉은 밭'에서 잠이 든 것인지 깬 것인지 알 수 없는 혼몽을 체험한다. 그리고 이 혼몽의 착각, 환(幻)의 순간을 가리켜 스스로 "착란의 순간"(「시인의 말」, 『붉은 밭』, p. 119)이라 부른다.

최정례의 시에서 환의 순간은 자기 정체성의 확인 방법인 영원회귀의 기억이 자아라는 한정된 테두리에서 벗어나 타자를 발견하고 외부 세계를 지향하는 새로운 시적 상상력으로 전환되었음을 뜻한다. 이것과 저것, 여기와 저기, 주체와 대상이 하나로 합치되는 순간인 환은 또 다른 개안(開眼)의 순간이자 존재의 비밀이 현시되는 순간이다. 그것은 자아가 포기되고 망각되는 순간이며, 그로 인해 두려움과 매혹을 동시에 접하는 순간이다. 일상적 현실이 낯선 것으로 뒤바뀌고 눈앞의 실재가 비실재로, 부재가 현존으로 탈바꿈하는 현상은 환의 순간이 초래한 새로운 체험이다. 골목 안의 비닐봉지가 "1초 전의 틈 속"에서 "오리"로 변해 날아가는 것(「1초 전에는 오리」, 『붉은 밭』), "두 아이의 엄마가 된 게 언제인데 방이 넷인 아파트에서 이렇게 누워 있는데 〔……〕 교복을 입고 쪽마루에 엎드려 우는 고등학생 홍주"가 되는 것(「붉은 구슬」, 『붉은 밭』), "좀처럼 잡혀주지 않는 불여우가/내 머리 위에서 튀어 달아"나 전광탑 위에서 "미친 듯 요염한 재주를 넘는"(「여우의 길」, 『붉은 밭』) 것은 모두 환의 다양한 구체화이다.

환상적 이미지의 창조로 가시화되는 이러한 환의 순간은 궁극적으로 타자와의 만남, 타자와의 상응이 실현되는 고양과 충만의 시간이다. 그리고 이를 통해 모두가 이곳에 있지만 동시에 다른 곳, 다른 때에 있다는, 존재는 '그저 있는' 것이 아니라 자기 안과 밖에서 타자와의 교감을 통해 '되어가는' 것이라는 생의 본질이 드러난다. 이로써 영원회귀의 기억은 자기 삶의 근원을 찾는 한정된 고투에서 벗어나 '나'의 생과 타자의 생이, 이 사물과 저 사물이 서로 조응하는 우주적 차원의 회상으로 심화된다.

달빛은 참

미루나무를 눕히고

골짜기 논물에 미루나무가

누워서 흔들리다 흐려지다

꿈에 들어 혼몽 중인

거길 지나기도 하지

수박은 혼자서

둥글어지고 둥글어지고 둥글어지다

잎사귀로 노를 저어

둥근 달에게

기어오르기도 하지

달빛은 참

초록으로 얼룩덜룩한 줄무늬 속으로

붉은 방으로 가득 들어차려고

먼 태양 흑점에서부터 수박씨까지

얼마나 오랫동안

너를 만나러 왔는지 몰라 중얼거리며

여름날과 겨울날이 섞여버리도록

목이 말라서

푸른 골짜기 붉은 밭으로

달빛은 참

—「달과 수박밭」(『붉은 밭』) 부분

달이 수박으로, 수박이 달로 융합하는 풍경이 그려진 이 시는 타자의 본질적인 이질성을 포용하는 어울림의 세계가 얼마나 즐겁고 아름

다운 세계인지 잘 보여준다. 모텔 안에서 벌어질 낯간지러운 풍경과
논물에 그림자를 드리우며 졸고 있는 미루나무와 먼 태양의 흑점을
수십억 년 동안 지켜본 달빛의 기억은 수박의 "얼룩덜룩한 줄무늬
속"에, 검은 수박씨에 알알이 새겨진다. 수박 또한 달을 닮고자 열심
히 "둥글어지"며 하늘을 향해 오른다. 땅의 기억을 품은 수박과 하늘
의 기억을 담은 달의 하나 됨은 타자 속으로 뛰어들어가 자신을 폐기
함으로써 자신의 현현을 성취하는 좋은 예이다. 그리고 고립과 폐쇄
에서 벗어나 타자의 생명 탄생과 성장의 신비에 능동적으로 참여할
때, 각자의 고유한 시간이 비로소 회복될 수 있음을 암시한다. 강아
지풀을 두고 "달빛이 살쾡이같이 내려와서/[……]/뾰족해진 것/칼
과 같이/특이한 식물이 돼버린 것"이라고 노래한 「달빛이 살쾡이같
이」(『붉은 밭』)나 미루나무를 가리켜 "미루나무는 나무가 아니다"
"미루나무 시간을 삼키고" 구름이 되어 "흩어지고 부서지며 떠간다"
고 표현한 「미루나무 길」(『붉은 밭』)은 다른 생의 다른 시간과 조우
하는 또 다른 예들이다.

　　또 황사바람 몰려온다
　　한번도 소식 들은 적 없다

　　그런데 가끔 그 집 부엌의 숟가락들과
　　그 아내의 살빛을 생각하는 적이 있다

　　어쩌면 죽어 이 세상에 없는지도 모른다
　　그런데 모래바람 속에

기억의 목소리 속에

그 집 아이들의 웃음소리가 섞여 있다

노루새끼 같을 아이들의 등허리와

흔들리는 유리창

마당에 널린 빨래들

바람에 섞여 번쩍인다

이상하다

사람과 넋과

있는 것과 없는 것

먼 곳에서 내가 살아가는 것처럼

첩첩의 산과 강 건너 거기

내 집 아닌 곳이 내 집인 것처럼

가끔 그곳과

그 집이 모래에 섞여 온다　　　　　　　—「황사」(『붉은 밭』) 전문

「달과 수박밭」이 사물 간의 조응을 형상화하고 있다면, 「황사」는 황사라는 자연 현상을 매개체로 '나'의 생과 타자의 생이 서로 교섭하는 체험을 그리고 있다. "어디 먼 다른 생"(「끝장면」)이 모래바람 속에 숨어 있다 황사와 더불어 현현하는 순간, 시인은 이상함을 느낀다. 그것은 낯선 대상이 불러일으킨 어리둥절함이기도 하지만, 원래부터 있었던 듯 "아이들의 웃음소리"가, "유리창"과 "빨래들"이 '내' 안에서부터 밖으로 솟아나온 것 같다는 놀라움이다. 그것은 잊혔던 유대감이 회복되고 상호 간의 동질성이 확인될 때 느끼는 새로움이기

도 하다. 두려움 속에서도 피할 수 없는 끌림이 타자의 생을 '내' 안으로, '나'의 생을 타자 가운데로 옮겨놓는다. 일치의 정점은 "기억의 목소리"가 귓전에 닿은 때부터 이미 시작된다. 그리고 그것의 발화로부터 이질적인 타자성의 원천인 각자의 과거·현재·미래가 하나로 접합되고 용해된다. 이 목소리가 언어의 옷을 입고 '영원한 현재'로 재탄생하는 과정이 바로 최정례의 시작(詩作) 과정이다.

　그의 시적 언어는 다른 생을 호명하여 자기 생과 대면케 하고, 서로 간의 근원적 연관성을 재확인하며, 시간의 퇴적물을 음미하게 한다. 흡사 "가벼운 흔들림/때론 고요한 정지/상처의 틈에 새 잎을 함께 재우며" "세상 저편의 바람에게까지/팽팽한 끈 놓지 않"는 "나무"(「나무가 바람을」, 『내 귓속의 장대나무 숲』)처럼, 그의 언어는 '착란의 순간' 세상 저편의 '너'에게, '그'에게, '그녀'에게 이르려는 희망을 품고 있다. 천년 전의 바람에 흔들리며 "한 나무에게 가는 길은/다른 나무에게도 이르"는 길이자 "모든 아름다운 나무에 닿"(「숲」, 『붉은 밭』)는 길이라는 '일즉다(一卽多)'[3]의 관계성을 성찰하는 언어들, 이것이 최정례가 추구하는 시적 연금술의 궁극이다.

뜨거운 마음의 끝은 차갑다

　그러나 자아와 타자, 이것과 저것, 여기와 저기가 끊임없이 호응하는 환의 순간에 시인은 타자와의 교감에 따른 기쁨보다는 생의 슬픔

---

3) 남진우, 「마야의 춤 영원의 놀이」, 『문학동네』 2002년 봄호, p. 98.

과 비애를 먼저 통찰한다. 낭만적 충만감에 도취되기엔 이 세계에서의 일상적 삶이 쇠퇴와 몰락에서 자유로울 수 없기 때문이다. 시인은 이를 정직하게 직시한다. 그의 시에서 무너지고 사라지고 추락하고 주저앉는 이미지들이 자주 나타나는 것은 피폐해진 생활의 이면을 명징하게 보여주기 위함이다. 그리고 그 안에는 주관적 감정 이입이 배제된 정제된 연민과 안타까움이 녹아 있다.

 "축대가 무너지고 아무런 새 날지 않고 바람 불지 않고 〔……〕 사진관이 사라지고 정거장이 사라지"(「산 위에 밭」, 『붉은 밭』)는 풍경은 자신의 자취를 소리 없이 지워가는 사물들로 인해 처연하고 적막하다. 시인은 이 세계에 내던져진 실존의 현실적 운명을 서서히 사라지는 "축대" "새" "사진관" "정거장"에 빗대어 말한다. 「기차, 바퀴, 아버지」(『붉은 밭』)는 폐품처럼 소모된 인생의 절망과 고통을 담담한 어조로 표현한 또 다른 예이다. 실직당한 가장의 상황이 망가진 장난감 기차와 병치된 이 시에서 시적 화자는 아이를 향해 "애야, 기차가/봐라, 숨차게 달리다, 바퀴들/어떻게 널브러져 있는지/아무도 만지지 못하게 해라/만지면 만지면/날아가버릴지도 몰라/폭삭 주저앉고 말 거다"라고 말한다.

 세계의 부정성과 존재의 유한성을 극복하고 삶의 어두운 공허와 죽음 같은 일상을 벗어나려는 의지를 초월 의지라 부른다면, 최정례의 시에서 그것은 "다시 원점으로 돌아가게 하는 것, 나를 벗어나 너에게로 가는 것, 멀리 또 다른 나인 너에게로 돌아가는 것, 처음으로 처음으로 거슬러 가는 것"4)이다. 이는 자기 기원을 향해 수렴되는 영원

---

4) 최정례, 「시가 무어냐고?」, 『돌멩이와 서정시—제10회 김달진 문학상 수상작품집』, 웅동, 1999, p. 118.

회귀의 기억과 타자와의 합일을 꿈꾸는 환의 순간으로 방법화된다. 그런데 주목해야 할 것은 그의 초월 의지가 현실을 버리고 현실 아닌 '저 너머'로 수직 상승하는 관념적 승천 욕구와 분명 다르다는 점이다. 시인은 현실 세계의 사물화와 비정한 획일화를, 그리고 그것을 운명처럼 짊어진 자들의 불우를 계속해서 적시한다. 훼손된 현실을 경계 삼아 '지금 여기'를 있게 한 까마득한 '시간의 저편'으로 수평 이동하는 것, 그리하여 잃어버린 기억을 되찾고 생활 세계가 직면한 불모의 심각성을 인식게 하며, 동시에 타자와의 공존이 힘겨워진 삶의 터전을 되돌아보도록 '저 너머'로부터 우리를 각성시키는 것, 그것이 최정례 시에 함축된 초월적 욕망의 본질이다. 현실의 구체성을 초월의 문턱으로 삼는 한, '저편'으로의 지향은 내재이면서 초월이고 초월이면서 내재이다. 황폐화된 일상을 대하는 시인의 태도가 무욕의 상태로 유지되는 것은 이 때문이다.

서쪽 길이 간다
마음을 뻗어 보면
마음도 따라 굽어서 간다
붉은 하늘은 별로 내게 마음이 없다
새들이 시끄럽게 저녁 둥지에 깃들고
그들도 내게는 마음이 없다
누군가 지금 나를 오라고 한다면,
마음을 준다면?
나는 그에게 갈까?

뜨거운 마음의 끝은 차가워

나는 그냥 간다   ──「서천으로 3」(『내 귓속의 장대나무 숲』) 전문

　절망이 절망을 만들어낸 세계에 대한 맹렬한 반항[5]이듯, 투명하게 정돈된 무욕은 건강한 욕망을 낳지 못하는 세계의 비건강성에 대한 거부이자 반항이다. 그것은 또한 누추한 현실에 대항하는 의도적이고 적극적인 방심이다. 최정례의 무욕은 욕망의 '없음'이 아니라, 속악한 세계에서 욕망의 '거둠'이자 '비움'이다. "붉은 하늘"과 "새들"이 "내게 마음이 없"는 것이 아니라 '내'가 그들로부터 욕망을 '거둔' 것이다. 욕망을 '비운' 까닭에 마음은 길 따라 자유롭게 "굽어서 간다." 누가 "내게" 마음을 준대도 "나는 그냥 간다." "내 속의 너" "네 속의 나"도 모른 척하고 "백천만 번의 잎"이 피고 진 시간을 따라 "버려두고 〔……〕 뿌리치고"(「까마득 나무 앞을」) 간다. 사실 '비우고 거두는' 노력은 분주한 정신과 냉정한 활력을 필요로 한다. 그래서 그 마음은 '뜨겁고' 그 끝은 '차갑다.' 뜨거운 마음의 차가운 끝 때문에 최정례의 시적 언어들은 선명하고 단정하며 예리하고 날카롭다.

　강한 부정 정신 속에 유지되는 이러한 정갈한 무욕이 다른 생의 기억을 자신의 기억으로 공감하려는 열정과 어떻게 길항할 것인가에 따라서 최정례의 시는 앞으로 새롭게 전개될 가능성이 있다. 깊이 있는 성찰과 밀도 높은 언어로 자신의 시 세계를 넓혀온 그간의 활동으로 미루어 보건대, 자기 갱신의 시적 과제에도 시인이 성실히 임하리라는 점은 분명하다. 다만 영원성에 대한 아이러니컬한 인식 속에서도

---

5) 김우창, 「한국 시의 형이상」, 『궁핍한 시대의 시인』, 민음사, 1977, p. 43.

"학은 날개를 펼친 채/하늘을 지그시 밟고/〔……〕/사슴은 목을 빼 향기만 취해도/백년을 산다"는 당초무늬 어우러진 "무릉도원"(「자개 장롱 속으로」, 『햇빛 속에 호랑이』)에의 희구가 종종 나타난다는 사실은 시인이 사적 신화의 창조와 고전적 아름다움의 세계로 경도될 수 있음을 예시한다. "처음으로 처음으로" 거슬러 오른 최정례의 다음 행보를 예의 주시할 필요가 있는 것은 바로 이 때문이다.

기억의 힘

─박형준론

기억의 힘은 위대합니다.
오, 신이여. 그것은 두려운 것, 무한히 깊고 다양한 것입니다.
그것은 나의 정신이며 나 자신입니다.
오, 신이여. 그러면 나는 도대체 누구입니까?
나는 어떤 본성의 존재입니까?
─아우구스티누스, 『고백록』

신발

　명절날 아버지가 사다 주신 신발을 개울물에 떠내려보낸 뒤 생의 모든 신발은 처음 것의 대용품이었다고 서정주는 「신발」이라는 시편에서 술회한 바 있다. 잃어버려서는 안 되나 상실의 운명으로부터 지켜내지 못한 이 최초의 신발은 아마도 어떤 보충물로도 대신할 수 없는, 존재의 순결한 시원(始原)이자 기억의 저편으로 넘길 수 없는 자기 기원의 상징일 것이다. 예순이 되어서도 대용품으로서만 신발을 사 신는 습관은 시초의 신성함을 훼손하지 않으면서 대체된 이미지(바꿔 신은 신발)를 통해 그것의 실제성을 회상하고 향유하는 일종의 기억술이자 기원을 향한 열망을 스스로 확인하고 지속하는 상징적 행위에 해당한다. 대용품을 통한 이러한 기억의 각인은 '첫'이라는 접사에 포획된 시간이 거듭되는 상기를 필요로 할 만큼 자아 서사의 보고(寶庫)임을 암시하며, 동시에 순수한 과거를 망각하지 않는 한 존재

의 결핍과 결여는 충족 가능하다는 전언을 품고 있다. 그런데 다음의
신발을 보라. 그것은 버려지고, 잊히고, 무덤이고, 끔찍하다!

유별나게 긴 다리를 타고난 사내는
돌아다니느라 인생을 허비했다
걷지 않고서는 사는 게 무의미했던
사내가 신었던 신발들은 추상적이 되어
길 가장자리에 버려지곤 했다, 시간이 흘러
그 속에 흙이 채워지고 풀씨가 날아와
작은 무덤이 되어 가느다란 꽃을 피웠다
허공에 주인의 발바닥을 거꾸로 들어올려
이곳의 행적을 기록했다,
신발들은 그렇게 잊혀지곤 했다

기억이란 끔찍한 물질이다
망각되기 위해 버려진 신발들이
사실은 나를 신고 다녔음을 깨닫는 데는
오래 걸리지 않는다, 맨발은 금방 망각을 그리워한다

——「墓碑銘」(『빵냄새를 풍기는 거울』, 창작과비평사, 1997 ;
이하 『거울』로 표기) 전문

삶의 행적을 기록한 물질적 기호로서의 신발. 그것은 시간이 집적
된 퇴적물이라는 이유 때문에 길가에 버려져 있다. 무덤의 형상을 예
시함으로써 죽음의 아우라마저 발산하는 이 신발은 망각의 심연으로

사라져야 할, 마땅히 그렇게 되어야만 할 대상이다. 원본의 복사일지라도 기억의 보존을 위해 전유되는 서정주의 신발과 달리 「묘비명(墓碑銘)」의 신발은 비정한 결말을 피할 도리가 없다. 대체 왜 그런가? 답은 다음 구절에 집약되어 있다. "기억이란 끔찍한 물질이다." 신발이 기억의 저장고이고, 저장된 내용이 '끔찍한' 것들이라면, 그것을 신고 다니는 일은 힘겨운 노역일 뿐이다. 기억 자체가 유죄를 언도받은 이상 사내의 신발은 보존될 이유도, 가치도 없다. 기억에 대한 총체적이고 전면적인 저 음울한 부정이 계속되는 한 신발은 잊혀야 할 봉분의 운명을 벗어날 수 없는 것이다.

또는, 신발들

기억에 대한 맹렬한 거부는 1990년대 시인들이 보여준 인식상의 공통된 특징이자 중심 화두였다. "추억을 버려야 살 것 같다"(이윤학, 「沙金」, 『먼지의 집』, 문학과지성사, 1992)는 절망적 토로나, "내 악몽의 산실, 저 처마 밑에서는 장대를 함부로 저어서는 안 된다/기억의 방울들이 밤송이처럼 쏟아질지 모르니"(이선영, 「기억의 방울」, 『평범에 바치다』, 문학과지성사, 1999)라는 쓸쓸한 고백은, 박형준의 경우 "추억이란, 추억이란, 추억이란 크리스마스 캐럴이 어디선가 울렸다/추억이 대체 무엇이란 말인가"(「크리스마스 캐럴」, 『나는 이제 소멸에 대해서 이야기하련다』, 문학과지성사, 1994; 이하 『소멸』로 표기)라는 두려운 회의로, "나는 물방울 속 깊이 감춘 그 시절 내 이름을 결코 찾지 않으렵니다. 부르지 않으렵니다"(「물방울의 밑그림」, 『소멸』)라는 절박한 다짐으로 나타났다.

1990년대 시인들이 조로(早老)·자폐·환멸·폐허·소멸·죽음으로 부터 시 쓰기를 시작하였다는 점을 지적하는 것은 그다지 새롭지 않다. 그리고 이러한 일련의 경향이 혁명적 열기의 급격한 쇠락, 정보화 사회로의 본격적 진입 및 소비문화의 확대 재생산과 맞물려 문학의 위기, 특히 시의 몰락을 말하게 된 정황과 연관된다는 진단 또한 익숙하다. 그러나 기억에 대한 강한 부정은 이와는 다른 각도에서 생각할 필요가 있는 듯하다. 공동의 지식과 자아상이 기억에 집합적으로 축적되어 있고, 현재적 관점에 따른 과거의 재생과 반복이 전통 창출의 밑거름이 되며, 개인과 공동체 모두 기억 작용을 통해 스스로를 의미있는 가치 체계로 정립함을 떠올린다면, 기억의 부정을 문학의 위의(威儀)와 시의 위상을 위협하는 제반 현실적 상황의 반영으로 해석하는 것은 충분치 않아 보인다.

기억이란 본질적으로 문화적 기억이다. 자신만의 개별적 체험에 바탕한 과거 인식일지라도 기억은 결코 개인적일 수 없다. 기억이 사회적 연관 속에 성립되고 집단 내의 상호 작용을 통해 유지됨을 떠올린다면, 그것은 가장 사적(私的)일 때에도 공동체의 축적된 경험과 과거의 유산, 전래된 전통에 의지하여 형성된다. 기억에는 공동의 지식과 경험이 축적되어 있으며, 그것을 바탕으로 개인과 공동체는 스스로를 의미있는 존재로 정립한다. 그러므로 기억에 대한 탐색은 개인과 집단의 정체를, 두 항목의 상호 소통과 공동 수행의 결과를 묻는 것이기도 하다. 그렇다면 기억의 총체적 부정은 무엇을 의미하는가? 그것은 과거의 것, 전통적인 것, 역사적인 것, 민족적인 것 등 집단의 모든 문화적 산물을 향한 부정이자 자기 동일성에 대한 주체의 심각한 회의를 뜻한다.

그런 점에서 기억을 향한 한결같은 부정에는 인간을 역사적으로만 감각하고 인식하는 것에 대해 비판하고 반항하려는 무의식적 욕망이 담겨 있다. 역사적 감각을 중시하는 자는 현재를 과거의 전승 속에서 파악하고 과거의 기억을 돌이켜봄으로써 현재를 개선하려 한다. 현존의 의미도 그러한 과정을 통해 밝혀지리라 믿는다. 따라서 과거의 사색과 기억의 반추, 망각의 방지가 중요하다. 이에 반해 과거의 기억을 불신하고 그것의 가치를 절하하는 비역사적 감각의 소유자는 과거의 무수한 기억들을 현재를 억누르는 족쇄이자 지겨운 포만과 구토를 불러일으키는 대상으로 여긴다. 역사에 대한 맹목적 신뢰가 개인의 삶을 무겁게 만들고 창조력을 소실시킨다는 점을 이들은 예민하게 지각한다. 니체는 『반시대적 고찰』에서 이러한 비역사적 태도를 "어둠과 망각의 사해에서 생동하는 작은 소용돌이"로 비유한 바 있다.

따라서 기억의 망각을 적극 희망한 1990년대 젊은 시인들의 등장은, 한국 시의 역사에서 비역사적 감각으로 자기 정체성을 재창조하고자 한 새로운 인간형의 출현에 해당한다. 이들은 기억의 부정을 통해 근대 이후 점증해온 역사적 감각의 과잉을 문제시하고 역사와 전통, 민족과 국가의 강박으로부터 탈주하여 개인의 개성이 억압되어온 상황에 의문을 제기한다. 스스로의 정체성에, 그리고 그것을 형성하는 모든 사회적 심급에 물음표를 던짐으로써 진보를 맹목시하고 유토피아적 미래를 최우선의 가치로 여긴 근대의 담론을 뒤흔든다. 침울하고 우울한 이들의 읊조림은 그래서 무거운 역사의 압력을 견딜 수 없었던 절박한 비명으로 들린다.

자신들의 세계에 대한 이들의 부정이 얼마나 치열했던가는 망각에 대한 갈망은 있으나 새로운 출발에의 욕망은 전무한, 과거와 미래 어느 쪽도 신뢰하지 않은 이들의 태도에서 잘 드러난다. 갱신과 재생을 위해 필요한 의존 대상을 이들은 전혀 갖고 있지 않았다. 아니, 가질 수 없었다는 말이 더 정확한 표현인지 모른다. 낭만적 동일시를 거쳐 신성한 기원으로 창출된 위대한 과거는 더 이상 존재하지 않기 때문이다. 서정주가 최초의 신발을 대신해 과거의 습속, 고대의 역사, 전통적 정서, 민족의 설화를 향유할 수 있었던 데 반해, 기억의 담지체인 신발을 끊임없이 버려야 했던 박형준은 그러한 적극적 동일화의 대상을 찾을 수 없었던 셈이다. 아마도 이 점이 1990년대 많은 시인들의 시작(詩作)을 극한의 한계점에서 시작(始作)하게 한 근본 이유일 것이다. 그리고 이러한 향유 대상의 소거는 소재의 부족, 리듬의 상실, 영감의 고갈이라는 불행한 결과로 이어진다. 그렇다면 이 극단에서 어떻게 벗어나야 할까? 벗어날 수 있기는 한가? 박형준은 자신이 그토록 부정했던 "끔찍한" 기억 속으로 더 깊이 침잠하는 역설적 방법을 택한다. 그의 시 세계가 갖는 독특함의 비밀은 여기에 있다.

장롱

박형준은 1991년에 등단한 이후 상재한 세 권의 시집(『소멸』『거울』외『물속까지 잎사귀가 피어 있다』, 창작과비평사, 2002; 이하『잎사귀』로 표기)에서 소멸에 대한 예민한 감각을 바탕으로 현존의 가치 박탈과 삶의 조직적 무화(無化)가 만연한 이 세계의 잔혹함을 쓸쓸하게 '늙어가는' 사물들의 이미지를 통해 간접적으로 제시함으로써 섬

세한 자성(自省)을 시도한 시인이다. 특히 기억에 대한 의식적 탐구
는 파편화된 세계에 맞선 존재론적 대응 방식이자 시 쓰기의 동력이
라는 점에서 그의 시를 특징짓는 가장 중요한 바탕이라 할 수 있다.

　박형준의 시적 상상력은 상반되는 두 가지 운동성을 띤다. 기억의
바닥으로 내려가는 강한 구심력과 기억의 바깥으로 나가려는 반작용
의 원심력, 혹은 기억을 향한 집요한 접근과 그것에서 벗어나려는 줄
기찬 시도가 그것이다. 이는 기억을 일깨우려는 노력이 기억을 버리
고 싶어 하는 욕망과 함께 나타나거나, 기억을 끔찍하게 여기면서도
그것의 가치를 인정하는 모순된 태도로 현상된다. 가령 "희미해지는
추억을 안고 사는" 여인들은 "분노의 포도송이"(「과부들」, 『소멸』)가
되어간다고 하면서도 "미세한 추억을 나르는 모래들은 이 밤에 사구
를 하나 만들 것"(「나는 이제 소멸에 대해서 이야기하련다」, 『소멸』)이
라고 말한다. 그래서일까? 그는 신발은 버리지만 장롱은 버리지 않
는다.

　　家具란 그런 것이 아니지
　　서랍을 열 때마다 몹쓸 기억이건 좋았던 시절들이
　　하얀 벌레가 기어나오는 오래 된 책처럼 펼칠 때마다
　　항상 떠올라야 하거든
　　나는 여러 번 이사를 갔었지만
　　그때마다 장롱에 생채기가 새로 하나씩은 앉아 있는 것을 보았다
　　그 집의 기억을 그 생채기가 끌고 왔던 것이다
　　〔……〕
　　먼지 가득 뒤집어쓴 다리 부러진 家具가

고물이 된 금성 라디오를 잘못 틀었다가

우연히 맑은 소리를 만났을 때만큼이나

상심한 가슴을 덥힐 때가 있는 法이다

家具란 추억의 힘이기 때문이다

세월에 닦여 그 집에 길들기 때문이다

전통이란 것도 그런 맥락에서 이해할 것—

하고 졸부의 집에서 출발한 생각이 여기에서 막혔을 때

어머니의 밥 먹고 자야지 하는 음성이 좀 누그러져 들려왔다

—「家具의 힘」(『소멸』) 부분

박형준의 '장롱'은 사물의 기억을 빌려 삶의 내력을 긍정적으로 수용하려는 시인의 욕망이 투영된 텍스트이다. 생채기를 자신의 기호로 삼는 이 낡은 텍스트는 잃어버린 시간을 압축해 생생하게 공간화함으로써 우리의 존재감이 한없이 흔들릴 때, 그래서 그것을 다시금 회복해야 할 때, 낱낱의 흔적을 읽게 하여 만족감과 안정감을 주는 아름다운 화석이다. 아우구스티누스의 말처럼 기억이 곧 '나의 정신'이자 '나 자신'이라면 기억을 깊게 아로새긴 장롱은 나의 정체를 입증하고 증거하는 '무한히 깊고 다양한 힘'이다. 존재의 파지(把持)와 망실 사이에서 진동하는 나를 진정시키는 힘, 장롱은 그러한 힘을 내장한 텍스트이다.

그러나 그 힘은 정반대의 효과를 낳기도 한다. 장롱을 통한 자기 정체성의 인식은 위안의 한때를 선사하지만, 기호로서의 '생채기'는 상처의 원인이 가난이라는 점을 새삼 깨닫게 한다. 장롱이란 텍스트는 보잘것없는 현재와 비루한 과거를 함께 품고 있는 것이다. 따라서

가구의 힘을 둘러싼 상호 모순적인 갈등이 생겨난다. 힘의 긍정성을 유지하고 싶은 욕망과 그것의 부정성을 없애고 싶은 욕망. 기억의 보존과 망각을 동시에 요구하는 이러한 이중의 욕구는 필연적으로 내면의 불화로 나아간다. 장롱에 바치려던 헌사는 결국 "서글픈 가구론(家具論)"으로 끝나고 만다.

박형준의 대표작인 「가구의 힘」에는 기억과 관련된 시인의 의식과 무의식이 잘 집약되어 있다. 그의 내밀한 의식은 기억의 재생력을 인정하면서도 자주 레테의 강으로 이끌린다. 기억의 심연을 내려감에 따라 더욱 강렬해지는 망각에의 갈망은 시인의 의식을 과거에서 현재로, 먼 것에서 가까운 것으로 되튕겨낸다. 기억의 끝은 과거가 아니라 현재에 있다. 기억으로의 모험은 과거를 거슬러 오르는 여정이지만 최종 도착지는 어느 순간 '지금 여기'가 된다. 때문에 과거를 소재로 한 그의 많은 시는 현재적 경험으로 환기되거나 현재를 되비추는 거울 역할을 한다.

그의 시는 망각의 바람과 기억의 상기가 역설적으로 결합된, 망각의 욕망을 품은 기억의 산물이다. 기억된 시간의 층으로 내려가면서 그 시간을 뛰어넘으려는 욕망의 흔적이자 '서글픈' 현재로 되돌아오는 시. 그러나 박형준은 기억의 재생이 지닌 가치를 정확히 감지하고 있다. 신발을 버린다고 '끔찍한 물질'에서 해방될 수는 없으며, 비록 해방되었다고 믿어도 우리의 존재는 여전히 기억에 근거할 수밖에 없다. 무엇보다 기억은 파편화된 경험 세계에서 자아를 새롭게 조정하고 통합할 수 있는 가능성을 지니고 있다. 그것은 무의미한 과거의 파편들을 의미심장한 형태로 재구성함으로써 자아 회복의 길을 열기 때문이다.

　망각에의 욕망에도 불구하고 '끔찍한 물질' 속으로 들어가는 박형준의 시적 작업은 그런 점에서 매우 정직한 자기와의 대면이자 투명한 자기 탐구이다. 그는 과거에 안주하는 퇴행적 시인이 아니다. 세계—내—존재로서의 자기 현재를 직시하기 위해 그는 과거로 잠행한다. 그리고 그러한 과정에서 기억을 상상력의 어머니로, 상상력을 작동시키는 촉매제로 삼는다. 기억과 상상력의 종합을 꾀한다는 점에서, 기억을 창조적 상상력으로 삼으려 한다는 점에서 박형준은 서정시의 본질에 충실한 시인이다. 그의 시는 우리로 하여금 "시인은 고통의 와중에서 노래하는 것을 경계해야 한다. 시는 거리를 둔 기억으로부터 써야지 현재의 정서로 써서는 안 된다"는 실러의 조언이나 "시는 감정 자체가 아니라 감정의 기억이어야 한다"는 마넹의 지적을 떠올리게 한다. 그의 시에서 감정의 과다 노출이 드문 것은 기억에 의지함으로써 생긴 심리적 거리가 절제의 미덕으로 자연스럽게 배어나기 때문이다. 그는 '끔찍한 물질'을 창조적 상상력으로 변용함으로써 자기 승화와 시적 성취를 동시에 이루고자 한다. 그래서일까? 우물 속으로 두레박을 던지는 아이는 기억의 심연으로 하강하는 시인의 자기 이미지self-image로 읽힌다.

두레박

　여기 혼자 노는 아이가 있다. 아이는 우물 앞에 서서 미나리꽝을 내려다본다. 미나리는 물살에 비친 햇빛을 흔들고 얼음은 가장자리에서 부서진다. 아이는 이제 뭔가 하려 하는데,

아이는 이제 뭘 하려는 걸까요

오이의 속을 파내 실로 묶네요 두레박을 만드네요

실꾸러미를 우물 아래로 풀고 있네요

우물의 빛살이 공동우물의 천장에 어른거립니다

희미하게 두레박 떨어지는 소리 들립니다

오이꽃이 천천히 시드는데

아이는 향내 가득한 빛 한모금을 마십니다

혼자 겨울 미나리꽝을 생각하며

깊은 곳에 오이 두레박을 내리고 있습니다

—「두레박」(『잎사귀』) 부분

박형준의 시에 종종 등장하는 우물, 구멍, 연못은 바닥없는 기억의 둔중한 깊이를 상징한다. 그것은 시간의 흐름을 수직적으로 공간화한 장소들로 이제는 찾아볼 수 없는 내밀한 세계의 심연을 표상한다. 단순하고 기계적인 수평성과 규격화된 시공간만이 지배하는 이 세계에서 아파트의 옥상, 고층 빌딩의 층계, 인공 정원의 폭포가 대신할 수 없는 근원적 수직성을 '우물' '구멍' '연못'은 수호한다. 그래서 그것은 '지금 여기'를 향해 뚫린 숨구멍이기도 하다. 아이가 우물 아래로 던지는 오이 두레박은 기억의 지층을 뚫는 작은 굴착기이자 건조하게 획일화된 세계에 '구멍'을 내는 조그만 드릴인 셈이다.

그러나 그가 던진 두레박에는 "향내 가득한 빛 한모금"보다 "잊고 싶은 흉터"(「천변 풍경」, 『거울』)가 더 자주 담겨 올라온다. 돌아가신 할머니, 공장에 다니는 누이와 형, 밭에서 일하는 어머니, "밥 타는

냄새 속에/둥글게 모여앉아 기다리는 가족(家族)들,/굴뚝에 오르는
연기를 따라가면/밥상처럼 차려져 있는 달/먼 집, 대답 없는 날들이
대문이 빼꼼 열린 마당/서늘한 우물에 어지럽게 떠 있"(「이 저녁에」,
『소멸』)는 풍경이 두레박의 수면에 비친다. 과거의 회상으로부터 환
기된 박형준의 유년은 존재의 시원이 아니라 고통의 근원으로 떠오르
는 것이다. 유년 시절을 현존의 안온한 고향으로 기억하는 일반적 경
향에서 그는 멀찌감치 떨어져 있다. 그런데 주목해야 할 것은 유년
시절이 지나간 과거인 데 반해, 회상된 유년은 과거가 아니라는 점이
다. 기억 행위는 본질적으로 현재의 사건이다. 기억은 과거의 표상들
을 가지고 구성된 현재의 이야기이거나 표상들의 결합에 의해 지금
만들어진 지시 체계이다. 기억된 내용은 따라서 이미 경험된 사실이
아니라 기억 주체의 현재적 상황을 말해준다. 그렇다면 유년을 회상
하는 그의 시들은 현재의 무엇을 지시하는가?

　불우한 풍경이 대부분인 박형준의 유년 시편은 존재가 조화와 통일
을 이루었던 때란 없었으며 현존의 원초적 시원이 과거에 존재했으리
라는 믿음이 미망에 불과함을 암암리에 드러낸다. 그리고 과거의 가
치가 상실된 책임이 '지금 여기'의 현실에 있음을 간접적으로 시사한
다. 그의 시에 드리워져 있는 짙은 비애감은 현재나 미래로 눈을 돌
릴 수 없는 자가 과거에 대한 기대가 상실되었음에도 불구하고 과거
밖에 의지할 수 없는 데서 생겨나는 감정이다. 그는 과거만을 생성하
는, 언제나 '저녁'인 채 '소멸'만을 낳고 키우고 흩뿌리는 세계의 현실
을 비애의 시선으로 바라본다.

　천변의 소똥 냄새 맡으며 순한 눈빛이 떠도는 개가

어슬렁 어슬렁 낮아지는 저녁해에 나를 넣고
키 큰 옥수수밭 쪽으로 사라져간다
퇴근하는 한 떼의 방위병이 부르는 군가 소리에 맞춰
피멍울진 기억들을 잎으로 내민 사람을 닮은 풀들
낮게 어스름에 잠겨갈 때,

손자를 업고 나온 천변의 노인이 달걀 껍질을 벗기어
먹여주는 갈퀴 같은 손끝이 두꺼운 마음을 조금씩 희고
부드러운 속살로 바꿔준다 저녁 공기에 익숙해질 때,
사람과 친해진다는 것은 서로가 내뿜는 숨결로
호흡을 나누는 일 나는 기다려본다

이제 사물의 말꼬리가 자꾸만 흐려져간다
이 세계는 잠깐 저음의 음계로 떠는 사물들로 가득 찬다
　　　　—「나는 이제 소멸에 대해서 이야기하련다」(이하 「소멸」) 부분

　　"나는 이제 소멸에 대해서 이야기하련다"는 다짐 아닌 다짐은 그가
자신의 '시인 됨'을 어떻게 받아들이는지 보여준다. 그것은 '저녁'으
로 표상되는 향유 불가능한 세계의 본질이 '소멸'의 존재들——현재에
서도 현존의 의의를 찾지 못하고 과거에서도 고유의 존재 값을 얻지
못한 채 사라져가는 존재들——로 드러나는 광경을 노래하는 것이다.
그런데 과거에서 실존적 의의를 찾지 못하는 가운데 과거의 기억을
창작의 원천으로 삼는 것은 시인으로 하여금 딜레마에 봉착하게 한
다. 즉 회상의 주체가 과거 및 기억된 내용에 어떤 의미를 부여해야

296

할지 판단하기 어려운 상태에 이르는 것이다. 대상에 대한 가치 부여가 망설여지고 지연되는 것이다. 『거울』에 실린 시들이 이미지의 긴밀성이 떨어지고 모호하고 산만한 예가 많은 것은 이 때문인 듯하다. 다양한 소재와 이야기들에도 불구하고 왜 '그것'이 씌어져야 하는지에 대한 자의식이 분명치 않아 보이고, 그로 인해 시적 대상에 대한 장악력이 밀도를 잃거나 과잉되어 있다.

가령 「빵냄새를 풍기는 거울」의 경우, 교실 풍경으로 시작된 시는 "유리창 곁에서/국수를 미친 듯이 먹고 있는 여자의 이미지"로부터 "올 봄은,//빵이 유일한 나의 친척"이라는 은유로 건너뛴다. 연이어 젖은 머리카락, 술 취한 사내, 유리창에 퍼붓는 눈동자, 미친 여자, 흘러내리는 국숫발, 작은 성냥 불빛 등이 등장한다. 시의 마지막은 "유리창에 꽃잎을 피워낸/아이의 손가락 끝에서 꽃들은 상해 있고,/밑에 빵냄새를 풍기며/거울을 반짝이고 있네"라는 회상으로 끝난다. 어린 시절의 교실을 비루하고 가난한 인간 군상과 병치함으로써 불행했던 그때를 부각하려는 의도가 엿보이긴 하지만, 적합하게 의미화되지 못한 이미지들의 연속은 단순 나열에 머물러 시를 전체적으로 모호하게 만든다. 시인의 의식이 회상 내용의 의미있는 선별보다 기억 그 자체에 과도하게 집중되기 때문에 생긴 문제로 보인다. 그렇다면 그는 이러한 문제에서 어떻게 벗어나고 있을까?

눈동자

나는 여기에서 멈춘다. 나는 파편만을 남긴다. 말의 파편, 감옥의 창살에 비유될 그 흔적들; 세월에 씻겨 어느날 나를 가두었다고 믿었던 그 흔적들은 자취도 없이 사라지고 놀랍게도 거기에 무섭도록 아름다운 하나의 눈동자가 열리고, 눈꺼풀의 나른함 속에서 깨어나는 물의 희디흰 떨림이 단풍나무 잎사귀를 빠르게 소용돌이치면 힘겹게 그 속으로 빨려들어가는 어떤 물체의 외침이 삭제된 채, 그 위로 가느다란 물방울이 올라온다. 어느 오후에 연못을 바라보는 일로 하루를 보내본 사람이나 볼 수 있는 풍경이다. ──「파편」(『거울』) 부분

박형준은 대상을 섬세하게 바라봄으로써 심미적 거리를 유지하고 성급한 동일시를 침착하게 방지하는 시인이다. 그런 점에서 그에게 충격적 감응을 일으킨 "무섭도록 아름다운 눈동자"와의 대면은 범상히 지나칠 일이 아니다. 이 시에서 눈동자는 "감옥의 창살"에 비유될 말의 파편들이 사라진 자리에서 열린다. '너'에 대한 기억을 언어의 조합으로 복원하려는 노력이 무잡(蕪雜)한 흔적의 나열이었음을 깨닫는 찰나, "무섭도록 아름다운" 눈은 떠진다. 이 새로운 개안(開眼)의 순간은 자아ego 속에 웅크리고 있던 시인에게 일대 전환을 가져온다. '나의 기억'만이 고려되었던 자폐성이 눈동자의 발견으로 균열을 일으킨다. 아니, 그것은 발견이라기보다 각성에 가깝다. "무섭도록 아름다운" 눈동자는 시인의 내부에서 뜨인 자기 본연의 것이기 때문이다.

육체의 눈과 별개인 이것은 창 없는 단자monade처럼 '홀로 있던' 시인의 기억을 세계를 향해 열린 능동적인 기억으로 형질 전환한다. 바깥 세계의 사물은 이제 '그것'이 아닌 다른 '어떤 것'의 흔적으로, 다른 '무엇'의 자취로 보인다. 예컨대 '너'가 아님에도 '너'의 전부로

이미지화된 '물방울'이 언어의 파편들 너머에서 발견되거나, 봄밤의
"때늦은 눈발"이 "여우구슬을 물고 도망치는 아이들"(「봄밤」, 『잎사
귀』)과 겹쳐진다. 때론 밤 강에 떠내려온 "포도잎"에서 "포도를 따던
여인들이"(「목욕하는 즐거움」, 『잎사귀』) 목욕하는 장면을 보기도 한
다. 시인은 "무섭도록 아름다운 눈동자"에 의해 지금까지와는 다른
방식으로 세계를 바라본다.

> 버드나무 가지에 매달려
> 오늘밤 흰달로 오시네
>
> 물가에 둥근 돌
> 빨래가 쌓였던 곳,
> 돌덩어리 가슴에 박혀 울던 사람들
> 물결에 씻겨가네
>
> 물살 아래
> 누워 있네
>
> 처녀들 모두 떠나가고
> 얼음 구멍에 손을 넣고
> 어머니 빨래를 끄집어내시네
> 죽은 처녀들 끄집어내시네
>
> 물에 잠겨 있는 어머니

　『잎사귀』에 실린 대부분의 시편들은 '지금 여기'의 사물을 그것과 인접된 다른 존재의 흔적으로 응시하거나 몽상한 기록들이다. 제유적 투시법으로 명명할 수 있는 이러한 시선의 형식은 포착된 대상을 어떤 미지의 존재가 총체적으로 내포된 자취로, 소멸된 존재들이 망각의 무덤에서 부활된 예로 상상케 한다. 「동모동월(冬母冬月)」은 박형준의 제유적 투시력과 유추적 상상력이 절묘하게 결합되어 아름다운 환상의 공간을 만든 대표적 작품이다. 이 시의 전경(前景)은 의외로 단순해서 버드나무 가지 위에 달이 떠 있는 겨울밤의 풍경이 전부이다. 하지만 시를 자세히 보면, "흰달"은 어머니의 은유로 하늘에도 있고 물속에도 있다. 물속의 '달—어머니'는 물가의 "둥근 돌" 곁을 흐르는데, 이곳은 처녀들이 빨랫감을 놓았던 자리이기도 하고, 가슴의 "돌덩어리" 때문에 사람들이 앉아 울던 자리이기도 하다. 시인은 둥근 돌이 품고 있는 이들에 대한 기억을 자신의 기억으로 회상한다. 사물의 기억이 '나'의 기억으로 삼투되면서 세계에 대한 인식의 지평도 넓어져 둥근 돌을 거쳐간 이들의 슬픔과 설움, 눈물 나는 인생사까지 감지한다.

　그런데 3연에 이르면 이 세상 사람이 아닌 줄 알았던 처녀들과 사람들이 "물살 아래/누워 있"다. 어찌 된 일일까? 실은 처녀들, 사람들이 누워 있는 것이 아니라 이들에 대한 물살의 기억이 누워 있는 것이다. 시의 절정은 '달—어머니'가 이들을 '빨래'로 끄집어내는 4연에 있다. "모두 떠나가고" 없는 줄 알았는데, 어머니는 놀랍게도 이들을 건져내어 빨래한다. 그들의 아픔을 깨끗이 정화하려는 듯 차가운 "얼음 구멍에 손을 넣고"서. 그런데 이쯤에서 더 환한 광경이 펼쳐진다. 어머니의 빨래는 겨울 강에 비친 하얀 달빛 그 자체였던 것이다! 달—어머니—빨래로 이어지던 은유의 중첩이 빨래—어머니—달로 바뀌면서 어머니가 빨랫감이자 빨래하는 이가 되는 뜻밖의 상황이 전개된다. 어머니는 강물 속 달이 되어 다른 이들을 씻겨 보내고 당신도 씻는다. 그리곤 누구를 빨래하려는지 여전히 물속에 잠겨 있다.

밤하늘의 달에서 '없는' 존재들을 투시하는 박형준의 시적 상상력은 '지금 여기'의 시공간과 다른 곳의 시공간을 교차·통합하면서 어머니, 처녀, 사람들, 빨랫감, 둥근 돌을 현재의 세계에 돋을새김 한다. 사물 각자, 존재 각각의 기억이 융합되고 더해지면서 망각되었던 것들의 귀환이 시인의 상상을 거쳐 달성된다. 이렇듯 저편에서 이편으로 출몰하는 비존재들의 4차원적 월경(越境)은 그의 시를 확고부동한 사실성의 세계가 아니라 물리적 시공간의 한계를 뛰어넘는 몽상의 세계로 만든다. 세속적 공간을 벗어난 제3의 공간에서 '시간 밖의 시간'이 창조되는 세계. 그래서 「동모동월」은 선(先)-역사의 원형적 이미지가 가득한 설화적 세계로 다가온다.

흰 부처가 상류에 있다지
일년에 한번씩 흰 칠을 한다는
부처가 있다지
오늘밤이 그날이라지
불꽃을 문 연등이
자갈밭에서
떠내려온다지

냇가 위

내부간선도로

흰빛들이 꾸물거리며

교각 위로 떠오른다

누에들이 뽕나무 위로 쉼없이 올라가듯

잠시도 쉬지 않고

떠오른다

빛은 집착을 만든다지

여인들이 부처의 몸에 흰 칠을 하며

아이 낳는 꿈을 꾼다지

마른 냇가에

붉은 연등이 떠내려온다지

상류에서

오늘밤 흰 꿈이 내려온다지

─「눈 내리는 모래내의 밤」(『잎사귀』) 전문

「동모동월」과 비슷한 계열의 작품인 이 시는 어조의 변화를 통해 눈이 내리는 '지금 여기'의 사건이 시인의 몽상으로 미묘하게 전환되는 순간을 보여준다. 2연이 평서법의 종결 어미를 통해 현재의 시공간을 암시한다면, '-다지'로 끝나는 1연과 3연은 그 추측의 어감에 힘입어 지복(至福)을 바라는 여인들의 시공간을 과거─현재─미래의 구분이 초월된 세계로 현현(顯現)한다. 1, 3연과 2연을 매개하는

'흰 눈'은 "흰 부처"와 겹쳐지면서 여인들의 사연을 담은 오래된 전설(혹은 전승될 이야기)이 되어 떠오른다. 그리고 '흰 부처—흰 빛—흰 꿈'으로 이어지는 이미지의 중첩은 "마른 냇가"에선 볼 수 없는, 붉은 연등이 떠내려오는 광경을 투시하게 한다. "눈 내리는 모래내의 밤"은 이제 현실도 비현실도 아닌 아득한 꿈의 세계가 된다.

인용 시편 외에도 『잎사귀』에 실린 「백동백이 있는 집」 「새벽」 「봄밤」 「내 얼굴로 돌아오다」 등의 시는 과거를 숭고시하는 낭만적 신화성과 달리, 물리적 시간 법칙을 이탈한 존재와 비존재들이 공시적 순간 속에 혼용되어 각자의 사연을 이야기하는 신비로운 세계를 보여준다. 이러한 세계에서는 존재/비존재의 이분법이 붕괴되고, 나/너의 배타적 경계도 사라지며, 주체/객체의 논리적 구분도 의미를 잃는다. 박형준 시의 설화적 성격이 전통적 토속성이나 이상화된 민족성 등과 거리가 먼 것은 이렇듯 시간의 역사화를 전제하지 않기 때문이다. 기억의 확장을 통한 세계의 열림, 혹은 근대적 시공간의 기계적 분절성을 넘어선, 통합된 순간으로서의 설화적 세계. 비역사적 감각을 바탕으로 기억에의 궁구(窮究)가 다다른 박형준 시의 최근 풍광을 우리는 이렇게 이름 붙일 수 있을 듯싶다. 서정주와의 친연성에도 불구하고 그의 시가 사뭇 다르게 느껴지는 것은 자기 기원의 창출이라는 역사적 소명의 욕구가 박형준의 시에는 삭제되어 있기 때문이다. 역사적 의의 부여를 위해 과거에 의존처를 세우고, 그것이 현재의 확실한 근거가 되지 못할 때 미래에다 지지대를 세우는 근대(성)의 전통과 비교할 때, 그의 시는 과거—현재—미래의 선형적 단위를 기억과 흔적의 상호 텍스트성을 음미하고 몽상하는 가운데 해체하고 무화한다. 그의 시가 지닌 설화성은 머나먼 시초의 확인과 향유보다는 나와 타자의 현재적 공존을 환기함으로써 위축된 우리의 삶을 '지금 여기'의 무대에서 새롭게 생성하려는 의욕을 품고 있다.

산문집 『저녁의 무늬』에서 박형준은 "신화를 공부하고 싶"(73)다는, "기억과 그러한 근원의 DNA들이 결합된 시를 쓰고 싶"(74)다는 소망을 피력하고 있다. 『잎사귀』의 시편들을 떠올릴 때 예사로 한 말은 아닌 듯하다. 비역사적 감각의 소유자가 그릴 근원의 풍경은 과연 어떤 것일까 자못 궁금해진다. 그간 꾸준히 계속된 그의 시적 행보로 짐작건대 우리 시의 또 다른 진경(進境)을 기대해도 좋지 않을까?

잎사귀

박형준의 시는 지금 변화의 문턱에 있는 듯하다. 비애의 어조에서 벗어나 차가운 불꽃의 의지를 자기 갱신의 원동력으로 삼으려 한다든가, 버리고 싶었던 "끔찍한 물질"을 "현실과 미래로 나아가게 하는 굳건한 추억"(『저녁의 무늬』, p.84)으로 전환하려는 것이 그렇다. 그래서 그의 시는 예전과 달리 희망이 동반된 추억으로 읽힌다. 그리고 흔적의 투시를 통해 존재의 잔영을 느끼고 시간의 두터운 지층을 더듬으면서 '고여 있던 기억'의 협소함을 벗어나 세계의 넓음과 다종 다기함을 감각하고 싶어 한다.

"조용히/나무에 올라 발자국을 낳고 싶다"(「봄밤」, 『잎사귀』)는 마음에는 보이지 않는 '자국'의 태생적 가벼움으로 세계의 무거움을 들어 올리려는 소망이 숨어 있는지 모른다. 그래서 박형준은 더욱더 날개를 꿈꾼다. 깊은 곳으로 내려가는 '잎사귀'의 날개를, "흐린 잎맥의 기억으로/폭풍을 예감"(「폭풍의 날개」, 『잎사귀』)하는 날개를. 그것은 세계의 심연을 향한, 존재의 뿌리를 향한, 추락하는 비상이자 하강하는 상승이다. 박형준은 날개가 일으킬 폭풍을 그의 시에 옮겨놓으려 스스로를 '잎사귀'로 만들고 있는 중이다. 아직은 "심연을 잃고/물 밖에 떨어진 잎사귀"(「폭풍의 날개」)에 불과하지만. 그러나 그의 날개는 곧 그를

정점으로 인도하리라.
가볍게 공기를 호흡하게 하리라.　　　　　　　　　　―「냄새」(『잎사귀』) 부분

그리하여 우리의 세계를 그의 호흡으로 한껏 부풀릴 때까지.

감각의 아나키즘
―김행숙론

허공에 휘어진 채찍처럼

나는 만지고

사랑하였다

―「손」(『이별의 능력』) 부분

　감각이 이성에 비해 열등한 것으로 간주되는 주된 이유는 그것의 가변적 속성 때문이다. 선험적 구조의 형식을 갖추고 있지 않고 시시때때로 변형될 수 있는 가능성을 지닌 까닭에, 감각은 애매하고, 혼란스럽고, 다의적이며, 중심화를 거부하듯 개별적으로 작동하여 탈중심화로 나아간다. 명석판명한 오성의 측정에 따라 종합 판단에 이를 것을 주문하는 논리들이 감각을 이성적 판단에 복무하는 수단으로 체계화했을 때의 전제란 '감각에 속지 말라'는 것이다. 감각은 즉각적이고 즉물적이며 대상을 잘게 쪼개어 지각하는 까닭에 뚜렷하든 미묘하든 그것을 사실 그대로 인지하지 못할 때가 많고, 우연한 표본으로 주어진 것이 판단의 전부가 되어 하나의 예에서 여러 가지가 한꺼번에 유추되기도 한다. 감각으로서는 대상의 감지가 이후의 개념화보다 선행하는 사건인 탓에, 그때그때의 감각 작용이 설령 사실과 일치하지 않는다 해도, 가령 눈을 가린 채 호랑이 꼬리를 만지면서 새로 나온 모피 목도리를 떠올린다 해도, 사실과의 불일치가 감각의 오작동으로 치부되지 않는다. 호랑이 꼬리와 모피 목도리는 촉각적 범주 내에서는 얼마든지 같은 것일 수 있다. 그래서 감각은 비결정적이고 유동적이며, 때로는 견고한 사실reality들의 표면을 쉽게 와해한다. 그러니 이렇게 말할 수도 있다. "감각은 무정부적이다!"라고.

들뢰즈가 현대 회화와 영화에 기대어 밝힌 새로운 감각의 논리는 감각의 이러한 생래적 무정부성의 재발견이자 현대적 재해석이라 해도 과언이 아니다. 고다르 영화의 '익스트림 클로즈업extreme close-up'이나 베이컨의 '운동―이미지,' 아르토의 '스키조적인 몸체' 등은 원근법적인 미메시스의 시선을 통어하는 이성적 주체의 해체를 넘어, '예술은 모방이다'라는 전제를 근본에서 뒤엎으면서, 감각이 다중적 방향성을 지닌 탈형태화를 자기 메커니즘으로 삼고 있음을 현현한다. 이러한 예들은 감각으로 사고한다는 것이 충분히 가능할 뿐만 아니라 그것이 생성하는 새로운 예술적 형태는 모방이 아닌 이미지, 즉 감각만이 자율적이고 자동적이며 고유한 힘을 가지고 있음을 보여주는 이미지의 확산과 증강으로 이어짐을 입증한다. 결과적으로, 감각을 사고와 인식과 판단의 원리로 삼을수록 재현의 논리를 무너뜨리고 무력화하는 탈형태화의 자유는 증폭되고 가속화한다. 이런 점에서 볼 때, 자기 형태로부터 벗어나는 자유의 실행이 자기 목적의 일환이기도 한 예술 영역에서 탈형태화의 출발로서 감각의 논리에 천착하거나 그로 전회하는 것은 새로움의 추구가 현대성의 본질로 자각된 곳에서 종종 목도되는 사태이다. 미적 갱신의 요구가 커질수록 감각의 논리에 주목하는 것은, 그러므로 근본적이며, 근본적일수록 급진적이다.

김행숙의 시[1]가 한국 시에 전례 없는 새로운 스타일의 창출로서 주목되는 이유는 감각의 이러한 무정부성이 자기 시학의 원천을 이룬다는 데 있다.[2] 그의 시에 나타나는 주체화의 양상을 '피부 주체'[3]라고 명명한 사례도 있고, 세계 인식의 양태가 감각적 느낌에서 비롯함을 '느낌의 공동체'[4]라는 관점에서 분석한 경우도 있듯, 감각 작용의 본질을 간파하는 탁월한 시적 직관은 김행숙의 시를 이전의 어떤 시도 이루지 못한 감각의 '아나키적 제국'으로 만든다. 이 제국은 어떠한 억압이나 규칙이나 전례나 전통 없이 감각의 혼성과 이입과 분출이 자유롭게 수행되었다가, 수행과 동시에 즉시 현장에서 기화(氣化)하거나 흘러내리거나 지나가버리는 찰나의 사건으로 구축된다. 허물을 벗듯 자기 형태를 내부로부터 벗어버리고 무너뜨리면서 이 형상에서 저 형상으로 변전하는 빠르고 날렵한 운동성과 속도는 이 세계의 속성이자 내용이며, 어떠한 고착과 고정과 동결을 거부하는 유동성은 이 제국을 지지하는 근원적 힘이자 원칙이다. 이러한 원칙이 원칙으로서 유지되는 원동력은 감각이 이미 유동적이라는 데 있다. 모든 대상이 포착되고 인지된 바대로 예외 없이 감각화되며, 그렇게 현시될 때에만 존재 증명이 이루어진다는 의미에서 김행숙 시의 감각 형상의 원리와 지배력과 장악력은 제국의 통치와 닮았다. 그러나 오해는 말

---

1) 이 글에 인용된 김행숙의 시는 『사춘기』(문학과지성사, 2003)와 『이별의 능력』(문학과지성사, 2007)에 실린 것들이다.
2) 몇 해 전, 김행숙 시인과 함께한 좌담에서 나는 한 시인의 시 세계를 가늠하고 평가하는 잣대 중 하나가 스타일의 창출이며, 스타일의 창출이란 작가의 개성과 역량이 직접 표출되는 것이자 새로운 예술의 출현과 직결되는 문제일뿐더러, 그러한 변화는 역사적으로, 문학사회학적으로 주의 깊은 분석을 요구한다고 말한 뒤, 김행숙의 첫 시집 『사춘기』야말로 그러한 스타일의 창출을 보여주는 사례로 주목된다고 말한 바 있다. 그리고 복제의 인간학, 호모 비디오쿠스의 언어와 시 쓰기, 변신 욕망에 내재된 '죽음 충동'과 유희 등을 새로운 시 형태를 가능케 한 내적 원리로 지목하였다.
3) 서동욱, 「피부 주체」, 『문학과사회』 2008년 겨울호.
4) 신형철, 「시뮬라크르를 사랑해」, 『이별의 능력』 해설.

자. 어떤 대상도, 존재도, 사물도, 있는 것도, 없는 것도, 감각의 아나키적 운동이 전개되고 실행되는 드넓은 현장으로 만든다는 의미에서, '제국'은 예외를 두지 않는 활동적 가차 없음과 놀라운 철저함의 다른 말이다.

만일 이러한 설명을 확인하고 싶다면, 그의 시 중 아무 데나 짚으면 된다. 그때마다 우리는 감각의 놀라운 현기(眩氣)로 탈바꿈되어 부상하는 '것〔物/者〕'들을 만날 수 있다. 감각 형상이 곧 질료가 되는 변전,[5] 그것의 사건화가 대상의 실존을 보증하는 곳, 그곳이 바로 김행숙의 시다.

　(a) 우는 애들을 달랠 순 없어요. 난 머릿속이 출렁거릴 때까지 울죠. 애들이 날 달래지 않으면 애들이 …… 애들이 …… 익사할지도 몰라요.

애들은 정말 겁도 없어요. 물속에서 노래를 해요. 엄마 …… 엄마 …… 엄마 …… 저 뻐끔거리는 입들을 좀 보세요.

---

5) 감각 형상의 변이가 질료 획득의 과정이 되는 상황을 「사라진 계단」(『사춘기』)은 잘 예시한다: "나는 뱀을 빌려 고백하겠다. 나는 뱀의 성질이 아니라 뱀의 모양을 빌릴 수 있다.//뱀이 당신을 감아 오르고 있다. 느낌이 좋다. 뱀에 대해 말한다면 당신은 계단이다.//모양은 뱀이 계단이지만 뱀을 밟고 올라갈 생각을 할 사람은 없다. 도중에 스르르 사라지는 계단이므로//나는 잠시, 뱀을 빌렸다. 그리고 오후 세 시 이후부터 걸어 다녔다." 이 시에서 계단은 뱀의 형상으로 감각되는 순간, 더 이상 계단이길 그치고 뱀으로 존재한다. 형상 차원에서 이루어지는 감각 작용의 새로운 변형이 시적 대상('계단')을 화학적으로 전이시켜 질료 자체를 질적으로 변화(/'뱀'으로 변전)시키는 이러한 과정은 '나'의 변신 욕망이 감각의 무정부성에 의존하고 있으며 이러한 감각의 형식화야말로 사물과 사물이 속한 세계의 확고한 자기동일성을 한순간에 무력화하는 유효한 방식임을 보여준다.

표면으로 올라온 물방울들이 잇달아 터지고 있어요. 공기가 가시처
럼 찌르나 봐요. 애들이 너무 오래 물속에서 놀고 있어요.

―「우는 아이」(『사춘기』) 전문

(b) 그날 비는 감정적으로 내렸다

젊은 코끼리가 온 힘을 모아 코를 휘두르듯이
초목이 출렁이듯이

마침내 낙타가 해진 무릎을 꺾고 아무것도 담지 않은 눈빛을 던지듯이
낙타의 등에서 기절초풍할 비단이 펼쳐지듯이
중국 도자기가 굴러 떨어지듯이

그날 자동차들은 비단에 휘감겨서 아름다웠다
커브 길에서
상욕이 튀어나왔다

〔……〕

코끼리의 위대한 코에 감겨 공중 부양된 저 아이들이 꺄르르 꺄르르
웃고

마침내 앙, 울음을 터뜨리듯이

―「비에 대한 감정」(『이별의 능력』) 부분

(c) 혀를 내밀어봐. 멋진 활주로지. 몇 대의 비행기가 공중으로 뜨

기 위해 달리네. 종종

도중에 바퀴가 녹기도 해. 네 혀는 뜨거워

싱가폴로 향하던 비행기 한 대가 운명적으로 네 혀에 떨어진 적이

있지. 몇 개의 운명인지는 알 수 없어. 텅 비어 있었을 수도 있을걸.

모든 게 화염이 되어

떨어졌으니깐. 그것들도 모두 천천히 녹아버렸네. 얘기 좀 해줘.

맛에 대해서

네 체온에 대해서

목소리와 천둥에 대해서　　　　　　　　　　—「혀」(『이별의 능력』) 부분

실재의 영역에서는 판이하게 다른 것들이 감각의 범주에서는 동일한 대상으로 지각될 수 있음을 상기한 뒤, 우리 몸의 여러 감각이 동시에 등가적으로 하나가 될 수 있다고 상상하면서 감각을 각 층위에서 열어젖힌다면, (a)~(c)의 시적 상상과 감각 연상의 사슬을 이해하기란 어려운 일이 아니다. (a)에서 엄마를 찾으며 우는 아이들의 울음소리(청각적 자질)는 물의 출렁거림(촉각적 자질)으로 전환되고 있다. 그런데 출렁이는 물과 그 속에 잠긴 엄마의 몸은 소리의 질감을 재현하기 위해 선택된 은유적 수단이 아니다. 말하자면, 이것은 '푸른 종소리'와 같은 공감각적 은유가 아니다. 지금 울음소리는, 이미, 출렁이는 물이다! 청각 후에 촉각이 오는 것이 아니라, 청각이 촉각의, 촉각이 청각의 기능을 한다. 이는 아이의 울음소리가 우리

몸을 자극할 때의 느낌을 최대치로 상승시키는 효과를 낳는다.

(b)는 교통사고 현장을 사실적 배경으로 한다. 그러나 사고 현장이라는 현실의 논리는 감각의 잇따른 미끄러짐 속에서 자기 윤곽을 잃는다. 자동차들의 급커브는 코끼리 코의 힘찬 휘두름, 낙타 등에 펼쳐지는 비단, 굴러 떨어지는 중국 도자기의 동선 속으로 사라진다. 남는 것은 코끼리의 코 위로 던져진 아이들의 웃음소리뿐이다. 이 웃음소리 또한 운전자들의 고함과 상욕의 비유적 재현은 아니다. 오히려 운전자들의 목소리는 "꺄르르 꺄르르" 소리 너머로 잦아든다. 교통사고는 감각의 신속한 활동과 융기를 유발하는 동기일 뿐, 초점은 코끼리의 힘센 코, 그 위로 들린 아이들, 터지는 웃음소리에 맞춰져 있다. 이것들은 사고 현장의 부산한 시각적 움직임과 청각적 소란의 운동성을 촉각적으로 인화하는 이미지이며, 이 이미지가 실제로 현장에 있는 듯한 느낌을 불러일으킨다면, 그것은 듣고 느끼는 눈, 느끼고 보는 귀, 보고 듣는 피부가 규칙 없이 자유롭게 상호 치환된 형태를 띠기 때문이다. 그런 점에서 (c)의 '혀'가 미각이 아니라 시각과 촉각의 다발적 자극과 융합으로 이미지화된 것은 김행숙다운 작법(作法)을 보여주는 예이다. 활주로, 싱가포르행 비행기, 화염은 '혀'와 아무런 현실적 맥락도 없지만, '혀'의 운동, 특히 맛을 볼 때, 키스할 때, 말을 할 때 '혀'가 느끼는 다양한 자극 형태와 움직임은 활주로를 달리며 날아오르는 비행기의 모습과 불길에 휩싸여 떨어지는 화염이 등가적으로 결합될 수도 있음을 수긍케 한다. 하지만 각 요소의 질적 차이는 크다. 그래서 낯설고 당황스럽고 의외성 가득한 이미지의 돌출과 충격이 우리를 놀라게 한다. 그러나 질료의 표면을 스케이트 타듯 미끄러지면서 스케이트 날에 파인 얼음 자국을 이것과 저것, 여기

와 저기가 뒤섞인 형상으로 빚는 것이야말로 사실의 질서를 교란하는 감각의 아나키즘의 고유성이며, 그로부터 생성된 역동적 이미지는 아나키적 감각 체계가 만들어낸 특유의 미적 산물이라 할 수 있다.

그런데 김행숙 시에 내재된 감각의 아나키즘은 단지 감각의 동시다발적 융기와 혼합만을 의미하지 않는다. 그것이 아나키적 형태로 발현되는 근본 요인은 시적 주체의 감각이 언제나 과잉 혹은 초과 상태로 작동한다는 데 있다. (a), (b), (c)는 모두 인간의 정상적인 감각력을 넘어서 있다. 아이의 울음소리가 익사를 초래하고, 복잡한 도로가 코끼리 코의 커다란 휘둘림으로 돌변하고, 입속의 혀가 비행기가 되어 비상하고 추락하는 일은 감각이 정상적 체계에서 떨어져 나와 감각으로 '만' 뭉쳐서 임의로 떠다닐 때 가능한 환상이다. 이것이야말로 말의 엄밀한 뜻에서 감각적 환상이다. 감각적 환상은 감각이 유기체적 몸에서 떨어져 나와 자율적인 개체로 부유할 때, 마치 '기관 없는 신체'처럼 기관을 예비하는 가능성의 개체로서 존재할 때 생겨난다. 그것은 육체의 통합성과 통일적 조직화를 해체하는 까닭에 과잉되거나 초과된 상태로 대상에 부착되어 현실적 맥락과 개념과 추상화와 무관하게 그것을 살아 있는 생물처럼 외부를 향해 열려 있는 감각덩어리로 현시한다. 이 덩어리가 어떤 것의 모방이나 재현일 수 없음은 분명하다. 그것은 없는 것의 현현으로서의 환상에 해당한다.

김행숙의 시가 '없는 것(/비존재)'들이 '있는(/존재하는)' 세계인 까닭은 이러한 감각 과잉 및 초과가 시적 형상화의 내적 원리를 이루기 때문이다. 그리고 이로부터 생성된 이미지는 유비적 총체로서의 닫힌 상징과 거리가 먼, 그의 표현을 빌리면 분열적이고 파편화된 "모자이크"의 계통 없이 열린 누적이 된다. 이 "모자이크는 빗방울을 깨뜨리지 않고 통과시킨다"(「모자이크」, 『이별의 능력』). 왜냐하면 그것은 늘 '만지는' 모자이크이기 때문이다. 김행숙의 "모자이크"들은 떨어지는 빗방울을 느끼면서 통과시키는 피부의 언어적 대체이다. 그는 보고 듣고 맛볼 때, 만지는 눈, 만지는 귀, 만지는 혀로써 대상을 감각하고 언어화한다. 그의 감각은 어떤 경우에도 촉감적 공간을 확보하는 데 먼저 바쳐진다. 비행기가 달리는 '활주로—혀'는 뜨거운 촉감의 장소이며, 자동차들의 커브 길은 비단의 부드러운 감촉 속에 있고, 우는 애들은 수면 위에서 물방울로 터진다. 그의 시에서 피부의 직접적 접촉 없이 대상이 감지되는 경우는 거의 없다. 그의 상상은 만지고 접촉하는 데서 출발한다. 시인의 시적 사유를 관류하는 근본 개념이 피부이며, 그것은 타자와의 마주침을 수행하는 신체라는 지적은 그런 점에서 매우 적확하다.[6] 그의 모든 감각은 피부를 표면에 부착하고 있다. 피부가 곤두설 때 그의 감각은 활성화되고, 일어선 피부—눈—귀—코—혀는 이 세계를 세계의 '바깥'으로 만진다. 김행숙에게 '바깥'은, 그러므로, 피부에 잠재해 있다.

감각적 환상을 피상적 관념이나 추상의 조합이 아니라 피부에 닿는 촉감으로 느끼게끔 하는 이러한 시적 형상이 우리의 현실을, 좁은 시공간의 한계를, 상식과 편견과 억압과 제한의 울타리를 얼마나 근사하게 뛰어넘고 풍요롭게 넓히는지는 새삼 강조할 필요가 없다. 김행숙의 가장 아름다운 시편들에 속하는 다음 예는 이를 잘 보여준다.

　　이곳에서 발이 녹는다

---

6) 서동욱, 앞의 글, pp. 361~73.

무릎이 없어지고, 나는 이곳에서 영원히 일어나고 싶지 않다

괜찮아요, 작은 목소리는 더 작은 목소리가 되어
우리는 함께 희미해진다

고마워요, 그 둥근 입술과 함께
작별인사를 위해 무늬를 만들었던 몇 가지의 손짓과
안녕, 하고 말하는 순간부터 투명해지는 한쪽 귀와

수평선처럼 누워 있는 세계에서
검은 돌고래가 솟구쳐오를 때

무릎이 반짝일 때
우리는 양팔을 벌리고 한없이 다가간다

──「다정함의 세계」(『이별의 능력』) 전문

두 개의 목이
두 개의 기둥처럼 집과 공간을 만들 때
창문이 열리고
불꽃처럼 손이 화라락 날아오를 때
두 사람은 나무처럼 서 있고
나무는 사람들처럼 걷고, 빨리 걸을 때
두 개의 목이 기울어질 때
키스는 가볍고

가볍게 나뭇잎을 떠나는 물방울, 더 큰 물방울들이

숲의 냄새를 터뜨릴 때

두 개의 목이 서로의 얼굴을 바꿔 얹을 때

내 얼굴이 너의 목에서 돋아나왔을 때

—「숲속의 키스」(『이별의 능력』) 전문

다정함이라는 감정이 섬세한 표면과 윤곽, 양과 질, 깊이와 넓이를 지닌 감각적 세계로 부조되는 이 환상적 장면은 참으로 또렷하고 생생해서 거부할 수 없는 전체로 다가와 우리의 오감을 간질인다. 설령 다정함이 무엇인지 모르는 백치일지라도 다정함의 정체를 이제 막 느낄 수밖에 없을 것이다. 표현 불가능한 어떤 감정이 관념이 아닌 육체적 감각의 구체화를 통해 우리 몸에 가해지는 직접적 자극으로 체험된다는 것은 일종의 경이(驚異)이다. 우리는 다정함의 표상인 이러한 이미지 속에서 정말 발이 녹고, 무릎이 없어지고, 더 작아진 목소리로 희미해질 것만 같다. 어디 그뿐이랴. 기울어진 두 개의 목이 나무가 되고, 나무는 다시 사람이 되고, 그래서 연인들의 목과 숲 속의 나무가 서로의 콜라주가 되어 얼굴과 얼굴이 뒤바뀌거나, 내 얼굴에서 너의 목이 돋아나는 시각적 판타지는 키스의 짜릿한 순간과 마주친 두 입술의 황홀경을 우리 몸에 "화라락" 붙인다. 어떻게 이보다 더 "몸과 몸의 구분이 뭉개지고 사라지는 촉각적인 순간"[7]을 살릴 수 있을까. 이러한 환상이라면, 유기체적 몸의 분절도, 주체의 자기 동일성의 파괴도, 현실 원칙을 위반하는 충동의 출현도 미메시스적 현

---

7) 김행숙, 「현대시 100년—사랑의 시: 정현종, 「꽃피는 애인들을 위한 노래」」, 동아일보 2008년 5월 15일자 A19면.

실을 향해 자기 합리화의 알리바이를 말할 수 있을 듯하다. 안정화된 정상성만이 세계의 전부는 아니며, 인식할 수 없는 실재를 감각하는 것은 일관성 있게 조직된 신체의 몫이 아니라고. 세계의 이면 혹은 '바깥'은 이 세계의 너머, 혹은 세계를 초월한 곳에 있는 것이 아니라 자율화된 감각의 자유가 지금껏 인지하지 못한 세계의 '다른' 형태를 발견하고 상상하고 창조하는 바로 그곳에 있다고.

김행숙 시의 감각의 아나키즘에 내포된 시적 이념의 내용은 이것이다. 우리의 현실뿐만 아니라 이 세계 도처에 만연한 모든 결정론의 거부. 그것이 감각의 무정부성을 향유하는 복수―주체인 '나―들'[8]의 감각을 통해 현실의 한계를 무화하는 환상을 주조함으로써 그러한 한계를 가볍게 이탈하고 넘어온, 그리고 그것을 다중적 감각 운동의 현실로 육화해온 궁극적 목적이다. 물론 이러한 목적의식은 결코 시인의 계산된 의식이 아니다. 그의 시에 내재된 텍스트의 무의식과 미적 이념의 지향점이, 결정론에 입각하여 세계를 설명하고 이해하고 판단하고 수용하는 인식의 틀과 구조와 체계를 부정하고 있는 것이다. 그의 시는 자유(의지)의 힘을 봉쇄하는 결정론의 세계적 만연 ― 인간의 자유의지는 우리 세계에서 그 힘을 상실했고, 세계의 강고한 질서야말로 이 모든 현실의 원인이며, 따라서 세계는 더 이상 변할 리 없다는 논리의 팽배 ― 을 원초적인 방식으로 부정한다. 즉 우리 몸의 말단을 이루는 감각 신경들의 유물론으로 되돌아가 세계를 감각하고, 파악하고, 사유함으로써 불변의 규준이나 논리적 인과성이란 존재하지 않으며, 내가 세계를 어떻게 느끼는가, 혹은 느낌의 방식을 어떻

---

8) 신형철은 이를 가리켜 '4인칭 단수'라 일컫고 있다. 신형철, 앞의 글, p. 168.

게 새롭게 창조하는가에 달려 있음을, 그리하여 감각의 현재를 누리
는 일이 자유가 향유되는 시작점이자 이로부터 자유의 영역이 확대될
수 있음을 재확인하는 방식으로 말이다. 감각의 아나키즘은, 모든 아
나키즘이 관습화된 질서의 해체를 스스로 입안한 원칙이 실현될 수
있는 가능성의 소유로 여기고 그것을 자유의 정점으로 삼듯, 세계의
질서가 결정되어 있다는 환영illusion을 느낌의 자유로 깨뜨려 자유
의 이행이 가능함을 미학적으로 입증한다. 김행숙의 시에서 자주 확
인되는 탈정체성의 미학화는 이와 불가분의 관계에 있다. 예컨대「해
변의 얼굴」(『이별의 능력』)의 다음 장면,

얼굴로부터 넘친 얼굴,
나는 당신이 모르는 표정을 짓지만

내 얼굴엔 무언가 빠진 게 있을 거야.

코로부터 넘친 코, 코에서 코까지 앞만 보고 달려가면 결국 코가 없고
귀로부터 넘친 귀, 귀에서 귀까지 귀를 막고 뛰어가면 세상은 온통
귓속 같고
입을 꽉 다물면 이빨은 자라지 않고, 편도선은 부풀지 않는가. 거품
은 일지 않는가.

또는「얼굴의 몰락」(『이별의 능력』)의 경우,

전우처럼 함께했던 얼굴은 또 한 명의 전우처럼 도망쳤다. 끝을 모

르는 고요한 밤의 살갗 속으로

　그리고 다시 얼굴이 달라붙을 때의 코는 한없이 옆으로 퍼져 있었다. 귀는 늘어져 늘어져서 이어지는 꿈과 같았다. 비누칠을 해서 꿈을 씻어내도 얼굴의 높이는 돌아오지 않았다

그리고 「호르몬그래피」(『이별의 능력』)의 다음과 같은 호소,

　당신에게 젖줄을 대고 흘러온 저는 소양강 낙동강입니다. 노 없는 뱃사공입니다. 어느 곳에 닿아도 당신이 남자로서 부르면 저는 남자로서

　당신이 여자로서 부르면 여자로서 몰입하겠습니다.

등은 모두 자기 정체성으로부터의 탈주를 보여준다. 이것들이 대체로 분절된 신체의 왜곡된 이미지로 현현되는 까닭은 주체가 쏘아 올린 자기 이미지로서의 자아상(像) — 라캉의 용어로는 자아-이상ego-ideal — 이란 주어진 질서에 맞춰 사회화되고 제도화된 것임을 간파한 시인의 시선이 그러한 정체성을 토대에서부터 해체하기 때문이다. 이러한 탈정체화의 욕망은 호르몬의 속성에 따라 '나'의 정체를 바꾸겠다는 선언 아닌 선언으로 희화되기도 한다. 한편 이러한 욕망은 타자를 형태를 갖지 않은/못한 무정형의 존재로 탈바꿈시키는 것과 상호 연동한다.

　강변에 서 있었네

얼굴이 바뀐 사람처럼 서 있었네
우리는 점점 모르는 사람이 되고

친절해지네
손님처럼
여행자처럼
강변에 서 있었네
강물이 흐르고
피부가 약간 얼얼했을 뿐
숫자로 헤아려지지 않는 표정들이 부드럽게 찢어지고 빠르게 흩어질
때마다
모르는 얼굴들이 태어났네
물결처럼, 아는 이름을 부를 수 없네
피부가 펄럭거리고

빗방울을 삼키는 얼굴들
강변에 서 있었네
아무도 같은 얼굴로 오래 서 있지 않네

—「모르는 사람」(『이별의 능력』) 전문

자아상이 타자의 시선에 의해 형성됨을 떠올린다면, 자기 얼굴을
흐릿하게 지우는 작업은 역으로 타자의 얼굴 또한 그렇게 만드는 연
쇄 반응을 낳을 수 있다. 하지만 시인이 타자의 얼굴을 이렇듯 펄럭
거리는 피부로, "부드럽게 찢어지고 빠르게 흩어"지는 "모르는 얼

굴"로 표상한 데는 보다 심오한 의미가 숨어 있다. 이는 그가 감각의 현실, 느낌의 전달에 충실하려 했던 본래 의도가 무엇인지와도 깊이 연관된다.

김행숙이 감각의 새로운 논리에 천착하여 감각적 느낌의 이미지화에 집중했던 근저에는 느낌의 표현이란 어떤 것을 느끼는 가운데 자기 자신을 갖는 일, 다시 말해 '나'와 나의 '육체'가 느낌을 통해 매개됨으로써 '나'라는 의식을 갖는 일이기도 하지만, 그것은 주체와 대상, 자아와 타자 사이에서 펼쳐지는 공존의 체험이라는 전제가 깔려 있다. 느낌의 표현은 공감의 문제이다. 이 점이 핵심이다. 대상의 감각화가 자기만족적 자위(自慰)가 아니라 느낌의 표현이길 지향할 때, 타자의 몸은 그러한 표현의 배면에서 일어선다. 감각된 바로서의 느낌을 말하는 순간, 그 말 속으로 타자의 몸이 들어온다. 나와 그/그녀/그들은 이제 '겹친 몸'이 된다. 그리고 "얼굴이 바뀐 사람처럼" "아무도 같은 얼굴"은 아닌 그러한 얼굴로 함께 선다. 이를 달리 표현하면, 감각적 느낌을 발화하는 언어 안에서 나와 타자는 외재성 extériorité을 체험하는 것이라 할 수 있다. 나와 타자는 외존ex-position이 되는 셈이다. 이것은 블랑쇼의 표현을 빌리면, 개체로도 전체로도 환원되지 않는, 전체의 고정된 계획을 갖지 않는 공동체, 공동체 없는 공동체로서의 '우리'이기도 하다.[9] 이렇게 적고 보니, 정말 그렇다. 김행숙의 '우리'가 어떤 공동체도 이루지 못하는 자들의 공동체라는 사실은 '우리'가 "점점 모르는 사람이 되고" "모르는 얼굴들"로 태어난다는 데서 증명되고 있지 않은가! '우리'는 '우리'지만,

---

9) 이에 대해서는 모리스 블랑쇼·장—뤽 낭시, 『밝힐 수 없는 공동체│마주한 공동체』, 박준상 옮김, 문학과지성사, 2005 참조.

자꾸만, 계속, "모르는 사람"들이다. 서로 몰라야만, "같은 얼굴로 오래 서 있지 않아"야만, 우리는 '우리'일 수 있다. 그렇게 자기 정체성으로부터 이탈하는 타자들의 공동체일 때, 아마도 '우리'는 비결정성의 자유, 탈형태화의 자유를 누리는 얼굴로 존재할 수 있을 터이다.

김행숙의 시를 단지 새로운 스타일의 출현을 예시하는 사례로만 기억해서는 안 되는 이유는 스타일을 창출하는 형태적 원리의 독창성과 전위성 때문만이 아니라 그로부터 배태된 텍스트의 무의식과 그것에 내재된 시적 이념이 미적 행위와 그것의 긍정적 힘을 다시금 반추하게 만들기 때문이다. 새로운 감각과 지각의 양식을 낱낱의 시편을 통해 구현하는 것은 '세계는 이미 결정되었다'는 불길한 논리에 이견을 내고 으름장을 놓는 일이다. 돌이킬 수 없을 만큼 거대한 고통의 덩어리로 응고되어가는 세계를 향해 시 쓰기라는 지극히 무용하고 무력한 행위로 거부 의사를 표명하는 일은 자못 숭고하기까지 하다. 하지만 김행숙은 천진한 표정으로 '숭고가 대체 뭐야'라고 고개를 갸웃하곤 자신은 즐겁게 놀고 있을 뿐이라며 가벼운 몸짓으로 발랄한 어깃장을 놓는다. 그래서 가끔 불량소녀로 보일 때도 있다. 그러나 얕보지 마라, 방심하지 마라. 자유를 이행하는 감각의 무기가 그의 손에서 넘쳐 나와 "만지고/사랑하"(「손」, 『이별의 능력』)면서 세계의 벽을, 지금, 무너뜨리고 있다. '우리'가 동참하는 것은 시간문제다! 그걸 모르는 이는 오직 당신뿐이다. 잠자는 당신, 포기한 당신, 느끼지 못하는 당신, 작아지지 않는 당신, 펄럭일 줄 모르는 당신, 흐릿하지 않은 당신, 사랑 없는 당신, 그리고 시를 모르는 당신……

微言

불타는 얼음의 언어
─ 김영래의 「하늘이 담긴 손」

소설 『숲의 왕』의 작가로 이름을 먼저 알린 김영래는 어느 인터뷰 자리에서 "만약 시와 소설 중에 하나를 선택해야 한다면 저는 시를 쓸 것입니다"라고 말한 바 있다. 자신의 문학적 본령이 시에 있음을 암시한 이 말을 참고하지 않더라도 시인으로서 그의 자질은 소설 속에 이미 예고되어 있다. 불의 이미지를 분석한 바슐라르의 목록 가운데 첨부될 만하다는 고평(高評)을 받은 그의 묘사력은 산문의 외연적 언어를 넘어서 이미지가 곧 의미가 되는, 언어를 통해서 언어를 초월하는 시적 이미지의 본질에 다가서 있다. "자신의 제물을 움켜잡아 사지를 노끈처럼 휘늘어뜨리고, 목을 부러뜨리고, 등골을 꺾고, 통뼈를 이루는 목질의 미세한 결 속까지 파고들어 그 층을 낱낱이 칼질해 화염의 절구통 속에서 가루로 바수어버리는 폭군 같은 신"(『숲의 왕』, 문학동네, 2000, p. 158), "욕정에 달아오를 대로 달아오른 몸뚱어리들처럼 〔……〕 몸을 비틀며 떨어졌다가 다시 맞붙을 때, 존재에서 존재로 옮아가는 그 황홀함, 생의 총액을 건 전폭적인 몸부림"(앞의 책,

p. 159)이라는 생생한 불의 형상은 자연의 본질이 순화된 아름다움이 아니라 공포와 경악을 불러일으키는 폭력과 야성에 있음을 상기시키는 동시에, 분리된 개별에서 합일된 전체로의 지향이 에로스적 충동에 의해 뒷받침됨을 직관한 좋은 예에 해당한다.

그런데 시보다 소설에 전력하는 듯싶던 그가 최근『하늘이 담긴 손』(민음사, 2004)이라는 시집을 상재하면서 시인으로서의 본격적인 행보를 내디뎠다. 글쓰기의 본질적 거처가 현실의 모방이 아닌 꿈의 현실을 창조하는 데 있다고 믿는 이답게 그의 첫 시집은 시적 대상을 재현의 영역으로부터 이탈시키는 신선한 비유와 독창적 이미지로 채워져 있다. 특히 1부의 시편들은 대상의 외면적 표상을 뛰어넘어 현실과 환상의 시공간을 통합하는 역동적 상상력에 힘입어 언어적 연금술의 한 정점을 보여준다. 가령 새싹이 돋는 봄의 정원을 가리켜 시인은

나는 심지 않고 다만 기다릴 뿐.
아이의 옹알이 같은 새들의 울대 틔우듯
손길에 반들반들해진 연장으로 땅을 열고
북상하는 푸른 깃발들을 읽지.
불이 밤샘하는 밤, 해빙의 밤엔
촛불 한 종지 수직의 꽃으로 들고
싹들의 배냇짓
그 상형 문자의 뜻을 판독하네.
〔……〕
한 숲 일구기 위해 쟁기질하는 수맥의 떰박질.

태양은 탐욕스러운 보폭으로 구리 방울 흔들고

달을 따로 떼어 밤을 달뜨게 하네.　　　　　　—「꿈꾸는 정원」 부분

라고 노래하거나 동이 트는 여명의 순간을 다음과 같이 활력 넘치는
날[生]것의 이미지로 그린다.

그는 맨발이었고 검게 익은 몸엔

실오라기 하나 걸치지 않았다.

빛의 날들에 양육된 구근 같은 근육,

엉덩이와 무릎의 견과(堅果).

그는 어둠 속에서 나와 갑자기 달리기 시작했고

그의 맨발 아래서 땅은

이제 막 빛을 청진한 샘처럼 두근거렸다.

광원(光源)에 발 담근 시간, 드넓은 들엔 태양의 문장(紋章)이 싹트고

빛의 맏아들을 분만하는 산욕에 턱이 떨어진

바위산 바위 협곡들의 우레. 그리하여 마침내

오래 피를 내비쳤던 동쪽 어머니의 자궁이 열릴 때

나는 빛과 그의 뜀박질 중 어느 것이 먼저 시작되었는지 알 수가 없다.

　　　　　　　　　　　　　　　　　　　　　—「새벽」 부분

　개념적 의미 바깥에 놓여 있는 이러한 이미지들은 비평의 언어가
무력해지는 순간이 언제인지를 보여준다. 이미지가 그 자체로 의미의
시작이자 끝이 되고, 다른 말로 대체 불가능한 절대적 극단의 언어로
현시(顯示)될 때, 비평적 설명은 불필요한 사족이 된다. 땅 위의 새

잎이 "월동한 초록의 정신들"이나 "푸른 불기둥"(「꿈꾸는 정원」)으로 솟아나는 현장은 느끼고 감응하는 것 외에 다른 반응이 필요하지 않다. 또한 새벽이 그 발밑에 빛을 끌고 오는 어둠의 나신(裸身)으로 밀어닥치는 찰나의 놀라움과 경이를 기억하고 체험하는 것 외에 이 시가 우리에게 요구하는 것이 무엇이겠는가? 그럼에도 몇 가지 비평적 첨언을 한다면, 김영래 시의 자연은 인간의 모습을 빌려 이미지화될 때에도 인간적인 것과는 무관한 지점에 있다는 점이 특징적이다. 세계 전체를 휘감는 빛과 어둠의 교차는 지상의 모든 사물을 향해 육박하면서 실재의 경계와 한계를 허물고 변화의 소용돌이를 일으키는가 하면, 약동하는 새벽의 힘은 우렛소리에 실려 숨 막힐 듯한 부피와 크기로 천지 사방으로 퍼져나간다. 시인은 상승하는 움직임, 분출하는 에너지만을 그곳에 존재케 한다. 이러한 곳에 인간이 끼어들 틈은 없다. 김영래 시의 자연은 인간이 부재하는 곳에서 잃어버린 본래의 생명력을 되찾고 있는 것이다.

자연의 이러한 새로운 복원을 위해 그는 신화와 주술을 인간이 함부로 접촉하거나 소유할 수 없는 것의 대표적 어사나 비유적 참조 틀로 활용한다. 인간화된 자연에 본래적 야성을 되찾아줌으로써 자연이 과학과 기술, 인위적 문명과의 대비 속에서 가치화되기 전(前) 상태로, 그 자체로 존재하는 별도의 세계로 거듭나기를 바란다. 인간이 범접하거나 이해할 수 없는 미지(未知)를 자연의 가장 '자연스러운' 본질로 강조하고 있는 것이다. 「새벽」의 경우 "태양의 펌프로 두레박질"되는 호흡을 내쉬며 "숯의 뼈로 제련한 금빛"을 남기며 달리는 '그'는 지구를 떠받치고 있다는 신화 속 거인 아틀라스에 가깝다. 「꿈꾸는 정원」의 새싹들도 세계의 열림을 기다리며 "대지의 등짝을 후려"치는 "주술적인 가지"로 나타난다. 객관적 실재를 이질적으로 탈바꿈시키는 주술적 힘과 상상 속에서나 가능한 신화적 변신을 시인은 거침없이 꿈틀대는 '알 수 없는' 자연에서 찾아낸다. 그것은 때로 탄복할 만한 아름다움으로 나타나기도 한다. "칠흑의 숲, 암전된 골짜기에/별의 꼬리를 달고" "완두콩 빛 소년들,/반딧불이 형제들"(「주술의 시간」)이 떠올라 세계를 순식간에 암흑에서 광명으로 인도한다. 이는 야성의 극치가 선사하는 또 다른 선물이다. 하지만 미지는 신비를 동반하기 마련이다. 그런 점에서 그의 시 또한 자연을 신비화해 그것을 문명 극복의 절대적 대안으로 제시하고 있지 않은가라는 혐의에서 그다지 자유롭지 못하다. 다만 자연을 인식 불가능한 대상으로 환원하려 하기보다는 그것의 살아 숨 쉬는 야생적 본성을 재발견하는 데 시인이 더 큰 관심을 두고 있다는 점은 분명해 보인다. 만약 그렇다면 이는 근래의 생태시 경향과 비교해 볼 때 주목할 만한 부분이다.

　1990년대 이후 우리 시의 주요 흐름을 형성해온 생태시가 이성에 기반한 근대적 세계관의 이분법적 태도를 반성하면서 근대 극복의 방법으로 자연과 인간의 조화, 그에 따른 유기체적 공동체의 회복을 탈근대적 이상으로 제시해왔다는 점은 익히 알려진 사실이다. 그런데 이러한 유기적 상생 및 친화가 과연 자연 그 자체의 본질적 속성인 것일까? 자연 파괴에 따른 환경 오염이 문명의 존속을 위협하는 상황은 자연과 인간의 공존을 시대적 과제와 상식적 당위로 만들었지만, 이것은 어디까지나 생존이 위태롭게 된 인간 편에서의 자연 이해일 수 있다. 따라서 인간과 자연의 하나 된 공동체라는 테제도 여전히 자연을 '이해 가능한' 인식 대상으로 파악한 결과가 아닌가라는 질문이 제기된다. 이를 뒷받침하듯 많은 생태시가 자연을 조화로운 합일체로, 순화되고 정제된 형태로 형상화하고 있다는 점은 다소 문제적이다. 생태적 상상력이 자연의 고유한 야성을 제거하고 있다는 비판이 제기될 수 있기 때문이다.

이런 맥락에서 볼 때 김영래의 시는 "모든 것 저물어 재로 몰(沒)한 대지에서" "공포로 견성(見性)"(「포도밭 벌목 2」)하는 과정을 이미 지화하고 그러한 공포의 깊이와 넓이 앞에서 자기 자리를 찾지도, 감당하지도 못하는 자의 두려움과 고통을 함축한다는 점에서 우주의 순환적 리듬을 깨닫고 조화와 합일의 유기체적 세계관을 체득하는 데 초점을 맞춘 여타의 생태시와 구분된다. 그의 시는 인간 존재가 자연을 이반(離反)한 이상 다시 그것과 합치될 수는 없음을 냉정하게 인식한 바탕 위에서 탄생한다. 그의 시에서 개체의 생체 리듬은 우주의 원리와 일치한다든가 세계의 운행이 존재의 생사(生死) 속에 실현되고 있다는 달관과 초속의 논리를 찾기 힘든 것은 이 때문이다.

그는 공포가 인간을 굴복시키고 인간으로 하여금 겸손을 깨우치게 한다는 점을 잘 알고 있다. "지상을 떠받치며 항진하는" 거목의 뿌리를 향해 자신의 "눈먼 뿌리"가 "무릎 꿇고"(「무릎으로 걷기」) 있다는 그의 고백은 인간과 자연의 동일화가 낙관적 이상이거나 순진한 미망(迷妄)일 수 있으며, 만일 그러한 상태를 진정으로 원한다면 "꺾인 마디 흰 자국 옹이로 처매며/아픈 관절 모두 굽혀 무릎 꿇"(「무릎으로 걷기」)는 극기(克己)에 가까운 포복이 필요함을 말하고 있다. 이러한 자기 극복의 견인주의자적 태도는 시인이 이 세계에 대응하는 윤리적 자세이자, 삶이 죽음을 경작하고 죽음이 삶을 경작하는 생(生)의 과정을 참고 견디며 그로 인해 생기는 애증의 감정을 표백하는 데 필요한 정신적 무기이다. 이러한 무기를 김영래는 자연을 응시하는 가운데 벼린다. 그의 시에서 '차가움-어둠/뜨거움-빛'의 강렬한 대비가 역설적으로 결합되어 차가운 뜨거움이나 빛나는 어둠 등으로 나타나는 것도 자기 극복의 냉엄한 의지가 극점으로 치달으면서 감각과 정신이 상호 간에 삼투되고 혼합되어 하나로 뒤섞이기 때문이다. 그의 시에서 혹한의 겨울이 강한 발열 에너지를 내뿜고 있는 것도 이와 관련이 깊다. 김영래의 겨울은 불을 품고 있다. "대설(大雪)의 밤,/그 심장까지 가면" 그곳에 "불이 있다"(「화석의 밤」). 거기서 그는

〔……〕 인화 물질이 부족한 주머니에서

어린 새 같은 언어를 키우며

밤을 통과한다.

출구가 없는 암흑의 떨림판에

불타는 심장을 비비며.
　　　　　　　　　　　　　　　　　　　　　　——「화석의 밤」 부분

차가운 눈 속에서 불을 발견하는 시인은 자신의 언어가 "얼고 터지고 또 얼고 깨지며 결빙기의 살아 있는 지층을 일궈내"(「얼음 편지 1」)는 얼음의 소리이기를 바란다. 단단하고 딱딱한 것들이 제 속에서 다시 깨지고 부서지고 금 가는 균열의 소리. 균열은 불이고 힘이며 시작이다. 따라서 "제 머리통을 제 머리통으로 바위처럼 깨뜨리는"(「얼음 편지 1」) 그 소리는 "내연(內燃)하는 거울에 화인(火印)처럼 찍힐 낱말들"(「얼음 편지 4」)일 것이다. 김영래는 그처럼 불타는 얼음의 언어로 "그믐의 대륙을 배회하는" "궁핍한 영혼"(「포도밭 벌목 1」)

과 맞서길 원한다. 자연이 본래의 야성을 지키듯 인간은 정신의 무력(無力)과 싸워야 한다. 그것이 인간이 본연의 존재성에 충실한 길이며, 자연과의 상상적 합일 이전에 갖추어야 할 자세이다. 김영래 시는 궁극적으로 이러한 형이상학적 주제를 향해 수렴되고 있다.

이처럼 자연에서 공포를 체험하고 그것을 정신의 단련과 극복의 계기로 삼는다는 점에서 김영래의 시는 멀리는 유치환에게, 가까이는 조정권에게 닿아 있다. 궁핍한 내면의 뜨겁고도 냉랭한 싸움을 강조하기 위해 어감이 강한 한자어가 사용되는 것도 이들 사이의 시사적 계보를 뒷받침한다. 다만 숭고 체험을 시적 이미지로 전환하기 위해 감각적 술어와 한자어를 결합해 각 시편을 은유의 집적으로 만든 점은 김영래의 고유한 시적 개성이라 할 수 있다. "석양을 배웅한 뒤 가장 늦게 오는 여명은 하늘 가득 하얀 불뱀들을 풀어놓고," "가위를 든 얼음 손이 생장점을 자르는 소리"(「포도밭 벌목 2」), "첫서리에 시커멓게 그을린/여름 심장들"(「도개교가 있는 풍경」), "별들의 조명탄이 은광(銀鑛)의 열두 야적장에서 작열하고"(「포도밭 벌목 3」) 등등 근래 우리 시에서 보기 드물었던 생기 넘치는 은유가『하늘이 담긴 손』곳곳에서 한판 축제를 벌이고 있다. 다만 비유와 수사에 대한 시인의 욕심이 지나쳐 시의 묘미인 압축과 함축성이 떨어져 아쉬울 때가 있다. 선명하게 집중되는 이미지를 위해서는 때로 과감한 생략과 절제가 필요하다. 그리고 선적(禪的)인 초월의 시선에 압도되어 시적 대상이 알레고리적으로 표현되는 경우가 있는데, 선적인 것을 자연 현상에 대응시키는 것은 매우 익숙한 발상이다. 다소 진부하게 느껴지는 그러한 틀에 시적 상상력이 얽매이지 않도록 경계할 필요가 있겠다.

김영래 시의 특장은 자기 내면을 다지는 차가운 결의의 어조가 활기 넘치는 역동적 이미지와 절묘하게 결합하는 데 있다. 눈보라 치는 벌목의 언덕을 가난과 대결하는 열기의 현장으로 만든 다음의 시구 앞에서 우리는 어떤 태도를 취해야 할까? ……그저 몸과 마음을 열고, 눈과 귀를 내주면 된다. 그것이면 족하다.

어깨 빗장으로 등짐 진 자들의 저 등허리에
바람은 다시 또 무엇을 얹으려 눈발을 뿌리고
사방 길 끊어놓는 불행은 얼마나 촘촘한가
아나니, 이제 내 아나니, 오라.
저문 땅 외투 주머니에 남은 한 토막
양초처럼 온화한 슬픔 아직 찾지 못해
어두운 눈으로 그믐의 대륙을 배회하는 너, 궁핍한 영혼이여.
이곳, 포도 덩굴의 황폐한 내부로 들어
포도상구균처럼 번지는 밤을 부둥켜안고
휘청거리는 불구의 겨울과 너의 무력(無力)을 겨루어 보라.

—「포도밭 벌목 1」 부분

코끼리를 냉장고에 넣는 검은 나나
─김민정의 「날으는 고슴도치 아가씨」

코끼리를 냉장고에 넣는 방법은?
냉장고 문을 연다. 코끼리를 넣는다. 냉장고 문을 닫는다.

한때 대중적인 인기를 누렸던 유행어의 하나인 코끼리 시리즈의 기본형이다. 코끼리의 크기를 떠올린다면 실제 상황이 될 수 없는 이 말놀이는 기표와 기의 사이에 설정된 사회적 계약을 무시하고 기호와 지시 대상 사이에 설정된 사실적 맥락을 간단히 뒤집음으로써 웃음을 유발하는 언어유희의 일종이다. 코끼리를 냉장고에 넣는 일을 실제 발생할 사건으로 진지하게 고민하는 이들에겐 허무맹랑한 답이 되겠지만, 이러한 기표 놀이는 기의가 수행하는 통상의 기능과 역할을 괄호로 묶고 기표의 연속에 따라 형성되는 문장 내의 사건만을 지시함으로써 발화 순간, 즉 문장의 성립 순간에 코끼리가 냉장고에 넣어지는 일을 실재하는 사건으로 만든다. 물론 그것은 어디까지나 기표 층위에서의 것이다. 하지만 지시 대상 간의 사실적 관계를 무시하는 말

놀이의 규칙을 수락한다면, 이러한 발화는 기의의 층위와 무관하게 하나의 사건으로서 실재의 지위를 누리게 된다. 언어 공동체의 사회적 약속이 파기되고 현실적 인과성이 배반되는 이 같은 과정은 언어 기호를 사건의 사실적 재현과의 관계에서만 이해하는 이들에겐 시답잖은 난센스에 불과할 수 있지만, 기표와 기의 사이의 간극을 충분히 감지하는 이들에겐 상식을 벗어난 유쾌한 재미를 선사한다.

그런데 한 시절을 풍미했던 이 유행어가 불현듯 떠오른 이유는 무엇일까? 아마도 김민정의 첫 시집 『날으는 고슴도치 아가씨』(열림원, 2005)가 불러일으킨 당혹감과 난처함이 의식의 추이에 영향을 미쳐 읽는 이의 사고에까지 엉뚱한 비약을 도발하였기 때문인지 모른다. 그러나 사고의 비약에는 이유가 있기 마련이다. 코끼리 시리즈가 연상된 까닭을 스스로 자문(自問)하며 '날으는 고슴도치 아가씨'와 '냉장고에 들어간 코끼리' 사이의 인접성과 유사성을 따져 보노라니, 시인의 어법과 '코끼리의 수사학' 간에 형식 미학상 어떤 공통점이 있음을 발견하게 된다. 김민정의 '검은 나나'라면 아마도 코끼리를 다음과 같이 넣을 듯싶다. '냉장고 문을 연다. 코끼리를 톱질한다. 믹서로 간다. 냉장고에 넣는다. 냉장고 문을 닫는다.' 코끼리를 톱질하고, 믹서로 갈고, 냉장고에 넣는 것은 현실에서의 실제 사건과 별반 관계가 없다. 이때의 언어는 사실을 재현하는 모방적 언어가 아니다. 그것은 기표 놀이를 위한, 언어유희의 매체로서 기능한다. 다음의 구절들은 김민정의 수사학이 코끼리 시리즈의 논법 및 규칙과 구조적으로 상동 관계에 있음을 잘 보여준다.

이미죽은내가 엄마아빠를 국자로 떠와 차례차례 변기에 담근다 **이미**

죽은내가 엄마아빠의 잠옷을 벗기고 속옷을 벗기고 바리깡으로 몸에
난 모든 털을 깎는다 **이미죽은내가** 엄마아빠를 깨끗이 물에 헹구고 탈
수기에 넣어 탈탈 말린다 **이미죽은내가** 쇠도끼로 엄마아빠의 머리뼈와
종지뼈를 쳐내 그걸 고아 프림색 국물을 우려낸다

—「살수제비 끓이는 아이」 부분

죽은 아빠가 뻐끔뻐끔 금붕어 물 빠는 소리를 내고 있습니다 엄마와
내가 죽은 아빠를 번쩍 들어올려 어항 속에 처넣고 있습니다 죽은 금
붕어들이 어항 속에 빠져 죽은 아빠를 뱅뱅 돌려가며 뜯적뜯적 뜯어먹
고 있습니다 배 터져 죽은 금붕어들이 또 배 터져 죽어가고 있습니다

—「매일매일 놀러 오는 우리 죽은 아빠」 부분

거기 신음하고 있는 커다란 백곰 한 마리 웅크려 있어 너무 울어 얼
굴이 지워져버린 백곰이 투실투실한 제 허벅지를 비눗갑같이 네모난
요람으로 썰어내고 있어 차곡차곡 쌓여가는 요람, 요람, 요람

—「용용 죽겠지」 부분

위의 인용구들을 '코끼리를 냉장고에 넣는 방법' 식으로 표제화한
다면, '엄마 아빠를 수제비로 만드는 방법' '죽은 아빠를 또 죽이는
방법' '백곰이 요람을 만드는 방법' 등이 될 것이다. 만일 이 구절들
을 사실의 차원에서 독해한다면, 그 내용은 식인 행위, 친부 살해,
시체 유기, 자해 행위 등으로 요약된다. 모두 현실에선 일어나기 힘
든 끔찍한 잔혹극들이다. 기의에 충실한 독해자라면, 이 시집에 19세
미만 불가 판정을 내릴 것이다! 그러나 더 자세히 보면, 위 문장들에

는 기호의 내용 층위를 지우는 지우개—기표가 내포되어 있다. **'이미 죽은내가'** '죽은 아빠, 죽은 금붕어' '얼굴이 지워져버린 백곰' 등은 사건의 논리적 인과성과 필연성을 무화(無化)한다. 죽은 나는 수제비를 끓일 수 없고, 죽은 아빠는 뻐끔뻐끔 소리를 낼 수 없으며, 죽은 금붕어는 시체를 뜯어먹을 수 없다. 마찬가지로 얼굴이 지워진 백곰은 살아서 움직일 수 없다. 앞의 기표가 뒤의 기의를 지우고, 뒤의 기표는 다시 앞의 기의를 지우고 있는 셈이다. 이처럼 김민정의 수사학은 어떠한 실제적 목적·내용·상징·비유를 갖지 않는다는 점에서 텅 빈 공허의 수사학이며, 그럼에도 문장의 표면에서는 기표들이 넘쳐나는 과잉의 수사학이라 할 수 있다. 이러한 수사학은 시를 실재적인 것도, 비실재적인 것도 아닌, 불확정적인 경계로, 즉 환상성의 세계로 이끈다. 김민정의 시가 우리에게 주는 충격은 환상성에 내포된 미적 기능, 즉 낯익고 친숙한 이 세계의 요소들을 다르게 결합하고 전도함으로써 현실의 사회 질서를 이루는 단일한 의미 구조를 해체하여 뿌리에서부터 그 안정성을 뒤흔드는 효과를 발휘하기 때문이다.

김민정의 시를 실제로 있음직한 개연성이나 발생 가능한 수학적 확률이라는 현실적 리얼리티의 지평 내로 환원하여 읽는다면, 우리가 얻을 수 있는 것은 문화적 전통과 도덕적 관습, 상식의 언어를 무색하게 만드는 불편함과 난감함밖에 없다. 이성적 사유의 관점에서 본다면 광기, 환각, 악몽, 정신분열, 엽기 행각 등으로 설명될 수밖에 없는 그의 시는 기표와 기의 간의 예상 가능한 관계를 해체하면서 합리적 절차에 따라 정리되는 논리적 개념화와 과학적 명명을 철저히 무시하고, 객관적 리얼리티에 대한 일반적인 신념과 확신을 공격하고 조롱한다. 그만큼 기존의 사유 체계는 김민정의 시 앞에서 쓸모없고 무력한 것이 된다. 어쩌면 그로 인해 초래되는 불쾌한 심사를 유도하는 것이 이 시인의 의도이자 목적일 수 있다. 새로운 문학 세대의 출현은 언제나 자신의 문화적 전통에 대한 부정과 거부에서 출발하며, 기존의 양식과 언어 의식을 배격하면서 때로는 과격하고 파괴적인 실험을 감행하기 마련이다. 그런 점에서 기호의 촉지성을 살리면서 어떠한 기표 놀이도 가능케 하는 김민정의 수사학은 기표와 기의의 간극을 최대한 확장해 낯설게 하기의 효과를 극대화한다는 면에서 또래의 다른 시인들의 경우와 비교할 때 단연 두드러진다. 더구나 그의 언술은 지적 조작의 산물이라기보다 생래적인 '날것'의 언어로 육박해온다는 점에서 읽는 이를 더욱 놀라게 한다. 아마도 그것은 "용용 죽겠지"의 예에서 드러나듯, 일상어로 통용되지만 문학어로 수용되지는 않는 언어들을 시어로 사용한 것과 연관되어 있다.

"졸라 빠르게 기어오고"(「거북 속의 내 거북이」), "한 큐에 꿰여버리고 마는 금붕어들"(「열쇠漁」), "팔뚝만 한 똥자루"(「숨은 집 찾기 놀이」), "다이빙해 들어갔다"(「고등어 부인의 윙크」) 등등 입말로는 익숙하지만 글말로는 생경한 표현들이 이 시집에는 산재해 있다. 그런데 특이한 것은 이러한 일상어들이 시의 사실성이 아니라 환상성을 배가하고 있다는 점이다. 그것은 김민정의 수사학이 단순히 입말의 단어를 차용하는 데 그치지 않고, 문장 전체의 결합 가운데 단어의 기의를 지우면서 구성되기 때문일 것이다. 예컨대 "거북이들이 졸라 빠르게 기어오고" 있지만, 이 "거북"은 바닷속 생물인 '거북'과 일치하지 않는다. 물론 바다 생물로서의 '거북'일 수도 있지만, 그것은 '거북하다'의 '거북'일 수도 있고, 고전 가요인 「구지가」 속의 '거북'일 수도 있다. 전자든 후자든, 기의로서의 '거북'은 "거북"이라는 기표에 정확히 대응되지 않는다. 따라서 "거북"은 실재도 비실재도 아닌 불명확한 기호가 된다. 낯익은 일상어가 텅 빈 기호가 되어 시의 표층과 심층에서 부유하고 있는 것이다. 이처럼 익숙한 단어들의 의미론적 불일치는 시의 무대에 감각적 생기를 부여하지만, 그것을 사실극이 아닌 기괴한 환상극으로 만든다. 김민정의 언어가 어떤 자기 검열도 없이 마구잡이로 쓰인 듯 보이면서도, 그것의 효과를 직감적으로 감득하여 구성되고 있다는 점은 우리를 또 한 번 질리게(!) 만든다. '더 이상 시적인 것은 없다'는 명제를 실천하듯, 전통 시학의 바깥에서 시를 도모하는 김민정의 글쓰기를 우리가 여전히 '시(詩)'로 명명할 수 있다면, 그것은 언어 형식에 대한 민감한 감수성과, 기표 놀이의 미적 가능성을 시험하는 그의 예민한 의식이 시작(詩作)의 밑바탕을 이루기 때문일 것이다.

　그러나 그의 시에서 느끼는 가장 큰 곤혹스러움은, 위의 예에서도 드러나듯, 극단의 비정상적 풍경 어디에도 불안과 공포, 혼미와 착란, 분열의 징후와 심정적 두려움이 없다는 것과 그의 언어가 흡사 아이의 그것처럼, 지독하리만치 철저하게 유희를 수행한다는 데 있다. 그리고 그것은 희극적인 웃음을 유발하는 유희가 아니라 그러한 웃음을 거세하고 차단하는 '검은 유희'라는 점에서 주목을 요한다. 그의 놀이법은 눈알이 뽑힌 '나나'가 코끼리를 머리부터 믹서로 싹싹 갈아 피곤죽으로 만들어 냉장고에 토막 내어 넣는 방식인 것이다. 이러한 스타일이 아이들의 유희와 유사하다는 것은 김민정의 유희가 희극적인 것을 판단하는 외적 척도가 없는 까닭에 웃어야 할 상황에 웃지 않는 아이들의 경우처럼, 상식과 통념과 정상의 기준—성인의 기준—과는 무관한, 그러한 척도 바깥에서 작동하고 있음을 뜻한다.

그의 시를 읽고 우리가 웃을 수 없는 것은 그의 기표 놀이가 희극적인 것에 대한 감각이 거세된 상태에서 이루어지기 때문이다. 이렇듯 어떤 실제적 목적이나 의도 없이 유희가 이루어진다는 점에서 김민정의 시는 언어 기호가 도달할 수 있는 극한의 완성, 즉 현존과 연루된 모든 사실과 의식이 완전히 휘발하는 순수—순결의 동의어가 아니라 무목적적이라는 의미에서의 순수—의 완성을 추구한다고 할 수 있다. 그리고 그것은 기존의 가치 평가, 전통적인 성년의 것, 교양과 품위의 강조, 학습되는 감각의 획일화 등에 대한 강한 거부를 전제한다는 점에서 문화적 전위의 전투적 반항을 연상시킨다. 물론 시인은 그러한 순수에의 지향과 전위 의식의 여부조차 자신의 시와는 상관없는 노릇이라고 말하겠지만 말이다.

그런데 문제는 유희는 있으나 웃음이 없는 이러한 스타일의 추구가 냉혹하고 잔인한 풍경을 양식화한다는 것과 이 같은 살풍경한 추(醜)의 반복적 재생산이 과연 어떤 문학적 의의를 지니는가라는 회의를 유발한다는 점이다. "나 없는 내가 되어가"(「아멘!」)는 '검은 나나'라면, 어떤 의미도, 의의도 목적하지 않으니 그런 질문은 하지 말라고 답할지도 모르겠다. 혹은 이런 질문 자체를 비웃을지도 모른다. 그러나 이 장황한 기표들에 새겨진 '흔적trace'의 더미는 우리 시대의 정신적 위기와 관련된 모종의 심각한 징후를 환기하고 있다. 그리고 그것은 김민정 시인에게만 국한된 사항이 아니라는 점에서 더욱 문제적이다.

우선 시 곳곳에서 나타나는 '나'의 포화 상태를 눈여겨볼 필요가 있다. 다음의 시구를 보자. "나는 삼 일 전에 구운 바게트처럼/딱딱하고 거칠거칠한 내 양 팔다리를/우걱우걱 씹는다"(「나의 '완전한' 나를 찾아서」). 이 문장에서 주체인 '나'는 행위 대상인 '나'와 일치하지 않는다. 바게트 같은 '나'와 그 '나'를 "우걱우걱 씹는" '나'는 의미론적으로 병존할 수 없다. 내가 나를 먹을 수는 없기 때문이다. 그럼에도 '행위자—나'와 '대상자—나'는 한 문장 속에 동시에 공존한다. 한편 문장에는 또 다른 '나'가 숨어 있다. 구운 바게트가 어떤 형태를 지니는지를 체험으로 알고 있는 '경험자—나'가 그것이다. 이 '나'는 문장 바깥에서 세밀한 비유가 가능하도록 정보를 제공하는 '나'이다. 마지막으로 이 모든 '나'들을 한 문장 내에 존재케 하는 '발화자'로서의 '나,' 즉 시적 화자가 있다. 이 화자는 상황 전체를 관장하고 주관하면서 비실재를 실재로 만드는 전지전능한 입이자, 대상자·행위자·경험자·발화자의 총합이다. 단 하나의 문장에서도 이렇듯 '나'들은 넘쳐난다. "빽빽이 들어차 있던 나들이 일제히 일어나 박수"(「날으는 고슴도치 아가씨」)를 치고 있다!

그렇다면 이러한 '나'의 과부하 상태는 무엇을 의미하는 것일까? 자기 분열의 시적 극화로 볼 수도 있겠지만, 이는 공동체의 자리, 즉 사회적 약속을 마련하고 체결하며 결정하는 공동체 고유의 권한을 자신의 것으로 삼으려는 욕망의 과잉 상태로 이해된다. '사회'의 이름이나 '전통'의 이름이 아니라, '나'의 이름으로 새로운 말logos을 반포하려는 것이다. 김민정 시의 기표 놀이가 기존의 언어 체계를 파괴하는 형식을 띠고 있는 까닭은 이런 사정과 무관하지 않다. 그런데 달리 생각해보면, 공동체의 자리를 대신하려는 욕망이 증대되고 있다는 것은, 역으로, 공동체에 부여된 역할을 제대로 이행하는 그러한 공동체가 없다는 것, 다시 말해 진정한 공동체란 죽어버렸음을 의미하는 것이기도 하다. 만일 그러하다면, 김민정 시에 자주 등장하는 저 섬뜩하고 엽기적인 가족 파산의 장면은 이러한 상황을 무의식적으로 고지(告知)하는 시적 조감도라 할 수 있다. 그리고 연대와 공감의 공동체가 부재하고 유대 없는 개인들의 포화로 폭발하기 직전의 세계에서 예상되는 최종적인 결말이란 폭력의 거대한 양산밖에 없다. 피가 철철 나게 후려 찍고, 톱으로 몸을 쓱싹쓱싹 썰고, 물이 펄펄 끓는 냄비에 집어넣고, 배꼽과 음핵에 꽃삽을 쑤셔박고……, '검은 나나'가 코끼리를 집어넣은 냉장고의 풍광은 이렇듯 끝이 없는 무한 폭력의 카니발적 난장(亂場)으로 우리 앞에 나타난다. 「엄마, 학교 다녀오겠습니다」는 공동체 의식의 붕괴와 집단적 연대의 소실을, 그리고 그에 따른 개인 간의 신뢰 상실 및 그로 인한 폭력의 잠재성과 그 위험 수위를 노골적으로 보여주고 있다.

주황색 플라스틱에 까만 글씨를 판 이름표를 달고 나는 매일매일 학교에 간다 비 맞은 구두가 아직 덜 말랐는데 나 오늘 학교 안 가면 안 돼? 엄마는 송곳처럼 뾰쪽뾰쪽 깎은 세 자루의 연필과 면도칼을 세워 내 호주머니 속에 넣어준다 가다가다 어김없이 가나안 정육점 앞에서 외팔이 소년을 만난다 외팔이 소년은 제 한 팔을 갈아먹은 고기 써는 기계에 내 한 다리를 쑤셔넣고는 오늘도 영구 흉내를 내보인다 띠리리 리리리 띠리리리리리 바람이 외팔이 소년의 손 없는 팔에 퉁퉁 불린 소매를 달아준다 똑같지? 아니아니 하나도 안 똑같애 외팔이 소년은 불어난 소매 끝에 갈고리를 끼워 내 목둘레를 둘러 긋기 시작한다 똑같은 거야, 알았어? 덜렁덜렁해진 모가지로 끄덕끄덕하며 나는 호주머니에서 연필을 꺼내 외팔이 소년의 혀를 꾸욱 하고 찍어버린다 구멍 난 혀를 면도칼로 짤라 신주머니에 넣으며 나는 매일매일 학교에 간다

덜렁덜렁해진 모가지에서 빨간 물감에 절인 빗물 같은 피가 숙제장 위
로 뚝뚝 떨어진다 사방에서 남자애들이 코를 싸쥔 채 오줌을 갈겨댄다
선생님이 막대기로 남자애들의 머리통을 탕탕 후리더니 날 안고 화장
실로 간다 어김없이 선생님은 내 교복블라우스 앞가슴 새에 입술을 부
벼 넣더니 단추 하나를 먹어버린다 걱정 마 도로 달아줄게 교복블라우
스 단추를 다 먹어치운 선생님이 내 젖꼭지를 꼬집어 뜯더니 동글동글
반죽하기 시작한다 봐 선생님이 단추 만들어준다고 했잖아 아니아니
실 바늘은 못 만들잖아요 나는 호주머니에서 연필을 꺼내 선생님의 손
등을 꾸욱 하고 찍어버린다 구멍 난 손등을 면도칼로 짤라 신주머니에
넣으며 나는 매일매일 학교에 간다

—「엄마, 학교 다녀오겠습니다」 부분

이 시에 따르면 질서와 규칙, 도덕과 윤리, 인내와 봉사, 대의(大
義)와 헌신을 가르치는 학교는 더 이상 없다. 온화한 사랑과 아름다
운 타자애도 모두 새빨간 거짓말이다. 하루하루가 '여고괴담'의 현장
이다. 만약 위의 일들이 실제 상황이라면, 우리의 도덕규범은 폭력에
폭력으로 응해서는 안 되고 절차에 따라 가해자를 고발하라는 일반적
규정을 발할 것이다. 그러나 그렇게 대처할 수 없는 폭력이 얼마나
많은가? 폭력을 금해야 함을 폭력으로 가르치는 곳이 지금까지의 학
교였고 사회였다. 공동체의 위악적인 이중성에는 이제 신물이 난다.
'공동체는 없다'고 선언한다 해도 그것을 부정할 도리가 없다. 그러
니 이 시의 '나'가 폭력에 폭력으로 대응하는 것은 현실 원칙에는 어
긋날지 모르지만 쾌락 원칙에는 충실한 행위이다. 더구나 폭력 주체
가 남성이고 그 대상이 여성인 정황은 너무나 익숙한 것이어서, 남성

의 폭행에 주저 없이 보복하는 '나'의 행동은, 마치 어린아이가 자신의 욕구에 따라 아무 검열 없이 행동하듯, 억압된 무의식이 직접 실현되고 실행된 예로 보인다. 그렇다면 시인은 '눈에는 눈, 이에는 이'라는 폭력의 맞대응을 긍정하고 있는 것인가? 아니, 그보다는 폭력에 폭력으로 응하는 방법 외에 자기 보호책으로 무엇이 가능한가 묻고, 그에 대한 답이 현실적으로 얼마나 궁색한 것일 수밖에 없는지를 상기시킨다. 공동체의 정당한 규제와 조율이 사라진 곳에서 개인의 삶이란 '동물의 왕국'과 다를 바 없다. 이것이 시인이 바라보는 현실 세계의 진짜 모습이다.

만인에 대한 만인의 투쟁이라는 홉스 식의 고전적 가정법은 비록 규제 없는 개인들의 상황을 폭력의 난무로 예상한 사회적 상상력의 소산이었지만, 그것의 해결을 예측하고 기대하는 집단적 대비책을 고안해낼 수 있었다. 그리고 그러한 믿음에 의해 현대의 국가와 사회와 문명은 견고한 지지 기반을 내적으로 형성해왔다. 그러나 김민정이 그려 보인 현재의 풍광에는 어떠한 기대도, 바람도, 예측도, 희망도 없다. 그 같은 인간적 감정이 표백되고 말소된 곳에서 질서는 더 잘 유지된다. 인간의, 인간에 의한, 인간을 위한 질서는 있으나, 자율적 주체성과 자발적 의지의 존재로서의 인간은 증발된 상태. 이러한 세계에서 시인의 몫은 어쩌면 부서진 조각들—그것이 육체든, 언어든, 사물이든—을 가지고 "공기놀이"(「포도 씨앗 속에 엄마 찾기」)를 하며, 이젠 낡은 기호로 전락하여 아련한 흔적만 남은, 어딘가 있을지 모를 "집"(「숨은 집 찾기 놀이」)의 내용을 궁금해하는 것 외엔 없는지 모른다. 그래서일까? 김민정의 시에서 언뜻언뜻 감지되는 깊은 절망은 파편—놀이 '밖에' 할 수 없는 자의 절망으로 읽힌다.

김민정의 '어린아이 같음'은 어른의 현실 세계를 유희의 형태로 고발하기 위한 일종의 시적 전략일 것이다. 그러나 그것은 역으로 현실 세계의 폭력성에 그 같은 '아이다움'이 얼마나 무력한가를, 다시 말해 죽음과 같은 폭력을 겪으면서도 "매일매일 학교에 가"야 한다는 현실의 질서에 종속된 아이의 한계를 스스로 노출하는 전략이기도 하다. 아이는 어른이 되지 않는 한, 어른의 지배와 명령에서 자유롭지 못하다. 하나, 어른이 될 때, 아이는 유희의 자유와 반항의 즐거움을 잃을 것이다. '아이다움'의 유지에 내재된 본질적 문제는 세계를 소외할 것인가, 세계에서 소외될 것인가를 결정해야 한다는 선택의 어려움에 있다. 어느 쪽을 택하든 소외의 해결은 지난한 과제이다. "나는 매일매일 학교에 간다"는 아이의 저 명랑한 말끝에서 어둡고 음산하게 울리는 에코가 느껴지는 것은 그 때문이 아닐까? 만일 그렇다면, 그 에코를 계속 끌고 갈 것인지, 그래도 좋은 것인지, 깊이 성찰할 필요가 있을 듯싶다. 시인의 시작(詩作)이 시작(始作)에서부터 고정된 양식화의 단계로 진입하는 것은 경계할 필요가 있기 때문이다.

저기 저, 학교 가는 풍경은 사실이 아니다. '검은 나나'의 하룻밤 꿈이다. 그러나 과연, 저것이 사실이 아니라고 단정할 수 있을까? 더럽고 추한 것은 감추고 싶고 피하고 싶은 법인데, 시인 김민정은 눈을 크게 뜨고 똑똑히 보라며 우리 앞에 현실의 지옥을 들이밀고 있다. 아무래도 오늘 밤에는 꿈자리가 영 사나울 듯하다. 저 끔찍한 지옥을 처음부터 끝까지 다 보고 말았으니……

그는 듣는다, 바다의 숨소리를
─ 이세기의 『먹염바다』

그렇다. 그는 보통 사람의 가청권으로는 들을 수 없는 소리를 바다에서 듣는다. 세상을 향한 타전(打電)이 되지 못하고 쓸쓸한 신호가 되어 "바다의 침묵"(「장화리」) 너머에서 떠도는 "패이고 일렁이는 것들/숨죽인 것들/사라지는 것들"(「먹염바다」)의 소리를 그는 청취한다. 그것들은 어느 순간 "거대한 숨소리"가 되어 그의 고막을 두드리고, 그리하여 그는 "살아 있는 날것들이 꿈틀거리며 이 세상을 만들고 만든다"(「한월리에 가서 2」)고 깨닫기에 이른다. 그러나 먹먹하고 끝없는 어둠의 바다에서 그가 이러한 긍정의 정점에 도달하기까지의 과정은 그리 순탄하기만 한 것은 아니었다. 세상의 모든 밤과 그 밤을 견디며 살아야 하는 작고 초라하고 누추한 "날것들의 숨소리"(「한월리에 가서 2」), 그 소리에 담긴 슬픈 사연과 억울한 내력, 불가능한 기원(祈願)과 간곡한 바람을 자신의 원체험으로 삼지 못한다면, 그리고 그것을 부인할 수 없는 자기 존재의 기원으로 인식하지 못한다면, 그러한 긍정의 포즈는 고단하고 남루한 삶을 생산하고 방치하고 유기하는 이 세계의 비정(非情)과 무정(無情)을 너무 쉽게 용인하고 포용하는 태도로 비칠 터이다. 혹은 낱낱의 개별들을 보편적인 원리로 환원해 부정의 틈입을 봉쇄하려는 자기 초월의 몸짓으로 보일 수도 있다. 그러나 이세기 시인은 이러한 우려와 오해로부터 얼마쯤 벗어나 있다.

그의 첫 시집 『먹염바다』(실천문학사, 2005)가 그 자체로 이를 입증하고 있으니, 우선 그가 자기 시작(詩作)의 근본을 스스로의 태생과 사적인 체험, 실제 생활로서의 노동과 개인적 내력에 두고 있다는 점을 들 수 있다. 그의 시에서 인위적인 꾸밈과 조작을, 어떠한 거짓과 위악도 발견할 수 없는 것은 이 때문이다. 생경한 관념의 돌출이나 성급한 주의 주장의 표명을 찾아볼 수 없다는 점도 그만큼 시인이자기 주변의 사건과 풍광에 밀착하여 밀도 높은 정서적 감응에 몰두하고 있음을 보여주는 예라 할 수 있다. 그러나 체험의 진실성이 시적 진정성을 보장하지 않음을 떠올린다면, 이세기 시의 미덕을 생활세계에 근거한 경험의 사실성에서 찾을 수는 없다. 그의 시가 지닌매력은 개인적 체험과 일상의 습속을 시화(詩化)할 때 대두되는 자기생활과의 의식적 분리와 객관적 거리의 확보를 말을 줄이고 비우고덜어냄으로써, 즉 언어를 최대한 절약하여 사용함으로써, 절제와 여백의 미학으로 성취·극복한다는 데 있다. 간결한 시어, 간략한 묘사,여운의 배치, 짧은 시행을 앞뒤로 구성하는 여백의 활용 등은 최근시의 산문화 경향과 견주어 볼 때, 이세기의 시를 특징짓는 고유한개성이기도 하다. 시집의 서시(序詩)라 할 수 있는 「밤 물때」는 이를잘 보여준다.

밤바다
밤 물때 이는 소리

밀려오고
밀려오는

이 밤 여기 서 있으면

멀리
가까이

무엇인가 울고
무엇인가 흐느끼는
숨소리

오렴
오렴
어서 오렴

밤바다
슬프고 아름다운

밤 물때
이는 소리   —「밤 물때」 전문

검은 바다의 고요를 그대로 옮겨다 놓은 듯한 이 시의 아름다움은 절제된 압축미와 함축미에서 뿜어져 나온다. 불필요한 수식어와 세부 묘사를 배제하고 최소한의 언어로 대상의 본성을 간취하여 생생한 감각으로 전달하는 생략의 효과는 조용히 일렁이는 바다의 풍경을 들릴 듯 말 듯한 소리의 파장으로 전이시키면서, 흡사 귓속으로 바닷물이 흘러들어오듯 시의 공간을 부풀어 오르는 차가운 물과 "무엇인가 울고/무엇인가 흐느끼는" 소리들의 술렁거림으로 가득 채운다. 한줄 한줄 시행을 따르노라면, 바다의 호흡이 시의 호흡으로, 그리고 시를 읽는 이의 호흡으로 한데 융화되어 독자마저 어느덧 "슬프고 아름다운" 밤바다의 현장으로 이끌리게 된다. 적막을 베일로 드리운 소리들의 한복판으로 우리를 안내하기 위해 시인은 극도로 축약된 말을 세심하게 선별하고 있는 것이다.

그런데 이쯤에서 궁금증이 생긴다. 왜 그는 바다의 '풍경'이 아니라 바다의 '소리'에 집중하고 있을까? 이는 서해 바다를 터전으로 살아가는 가난한 어민들의 행적과 사연을 추상 기호인 언어로서는 적확하게 표현할 수 없다고 여기는 이세기 시인의 안타까움과 아쉬움, 깊은 페시미즘과 밀접히 연관되어 있다. 그는 소리의 감지에 유달리 민감하다. 시집 『먹염바다』는 술렁이는 소리의 바다라 해도 과언이 아닌데, 바다의 숨소리뿐만 아니라 부엉이 울음소리, 별 우는 소리, 쓰르라미 우는 소리, 굴봉 쪼는 소리, 개 짖는 소리, 그리고 갯바위 틈새에서 우뭇가사리, 가막조개, 패랭이고둥이 "서로의 몸을 둥글리며 귀를 여는 소리"(「한월리에 가서 2」)까지 온갖 미세한 소리들로 가득하다. 그런데 그가 포착하는 소리들은 모두 한없이 작고 낮고 아득하다. 그것들은 크거나 우렁차지 않으며, 소란스럽지 않다. 자신의 존재감을 세상을 향해 표 내본 적 없는 이 소리들은 사실 불우한 서해 바다의 역사로 인해 천천히 가만가만 숨죽이며 살아온 그곳 어민들의 소외되고 위축된 삶의 반경에 상징적으로 대응된다. 바다에서, 혹은 바다와 면한 섬에서 발신되는 아득한 소리에 귀 기울일수록, 그것은 배 타고 나가 돌아오지 않는 아비, 한쪽 발을 잃고 월남에서 돌아온 매형, 흙 파먹다 부황 들어 끝내 죽은 삼촌, 월경한 쌍둥이 아들을 기다리며 정화수 떠놓고 빌다 늙어버린 홀어미의 사연을 동시에 전해준다. 그런데 이것들은 결코 언어화될 수 없는 소리의 영상이다.

소리란 무엇인가? 그것은 말이 아니다. 그것은 언어 이전의 것으로서, 개념과 이론, 추상과 보편으로 환원될 수 없는 원초적인 상태로 존재한다. 만일 소리가 말로 전환된다면, 그 안에 내재된 본래의 슬픔과 절망, 좌절과 회한은 건조하게 휘발되어 다른 형상과 질을 부여받게 될 터이다. 스스로를 안테나화(化)하여 감각적인 소리의 포착과 전달에 많은 부분을 할애하는 이세기의 시는 우리에게 말로 형용할 수 없는 불행한 생이 여전히 존재하고 있음을 상기시키며, 언어화되는 순간 그러한 불우가 신문의 가십난에서 일회적 사건으로 다루어지는 세간의 속된 사정을 간접적으로 환기하면서 오히려 그에 대해 '말하지 않음'이야말로 고통 받으며 사는/살아온 이들에 대한 곡진한 예의임을 알려준다. 그들의 묵묵한 움직임과 그것의 나지막한 소리에 기꺼이 귀를 내주는 것이야말로 최선의 격려이자 소박한 연대이다.

이세기 시인은 그것을 실행하려 오늘도 해안가에 선다. 그의 시가 지닌 진솔함과 정직성의 원동력은 아마도 서해 바다에 감춰진 "아슴하고 삐죽하게/그 무언가가 저려오는" "푸신바람과 같은 소리"(「바다를 보면」)를 사심 없이 투명하게 감각하려는 그의 의지에서 비롯한다. 그리고 그러한 의지적 노력은 자의식의 의도적 행위가 아니라 선천적인 마음의 발로라는 점에서 자연스럽다. 가령 대청바다를 나는 흰 나비를 두고

어디론가 가는 길이 저토록 눈부시다

대청 가는 뱃길 바다 위로
나비 한 마리 눈부신 흰빛의 팔랑임으로
온 힘으로 날아가는
흰 나비

어디론가 가는 일이 이와 같은 것인가

〔……〕

오오 이 바다를 건너는 것이
나는 두렵지 않다

그러니 나비여 가자

밤이 오면 봄바다 위로 달이 뜨리　　　　　　　　—「대청바다」 부분

라고 감응하는 그의 어조는 근대의 '바다'에 현혹되어 모험을 시도하

다 죽음의 공포를 체험하는 김기림의 '지식인－나비'의 서글픈 어조와는 분명히 다르다. 이세기의 눈앞에 떠오른 나비는 "아시아의 근대성엔 자비가 없다는 것을"(「백령도에서」) 출생의 순간부터 몸으로 겪어온 하위자subaltern 계층의 승화된 자기 이미지이다. 그것은 바다를 건너는 일이 "백골"(「대청바다」)이 되는 위험에 직면하는 행위임을 실제 사건으로 경험해온 이들의 단단한 생의 의지를 함축하고 있다. 가냘픈 공주의 허리는 바다의 건넘을 필연적 운명으로 감내하며 그것에 부딪히길 마다 않는 이세기의 나비에 의해 눈부신 의욕의 개화(開花)로 거듭나고 있는 셈이다. 바다도 반짝이는 "흰빛의 팔랑임"에 "봄빛"(「대청바다」) 머금은 달의 행로로 그의 길을 밝혀준다. 시인은 그 길을 함께 가는 동행인이자 그러한 비행의 과정을 처음부터 끝까지 지켜봐주는 관찰자의 소임을 자신의 문학적 역할로 삼고 있다. 그래서일까? 이세기의 많은 시들은 바다를 보며 "봉분 숲을 헤매이다 들어온 갯바람마냥//서 있고/서 있"(「바다를 보면」)을 뿐 무엇에도, 아무에게도 "묻지 않"(「연평도에서」)는다. 그는 그저 말없이 듣고 본다.

　그의 말없음은 바다의 그것과 닮아서 체념과 비관, 공감과 동조, 망각과 기억, 활력과 소진을 동시에 품고 있다. 이러한 침묵을 그는 바다로부터 배웠다 해도 과언이 아닌데, 그가 서해 바다에서 궁극적으로 발견하는 것은 무심하고 태연하지만 나비의 횡단이 가능한 곳으로 자신을 개방하는 바다의 유연성이다. 그러한 공간이 침묵에 잠겨 있다면, 아니 아무 소리 없이 잠잠한 상태로 느껴진다면, 그것은 바다 아닌 세계의 소리가 얼마나 시끄럽고 어수선하며 혼탁한지를 역으로 드러내는 일이다. 그곳에 존재하는 "날것들의 숨소리"는 육지와 도시의 소음에 막혀 부재의 대상으로 취급되고 잊히고 삭제되니, "바다의 침묵"은 그 자체만으로 이 세상의 속악함을 비판하고 있는 것이다. 이세기는 "저 바다의 침묵을 나는 모른다"(「장화리」)고 말하였지만, 그는 바다로부터 침묵의 힘을 배우고 그것을 자기 삶을 운용하는 최상의 윤리로 수용하고 있다. 그리고 그러한 말없음의 방식으로——그것이 비록 소극적인 형태의 것임에도 불구하고——이 세계에 타협하지 않으려는 거부와 저항을 실천한다. 그의 침묵은 하위 계층의 곤궁을 재생산하고 그들의 희생을 반복해서 요구하는 이 세계에 대한 강력한 항의 표시인 셈이다. "바다의 침묵"에서 유추된 이러한 구체적인 삶의 실천 원리는 그의 내면에 튼튼히 뿌리를 내려 그의 시심(詩心)과 시의 스타일에도 반영된다. 말을 아끼고 다듬는 이세기의 시작(詩作) 스타일은 그가 이 세상에 대해 취하고 있는 태도에 상응하는 시적 산물이라 할 수 있다. 그에게 침묵은 행위로서의 형식인 것이다.

그런데 바다를 가르는 흰 나비의 힘찬 비행은, 아쉽게도, 이세기 시의 본령은 아니다. 「대청바다」의 '나비'가 그의 궁극적인 지향점이자 시적 비전의 상징이라는 점은 분명하지만, 『먹염바다』에 수록된 대부분의 시들은 깊은 슬픔과 쓸쓸함, 오래된 정적과 비애에 잠겨 있다. 이는 시인이 마주하고 있는 고향의 바다가 아비는 없고, 그 때문에 어미가 아비의 몫을 대신해야 하는 궁핍과 가난의 공간이며, 가족 전부가 날품팔이 노동을 해야만 생계를 유지할 수 있는 노동의 공간이라는 점과 연관되어 있다. 그러한 곳에서는 물질적 풍요이든 정신적 만족이든 모두 기대하기 힘든 사치일 뿐이다. 바지랑대 위에 걸려 있는 시집올 때 입었다던 어머니의 "옥색치마"(「겨울밤」)가 눈물겨운 까닭은 그네의 인생에서 '풍족함'이란 말은 애시당초 입에 올릴 수 없는 불가능한 꿈이었기 때문이다. 희망과 기원(祈願)이 헛것illusion에 불과한 곳에서 살아간다는 비관과 체념은 이세기의 시에서 백석의 페시미즘을 연상케 만드는 주요 요인 중 하나이다. 지역 방언의 잦은 사용과, 무엇보다 텅 빈 방에서 홀로 자신의 과거와 현재를 돌아보며 "누추"가 운명인 듯 "그새 따라와 서 있"(「빈방에 들어와」)음을 느끼는 자기 성찰의 태도는 목수네 집 헌 삿을 깐 셋방에서 자신의 슬픔과 어리석음을 곱씹으며 '더 크고 높은 것'이 자기를 이끌어감을 깨닫던 백석의 자기 응시를 떠오르게 한다. 그러나 이세기의 비애가 백석의 경지에 아직 미치지 못하는 이유는 그의 시선이 어머니와 아버지의 울타리, 유년기를 지배하던 가족사의 범주에 고착되어 있다는 데서 비롯한다. 식구, 친족, 마을보다 더 큰 공동체로 시선을 돌릴 수 있을 만큼 성숙한 정신의 반영이 될 때, 특정의 시간대와 한정된 공간성을 벗어나 지역과 세대와 풍속을 아우르는 시적 이념의 표상이 될 때, 이세기의 '나비'는 백석이 떠올린 "그 드물고 굳고 정한 갈매나무"(백석, 「남신의주 유동 박시봉방」)에 근접하는 아름답고 감동적인 자기 이미지가 될 것이다.

우리는 어쩌면 소외된 하위 계층이 꿈꾸는 삶의 이상이 이 세계의 오류와 잘못과 악덕을 지적하고 수정하는 새로운 시적 비전의 제시로 도약되기를, 그리고 그것을 성취하기 위한 끊임없는 모색과 부단한 노력을 시인 이세기에게 요구해야 할지 모른다. 그의 시에 내재된 슬픔의 감염력과 발생학은 그러한 '다른 시'의 가능성을 충분히 내포하고 있다. "손등에 내리는 눈과 같이/뜨겁게 타다/사라지는 것들을"(「먹염바다」), 그것들을 서늘한 뜨거움의 발현과 소멸로 의식하는 그의 시 정신이 이 세계의 바깥을 통찰하려는 궁극의 목적을 포기하지 않는 한, 우리는 그에게 그 같은 기대를 걸어볼 만하다. 그의 말처럼 목적지를 향해 쉼 없이 걸어가는 그의 등 뒤에 힘찬 응원의 함성을 보내보자. 그곳이 이제 멀지 않으니……!

아카시아나무의 둥지가 위태롭지 않듯이
견디다 끝내 허물어져가는
창문을 막 떠나온 눈빛 속으로

저기 낡은 집의 민가가 보일 때까지
걸어가리라

눈 쌓인 새 발자국을 따라
뭇 개 짖는 소리

저기 귤현이 가깝다   ─「저기 귤현이 가깝다」 부분

매향리에 가보지 못한 뒤
─최영철의 「그림자 호수」

　매향리에선 무슨 일이 있었던가? 왜 매향리에 가지 못했나? 그곳에 가보지 못한 것이 그토록 마음을 무겁게 만드는 일인가? '매화꽃 핀(梅香)' 마을 혹은 '향기가 매장된(埋香)' 마을이라는 정반대의 뜻을 내포한 지명에서부터 문제적 징후가 감도는 그곳, 매향리. 매화꽃 피던 어느 봄날의 비밀은 그러나 의외로 담담하게 가라앉은 목소리를 통해 드러난다. 고요한 저음의 절제된 폭로. 고발의 공격성과 나지막한 정적(靜寂)이 한데 용해된 형상은 그 자체로 이미 역설적이다.

　　매향리에 가보지 못했다
　　매화 필 때도
　　포탄 떨어져 못다 핀 매화 질 때도
　　그 할머니 귀청 떨어져나갈 때도
　　자살과 살상 이어질 때도
　　굴 따던 임산부 포탄 맞아 죽을 때도

곤한 잠 깬 아이

곱게 걸어둔 가족사진 우르르 무너져내릴 때도

매향리에 가보지 못했다

매화 곱게 피던 봄

포탄 떨어져 그 향기 영영 박살나버려도

그 향기 영영 땅 아래 묻혀도

그 향기 영영 오지 않아도

매향리에 가보지 못했다

조개잡이 어린 소녀 포탄껍질에 앉아

다리 잘리던 날의 악몽에

멍한 눈동자 속 매화 피고

제트기 날개 위로 매화 지고

나 아직 매향리에 가보지 못했다   ——「매향리」 전문

매화가 만발한 가운데 벌어진 인명의 처참한 살상, 이것이 매향리에서 있었던 사건의 전모이다. 사건이 발생한 구체적 시간대는 정확히 알 수 없다. 몇 년 몇 월 몇 일에 포탄이 떨어졌는가는 사실 그다지 중요하지 않다. 달력과 시계의 기계적 단위는 사건의 비극성을 표현하기엔 무기력한 표식일 뿐이며, 폭력과 가해와 타살의 부정성은 그러한 숫자적 기호로 결코 현상될 수 없다. 매향리에서의 사건을 성격 짓는 시간적 준거는 어느 봄 '매화 곱게 피던 때'이다. 할머니의 귀청이 떨어져나가고, 임산부가 죽고, 잠 깬 아이 무너지고, 조개잡이 소녀의 다리가 잘리던 순간이 "매화 필 때"를 중심축으로 동시간대에 놓인다. 포탄의 투하와 함께 동시다발적으로 발생한 이 일들은

"매화 필 때"와 등가를 이루며 대체 가능한 선택항의 계열체로 연속/
병렬된다. 이로써 "매화 필 때"와 무자비한 죽음의 시간 사이에는 은
유적 관계가 형성되고, 이를 통해 '아름다운 때＝아름답지 않은 때'
라는 역설적 등식이 마련된다. 매화의 개화와 할머니, 임산부, 아이
의 죽음이 서로 간의 비유사성에도 불구하고 유사성의 체계로 도열되
는 이러한 아이러니적 구조는 시의 의미망을 더욱 확장, 심화한다.

아름다움의 반의어는 더 이상 추(醜)가 아니라 폭력이다. 폭력과
죽음이 만연해 있는 한, 이 세계의 아름다움은 폭력에 의해 훼손되고
잠식당할 위험에 노출되어 있다. 꽃의 개화와 참혹한 사살 간의 은유
적 등가 관계는 아름다운 것과 아름답지 않은 것의 경계를 무화하는
까닭에 아름다움은 본연의 자태를 잃어버리고, 추모하고 기려야 할
죽음은 탈성화(脫聖化)된다. 매화는 더 이상 완상(玩賞)의 대상이 아
니다. 사람들의 살점이 찢겨져나가는 곳에서의 매화는 잔인한 배경으
로서 사건의 비극성을 고조시키는 사물화된 반어적 오브제이다. 한편
꽃이 피고 지는 현상이 등가 관계로 투사된 집단적 타살은 흩어진 꽃
잎처럼 일상에 편재하는 다반사가 된다. 반복될 수 없기 때문에 진귀
함을 유지하던 죽음은 고유의 신비성을 탈각한 채 여기저기 무감각하
게 방치된다. 이제 세계는 자동화된 무표정을 그 본질로서 드러낸다.
그리고 이 세계의 데스마스크에는 '향기'의 매장(埋香), 즉 자연의 죽
음이 치유 불가능한 음각으로 새겨진다. '향기'는 '땅 아래 묻혀' '영
영 오지' 않는다. '향기'는 살해된 것이다! 이것이 자연까지 파묻고
있는 우리 세계의 축도(縮圖), '죽은 마을(寐鄕)' 매향리의 실상이다.

'매향리에 가보지 못했다'는 말의 되풀이는 산 자의 부채 의식에서
발로한 자성(自省)의 울림이자 세계의 본래 모습을 직시해야 한다는

내적 성찰의 결과이다. 그것은 매향리를 모르거나, 알지만 잊었거나, 기억하지만 가보지 않은 이들에게 반성을 촉구하며, 우리의 과거와 현재를 가늠하고 그것의 연관성을 인지하는 지적 성찰의 계기를 제공한다. 하지만 '나'는 현실 비판의 기치를 드높이는 선동가도, 무지와 망각을 타매하는 계몽가도 아니다. '나' 또한 매향리에 가지 않았고 언제 가볼지 알 수 없는, 조금은 비겁하고 소심한, 수많은 우리들 중의 한 사람이다. 매향리를 떠올리는 '나'의 윤리적 태도와 지향이 공감을 자아내는 것은 독자(혹은 청자)와의 사이에 형성된 이러한 수평적 관계에서 기인한다. 우리를 이렇듯 무덤의 고장 매향리로 이끌고 그곳에 가보지 못한 것을 책하던 '나'는 그 뒤 어떤 행보를 옮겼을까? 최영철의 일곱번째 시집 『그림자 호수』(창작과비평, 2003)는 자못 궁금해지는 이 동선의 궤적을 바탕으로 구성되어 있다.

『그림자 호수』의 첫머리에 실린 「매향리」는 이 시집의 주요 특징이 가장 잘 집약된 시편이다. 이 시가 중요하게 읽히는 것은 삶의 부조화와 모순에 대해 섬세한 긴장을 늦추지 않는 시인의 개성이 여전히 유지되면서도 이전과는 다른 변화, 예컨대 외부 세계의 익숙한 특질을 정반대의 측면에서 전복하는 아이러니, 대상과의 감정적 소통보다 지적 사유를 먼저 요구하는 수사적 체계, 그리고 그것들의 의미가 사회적 맥락 속에서 유추되도록 하는 사실적 언어의 사용 등 스타일상의 변화가 전면에 부각된 까닭이다. 특히 양립할 수 없는, 그 본질상 상호 이질적인 것들이 융합된 아이러니의 적극적 활용은 『그림자 호수』를 이전 시집들과 구분 짓는다. 물론 『일광욕하는 가구』(문학과지성사, 2000)에 실린 몇몇 시편들, 「20세기 공로패」「21세기 임명장」

등에서도 아이러니의 형식은 나타난다. 하지만 자연이 지닌 생명력을 자신의 것으로 호흡하며 삶의 의욕을 교감의 시학으로 상징화한 근래의 경향을 떠올릴 때, 때로 현실과 비현실이 뒤얽힌, 웃을 수도 울 수도 없는 희비극적 기괴함까지 의도하는 날카로운 아이러니의 미학은 시인의 의식이 현실을 향해 다시금 팽팽하게 조준되고 있음을 증명한다. 특히 비극적인 것을 희극적인 것으로, 무거운 것을 가벼운 것으로, 어두운 것을 밝은 것으로 대체·변용하는 수사학은 시인이 선호하는 구조적 장치로 이를 통해 초래되는 내용과 형식 간의 불균형은 아이러니의 효과를 높이고 수용자 측의 반응을 혼란시켜 세계에 대한 우리의 이해와 믿음이 피상적이거나 일면적일 수 있음을 일깨우는 역할을 한다. 이는 우리 삶의 그늘을 전경화하여 현실 비판의 계기로 삼으려는 이 시인의 의도된 시적 전략이기도 하다. 가령

꿈결 아이들 구름 타고 다니며
하얀 쌀 수제비 받아 붕어빵 빚고 산새로 날리고
불살라 언 손발 쬐며 다 녹여버리고
〔……〕
그 불길 따라 하늘로 하늘로 올라갔었대요
소방차 오고 아빠는 눈이 커다란
눈사람 인형 한아름 뽑아오셨대요
아이들 훨훨 날개를 단 줄 모르고
엄마는 실비주점 더러워진 접시를 닦으며
유행가 한자락 흥얼거리고 있었대요　　　　　　—「성탄전야」 부분

에서 잘 예시되듯 밖으로 잠긴 집 안에서 화재를 피하지 못하고 죽은 아이들의 참화가 경어체의 다정한 어조, 밝고 화사한 어감의 시어들, 화마(火魔)와 상반되는 '날개' 이미지 등을 통해 형상화된 것, 특히 치솟는 불길이 평온하고 한가로운 부모의 모습과 동시적으로 대비된 것은 아이러니의 극치로서 가난으로 인한 이들의 불운을 해결 불가능한 부조화의 풍경으로 만든다. 이처럼 불구적인 것, 죽음에 가까운 것을 건강한 것, 생기 넘치는 것으로 은유한 또 다른 예로 「눈」을 들수 있다.

하반신 없이 손으로 기어가는
동냥치 수레 위로
하늘에서는 한바탕 폭설이 쏟아졌지만
땅에서는 한바탕 동전이 쏟아졌죠
동전은 쌓여 노래가 되고
노래는 훨훨 날아
눈발로 내리다 말았죠
그렇지만 그렇지만요
동전은 그저 쨍그랑 소리로
동냥치 입속으로 들어가
자꾸만 흥얼거리는 노래가 되었죠
다시 올라가 눈발이 되고
눈발 징검다리를 타고
노래는 저 하늘까지 올라갔죠
잃어버린 동전 찾아 부르며

멀리 멀리 흘러갔죠

눈은 내리다 말고

잊을 만하면 또 내리고

노래를 떠난 찬 탄식들

모두 동전이 되어 돌아왔죠 　　　　　　　　　　—「눈」 전문

　"동냥치 수레 위로" 쏟아지는 "동전"이 하늘을 향해 오르는 "노래"로, "눈발"로 변용되는 과정은 얼핏 보면 육체적 결함과 그로 인한 생활의 고통, 절대 빈곤의 질곡이 관조적으로 긍정되는 과정에 상응하는 것으로 보인다. 그러나 이 시의 '노래'는 동전의 교환 가치를 완전히 초극한 절대 자유의 이미지가 아니다. 다시 '동전'이 되어 땅으로 떨어지는 '노래'는 동냥치의 입에서 흘러나오는 구걸의 노래, 돈을 원하고 돈을 부르는 노래와 겹쳐져 있다. 그러므로 '노래'에는 동전의 사회적 효용성 및 그에 따라 좌우되는 생사여탈의 무거운 상징성이 고스란히 내포되어 있다. 따라서 '동전→노래→눈발→노래→동전'으로의 거듭되는 전환은 동냥치의 사정이 그와 전혀 어울리지 않는 매개물vehicle과 결합된 탓에 독자가 내적으로 일치된 반응을 내보일 수 없게끔 당혹스러운 인상을 자아내는 불협화적 수사에 해당한다.

　「매향리」에서부터 심화된 이러한 아이러니적 인식은 궁극적으로 우리 현실에 만연한 가학적 욕망과 폭력의 횡행, 건조하게 기화되어버린 생명력과 그로 인한 죽음의 탈신성화, 자연의 순리에 역행하는 인위적 기술의 불모성 등을 비판하는 데 초점이 맞추어진다. 현대인의 주거 공간인 아파트는 서로에게 보이지 않는 폭력을 행사하는, 층층이 포개진 가해의 바벨탑이며(「아래층 여자 그 아래층 남자」), 멸종

된 생물이 "죽은 지 하루 만에 화상으로 영원히 부활하"(「더블유더블유더블유점」)는 인터넷은 생명을 박제하는 무한 창고이다. "난도질당한 소 돼지 염소 오리 닭"이 "뿔뿔이 흩어진 제 몸통"을 "밤새 이리저리 맞추고 붙여보다가" "토막토막 떨어진 이름"(「푸줏간 이야기」)만을 남겨둔 채 아침을 맞는 푸줏간은 우리 주위에 잠재된 폭력성을 우스꽝스러우면서도 끔찍하게 보여주는 한 편의 지옥도(地獄圖)이다. 헤어진 혈육을 애타게 찾듯 조각난 몸뚱이와 상봉하려는 이 웃지 못할 광경은 파편화된 세계에 대한 첨예한 우의(寓意)이자 풍자인 셈이다.

이처럼 아이러니나 그로테스크 형식을 통해 현실의 문제적 상황을 예각화한 이들 시편들은 무감해진 우리의 윤리 감각을 반추하게 하는 한편, 우리를 현실 세계에 대한 반성의 도정으로 이끈다. 이것은 대상―주로 소외된 이웃이나 자연물―에서 느끼는 자아의 감정과 반응을 주로 표현함으로써 독자의 정서적 동의를 구하고자 했던 시인의 이전 경향과 구분되는 특징이다. 자기 내면의 개인적 정서를 토로하는 것보다 죽음의 고유성마저 휘발시키는 현실을 이지적(理智的)으로 검토하고 조망하는 것이 시인에겐 보다 중요한 과제로 여겨진 때문인 듯하다.

현실 비판적인 시작(詩作)이 드문 요즘, 최영철 시인의 이러한 시적 작업은 유의미하게 다가온다. 우리 삶의 구체성이 사회적·정치적·역사적 지평과 불가분의 관계를 맺고 있는 한 사회역사적 상상력의 육화는 끊임없이 요청되는 문학적 과제이다. 그리고 그것은 새로운 스타일의 창조를 동시에 요구한다. 비판적 현실 인식과 스타일상의 변화를 통해 자기 시 세계의 갱신을 도모하는 최영철 시인의 노력은 그런 점에서 긍정적으로 주목된다. 그러나 여러 시적 주제들이 중심 화두로 육박하지 못한 채 단편적 나열에 머물거나, 이미 익숙한 주제들이 낯익은 형식들과 결합되어 상투적인 인상을 주는 것은 매우 아쉬운 점이다. 예컨대 「DMZ의 두루미」에서 '나'와 '너'(두루미)를 속박과 자유의 관계로 대비한 것이나, 「잡초」에서 '잡초'를 끈질긴 생명력의 존재로 표상한 것은 도식적인 발상에 해당한다. 현실의 그로테스크함을 생기발랄한 유머로써 극복하려는 시편들에 더욱 관심이 가는 것은 바로 그 때문이다.

　자연에서 존재론적 원리를 발견하고 그것에 순응함으로써 삶의 위안을 얻고자 하는 것은 『일광욕하는 가구』 이후 지속된 특징이다. 『그림자 호수』에서도 이런 경향은 계속되는데, 다른 점이 있다면 자연을 유희의 경지에서 관조하는 시인의 시선이다. 이는 자연을 자기 치유의 목적에 부합되는 전유 대상에서 즐겁게 '놀 수' 있는 대상으로, 내면에 잠재된 유희 정신의 외적 발현 대상으로 재발견하고 있음을 뜻한다. 「벚꽃제」의 경우 그것은

저 보러 가는 동안 조금 더 참지 못하고
이제 막 진해 초입 들어서는
내 얼굴 위로 환히 떨어지네
터널 지나 장복산 고개 막 넘어서는데
때마침 불어준 산들바람 참지 못하고
풀풀 방사하고 있는 조루 벚꽃
첫 휴가 해군 옆에 선 처녀 가슴께로
후르르 떨어지네

웬 웃음 눈물 풀풀 날리며 가도 까딱 않는 꽃대궁

바닷바람에 더 단단해져

줄줄이 늘어선 질긴 가지에 맺혔네

그렇게 많은 눈들이 지나갔건만

쉽게 방사할 줄 모르고 꼿꼿이 선 지루 벚꽃

첫아들 면회 온 아낙 머리 위에

낭창낭창 흔들리고 있네
　　　　　　　　　　　　　　　　　　　　　　—「벚꽃제」 전문

와 같이 "조루 벚꽃" "지루 벚꽃"이라는 말놀이를 통해 벚꽃을 "처녀 가슴께로" "후르르 떨어지"거나 "아낙 머리" 위에서 "낭창낭창" 게으름 떠는 유머러스한 존재로 시 속에 '방사'한다. '바다' '해' '별' 등이 '먹을 것'으로 비유된 것(「그 자장면집」 「서해까지」)도 자연을 통해 현상되는 유희 정신의 포착에서 비롯한다. 최영철의 시에서 허무 의식이나 원한의 감정, 자기비판에 따른 냉소나 환멸의 흔적을 찾을 수 없는 것은 이처럼 건강한 낙천성으로 그가 현실에 대응하고 있기 때문이다. 다만 그의 유머가 자연이라는 절대 긍정의 대상에 한정되어 있는 것은 '자연＝긍정/인간의 삶＝부정'으로 인식하는 데서 기인하는 듯하다. 그렇다면 『그림자 호수』 이후의 시적 도정은 이 이분법의 해체로부터 출발되어야 하지 않을까? 그의 시가 지닌 유머의 힘은 분명 그의 시 세계를 또 다른 지평으로 이끌어가는 원동력이 될 것이라 여겨진다. '매향리'에 가보지 않은 그에게도, 우리에게도 시의 웃음은 부조리한 현실에 균열을 가하는 유쾌한 전복이자 생을 다독이는 몽상과 휴식으로서 언제나 늘 절실한 까닭이다.

'악한' 눈의 거세

─배용제의 『이 달콤한 감각』

라캉은 우리의 눈을 가리켜 "좋은 눈의 흔적은 어디에도 없는 악한 눈"이라고 말한 바 있다. '보다'가 '인식하다' '알다'와 동의어가 된 이래 대상의 보인 부분이 전체로서 개념화되고, 개념화를 위해 구별과 차별이 전제되며, 그것이 타자를 향한 폭력과 억압, 지배의 원인으로 작동된 점을 떠올린다면, 이성적 주체가 곧 시각적 주체였던 근대 이후의 역사는 악한 눈의 역사였다고 해도 과언이 아니다. 또한 그러한 눈의 주체이자 객체인 현대인은 사회적 훈육의 감시자인 동시에 피감시자라는 이중의 위치를 점하고 있다는 점, 그 결과 자신을 응시하는 타자의 욕망을 자기 욕망으로 오인하는 가운데 욕망의 곡선이 복잡하게 얽히고 중첩된 균열의 장(場)이 된다는 점은 보고 보이는 인간 존재가 충족되지 않는 탐욕에, 타자에게서 촉발되는 질투와 시기에 연쇄적으로 포박된다는 사실을 부인할 수 없게 만든다. 좋은 눈을 상실한 악한 눈의 소유자들에겐 파국의 역사만이 남는다는 벤야민적인 묵시(默示)는 따라서 언제나 강한 설득력으로 우리의 현재를 되돌아보게 한다.

그렇다면 악한 눈이 거대 시스템으로 구조화된 이 세계에서 좋은 눈의 가능성은 전무한 것일까? 배용제는 두번째 시집인 『이 달콤한 감각』(문학과지성사, 2004)에서 선한 눈의 선취 이전에 선행되어야 할 조건으로 두 가지를 제시한다. 하나는 스스로를 냉정하고 차가운 확대경의 렌즈로 형질 전환하는 것. 다른 하나는 삶을 무덤의 어둠으로, 임사(臨死)의 공포로 이끄는 악한 눈을 거세하는 것. 선한 눈에 대한 성급한 희망이 손쉬운 관념에 기대어 표피적인 도덕의 나열로 귀결되기 쉽다는 점을 상기한다면, 악한 눈을 꿰뚫는 투명한 시선이 되어 그것의 동공에 흠집을 내려는 배용제의 방법은 치밀하게 계산된 이지(理智)적 대응에 속한다.

전자가 인간의 형상을 무너뜨릴 만큼 팽창된 울음을 마치 기계를 분해하듯 해부하는 방식으로 나타난다면(「발효된 울음에 대하여」「名品」「죽음은 진화한다」「정수기에 대한 감상」), 후자는 초점이 서로 다른 시선의 교착, 즉 고장 난 눈의 현시를 통해 구체화된다. 특히 오른쪽과 왼쪽이 다르게 감각되는 착시 현상은 사회적 규칙에 따라 규율된 시각장이 붕괴되는 것을 의미하는 까닭에 악한 눈을 파괴하고 해체하려는 무의식적 욕망의 발현으로 이해된다. 이는 이분법적으로 분할된 정상과 비정상의 경계를 비틀린 감각으로 교란하는 육체의 현상학이라 할 수 있다. 「백미러, 그 눈부신 배경」은 이를 대표적으로 보여주는 작품이다.

가벼운 접촉사고로 망가진 차의 왼쪽 백미러가
애를 써도 복원되지 않는다

방향을 상실한 길은 검은 매연을 피하여 멀어지고

정체를 가늠할 수 없는 배경만

백미러 속으로 흡수된다

〔……〕

오른쪽 백미러를 들여다보면

여전히 나를 향해 몰려오는 무수한 속도의 행렬

허겁지겁 가속페달을 밟는다

〔……〕

기억의 백미러 어느 쪽 방향이 어긋났는지

거칠게 닳아버린 몸과는 전혀 다른

이상하게 돌출된 배경을 보여주었다

그가 반사하는 기억은 언제나 눈부셨고

고대 청동조각 같은 전설이 펼쳐졌다

가끔씩 다른 쪽에서 딱딱하고 남루한 장면들이

불쑥 튀어나오기도 했다, 때때로 당황한 표정이

그 눈부신 배경을 가리기도 했지만,

—「백미러, 그 눈부신 배경」 부분

　이 시에서 달리는 차의 망가진 백미러는 시인의 눈을 대신하는데, 고장 난 백미러를 달고 운전하는 행위는 근친상간을 속죄하려 자신의 눈을 찌른 오이디푸스의 경우처럼 "무수한 속도의 행렬"을 쾌락의 대상으로 향유하는 현대적 관음증에 상징적 처벌을 가하는 것이자 자신의 악한 눈을 멀게 하려는 자발적 거세에 해당한다. 왜곡된 표면으로 인해 몸이 일그러지는 상황을 표현한 「거울, 찌그러진」의 경우 거울이 눈의 대체물이라는 점을 상기한다면, '찌그러진 거울' 또한 악한 눈의 거세를 의미한다. 그리고 이러한 눈의 거세는 신체의 재현이 하나의 보편으로 규범화될 수 없음을 보여줌으로써 우리가 진리나 객관이라고 믿는 것들이 미망에 불과할 수 있음을 환기한다. 그런데 배용제 시의 특징은 이러한 상징적 거세 행위 자체에 있는 것이 아니라 그로 인해 파생되는 결과에 있다.

기묘한 배경을 바라보는 왼쪽 백미러와 익숙한 경치를 포착하는 오른쪽 백미러가 하나의 초점으로 겹쳐지는 순간 지금껏 경험하지 못한 낯선 풍광이 펼쳐진다. 낮과 밤, 여름과 겨울이 서로의 반대편에 있다가 갑자기 뒤집히며 소용돌이치는, 앞과 뒤가 분별없이 뒤엉킨 혼돈의 풍경. 그 안에서는 "딱딱하고 남루한 장면들이/불쑥 튀어나오"거나 "고대 청동조각 같은 전설"이 솟아오른다. 시각적 이미지의 추상적 표면만을 훑고 지나가는 데 익숙한 관찰자는 혼란과 두려움을 느끼며 시선과 이미지의 기존 관계에서 튕겨져 나간다. "그 눈부신 배경"에 매혹을 느끼면서 "허겁지겁 가속페달을 밟는" 행동은 시인―관찰자가 꿈과 현실, 기억과 경험, 환상과 실제 중 어느 한쪽에 정주(定住)하지 않고 각각의 대극 쌍을 오가는 아슬아슬한 경계에 위치해 있음을 보여준다.

배용제는 실재와 비실재, 진실과 거짓, 진짜와 가짜의 이항 대립 '사이'를, 그 불안하고 예리한 틈을 "환절기"(「환절기」)라 지칭한다. 그의 시는 이 '환절'의 지대에서 악한 눈을 거세한 경계의 존재가 현존의 경계를 어떻게 확장할 수 있는지를 실험한 결과물이라 할 수 있다. 그리고 그것의 실험 범위는 시간의 흐름이 역전된 비선형적 세계와 접하면서 무한 우주로 확대된다. 착시로 인한 환각의 풍경에는 수억 년 전의 기억, 억겁의 흔적이 각인되어 있기 때문이다. 수많은 추억을 품은 별빛이 지상에 도달하는 장면은 시간의 누적 층이 겹겹의 주름을 펼치는 광경에 상응한다. 천년 묵은 눈물, 만년 된 꿈 하나, 억년쯤 된 고통이 별빛에 실려 반사되는 찰나 두텁게 포개어진 시간의 주름들은 "제 몫의 생애를 완벽하게 재생"(「저 별빛」)한다. 무한의 추억은 이로써 장엄한 공포가 된다. 그렇다면 이 별빛은 거세된 악한 눈을 대신할, 환각 속에 진화된 제3의 눈은 아닐까?

분명한 것은 시인이 천상의 눈(별빛)에 대응될 제3의 눈으로 영매(靈媒)를 주목하고 있다는 점이다. 「점치는 여자」 연작은 사라진 존재들을 감지하고 느끼는 무속인을 통해 물질적 시계(視界)를 넘어선 먼 과거가 '지금 여기'에서 현재화되는 과정을 보여준다. "그녀가 방울을 울릴 때마다/아비와 어미들, 혹은 또 다른 내가" 나타나고 "수백 수천 년을 건너뛰어/한꺼번에 우주의 일기장을 다 들여다"보며 "태양이 끝없이 돌려대는 원형의 바퀴에 매달린 채/여러 생을 오락가락"(「점치는 여자 4」)하는 일종의 접신(接神) 체험은 시간을 거꾸로 탐사해가는 과정과 다를 바 없다. 이처럼 여기와 저기, 과거와 현재를 매개하고 접합하는 영매는 시간과 공간을 관통하는 4차원의 눈을 표상한다. 그러나 이 눈은 과연 선한 눈, 좋은 눈일까? '내' 안에서 자라는 "아버지의 아버지"는 "유약한 정신의 모음집"에 불과하며 '나'는 그것을 "아들의 아들"에게로 "도플갱어"(「도플갱어, 혹은 遺傳」) 한다는 냉소적 자각과, 인간의 역사란 끔찍한 트림의 반복이자 누추함의 자기 복제일 뿐이라는 고통스러운 확인이 영매의 눈에 비친 전부라면, 이러한 눈에서 구원을 기대하기란 불가능하다. 그것은 예지의 눈일 수는 있어도 약속과 기대의 눈일 수는 없다.

어떤 광경에도 동요하지 않는 무정(無情)의 시선이 많은 시에서 시종일관 유지되는 것은 악한 눈의 거세가 좋은 눈의 선취로 곧바로 등치될 수 없으며, "원시의 기억들"(「먼지의 이력서」)을 대면케 하는 잠재력에도 불구하고 환각의 눈에는 구원의 가능성이 봉쇄되어 있음을 시인이 날카롭게 감지하기 때문이다. 즉 눈물조차 상투적으로 만드는 세계에서는 단 한 번의 깜박거림 없이 죽음을 닮은 생을 투시하는 눈이야말로 오히려 가장 많은 눈물을 머금은 눈일 수 있다. 가짜 비판이 난무하는 곳에선 침묵이 가장 큰 항변이듯, 타인의 고통을 상품처럼 전시하는 곳에선 그 모든 광경을 쉬지 않고 주시하는 것이 남의 아픔을 수용하는 최선의 방법인 까닭이다. 그런 점에서 배용제의 무심한 시선에는 역설적으로 강한 파토스와 활력이 내재되어 있다. 그리고 무정의 눈길이 환시(幻視)의 풍경과 만날 때 그의 시는 사물들의 세계가 된다.

배용제의 시에 자주 등장하는 사이보그화된 육체, 기계 부품처럼 활동하는 감각 기관의 형상은 효율성을 최고의 가치로 여기는 기능주의 사회를 비판적으로 자기 반영한다. 그것은 가공할 증식으로 인간의 영역을 독점하게 된 사물들의 체계가 인간과 사물의 차이를 무화(無化)하는 단계에 이르렀고, 그러한 무화 상태가 미적 차원으로 수용되어 문화적 지배소로 기능하기 시작했음을 간접적으로 암시한다. 사물이 인간화되었던 전통적 방식은 인간 중심주의의 해체와 함께 인간이 사물화되는 방식으로 역전되고 있는 셈이다. 이로써 인간은 기술적 사물의 초창기 형태로, 즉 물질적으로 이론화된 추상적 형태로 존재하기에 이른다. 인간은 더 이상 신을 닮지 않았다. 기계를 닮아가고 있다. 신인동형설(神人同形說)은 이제 물인동형설(物人同形說)

로 수정되어야 할지 모른다(「종이로 만든 여자」는 이 같은 변화를 비유적으로 예시한다). 인간을 소재로 한 배용제의 시들이 대부분 추상적인 알레고리 형식을 취한 것은 사물적 가치 체계에 따라 존재 이유를 부여받는 우리의 현재를 드러내는 데 효과적이기 때문이다.

악한 눈의 거세를 의도한 『이 달콤한 감각』은 "고정된 생의 형태를 망가뜨리며／수많은 사물들"(「향기에 대한 관찰」)을 발견하는 시각의 획득으로 수렴된다. 물론 이러한 귀결을 좋은 눈의 습득이라고 말할 수는 없다. 악한 눈을 거부하기 위해 자신의 시선을 일그러뜨리는 데서 출발한 배용제의 방법은 극도의 허무와 부정에 뿌리를 두고 있기 때문에 긍정으로의 변증법적 통합을 기대하기 힘들다. 그러나 그의 시도가 좋은 눈을 선취하기 위한 의미심장한 시작이라는 점은 결코 부인할 수 없다. 무엇보다 선한 눈의 흔적조차 사라진 곳에서 그것의 자취를 찾으려는 노력은 우리 시대의 윤리학을 위해 가장 필요한 일이다. 배용제의 시는 눈의 윤리가 새롭게 세워져야만 하는 자리, 바로 그 한복판에 있다. 그는 묻는다. 악한 눈이 사라지면 어떤 눈이 가능한가를. 『이 달콤한 감각』은 시인이 우리에게 제시하는 하나의 유의미한 답이다.

謎言

그대 아직 유토피아를 꿈꾸는가

1

다카하시 신의 만화 「최종병기 그녀」와 장준환 감독의 영화 「지구를 지켜라」는 지구를 폭파해 세계를 끝장내는 것으로 작품을 결말짓는다. 일말의 미련도 없이, 순식간에, 지구는 '펑' 하고 사라진다. 핵전쟁이나 자연재해로 멸망한 뒤의 지구를 다룬 작품을 많이 보긴 했지만, 이 두 경우처럼 어떤 망설임도 없이 세계 멸망──더 정확히는 인류 멸망──을 '해치우는' 예를 본 적이 없다. 지구가 우주에서 완전히 사라지던 마지막 광경을 보면서 아주 담담했던 기억이 난다. 「지구를 지켜라」의 경우엔 푸하하 웃었던 것도 같다. 그런데 두렵고 암울해야 마땅할 장면에서 왜 그토록 아무 동요 없이 차분하고 무덤덤했던 것일까? 그 이유에 대해 지금도 가끔 생각해보는데, 그때마다 늘 비슷한 결론에 다다른다.

2

1992년 대학에 입학했을 당시 캠퍼스는 전해에 선출하지 못한 총학생회장의 재선거로 어수선했다. PD 계열이 처음으로 NL 계열과 박빙의 승부를 겨루고 있다는 소문이 떠돌았고, 신입생들을 데리고 몇몇 선배가 노래방엘 갔다며 어떻게 그런 '퇴폐적인 자본의 오락'을 즐길 수 있느냐는 대자보가 과방에 붙기도 했다. 어느 호기로운 선배는 앞으로 문학을 하려면 김현이란 이름 정도는 알아야 한다고, 안타깝게도 작년에 돌아가셨다고, 그분을 위한 술이라며 소주를 억지로 원샷 시켰다. 언제부턴가 비밀리에 세미나가 시작되었고, 『변증법적 유물론』『역사적 유물론』『NL론 비판』 등의 책을 가지고 MT를 가곤 했다. 그날 우리가 하루 종일 틀어놓은 노래는 당시 가요계를 휩쓸었던 서태지와 아이들의 1집이었는데, 남자 친구들 중 몇몇은 술을 먹은 뒤 토론보다 「난 알아요」의 안무를 흉내 내는 일에 더 열중했다. 가끔 이인화의 『내가 누구인지 말할 수 있는 자는 누구인가』와 박일문의 『살아남은 자의 슬픔』이 도마 위에 올라 선배들 간에 격론이 오갔다. 광주에서 올라온 동기 한 명이 슬며시 물었다. "여기 나오는 이 많은 팝송과 외국 사람을 모르면 앞으로 소설을 쓸 수 없는 걸까……?" 문학 수업은 대부분 비판적 리얼리즘에 대한 것이어서 친구의 질문에 대학 4년 내내 답해주지 못했다. 가끔 학교에서 시위가 벌어졌는데, 꽁지 머리에 야광 반바지를 입고 화염병을 던진 녀석이 어느 과 소속이냐며 그런 놈은 다시 전투조에 넣지 말라는 통보가 총학에서 전달되었다고 했다. 그는 같은 과 친구였다.

그해 겨울 대선을 앞두고 선배와 동기들은 두 패로 갈라져 살벌했고, 아버지는 백기완 선생의 유세가 있던 날 나를 찾아 대학로까지 오셨다. 한동안 집안 분위기도 얼음장처럼 차가웠다. 김영삼이 대통령에 당선되었다는 뉴스를 보며 방학을 맞았고 집에 틀어박혀 기형도의 『입 속의 검은 잎』을 읽으며 잠을 이루지 못했다. 그때야 비로소 김현이 누군지 알게 되었다. 곧 2학년이 되었고 신입생이 들어왔지만 우리는 후배들을 피해 다녔다. 그들에게 무슨 말을 해야 할지 몰랐기 때문이었다. 선배들의 비난이 쏟아졌다. 대신 김중식의 『황금빛 모서리』와 허수경의 『혼자 가는 먼 집』을 읽으며 시를 썼고, 청강했던 사회학 수업에서 푸코와 하버마스의 논쟁에 대해 들었지만 알 수 없는 내용이 많았다. 여름 내내 다가올 학생회 선거 때문에 동기들과 언쟁이 끊이질 않았다. 자기 고민과 무관한 일을 떠맡았던 우리는 결국 상대편에 참패했다. 무기력한 나날이 계속되었고 소문으로만 듣던 무라카미 하루키의 소설들을 찾아 읽으며 정체 모를 우울에 시달렸다. 포스트모더니즘이 무엇인지 알고자 친구들과 공부를 했지만 책의 내용을 제대로 이해한 이는 한 사람도 없었다. 나른한 권태, 깊어지는 환멸……, 학년이 올라갈수록 우리는 '학생회 말아먹은 학번'으로 불렸고, 다른 학교에 다니던 친구들도 비슷한 소리를 듣는다고 했지만 죄책감을 느끼진 않았다. 교정에 머리를 염색하고 귀를 뚫은 남학생이 나타났다는 소문이 파다해 친구들과 몰래 그의 모습을 훔쳐보러 이과대에 가기도 했다. 그 무렵 우리는 주사파도, 마르크시스트도 될 수 없었다. 불법으로 상영하는 「베티 블루 37°2」 무삭제판을 보는 것이 더 즐거웠고, 할 말도 더 많았다. 정치에 대한 담론은 지긋지긋할 뿐이어서 누구도 화제에 올리려 하지 않았다. 견고한 무관심의 승리였다.

3

한때 X세대라는 단어가 크게 유행했던 적이 있다. 1970년대에 태어나 1990년대 초 대학을 다니고 서태지에 열광하며 배낭 하나 짊어지고 해외로 나섰던 세대, 민주화의 최대 수혜자로서 경제적 풍요와 문화적 혜택을 누리며 기존 관습에 얽매이지 않는 '종잡을 수 없는' 신세대를 지칭했던 X세대는 종종 인디문화 1세대, 마니아 1세대, 인터넷 1세대, 배낭족 1세대 등등의 별칭으로 불리곤 했다. 최근 어느 기업의 조사에 따르면 10여 년 전 X세대로 불린 이들이 전통과 혁신을 잇는 한국 사회의 '미드필더'로 부상 중이며, 속칭 386세대와는 다른 의식 구조로 사회의 중심층을 형성하고 있다고 한다. 현재 가장 많은 싱글족이 포진해 있고, 사회적 문제인 저출산 현상의 원인도 아이를 꺼리는 이들의 성향에 있다는 것이 보고의 주 내용이다. 지금은 고색창연한 옛말이 된 X세대의 사회적 함의를 이렇게 나열하고 보니 '나는 예외다'라고 말할 수 있는 것이 없다는 사실에 새삼 놀라게 된다. 당시 유행했던 신세대 담론의 이론적 정합성의 여부를 떠나서 기억 속에 남아 있는 잔상과 경험의 편린들은, 돌이켜보건대, 막 스무 살이 되었던 그 무렵이 이전과는 다른 형태의 시대적 변화가 시작된 기점이었다는 생각을 하게 한다.

하지만 '1세대'라는 표현에 감돌기 마련인 낙관론, 신선함, 새로움, 참신성, 독창성 등등의 이미지는 그 시절의 분위기와는 크게 차이가 난다. 조로(早老), 무기력, 우울, 권태, 하릴없음과 방향 상실, 자조와 위악, 희뿌연 감정의 무게들, 그리고 언제나 길고 길었던 겨울…… 사실, 당시의 지적 수준으로는 이러한 모든 심적 정황의 근거와 이유를 밝힐 수 없었다는 점과, 모종의 이탈과 균열과 모순과 충돌의 내적 체험들이 나의 것인지 남의 것인지조차 분간할 수 없었다는 점이 답답하고 곤란했던 심사의 본래 이유였을 것이다. 대학 시절 내내 1980년대 학번들의 고해성사가 후일담 형식을 빌려 문학의 주류를 이루고 있었지만, 그들의 방황은 언제나 '그들만의 리그'였을 뿐 낯선 제3자로서의 심정적 동조나 감정 이입은 어렵기만 했다. 그렇다고 그러한 주변 상황에 소외감을 느끼지는 않았다. 다만 그들과 다른 '나'의 생각과 감성과 이야기를, 그리고 그것을 표현할 마땅한 형식을 갖고 있지 못하다는 사실이 알 수 없는 무력감의 진짜 이유였는지 모른다. 그러니 대학 졸업 후에야 비로소 '자유롭다'는 정서와 감각을 만끽할 수 있었던 사정은 '보이지 않는 손'이 되어 정신의 발목을 잡고 있던 지난 시대의 '잔재'로부터 드디어 벗어났다는 해방감과 무관하지 않을 터이다. 말하자면, 이제는 조국과 민족과 민중과 역사에 대해 '마음껏' 무관심해도 좋았던 것이다. 정치에 무관심할 수 있는 자유, 그것은 지난 시대에 작별을 고하는 가장 확실한 방법이었다.

주관적 체험에 기댄 술회이긴 하지만, X세대의 출현은 한국 사회의 역사적 맥락에서 볼 때 정치적 무관심 세대의 본격적 등장을 뜻한다. 지난 한 세기 동안의 한국 근현대사를 떠올려본다면, 정치와 무관할 수 있는 자유가 하늘을 우러러 한 점 부끄럼 없이 가능할 수 있었던 시대는 없었다고 해도 과언이 아니다. 당대를 살아가는 한 개체로서 역사적 소명과 정치적 책임감은 공동체에 대한 도리이자 '인간'으로서의 규범이었으며, 그에 대해 면죄부를 받을 수 있는 이는 없었다. 지식인이라면, 문학인이라면, 더더욱 그러했다. 역사와 시대와 사회와 공동체를 위한 정치적 참여는 양심과 도덕과 윤리의 영역에 속하는 거역할 수 없는 책무였으며, 따라서 그에 대한 거부나 회피는 민족의 이름으로, 혹은 민중의 이름으로 단죄되어야 할 비양심이나 비도덕의 하나였다. 그것의 발생학적 연원이 어떠한 당대적 필연성과 이념적 지향 및 그것의 현실적·긍정적 실현을 목적으로 한 것이라 해도 정치와 도덕의 결합은 한국인의 (무)의식과 내면을 관장하는 단단한 상징체계를 구축해왔다. 타자는 언제나 '역사'와 '민족/민중'의 얼굴을 한 채 주체를 응시했고, 그의 호명에 불응한 이들에게는 살아남은 자의 슬픔과 부끄러움을 마땅한 죄과로 부과하였다.

그런데 그러한 타자의 응시와 호명에 적극 반발하는 이들이 일군의 세대를 이루며 출현했다는 것은 두 가지 면에서 중요한 의미를 지닌다. 그것은 첫째, 집단과 분리되어 존재하는, 즉 공동체의 이익과 규준과 이상(理想)과 무관하게 살아가는, 엄밀한 의미에서 시민과 대비되는 '개인'의 등장을 의미하며, 둘째 그러한 개인의 등장은 한국사를 일관해왔던 정치와 도덕의 상호 결합이 해체되는 가운데 지금까지의 정치적·도덕적 상징체계가 그 유효성과 영향력을 상실하는 사태를 유발함으로써 국가와 사회, 국가와 개인, 사회와 개인, 개인과 개인 사이에 새로운 관계 형성 및 그에 따른 역할 부여를 재조정하도록 만들었다는 것이다. 현재 우리 사회의 도처에서 자율적 윤리의 실천—"질서는 아름다운 것"과 같은 계몽적 색채가 농후한 정책적 표어 따위와는 다른—을 요구하는 목소리가 점점 더 높아만 가는 것은 이러한 사정과 무관하지 않다. 그런데 이 같은 일련의 변화를 촉발하게 된 지적 배경이 무엇인지를 묻는다면, 그에 대한 답은 여러 가지겠으나, 1987년 민주화 항쟁을 전후로 점화된 혁명에의 염원과 열기가

1991년을 기점으로 급속히 잦아들면서 이후 쇠락의 길로 들어섰다는 점, 그리고 그것은 근대의 여명기부터 한국 사회를 구성하고 지지하고 기획해온 이념적 총체로서 유토피아니즘Utopianism의 쇠퇴와 때를 같이한다는 점을 꼽을 수 있다.

유토피아니즘은 모더니티의 주요 특징 중 하나로 혁명의 이념과 신화로부터 자극받고 강화되면서 정치철학에서 예술 전반에 이르기까지 모더니티의 전체 지적 스펙트럼에 널리 번져 있는 이념이다. 현실 지향적 비전이 이상향에 대한 꿈과 결합하면서 하나의 '주의(主義)-ism' 즉 특정의 정치적 목적을 향해 정향(定向)된 이념의 형태로 등장한 이후, 유토피아니즘은 이상향에 대한 막연한 상상과 달리 정치 권력과 사회 제도의 변혁에 대한 의지 및 그것의 실행을 위한 현실적 기획을 내포하게 되었다. 이상향의 동경과 근대적 '정치—사회'의 결합이야말로 근대적 유토피아니즘의 본질이라 한다면, 그러한 정치 개혁을 '사회'라는 공동체적 주체에 의해 도모 가능한 것으로 확신하고 이를 실현할 주체를 현실적으로 창출하고자 할 때, 유토피아니즘은 정치적 기획의 목적을 구체화하는 방향으로 나아가게 된다. 따라서 목적의식적 이념으로서의 유토피아니즘은 스스로를 설명하고 이해시키며 역사에서 해방될 수 있으리라 생각하고 행동하는 자율적 주체가 전제되어야만 존재할 수 있다. 다시 말해 그것은 역사를 '생산하고 만드는' 것이 가능하다는 믿음이 정치적 상상력과 결합되어 실제적인 정체(政體)를 제시하고 담론화할 수 있는 데까지 나아가는 활동적이고 실천적인 주체의 탄생과 연관된다. 그런 점에서 볼 때, 한국사 전체에 걸쳐서 근대적 주체의 창출은 이러저러한 외적 상황과 결합되어 집단적 주체의 창출과 등가의 의미를 지녀왔다고 할 수 있다.

하지만 이러한 역사적 기획으로서의 유토피아니즘이 한국 사회에서는 현실 사회주의권의 붕괴와 더불어 1990년대 초에 급격히 쇠진하기 시작하였다. 그것의 총체적 몰락은 곳곳에서 가시화되기 시작하였고 지적 영역 전체가 일대의 방향 전환 앞에 놓이게 되었다. 돌이켜보면, 대학 시절 내내 앓았던 정체 모를 우울증은 그때까지 굳건한 위세로 유지되었던 기존의 한국 사회의 상징체계가 서서히 무너져 내리면서 거대한 죽음을 맞이하는 중이었으며, 그 와중에 어느 누구도 기성 세계에 이제 막 발을 들인 신참들에게 무엇이 옳고 그른지, 어떻게 살아야 하는지, 가치의 준거는 무엇인지 말할 수 없었던 데서 비롯한, 요컨대 삶의 윤리에 대한 답안이 모두에게 부재했던 정신적 공황기였다는 데서 기인한 듯하다. 한마디로 말해, 바람직한 삶의 모델이 증발해버린 상태에 있었던 것이다. 다만 너도 나도, 더는 집단적 주체로 살기를 원치 않았으며 그에 대한 거부로 다른 돌파구를 찾고자 했다. 그래서 또래들 대부분이 새로운 출구를 향해 몰려갔으니, 그것이 바로 '문화'였다. 혁명적 낭만주의자들에겐 '진보의 역사'가 그들의 대안이었듯, 문화는 억압적 거대 문자였던 '역사―정치'에 맞서 반항의 거점과 부정의 근거를 마련해주는, 그러나 사적(私的) 향유의 대상으로서 어떤 도덕적 부채감이나 정치적 임무도 강요하지 않는 마음 편한 놀이터였다(물론 억압 없는 자유의 향유와 그 집합소로서의 '문화'가 과연 그러한 세대적 이상[理想]의 기능을 실제로 담당했는지, 만약 그러했다면 이후 그 결과는 어떠했는지는 별도로 따져 물어야 할 사항이다). 1990년대 초부터 쏟아지기 시작한 다양한 문화 담론들은 '정치'에서 '문화'로의 세대적 이전이 유토피아니즘의 몰락과 집단 주체의 해체, 개인의 등장과 맞물려 발생한 동시적 사건이었음을 방증하는 물증들이다. X세대는 이러한 시대적 변화의 한복판에서 지적 성숙기를 거친 이들이다. 그리고 지금 한국 사회의 '미드필더'로 급부상 중인 이들 세대가 2000년대 이후 한국 문학의 새로운 중심축으로 떠오르고 있다.

4

　이런 맥락에서 볼 때, '유토피아의 몰락' 이후의 지적 흐름과 그 향방을 가리켜 탈-유토피아주의Post-Utopianism이라 칭해도 무리한 표현은 아닐 것이다. 'Post'는 대개 '후기-' 혹은 '탈-'로 번역되는데, 여기서는 후자의 뜻으로 새겼다. 근대적 유토피아니즘과의 연속성보다는 그로부터의 탈주에 더 무게를 둔 까닭이다. 무엇보다 이것은 어떤 주의/주장의 표명이나 체계화된 이념으로서 제안된 것이 아니라, 유토피아니즘의 총체적 후퇴로부터 촉발된 우리의 지적·심리적 지평의 전환과 의식상의 변화가 표상된 바로서의 주제·내용·형식·스타일 등 또 다른 상징체계로 가시화되는 상태를 일컫는 포괄적 개념이다. 그리고 그 내용이 향후 어떻게 기입될지 알 수 없는 일종의 텅 빈 기표이자 미확정적인 현재 진행형의 기호이다. 그런데 이처럼 아직 그 내포적 함의가 뚜렷지 않은 담론적 틀이 굳이 필요한 까닭은 무엇인가? 이유는 대략 두 가지다.

　지구 폭파와 같은 세계의 종말을 당연지사로 받아들이는 의식의 팽배는 자본주의 '이후'나 자본주의 '너머'를 상상하기란 더는 불가능함을 역으로 보여준다. 우리는 다가올 미래가 이 세계의 끝으로 귀결된다 해도 그다지 이의 제기할 것이 없다. 지금보다 더 나은 세계를 상상하고 준비할 수 없으니 말이다. '역사의 진보'나 '발전된 미래'가 지금 이곳의 대안이 되었던 시절은 예전에 끝나버렸고, 문화의 자율성이 추구된 자리에서 마주친 웃음과 유머와 유희 정신 속에는 지독한 체념과 허무와 무상감이, '이보다 더 깊을 수 없는' 니힐리즘이 잠재되어 있음을 본다. 이것은 어쩌면 '역사'라는 거대 문자를 폐기 처분하고 얻었던 자유의 이면이거나 유토피아의 꿈을 상실한 세대의 어두운 그림자일지 모른다. 2000년대 이후 우리 문학의 중심에 있는 신진들에게서 이러한 특징을 발견하기란 어렵지 않다. 그런 점에서 이들의 짙은 염세성은 매우 충실하고 정직한 자기 반영에 해당한다.

하지만 되물어보자. 과연 이대로 좋은 것일까? 이토록 강고한 부정의 정신으로 살아가도 괜찮은 것일까? 긍정의 변증법은 이제 터무니없는 낙관과 철 지난 복고풍 꿈에 불과할까……? 답하기 어려운 질문이다. 지구의 소멸을 '쿨하게' 보여주는 쪽이나 그것을 '시크하게' 바라보는 쪽이나 뾰족한 답이 있을 리 없다. 하지만 우리의 생이 끝나지 않는 한 삶의 내일과 희망을 포기할 수 없다면, 아니 포기해서는 안 되는 것이라면, 그리고 어떻게 살아가야 하는가라는 윤리적 자문(自問)이야말로 자기의식적 존재인 인간이 영원히 안고 가야 할 실존적 고민의 하나라면, 그에 상응하는 자기 성찰과 고뇌가 다시금 진지하게 내면화되어야 하는 시점에 이른 것은 아닌가 자꾸만 묻게 된다. 그리고 이러한 물음의 연장 선상에서 볼 때, 문학적 인식과 상상력이 비판적 성찰의 한 형태로서 여전히 유의미한 사회적 작업의 하나라면, 탈-유토피아주의 시대를 살아가는 새로운 문학 세대들은 어떤 '다른' 전망과 견해와 이념을 궁구하고 있는지, 그것의 새로운 정치성은 무엇이며 어떠한 스타일을 통해 그것을 구체화하는지를 탐색하는 일은 동시대를 살아가는 비평가로서의 책무이자 자기 세대의 문학적 족적을 확인하고 공감하고 증언함으로써 그에 동참하고자 하는 비평 의식의 최소한의 자기 실천이다. 그러므로 나의 문학 세대를 향해 던지는 모든 질문은 곧 나 자신에게 던지는 존재론적 화두이기도 하다. 하지만 무엇보다 이러한 텅 빈 기표를 비평의 말머리로 내세운 까닭은 우리 문학의 신예들이 앞으로 그릴 행보에 따라 이 용어의 의미가 채워지는 것이라 할 때, 그들이 걸어갈 길을 동행하면서 전후 사방을 밝히는 작업이 비평의 역할이라고 생각하기 때문이다.

비평이 생산적 대화가 되기 위해서는 그러한 대화를 가능케 하는 대화—주체의 성립이 선행되어야 한다. 이때 주체의 성립은 객관적으로 존재하는 실체의 규명을 의미하는 것이 아니라 대화의 조건과 여건, 언어적 매재의 원활한 기능, 시공간의 현재적 공유가 이루어지는 장(場)field의 성립을 의미한다. 그런데 이러한 장으로의 투신 혹은 참여에는 그것을 촉발한 공감과, 공감을 실천의 형태로, 특히 비평적 글쓰기라는 양식화된 실천으로 전환하려는 욕망과 의지가 게재된다. 이때 의지(/욕망)의 양태는 일방향적인 것이 아니라 쌍방향적인 것이어야만 한다. 그런데 만일 쌍방향적 대화를 기대할 수 없거나 그것을 욕망케 하는 상대를 만나지 못한다면, 그때에도 비평은 가능한가? 혹 그것은 대화를 생산적으로 이끌지 못하는 글쓰기—주체의 역량 부족을 상대가 적합지 못하다는 핑계로 무마하고 은폐하는 행위는 아닌가? 과연 어디까지가 대화적 비평을 목적으로 하는 글쓰기—주체의 윤리적 영역인가? 비평의 양식으로 이루어지는 소통이란 온전히 비평가만의 몫은 아니지 않을까? 말의 건넴은 늘 상대방의 존재

가치를 인정하는 데서 출발한다. 그로부터 대화가 시작된다. 그렇다는 것은, 비평이 의미화하려는 대상에 그 가치가 본래부터 내재되어 있는 것이 아니라, 쌍방향의 대화를 통해 함께 찾아 발굴하려 할 때 비로소 문학의 가치는 생산된다는 뜻이다. 따라서 비평과 텍스트의 대화는 이미 정의된 개념의 적용이나 관념의 투사를 통해서가 아니라 아직 비어 있는 저 '텅 빈' 공간에서 미정(未定)의 내용과 형식으로 시도되어야 한다. 그리고 그것의 인식적 지도는 '이제부터' 그려질 미래의 그림이다. 나는 그 그림을 통칭하여 '탈-유토피아주의'라고 부르고 싶다.

하지만 솔직히 고백건대, 나는 아직 이 그림의 밑그림조차 갖고 있지 못하다. 현재 속에서 미래를 보고 싶다면, 그 속에서 생의 '다른' 전망을 확인하고 싶다면, 그에 상응하는 기대지평을 지니고 충분히 멀리 바라보는 가운데 가까이 있는 것을 과대평가하지 않는 시선의 힘과 끈기, 자기 도약의 내적 필연성과 진정성, 이를 위한 비평적 줏대와 이념적 비전이 필요하지만, 나는 아직 어느 것도 보유하고 있지 못하다. 그리고 더 솔직히 고백하자면, 이러한 충분조건들을 동세대 문학인들에게서도 기쁜 마음으로 확인하고 있지는 못하다. 하지만 그렇기 때문에 더욱더 이들의 문학에, 아니 '우리'의 문학에 '탈-유토피아주의'라는 말을 들이밀려 하는 것인지 모른다. 왜냐하면 너무도 평범한 사실이지만 그렇기에 진리인…… 삶은 아직 끝나지 않았고, 우리에겐 '다른' 삶의 희망이 여전히 필요하기 때문이다. 누군가 물을지 모르겠다. 지금 때 지난 '유토피아론'을 끄집어내는 것이냐고. 그렇다면 다음과 같이 답하겠다. 만일 그러한 꿈을 스스로 요청해야 할 만큼 우리의 내일을 기약할 수 없는 상태라면, 그래서 그 꿈이 "희망의

정수박이"를 조금이나마 틔울 수 있다면, 비록 퇴물 취급 받는 꿈일
지라도 한번 꾸어보고 싶다고, 이왕이면 지난 시절의 꿈이 범했던 수
많은 오류를 되풀이하지 않는 정말 '근사하고 지혜로운' 꿈이었으면
좋겠다고, 그리고 앞으로의 문학에서 그 꿈의 맹아를 찾아낼 수 있으
면 더할 나위 없이 좋겠다…… 나는 아직 더 나은 삶에 대한 꿈을
버리고 싶지 않다. 나의 글은 그 꿈을 위한 반성의 칼날로서 시작하
고 존재한다.